近世雅文壇の研究

——光格天皇と賀茂季鷹を中心に——

盛田帝子著

汲古書院

目次

近世雅文壇の研究

――光格天皇と賀茂季鷹を中心に――

序論　近世中後期堂上歌壇の形勢
――歌道宗匠家と富小路貞直・千種有功――

一　はじめに

時代に即した新しい作品を生みだすエネルギーのあり処は、幕末に近づくに従って、堂上歌壇から地下歌壇へとゆるやかに移行していった。(1) しかしながら、天皇を中心とし、それを補佐する冷泉家や飛鳥井家などの歌道宗匠家（和歌を家業とする家）に支えられた堂上歌壇は、御所伝受を核としながら、幕末までその生命を保ち続けた。その間、天皇や歌道宗匠家の人々が、伝統と権威にすがっていたのみではない。例えば、「まこと」に通じることを目指した烏丸光栄《みつひで》の教えを受けた桜町天皇は、(2) 歌道に通じるための新たな歌道制度を作って臣下に示した。この制度は、天皇を中心とする堂上歌壇の再構築を意味した。(3) 明和期になり、この制度が弛んでくると、後桜町天皇が中心となって再び引き締めを行うなど、天皇や歌道宗匠家の人々は、時代の変化に細やかに対応しながら、改革を行った。度重なる堂上歌壇内部の革新・修正によって、堂上歌壇は幕末まで保たれていったと考えてよい。

しかし、このような天皇や歌道宗匠家を中心とする堂上歌人の努力の一方で、堂上歌学とは異なる、新たな歌学や歌の学び方を主張する地下歌人達に影響される堂上歌人が現れる。富小路貞直《さだなお》や千種有功《ちぐさありこと》である。二人は宮廷歌会人数に加えられて、歌道宗匠家に入門し、伝統的な堂上歌学を学んでいたにも関わらず、貞直は地下の本居宣長などの古学に影響を受け、(4) 有功も地下の香川景樹《かげき》の歌学の影響を受けたと言われている。(5) 本稿では、これまで述べられてこなかった近世中期から後期にかけての堂上歌壇の内情を示し、さらに堂上歌壇から逸脱せざるを得なかった堂上歌人、富小路貞直と千種有功を通して、時代の変容を明らかにして、近世中後期歌壇史への新たな展望を示したい。

二　近世の歌道宗匠家の成立――歌道入門制度と御所伝受

近世期を通じて常に歌学・歌壇の核心的な存在であった御所伝受は、智仁親王から後水尾天皇に相伝されたのを始発とし、皇族を中心に堂上公家間に幕末まで相伝された。その成立と展開については、小高道子氏の一連の論考に詳しいが、(6) 現在のところ、少なくとも桜町天皇の時には、手仁遠波伝受、三部抄伝受、伊勢物語伝受、古今伝受、一事伝受の五段階の歌道伝受に整備されて幕末に至った事が知られている。(7) 伝受者の系譜をたどると、天皇不在の際に途絶えないように、一時的に伝受を記憶し伝える者として、臣下の中から歌道に熟達した伝受者が選ばれたが、基本的に天皇から天皇へという意識で伝えられたものと考えられる。

それでは、近世歌学・歌壇の世界において御所伝受には、どのような役割があったのだろうか。文化十一年（一八一四）の興田吉従《おきたよさゆ》『諸家家業記』(8) によれば、伝受を相伝された者は、和歌の「宗匠家」と称し、門人に添削することを許された。吉従は、和歌の家として、上冷泉・飛鳥井・烏丸・中院・三条西を挙げ、冷泉家は、他家の相伝を受けず、天皇から許されて、冷泉家伝来の伝授箱を父子代々開き見して歌道が相伝されてきた事、飛鳥井家は、雅経以来、家業として歌道相伝のあった事、冷泉家・飛鳥井家は和歌を家業として他家とは別格の事等を記している。烏丸家は光広より、中院家は通村より、三条西家は実隆より、和歌が家業のようになってきたが、実は代々続いてきたものではなく、歌道に通じている者に相伝があり、家ではなく個人として宗匠家となったのだという。たとえ、冷泉・飛鳥井家の当主であっても、伝受を相伝されなければ宗匠家になることはできなかった。近世中後期において門人を添削指導するには、御所伝受を受け、宗匠家になる必要があった。伝受保持者、つまり和歌の才能に優れ、歌学に習熟して、道に深く通じた者は、門人を持ち添削指導する事を許されたが、伝受を受けなければ、たとえ飛鳥井家・冷泉家のような伝統のある和歌の家の当主であろうとも門人の添削をすることができなかったと、近世後期の地下人興田吉従に理解されていたことが知られる(9)。

では、このように御所伝受と門人制度が結びつけられて考えられるようになったのはいつなのだろうか。先に、御所伝受が五段階の歌道伝受に整備されたのは桜町天皇の時であったことを述べたが、時を同じくして桜町天皇の時代に歌道入門制度もできている。代々の歌道宗匠家の者でなくても実力があれば、新たに歌道宗匠となることができる制度である。宗匠家（御所伝受保持者）に許されて入門し、習練を積んで才能が認められれば、御所伝受を受け、宗匠家になることができる。中世から続く代々の歌道家の者でなくとも、宗匠家になれるという、時代に即して開かれた制度であった。宗匠家に入門の際に、弟子が師に提出する誓状、および宗匠から弟子に示される「歌道誓状の献上仰せ下さるる事」は、桜町天皇の仰せで出来たものであり、歌道達成のための師の「教訓」と弟子の「習練」が説かれる。ところが、このように師の「教訓」を守って弟子が「習練」に励むことは、桜町天皇の和歌師範であった烏丸光栄の『烏丸光栄歌道教訓』(10)にも説かれている。この歌道教訓は、桜町天皇が光栄に進献させたものであり、師の光栄の教えを弟子の桜町天皇が、歌道入門制度として顕在化した可能性も考えられる(11)。桜町天皇の時代に、歌道入門制度と御所伝受が一連の過程としてつながり、その営みが、堂上歌壇を強固に支える基盤として幕末まで続いてゆく。そして堂上歌学が地下にまで深く影響を及ぼしていたことは先学の説かれる通りである。

三　後桜町天皇の歌道入門制度の再強化

明和二年（一七六五）、後桜町天皇は、門人への和歌添削が御所伝受保持者以外には許されていなかったことを無視して妄りに添削を行う者が出てきたことを憂え、臣下達に達しを出す。後桜町天皇が、歌道に心を砕き、堂上歌壇の安定を望んでいたことは、この達しに踏み切ったことからも理解できる。これまで、宮内庁書陵部所蔵『頼言卿記』から、冷泉為村の働きかけにより、関白であった近衛内前《うちさき》からの禁制として知ることのできた達しであるが、(12)新たに存在を確認した陽明文庫所蔵の冷泉為村《ためむら》自筆文書等により内容を見ていく。便宜上、文書に①〜④の番号を付すが、②③④の為村自筆文書を①の包紙で包んでいる。②③④は、明和二年、後桜町天皇から、門人への和歌添削について、摂政近衛内前を介して仰せを受けた為村が、堂上歌人達もしくは門人達への文書として、仰せの内容を記して、内前によこしたものである。文書名の下の（　）は、分類番号と点数、筆者等。また本文の（　）内、句読点・濁点・傍線は盛田。

①陽明文庫所蔵「一品宮飛鳥井前大納言民部卿被仰下紙面ノ写　明和二年九月十五日歌道ノ事」（八九一一九〇　一通）

包紙のウハ書。

明和二年九月十五日、一品宮（有栖川宮職仁《よりひと》親王53歳）・飛鳥井前大納言（雅香63歳）・民部卿（冷泉為村54歳）へ被仰御紙面之写。一品宮、依為病後、御宥免。不被召。両卿（飛鳥井雅香・冷泉為村）斗被召、於御学問所、内前

（近衛内前38歳、摂政）伝仰。両卿（雅香・為村）向一品宮亭、伝仰御請取之。愚亭（近衛家）へ来、被申奉了。

明和二年九月十五日、宗匠家の三人（有栖川宮職仁親王、飛鳥井雅香、冷泉為村）が、後桜町天皇から召喚を受けた。職仁親王は病後のため許されて召されず、雅香と為村ばかりが召されて、宮中の御学問所で、摂政の近衛内前から、後桜町天皇の仰せを伝えられる。仰せを受けた雅香と為村は、職仁親王亭に向かい、職仁親王は後桜町天皇の仰せを受け取った。その後、雅香と為村は近衛家に参上して、その旨を報告した。

②陽明文庫所蔵「門弟一統へ為心得申置一紙　為村白紙上包付」（八九一―九一　一通　冷泉為村自筆）。包紙のウハ書は「門弟一統へ為心得申義一紙」。

妄ニ添削之儀、有間敷ながら、自今尚以不可有之事。一品宮（有栖川宮職仁親王）・飛鳥井前大納言（雅香）・為村（冷泉）等、万一妄ヶ間敷儀聞及候ハヾ、内々言上、且堅ク可為制止之事、（後桜町天皇）被　仰出候旨、摂政殿（近衛内前）御命ニ候。

右有間敷事ながら、弥令制止候。同門ハ勿論、他門・非門之衆にも、若左様之輩有之由被聞及候ハヾ、被改実否、無遠慮為村へ可被告候。為道甚不可然事ニ候。去延享二年冬、桜町院之御制止之趣も有之候。努々有間敷義候也。

為村。

「伝受を受けていない者が妄りに門下の添削をすることは、あってはならないことだが、今より後はなおもってあってはならない。宗匠家の有栖川宮職仁親王・飛鳥井雅香・冷泉為村等が、もしそのような事を耳にしたならば、内々に申し上げ、当事者に添削しないよう堅くおさえ止めるように」。これは後桜町天皇の仰せであり、摂政の近衛内前を介して言いつけられたという。宗匠家は、同門の歌人達にはもちろん、他の門流の歌人達、また門人に有らざる歌人達に関しても、宗匠家の免許（伝授保持者で）なくして、勝手に和歌の添削をしている者がいると聞き知ったならば、真実かどうかを吟味して、遠慮なく為村に告げるように。妄りに添削をすることは歌道においてはあってはならないことである。延享二年（一七四五）の冬、桜町院の禁制もあったではないか。為村。

というものである。為村の、おそらくは、宗匠格の歌人達に対する達しの内容である。当時、桜町院の禁制が随分乱れてきていたことを感じさせる後桜町天皇の発言であり、それを書きとどめる為村にも、桜町院の時代に歌人達の意識を戻そうとする意図が表れている。

③陽明文庫所蔵「一統へ示候一紙　九月十六日　為村白紙上包付」（八九一―九二　一通　冷泉為村自筆）。包紙のウハ書「一統へ示候一紙」。

和歌一統、習練可有之門弟子之輩、猶々可有出情之儀、殊可添心之事、被（後桜町天皇）仰下候旨、摂政殿（近衛内前）御命候。

右昨夜、蒙

仰候。兼々申入候義、雖御覚悟之儀、猶々出情懈怠有間敷候。

為村

九月十六日

「習練を積むべき歌道門弟は、なお精を出して励むように」と後桜町天皇が仰せられた事を、昨夜、摂政近衛内前公より達しがあった。かねがね申していた事は、覚悟しているとは思うが、なお和歌の道に精を出して怠らないように。為村。九月十六日。

明和二年九月十五日、為村が雅香と宮中に召され、内前を介して②の仰せを後桜町天皇から受ける。その内容を門弟達に示すために記された文書が③である。翌十六日の日付になっている。「兼々申入候義」（かねがね申していた事）とは、文面からだけでは、はっきりと知られないが、②の文書と一連のものであるので、伝受なしに妄りに添削をしてはならない、もしくは、伝受保持者でない歌人から添削されてもいけないということが示されているのだろうか。

④陽明文庫所蔵「別紙ノ人々へ示候一紙　九月十六日　為村白紙上包付」（八九一一九三　一通　冷泉為村自筆）。包紙のウハ書「御別紙之人々へ示候一紙」。

和歌一統、習練可有之。行々御用ニも被相立候様、別而出情可有習練之事。更可添教訓之旨被（後桜町天皇）仰下之由、摂政殿（近衛内前）御命ニ候。

右昨夜蒙

仰候。兼々申入候義、雖御覚悟之儀、猶々出情、殊御懈怠有間敷候。

九月十六日　　　　為村

内容は、③とほぼ同じであるが、宛先が「御別紙之人々」となっている。「御」が付されていることから、為村よりも身分の高い層の歌人達に向けて書かれた文書なのであろう。「御別紙之人々」が具体的にどのような歌人を指すのか、現在のところはわからない。師の教訓を受け習練に励んでいた歌人達に怠けることなく、さらなる精進を求めている。

①〜④の文書から知られるのは、明和二年（一七六五）になると、延享二年（一七四五）に桜町天皇が示した制禁を守れない歌人が、後桜町天皇の耳に入るほど目立ってきていたということになる。桜町天皇の歌道入門制度が成立してから二十年後のことである。後桜町天皇は、近世の歌道制度を一新したが早世した父桜町天皇、宝暦事件の渦中にあった弟桃園天皇の跡を継ぎ、女性ながら後桃園天皇・光格天皇の歌道教育や御所伝受にも関って、堂上歌壇史にも大きな足跡を残した天皇である。後桜町天皇の仰せを引き出すほど、歌道制度から逸脱する者が顕れはじめていたことを、この文書はものがたっている。そして、後桜町天皇のこのような仰せが、堂上歌壇の営みの基盤である歌道制度を門弟たちに再確認させることとともなり、幕末まで堂上歌壇を保持する要因ともなったのであろう。

さらに時代が下って光格天皇の時代、堂上歌人・地下歌人が身分を超えて同等の立場で歌を出詠し、地下歌人大愚がその判をした大愚歌合で、出詠していた堂上歌人や大愚が、宗匠家の飛鳥井家・冷泉家の働きかけがあって処罰されるという事件が起こる。(13) この事件も、関連資料には、はっきりとは記されていないが、伝受を受けていない大愚が堂上歌人の歌に朱を入れたことが問題の在り処になっていた可能性も否めない。宗匠家飛鳥井・冷泉家は、堂上歌壇を営むために常に配慮を怠らず、堂上歌壇の伝統から逸脱する者に目を光らせ、天皇に奏上したようである。そのような天皇を補佐する宗匠家の働きもあって、堂上歌壇は幕末までその生命を保ったといえよう。

四　富小路貞直の登場

このように、天皇を中心とする宗匠家の人々によって守られてきた堂上歌壇の秩序を逸脱する人物が、堂上歌人の中から顕れてきた。富小路貞直である。初め貞直は、堂上歌壇の中でも、御会の出題を天皇・冷泉家と共に行うなど宮廷歌会の中枢にあった飛鳥井雅威の門人として習練を積み、歌人としての始発は伝統的堂上歌学にあった。ところが、寛政期に入ると妙法院宮真仁法親王のもとに出入りし、地下の古学者たちと交流するようになる。そして、享和二年（一八〇二）に行われた堂上・地下の身分の枠組みを取り払った大愚歌合に出詠していたことが直接の原因となって飛鳥井家を破門され、宮廷歌会を追放されてしまう。その後は、それまで以上に古学にのめり込んでゆくことになる。[14] その歌人貞直像について同時代の国学者長澤伴雄の日記には、以下のようにある。

富小路治部卿貞直卿は、ざえかしこく、万づいたりふかうおはしける中に、①歌なんわきてめでたくつくられける。うち〳〵②鈴の屋翁のをし子（ママ）となりて、古風の長歌などをもよませ給ひける。ひとゝせ、③「公家見花」といふ事をたはぶれによみける歌に、

のどけしなえならずよとて宮人の御思案のまに花やちるらん

いとをかし。ひとゝせ④地下人とまじりて歌合して、慈延に判をさせ給へる事、世にひろまりきこえて、その頃の歌所より勘当うけ給ひて終に内の御当座などにも出られぬ事となり給ひぬ。その頃よめる（右に「み給ける」）

けふよりはをしへの親に捨られてなく〳〵たどる道芝の露
何事もふるきにかへる世中にひとりつれなきわかの浦浪
いせの海の清き渚にけふよりは我玉と思ふ玉をひろはむ

などぞよませ給へる。口をしく、慷慨の心おはしけん。⑤年経て勘気御ゆるしありしかど、終に堂上の御会にも、

また紳縉家の会にも物せられずて止給ひぬ。去年九月薨じ給へり。御齢七十五とぞきこえし。

（国立台湾大学図書館所蔵、長澤伴雄『伴雄の日記帖』天保十年、濁点・句読点は盛田）

伴雄は、紀州藩藩士で有職故実に通じ、様々な場所に出入りしていたため、[15]当時の京都歌壇の情報にも、かなり詳しかったと考えられる。日記の中で伴雄は、同時代を生きた貞直像を実に詳細に描いている。ここに記されている情報は他の随筆類・文書等で裏付けることができ信頼に足る叙述と考えられるが、貞直が多面的な才能を持ちながら、特に和歌に秀でていたこと（①）、内々に本居宣長の門人となって、堂上歌人が決して詠まなかった古風の長歌を詠んだこと（②）、「公家見花」という題で「のどけしな」「えならずよ」という堂上歌人が使用する新鮮味のないお決まりの歌語を揶揄するように初句・二句に入れて、速吟する力量のない堂上歌人を批評した狂歌（③）、地下歌人とともに大愚歌合に出詠していたことで宮廷歌会を追放されたことやその折の歌（④）、その後、大愚歌合事件への許しはおりたものの、結局、宮廷歌会に復帰することも、公家の私的な歌会に参加することもなく、亡くなってしまった事（⑤）[16]などが記されている。②④は、注（4）に挙げた拙稿で筆者が明らかにした貞直像を補強する見解となっている。注目すべきは③で、狂歌であるとはいえ、貞直が当代の堂上歌人の力量のなさを痛感しているさまが読み取れる。貞直が想定していた歌人達は、宮廷歌人の中でも、おそらく宗匠家につらなる伝統派の人々であろう。この歌は、中世歌学の伝統に則って歌を詠む堂上歌人への痛烈な批判となっており、自分が伝統的堂上歌人とは違う立場で作品を詠んでいることを示す歌となっている。貞直が、堂上歌壇の枠の中ではおさまりきれないエネルギーを抱えた歌人であったことを、この資料は如実に示している。

先に述べたように天皇や宗匠家を中心とする堂上歌人たちが、常に最新の注意をはらって宮廷歌壇の運営を保ってきたにも関わらず、堂上歌壇の中から逸脱して、地下の歌学を取り入れようとする歌人が寛政期に出現した。貞直をはじめとする大愚歌合事件で処罰された堂上歌人達の存在感は、伝統的歌学を遵守する宗匠家にとっては、もはや無視できないほどの大きさになってきていたのではないだろうか。堂上歌壇と地下歌壇のエネルギーの転換点がこの時期にあると考えられる。

五　千種有功の存在

近世歌壇史上の千種有功の重要性については、佐佐木信綱『続日本歌学全書　第七編』（一八九八年、博文館）の解題をはじめとして、数々の論考・辞書に繰り返し記されている。しかし、歌壇史研究の上で佐佐木の見解の域を出るものはまだない。『続日本歌学全書』が刊行される少し前、龍野藩軍事奉行だった水谷亮采《みずたにすけかず》は、『四大家百首選』（明治二十五年）として、源実朝・賀茂真淵・香川景樹・千種有功の和歌から百首ずつを選んで編集した。四人の和歌を選んだ理由、また有功の和歌について、亮采は以下のように述べる。

山柿のあとを追ひてその風骨をえられたるは、やほとせの間に、かの鎌倉の大臣（実朝）と縣居大人（真淵）のふたりとやいはむ。しかるに、栄ゆく御代のめでたさは、時世少しおくれて、桂園の翁（景樹）、千種の三位の卿（有功）出て、人のあとを踏ず、我と一ツの姿をたて、まうけず、かざらず、おもふまことをよみいでられたるは、霞かくれの鶯の初声とめづらしく、秋の野の千艸の花を露ながらみるなして、さきの二人の大人達（実朝・真淵）のすがたとは、うらうへなるものから、いづれ勝りおとりあるべくもあらずなむ。

有功は、先人の模倣をせず、ひとつの歌風をこしらえたりせず、飾らずに自ら思うところを偽りなく詠み出している。有功の歌風は、実朝・真淵の歌風とは裏と表のように違うが、どちらも甲乙つけがたくよいという。亮采が人選する際には、その歌人が万葉集に詠作基準をおいているか、古今集においているかということではなく、「おもふまこと」を偽りなく表現し得ているかという事を基準にしている。それが数ある歌人の中から、堂上歌人である千種有功を選んだ判断材料となっている。亮采著「千種有功卿」（『四大家百首選』）には、以下のように記されている。

この卿（有功）、嘗て近き世の歌人を評せられし中に、賀茂の大人（真淵）の歌を評して、躬恒・貫之といへど其上に立あへむかはとのたまひしとかや。卿と大人とは、その歌ざまの異なるものから、かくも称へ玉へるをみても、卿（有功）の心の高きをしるべきなり。

有功は、躬恒・貫之といえども真淵の上には立てないと評価したという。有功は、万葉風・古今風という風体の違いを超えて、真淵を評価しており、亮采は、そのような有功の歌人としての志の高さを評価している。有功の考えは堂上歌人としては特異だったのである。それでは、堂上歌人としての有功は、当時どのような位置を占めていたのだろうか。

堂上歌壇の中での有功の活動については、佐佐木信綱が「同（文政）二年和歌御人数に加へらる」、また「有功卿ハ一條准三宮忠良公に點をこひ、公（忠良）薨去の後ハ、飛鳥井家に入門し、また有栖川職仁親王、久世通理卿にも入門せられたり。されどこハ御所に出す歌の為にして、わたくしにハ、景樹、季鷹等に交はり、千蔭にも文の往復ありて、全く堂上風を脱せられたりき。かゝれバ、後に八冷泉飛鳥井両家より忌み憚り、禁中の御会にも、まれ〳〵出仕せられたりとぞ」（『続日本歌学全書　第七編』解題）と記している。有功は文政二年（一八一九）に、文化十二年（一八一五）に光格天皇から手仁遠波伝受を相伝され歌道門人を持つ資格を得た一条忠良に入門して添削を受けたことになる。[18] 忠良は、その後も文政二年の三部抄伝受から同九年の一事伝受にかけて、光格天皇から御所伝受のすべてを相伝されており、宗匠家として宮廷歌会の中枢にあった歌人である。千種家は、和歌を家業とする家ではなかったが、忠良に入門したことで、有功の堂上歌人としての始発は、将来に向けて極めて恵まれていたといえよう。[19] 一条忠良は、天保八年（一八三七）に没していることから、その後伝統的和歌の家である飛鳥井家に入門し、後有栖川宮職仁親王、[20] 久世通理に入門したという。[21] 飛鳥井家が伝統的な「和歌の家」として冷泉家とともに別格の扱いであったことは先に述べた。有栖川宮家も和歌宗匠を輩出し御所伝受に長らく関わっている。有功は、宮廷歌会の中心にいる宗匠に次々と入門し、歌人としては、御所伝受も視野に入るほどの恵まれた環境の中で歌を学び、和歌を詠出していたことになる。

宗匠家の歌人ではないが、恵まれた環境にいた有功が、なぜ堂上歌壇に安住せず、地下歌学に興味を持つにいたったのか。その理由は、現段階で公開されている資料からは明らかにすることはできない。しかしながら、有功が黒沢翁満に送った書簡により、[22] 単なる興味ではなく、本居宣長や香川景樹の歌論に深く共感していたことが知られる。

嘉永の初め、有功の和歌二首を得た翁満は、有功の文字の書き様や助詞の使い方に不審を抱いた。それを知った有功は、仲介者に次のように述べた。

又、当時「てにをは学」流行候。是も余り片詰候ては、其法に傳へ（ママ、縛か）られ、天仁遠波を先にして歌を後にするように相成、其のよむ処の歌は平語のようなるをいはず、人の疵をあなくることを専らにして、歌道の趣意には大に相違候半歟。歌は、物の哀をしるを体（根源・本体）とす。哀をしれは、何等の道にも叶ふべきにて候。貴賤を不論可嗜事に候。然し今の様に理屈責にては、口状になりて歌の風致なく可相成候。されは、詞のしらへ第一候。其詞ひとつにてよくもあしくも聞ゆるもの也。所謂、業平の心あまりて詞たらすと云ふも、歌のうへにては、ゆるされたる事に被存候。（句読点・「　」・（　）は盛田。また（ママ）以外は、すべて新字体に改めた。）

有功は、歌を詠むということは物のあはれを知ることを根源とする。あはれを知れば、何の道にも通じるのだとし、堂上・地下を問わず「物のあはれ」を常に心がけながら歌を詠むべきだと主張する。

ところで、本居宣長は『石上私淑言』巻一（『本居宣長全集』第二巻、筑摩書房、一九六八年）で「物のあはれをしるとはいかなる事ぞ」という問いに対して、「さて歌はその物の哀をしる事の深き中よりいでくるなり」「さて物のあはれをしるより歌の出来る事は」、（『古今集』第十九の貫之の長歌に対して）「神代よりよみ来れる。四季恋雑のさま〴〵の歌はこと〴〵く。一ツの物のあはれよりいできたるといふ意にて」「歌は物のあはれよりいでくる故に」、（まとめとして）「これらをもて。歌はもののあはれより出来ル事をしるべし」と、歌が「物のあはれをしる」ことから生まれるのだということを、繰り返し述べている。有功が「歌は、物の哀をしるを体とす」と言い、身分の別なく嗜むべき事としたのは、宣長の「もののあはれ」論の影響があるのではないか。『石上私淑言』は、宝暦十三年（一七六三）に成立し文化十三年（一八一六）には刊行されており、有功が読んでいた可能性は十分に考えられる。

有功が次に説いているのは「詞のしらべ」である。歌のあじわいのためには、詞のしらべが第一だという。「しらべ」に関しては、やはり同時代で、有功が家会にも出座していたという香川景樹の[23]『新学異見』（文化八年秋頃成立）

の冒頭部分に以下のようにある。

> 新まなびに云ふ、いにしへの歌は調《シラベ》をもはらとせり。うたふ物なればなり。景樹按《オモヘ》らく、いにしへの歌の調も情《ココロ》もととのへるは、他《ホカ》の義《ユヱ》あるにあらず、ひとへの誠実《マゴコロ》より出づればなり。誠実より為《ナ》れる歌はやがて天地《アメツチ》の調にして、空ふく風の物につきてその声をなすが如く、あたる物としてその調を得ざる事なし。（中略）彼《カ》（歌）の言の葉も斯《カ》くの如し。短きは短歌となり長きは長歌となり、見る物聞く物のまにまにその状貌《スガタ》あらはれざる事あたはず。是《コレ》やがて情の物にふるる形容《カタチ》なり。さる中におのづから調なりて、巧《タク》めるが如く飾れるが如く、その奇妙《アヤ》たぐふべき物なきに至るは、天地《アメツチ》のなかに斯《コ》の誠《マコト》より真精《マクハ》しき物なく、斯の誠より純美《ウルハ》しき物なければなり。されば、往古《イニシヘ》の歌はおのづから調《しらべ》をなせりといふべし。

真淵の『新まなび』の説「いにしへの歌は調《シラベ》をもはらとせり。うたふ物なればなり」に反論している箇所である。景樹は言う、歌の「調《しらべ》」や「情」が整うのは、「誠実《マゴコロ》」から詠み出されているからである。「誠《まこと》」が人間の「情」としてさまざまなものごとに触れて現れ、それが「調《しらべ》」をなすのだという。真淵の万葉集に対して、景樹の「調」の規範は古今集である。亮采から「おもふまことをよみいでられたる」と評された有功が、「詞のしらべ」を第一にしたのも、交遊のあった景樹の歌論の影響があってのことではないか。宣長歌論からの影響といい、景樹歌論からの影響といい、有功の歌人としての軌跡は、有功が書簡で述べているごとく「貴賤を論ぜず」（堂上・地下の別なく）理想の歌を詠むためのものといえよう。伝統的な堂上歌壇の枠からは大きくはみ出た歌人が有功だったのである。

　有功の地下歌壇からの影響は歌論のみばかりでなく、その交遊からも裏付けられる。例えば、長澤伴雄『絡石《つた》の落《おち》葉《ば》』（三巻）（台湾大学典蔵全文刊本）によれば、天保十年（一八三九）、千種三位殿家の御会に名所郭公（巻一・夏・一二九九詞書）、天保十三年（一八四二）、千種殿御当座の日、おのれは夜に入りておそくまゐりけるを……（巻一・夏・一三二四詞書）、弘化元年（一八四四）、残菊といふ題を出して弘化元年十月五日家に会しけるとき、千種殿・四条殿・東園殿・日野西殿・植松殿ら入り来ましければ、かたしけなさに（巻一・冬・一八五〇詞書）などとあり、有功は、千種家の兼題の歌会のみでなく、当座の歌会にも伴雄を招き、自らもまた、伴雄主催の長澤家の当座歌会に出座していたことが知られる。富小路貞直に続き、冷泉家・飛鳥井家といった伝統的和歌の家を中心とする堂上歌壇の枠から逸脱し、身分や伝統的歌学の方法にのみこだわらず歌を詠んだ、新たな時代の到来を予感させる歌人の登場である。

六　おわりに

新たな近世的枠組み（歌道入門制度から御所伝受まで）を基礎として再構築された堂上歌壇は、天皇・歌道宗匠家を中心とする伝統的歌人達によって守られ幕末をむかえる。しかしその間には、堂上歌壇から地下歌壇へと流れていた歌学やエネルギーが、逆転する機運が幾度か訪れる。中世から続く既存の伝統的歌学に限界を感じていた歌人、例えば富小路貞直や千種有功が、新しい時代に即した歌学を取り入れようとする。しかし、天皇を中心とする飛鳥井家・冷泉家等の宗匠家の力が強かった当時では、伝統を損なう者として貞直も有功も堂上歌壇内部での活躍の場を奪われてしまう。堂上歌壇の安定は、宗匠家の絶えまない努力の結果続いたものといえる。しかし、地下の学問や歌学をも取り入れようとする貞直や有功等の新たな歌人達の登場は、既存の堂上歌学が時代にそぐわなくなってきていたことを鋭敏に感じる嗅覚を持ち合わせた歌人が、堂上歌壇の中にも現れてきたということを示す。時代の変容がここに感じとれるのである。

注

（1）例えば、島津忠夫編『和歌史』（和泉書院、一九八五年）など。

（2）烏丸光栄『烏丸光栄歌道教訓』（新日本古典文学大系67、岩波書店、一九九六年）。

（3）本書第一部第二章「近世天皇と和歌――歌道入門制度の確立と『寄道祝』歌――」。

（4）本書第三部第十二章「享和二年『大愚歌合』一件」、同第十五章「富小路貞直と転換期歌壇」、同第十五章付「『富小路貞直卿御詠歌並千蔭呈書』について」。

（5）佐佐木信綱編『続日本歌学全書　第七編　近世名家家集　上巻』（博文館、一八九八年）解題。

（6）小高道子「御所伝受の成立について――智仁親王から後水尾天皇への古今伝受――」（『近世文芸』第三十六号、一九八二年五月）、同「御所伝受の成立と展開」（『近世堂上和歌論集』明治書院、一九八九年）、同「古今伝受の世界」（『古今和歌集研究集成』第三巻、風間書房、二〇〇四年）。

（7）横井金男『古今伝授の史的研究』（臨川書店、一九八〇年）。

（8）近藤瓶城編『改定史籍集覧』第十七冊（臨川書店、一九八四年）所収。

（9）例えば、小川剛生氏は鎌倉期の「歌道家」の定義について「『歌道家』とは、本稿で対象とする鎌倉期では、勅撰和歌集の撰者を過去に出し、将来もまた出し得る公卿の家という一事に尽きるであろう。公卿の家格は代々の当主がほぼ定められた官歴（官途）を経て、『先途』（一定の政治的地位）に達することで保たれるが、同様に歌道においても『先途』があり、それが撰者の地位であった」（「歌道家の人々と公家政権――『延慶両卿訴陳』をめぐって――」『和歌を歴史から読む』笠間書院、二〇〇二年）とする。近世後期においては、御所伝受を保持し、弟子を持つ資格を得ることが「先途」であり、「先途」に達した者を「宗匠家」と称するが、それは、勅撰和歌集の撰者になることを「先途」とする鎌倉期の「歌道家」とは異なる。

（10）前出注（2）。
（11）前出注（3）。
（12）『天皇と和歌――勅撰集から古今伝受まで――』（宮内庁書陵部、二〇〇五年）に解題つきで該当箇所が掲載される。
（13）本書第三部第十二章「享和二年『大愚歌合』一件」、同第十三章「『大愚歌合』以後の日野資矩」、同第十四章「日野資矩の習練と挫折」。
（14）前出注（4）。
（15）亀井森主編『長澤伴雄歌文集　絡石の落葉』（第一巻～三巻、二冊）（台湾大学典蔵全文刊本）、同「長沢伴雄の苦悩――加納諸平毒殺未遂事件前後」（『青山語文』第三十八号、二〇〇八年三月）、その他一連の論考による。
（16）実際の没年令は、天保八年八月三日、七十七歳没（本書第三部第十五章付「『富小路貞直卿御詠歌並千蔭呈書』について」）。
（17）前出注（7）。
（18）現在のところ、一条忠良の門人録としてまとまった書物は知られない。
（19）宮廷歌会の御人数に天皇の許しを得て加えてもらうまでに、宗匠に入門して学ぶのが当時の常であった。本書第一部第五章「光格天皇と寛政期の宮廷歌会」を参照の事。
（20）佐佐木信綱は、職仁親王に入門したと記しているが、職仁親王は明和六年には没しており、年代的に齟齬が生じる。また「歌道入門者一覧表」（『職仁親王行実』高松宮蔵版、一九三八年）にも有功の名は見えない。従って、有功が入門したのは、五代職仁《よりひと》親王ではなく、六代織仁《おりひと》親王、七代韶仁《つなひと》親王、八代幟仁《たかひと》親王の可能性もあるが、現在の所、入門者の中に有功の名を見つけられずにいる。
（21）現在のところ、久世通理の門人録としてまとまった書物は知られない。
（22）笹川臨風「文学史料　千種有功卿と翁満とのことかき」（『帝国文学』第三巻第九号、一八九七年九月）。
（23）前出注（5）。

第一部　堂上雅文壇論

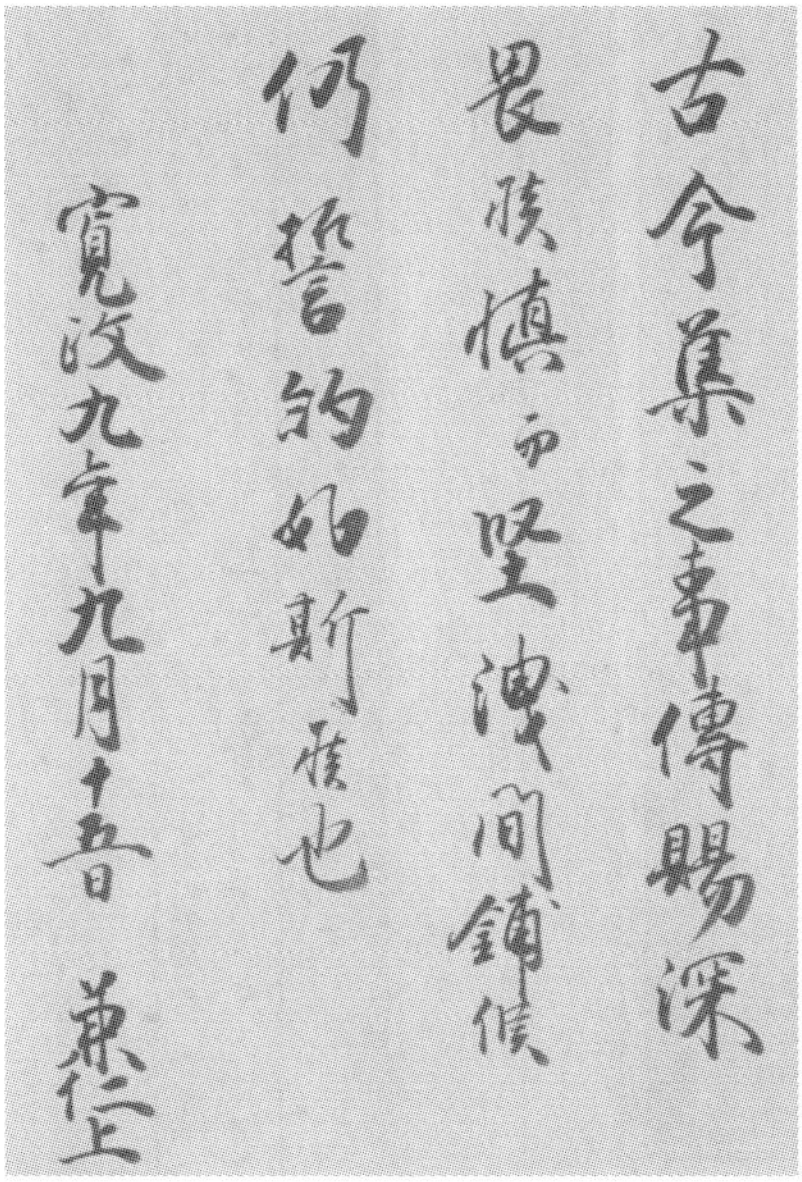
古今集之事傳賜深
畏候慎而堅洩間鋪候
仍誓約如斯候也
寛政九年九月十五日　兼仁上

東山御文庫所蔵『光格天皇古今伝受御誓紙』

東京大学史料編纂所所蔵『光格天皇画像』

第一章　御所伝受の危機——烏丸光栄から桜町天皇へ——

はじめに

桜町天皇は、享保二十年（一七三五）に即位し、断絶しかけていた御所伝受の立て直しや、歌道入門制度の導入など[1]により、近世中期の宮廷歌壇の危機を救った天皇である。門人であった冷泉為村《ためむら》は、自ら撰した『桜町院御集』（宮内庁書陵部所蔵）の序文の中で、桜町天皇のことを次のように述べている。

歌の道をすてさせ給はず、たえたるをおこし給て、御まつりごとしげき中にも、いつくしみの波を和歌のうらによせ給ひ、めぐみのかげを大やしまにおほひ給ふ。

宮中における歌の道を見捨てることなく、歌道の絶えていたのを再興し、朝廷政治で多忙な中でも和歌を慈しんだという。ここには挙げていないが、続けて為村は、桜町天皇の御会での活躍や御所伝受を相伝されたことなど、宮廷歌壇での桜町天皇の姿を活写している。霊元天皇亡き後、桜町天皇が宮廷歌壇に果たした役割は、決して少なくはない[2]。

中でも、為村の序文の「たえたるをおこし給て」という文言には注意すべきである。細川幽斎《ゆうさい》が智仁《としひと》親王に伝えてより、御所に入った古今伝受は、代々相伝されてきたものの、桜町天皇の時代に、断絶の危機にあったのである。

一　御所伝受の危機と桜町天皇の指示

烏丸光祖の『烏丸光栄略伝』（東山御文庫所蔵、ただし宮内庁書陵部所蔵マイクロフィルムによる）に、

上皇（霊元院）崩、通躬公亦薨。同（元文四）年十二月仲旬、有綸命、令公開見秘筐。是時宗匠亡没、其人少故也。

とある。記事によれば、霊元院崩御の後、中院通躬《みちみ》公も亡くなったので、桜町院の勅命で、古今伝受箱の開き見が許された。この時、歌道の宗匠である通躬が没したからだという。中院通躬は、霊元天皇と父である通茂から伝受を相伝され、伝受保持者となっていたが、元文三年（一七三八）に武者小路実陰が没した後は、御所で唯一の古今伝受保持者となっていた。その通躬が亡くなったのである。古今集の切紙の口伝を伝える人物がいなくなってしまった。御所伝受をどのように継承させてゆくか、若き桜町天皇は、頭を悩ませたにちがいない。

さて、この時の状況をより詳細に記した資料が、中院通躬の弟子であった下冷泉宗家《むねいえ》の歌道日記風聞書『秘談抄』(3)である。

以下、時系列で内容を見てゆく。

今年（元文四年）十二月二日、中院前右大臣通躬公依病薨去。去十一月廿五日マテ、烏丸前大納言光栄卿・三条西前大納言公福卿・久世前大納言通夏卿、古今講釈有之冬部マテ不残今日相済由後聞了。

元文四年（一七三九）十二月二日、中院通躬が病のために薨去した。通躬は、先の十一月二十五日まで、烏丸光栄《みつひで》、三条西公福《きんとみ》、久世通夏《みちなつ》の三人に、御所伝受の一環として『古今和歌集』の講釈をしていた(4)。下冷泉宗家の割書によれば、この講釈では、『古今和歌集』の冬の部までは残らず読了していたようである。

（中略）烏丸前大納言（光栄卿）・三条西前大納言（公福卿）、被見舞。久世前亜相（通夏卿）ト密談アリ。事了両人（光栄・公福）参内、窺之事也。夜入又両卿光栄卿公福卿両人（ママ）又被向彼亭（久世通夏亭）、被申渡家相伝之箱。久世・烏丸・三条（ママ）、三人相対。則久世亭へ伝受箱被預之旨仰之由也。御伝受勅鍵四ツ、是亦久世前亜相（通夏卿）被預也。

講釈が終わらぬまま、相伝者である中院通躬が薨去したため、講釈を受けていた烏丸光栄と三条西公福は久世通夏を訪ねて話し合いを重ね、それを御所の桜町天皇に報告した。結局、伝受箱とその伝受箱の鍵四つは、久世通夏のもとに預けられることとなった。

今日、烏丸前大納言（光栄卿）・三条（ママ）前大納言（公福卿）参内、道相伝之事彼是及言上、中院家伝受箱合封並久世前大納言家江被豫（ママ）（預カ）置事等被仰出。三条・烏丸両人、道相伝之事被仰出。近日伝受之箱可被開之旨被仰出。尤従中院前右府（通躬）直伝与可被致之旨被仰出之由也二条家伝受、古今講釈不残相済之上、三ケ日神事以切紙口伝口決被伝之事ト聞及。然所、今日通躬俄然薨。シカレバ雖為直伝、未口受口伝不被

伝、残壊之事也。烏丸・三条（ママ）、以家伝箱開見而已也

日を改めて、烏丸光栄と三条西公福が宮中に参内すると、桜町天皇が、中院家の伝受箱を久世家へ預けることなどを仰せられ、また、光栄と公福の歌道相伝については、近いうちに、家の伝受箱を開き見るようにと仰せられる。ただし、中院通躬からの直伝とするようにとのことである。中院通躬以外に御所伝受の保持者はいなかったわけだから、通躬が亡くなってしまった以上、代わりのできる者は他に誰もいない。そこで、桜町天皇は、烏丸光栄にも三条西公福にも、各家にある伝受箱を開き見るように、また、公には中院通躬からの直接の伝受とするようにと指示した。この桜町天皇の指示に、下冷泉宗家は、

二条家の伝受は、古今集講釈が残らず済んでおり、三日間の神事を以て切紙口伝が伝えられることと聞き及ぶ。しかし、今日、古今講釈の途中で通躬公が急に薨去されてしまった。そうであるから、直伝と為すと言っても、口受口伝は伝わらず、伝受の規定を破っている。烏丸光栄も、三条西公福も、それぞれ家伝の伝受箱を開き見したのみである、という。

宗家は、これは正式な伝受のあり方ではないという意見を持っている。

十二月十六日、今日烏丸前大納言光栄公・三条西大納言公福卿両卿、家伝古今伝受之箱開見之由也。此間三日神事之由也。

十二月十六日、烏丸光栄と三条西公福は、それぞれ家に伝わる伝受箱を開き見した。この間、三日間の神事を行った。

この記事の流れを簡単にまとめてみる。元文四年（一七三九）十一月二十五日まで、中院通躬は烏丸光栄、三条西公福、久世通夏の三人に、御所伝受の一環として『古今和歌集』の講釈をしていた。冬の部まで読了していたが、十二月二日、中院通躬が病のために薨去する。講釈が終わらぬまま、相伝者である中院通躬が薨去し、宮廷には、通躬に代わる相伝者がいなかったので、三人は話し合いを重ね、桜町天皇に報告する。その結果、中院家の伝受箱は講釈を受けていた久世通夏（通躬の実弟）に預けられ、烏丸光栄と三条西公福は、家伝の伝受箱を開き見るように桜町天皇の勅命があった。講釈の総仕上げとして、通躬から行われるはずだった切紙の口伝はないままであったが、桜町天皇は、通躬から古今集の秘伝を直接相伝されたとするようにとの指示があった。つまり、通躬から、切紙伝受までの従来の伝受のすべてを相伝されたことにするということである。これを受けて、烏丸光栄と三条西公福は、十二月十六日、三日間の神事を行いながら、それぞれ家に伝わる伝受箱を開き見た、ということになる。ただし、下冷泉宗家は、正式な伝受の過程を経ているわけではなく、古今伝受は成し遂げられていないと感じている。

『烏丸光栄略伝』と『秘談抄』とのふたつの記事から浮かび上がってくるのは、宮廷文化の基盤である歌道の核を担う御所伝受の流れを、ここで絶ってしまうわけにはいかないという桜町天皇の強い意志である。幕末になると、口伝はなく箱伝受のみで、御所伝受が続くということはある。しかし、元文四年（一七三九）の場合、古今伝受の保持者が突然薨去するという、近世に入って初めて起こった出来事であり、前例がないだけに、桜町天皇の苦悩も深かったに違いない。

二　伝受は途絶えたか、継続したか

『秘談抄』の中で、下冷泉宗家が述べていたように、中院通躬から烏丸光栄、三条西公福、久世通夏への古今伝受は正式に引き継がれたのか、それとも途絶えてしまったのか、ということに関しては、人々のいろいろな意見が飛び交った。古今伝受は、宮廷文化の中枢であるので、人々の関心も高まらざるをえなかったであろう。

中院通知『和歌之事』（京都大学附属図書館中院文庫所蔵）には、以下のような意見が述べられている。

無程有御沙汰（雅威卿女房有奉書云々）両卿開見也。但其後光栄公・公福卿、度々被向久世家。尤口伝有之義也。於一字者如何申所、申述条無相違、公福日記も符号之事也。一字者光栄公已後之義歟、相伝不定。幽斎も無之。

程なく桜町天皇からの御沙汰があって、烏丸光栄と三条西公福は、家伝の伝受箱を開き見た。ただし、その後、光栄と公福はたびたび、中院家の伝受箱のあった久世通夏の家に出向き、口伝を受けたという。

烏丸光栄・三条西公福の時までは、御所伝受は、第一階梯が天仁遠波伝受、第二階梯が三部抄伝受、第三階梯が伊勢物語伝受、第四階梯が古今伝受、の四段階であるのだが、その次の世代になると、古今伝受の後に一事伝受が加えられて五段階となる。中院通知は、一事伝授が、光栄・公福の時になかったことを、公福日記をも用いて述べ、一事伝受は古今伝受を初めて堂上の智仁親王に授けた細川幽斎の時にもなかったこと、また光栄以後に一事伝受が始まったのではないか、ということを述べている。通知の述べる通り、光栄の後、つまり桜町天皇の時から一事伝受は始まるのだが、このことは、後に述べる。

中院通知の『和歌之事』によれば、烏丸光栄と三条西公福は、家伝の伝受箱を開き見た後、久世家で口伝を受けたというのである。通知は、このような理由から、代々続く古今伝受の系譜を光栄と公福が継いだと考えているようである。系譜は途絶えていないというのである。

さて、陽明文庫に所蔵されている『古今集相伝抜　猪苗代所持』には、冷泉為村と猪苗代謙宜の意見が、それぞれ記されている。冷泉為村の意見は、

〇光栄・公福両卿ハ、通躬公末期之伝授故ニ口伝無ク絶タリト也。通躬公御相伝之時、通夏卿ハ縁聞ニテ口伝会得ノ人ナレドモ、光栄公ト不快故不知トテ不伝ザリシ。故ニ二条家之口伝絶タリト為村卿ノ語ラレシ。

と書かれている。烏丸光栄と三条西公福は、中院通躬の死にぎわの古今伝受であったために、切紙口伝がなく、途絶えてしまった。通躬が相伝する時、久世通夏と通躬は、兄弟であったため（通夏は中院家の出）、通夏は口伝を会得していたけれども、烏丸光栄とは仲が悪かったため、口伝のことは知らないといって、光栄には伝えなかった。よって、二条家の口伝は絶えてしまったのだ、と為村が語ったというのである。通夏と光栄の仲が悪かったので口伝が伝えられなかったという、より私的な情報を基に、二条家の伝受が途絶えてしまったことが語られる。

同じく『古今集相伝抜　猪苗代所持』の中から、次に猪苗代謙宜の説である。

○謙宜云、一説ニ通夏卿ハ光栄公ト不快ナレドモ口伝絶タルヲ気毒ガラレ、口伝可有相伝由ナリ。シカレドモ通夏卿ハ縁聞ニシテ不本伝《(ママ)》ハ不及聞トテ終ニ光栄公伝授セラレズト也。

謙宜は、ひとつの説として、「久世通夏は烏丸光栄と仲が悪かったけれども、中院通躬からの口伝が絶えたことを気の毒がって、光栄に口伝という形で相伝した」、という説を挙げている。しかし、謙宜の意見としては、通夏は通躬とは兄弟であるけれども、通夏は主な伝については聞いてはいなかったとして、とうとう光栄に伝授しなかったという見解を述べている。

中院通知は、久世通夏から烏丸光栄・三条西公福に、中院家に伝わっていた切紙口伝が行われ、御所伝受は継続されたとし、冷泉為村は、久世通夏と烏丸光栄の不仲のために、口伝が伝えられず、伝受は途絶えたとする。謙宜は、そもそも久世通夏が主な伝を聞いていなかったために伝受が成立しなかったという見解を述べている。

ここで問題にしたいのは、正式な口伝が中院通躬以降に伝えられたかどうか、ということではない。さまざまな人によって、これだけ問題視され、見解の異なる御所伝受の継続問題を、宮廷歌壇の中心にいた桜町天皇がどのように立て直し、次の時代につなげたかということである。

三　烏丸光栄と桜町天皇

桜町天皇は、霊元天皇、武者小路実陰《さねかげ》に続き、烏丸光栄を歌道師範とした。桜町天皇は、武者小路実陰に添削を受けていた十八歳の時、烏丸光栄に歌道教訓(5)を献上させる。手にした桜町天皇は、この歌道教訓書を熟覧するつもりである由を光栄に述べている。先の冷泉為村の言にもあるように、桜町天皇は、歌道にも力を注いだ天皇であった。この後、桜町天皇は、御所伝受のうち、第二階梯の三部抄伝受以降を烏丸光栄に相伝されている。歌道教訓書の事といい、御所伝受の事といい、歌道における烏丸光栄の影響は非常に大きかったと言えるだろう。

ところで、中院通躬の時には、第一階梯の天仁遠波伝受、第二階梯の三部抄伝受、第三階梯の伊勢物語伝受を経て、第四階梯の古今伝受が、御所伝受の最終階梯であったのが、烏丸光栄から桜町天皇への御所伝受の段階になると、第一階梯から第四階梯に加えて、第五階梯の一事伝受が加えられた(6)。この第一階梯から第五階梯までの御所伝受の形式は、近世後期まで続けられ、現在のところ、烏丸光栄から桜町天皇の時に、その規範ができたと考えてよい。烏丸光栄と桜町天皇の歌道の上における結びつきに加えて、光栄が、古今伝受の危機に直面したこと、また、それを回避するために桜町天皇が頭を悩ませたであろうことを考えると、古今伝受の危機を乗り切り、それを御所伝受として、より強固なものにするために、整備されて新たな階梯が付け加えられたと考えることもできるだろう。

桜町天皇は、歌道修練の結果としての御所伝受の整備に立ち会ったのみならず、次章に述べるように、天皇家における歌道入門制度も成立させている。歌道の入門から御所伝受の相伝まで、例えれば、堂上における歌道入学から卒業までの制度が成り立つのに深くたずさわったのである。

注

（1）　本書第一部第二章「近世天皇と和歌――歌道入門制度の確立と『寄道祝』歌――」。
（2）　このことについては「桜町歌壇の形成と展開」（和歌文学会第八十一回関西例会）と題して発表した。
（3）　中野三敏先生御所蔵。『秘談抄』は、『和本の海へ』（角川選書、二〇〇九年）に一部紹介されている。

（4）なお、この時（元文四年）に中院通躬が烏丸光栄・三条西公福・久世通夏に行った古今集講釈の聞書である、久世通夏筆『古今集秘抄』（写本、二冊、加藤弓枝氏所蔵本）の存在が、加藤弓枝「久世家と古今伝受資料」（『久世家文書の総合的研究』人間文化研究機構　国文学研究資料館、二〇一二年三月）で明らかにされ、久世家と古今伝受資料に関する貴重な報告がなされている。

（5）新日本古典文学大系『近世歌文集　上』（岩波書店、一九九六年）所収。

（6）横井金男『古今伝授の史的研究』（臨川書店、一九八九年）。

第二章　近世天皇と和歌——歌道入門制度の確立と「寄道祝」歌——

はじめに

享保八年（一七二三）三月十八日の柿本人麿千年忌に際し、霊元院は播磨国柿本社法楽を主催した。飛鳥井雅香《まさか》の出題による組題五十首の巻軸は、歌壇の中心的存在として活躍していた武者小路実陰《さねかげ》の次の一首であった。

寄道《みちによする》祝《いはひ》　身をあはせ千代につたへて君も臣もやはらぐ道ぞ大和ことのは　実陰（1）

人麿千年忌に奉納された五十首の巻軸歌に相応しく、古今集仮名序の「君（天皇）も人（臣人麿）も、身を合せたりと言ふなるべし」を典拠として詠出された一首である。たとえば、契沖はその著『古今余材抄』（元禄四年頃稿本成立）で仮名序のこの部分を「君臣合体して歌の道のあひにあふなり」と注しているが、実陰の脳裏においても、宮中における歌道の理想的あり方として、和歌の本質を体得した天皇と、天皇が体得した和歌の本質を身につけた臣下とが、「身を合せ」て和歌の道を歩むという姿があったのだろう。霊元院に三条西実隆《さねたか》以来の歌詠みと称された実陰が「寄道祝」という歌題の「道」を歌道と捉え、君臣の理想的姿を詠んだ一首として記憶されるべきものである。

　ところで近世後期の堂上歌壇を領導した光格天皇《こうかく》（在位一七七九―一八一七）は、その精力的な創作活動と門弟への指導によって際立った存在といえる。(2)光格天皇歌壇における特徴のうちのひとつとして、先に挙げた実陰歌にみられるような「寄道祝」が、天皇への入門時における提出歌の歌題となっていることがあげられる。天皇へ入門する門人が、誓状と「寄道祝」歌とを天皇に提出するのである。誓状や「寄道祝」歌の提出という入門手続きは、天皇家への入門という枠を取り払えば、冷泉家・飛鳥井家では早い時期からみられる。例えば、冷泉家においては誓状のみではあるが、大永（一五二一―二八）から永禄（一五五八―七〇）にかけて、各地の大名や国人が冷泉家の門弟となった際に提出した「歌道入門誓紙」がみられ、(3)飛鳥井家においては永禄十年十一月一日、毛利元就の重臣大庭《おおば》加賀守賢兼《かたかね》が飛鳥井雅教《まさのり》（のち雅春）に入門する際に提出した「神文案」（誓紙）と「兼題詠草」（「寄道祝」歌）二首がみられる。(4)しかし、誓状と「寄道祝」歌の提出は、天皇に入門する際の手続きとしては、少なくとも近世前期までには見うけられない。早くは飛鳥井家においての例がみられるとしても、宮廷歌会においては組題のうちの一首という形で見出されていた「寄道祝」歌が、誓状とともに天皇家への入門制度として導入されるようになったのはなぜなのだろうか。まず近世後期の例として光格天皇への臣下の入門時の様相を素描してみよう。

一　光格天皇への歌道入門

光格天皇に入門した臣下のうちより、ここでは、特に近衛基前《もとさき》の例によって入門時の様子をたどってみる。(5)

享和四年（一八〇四）一月十三日、光格天皇（三十四歳）は近衛基前（二十二歳）に和歌の指導を行うことを決め、勅使である花山院愛徳《よしのり》を近衛家に派遣する。愛徳は近衛家に行き、光格天皇の仰せとして、来る十五日より光格天皇が基前の和歌の添削をはじめられる旨を伝える。天皇への入門の許可である。基前は十五日に参内し、誓状と伺始の詠草を提出するよう指示されるが、詠草の題は勅題で「寄道祝」であった。光格天皇は、入門者に提出させる和歌の題を自ら「寄道祝」として選定し出題するかたちをとったのである。十五日に参内した基前は次のような誓状と詠草を提出する。

誓状

詠歌辱ク被レ下サ二　御点一候上蒙リレ
仰セヲ候条々慎ミテ守リ候而謾ニ不レ可カラ二
口外ス一候。尤モ此ノ道永ク遂ゲ二習練ヲ一
深ク可クレ染ムレ心ニ候。於イテ二違背ニ一者可クレ
蒙ル二大小神祇殊ニ両神ノ御罰ヲ一
候。畏ミ而所ノレ献ズル誓状如シレ件ノ。
　　享和四年正月十五日　基前上

詠草　　　　　　基前上

寄道祝
君がめぐみ身にあまりぬる春にあひてさかへんみちをあふぐことの葉
あふぐぞよこと葉のみちの行末もかけてかしこき君がめぐみを

誓状には、神々、特に和歌の両神に誓うという立場で①和歌添削を受ける上での教えを守り他言しないこと、②歌の道に永く習練をつくし深く心をかたむけること、が記される。「寄道祝」歌は、「道」を歌の道ととらえ、「君（光格天皇）がめぐみ」に巡り合う幸せと「ことの葉の道」（歌道）の行く末をことほぐ意味が詠み込まれる。光格天皇は端の歌に合点を施して選定し、詠草懐紙を基前に返却、誓状を自ら留めて入門手続きを終了する。これ以後、宮廷歌会に詠出する基前歌のすべてに光格天皇の目が通され、合点を付されることとなるのである。

ところで、光格天皇は寛政五年（一七九三）十二月七日に後桜町院より天仁遠波伝受を受けるが(6)、その約ひと月後の寛政六年一月十七日に門弟への指導を開始する。この日、近衛基前の例と同じように、光格天皇より勅点を許された一条忠良《ただよし》（二十一歳）、聖護院宮盈仁《えいにん》法親王（二十三歳）、烏丸資董《すけきよ》（二十三歳）の三人が参内し、誓状と「寄道祝」歌とを提出。光格天皇は提出された「寄道祝」二首のうちの一首に合点を施しそれぞれに返却。以後は宮廷歌会に詠出する歌のすべてに光格天皇の合点が施されることとなる。更に寛政八年八月二十一日には広橋伊光《これみつ》（五十二歳）、日野資矩《すけつね》（四十一歳）、高松公祐《きんさち》（二十三歳）の三人が(7)、寛政十年一月二十八日には風早実秋（四十歳）(8)が、文政三年十二月二十八日（光格は院）には霊鑑寺宗恭宮（光格天皇の姉・五十二歳）(9)が同様の手続きをとって光格天皇に入門していることが知られる。このように、光格天皇の時代には、入門を許された人々が誓状と「寄道祝」歌を提出するという手続きを経てはじめて師弟関係が成立することが知られるのである。ではこのような誓状提出のシステムが成立するのは一体いつのことなのだろうか。

二　天皇家における入門制度の成立

結論から先に言えば、それは延享二年（一七四五）、桜町天皇の時代に成立する。以下それを考証する。陽明文庫に「歌道誓状献上被仰下事」（陽明文庫一般文書目録番号　八九一八七。以下番号のみ記す）という文書一通が所蔵されている。内容から、天皇がこれより入門する者たちへ誓状の献上を促す内容であることが知られる。差出人、宛名、日付などはなく、この一通からだけでは、いつの時代の天皇の達《たつし》であるのかは知られないが、近衛家伝来の文書であることから、近衛家の入門者に対して示されたものと思われる。以下に書き下して掲げる。

Ａ「歌道誓状の献上仰せ下さる事」

歌道に執心の輩《ともがら》有りと雖も、崇敬《そうきやう》の儀を怠り易く、又疎略にし易き間、此の度御点下さるる面々、誓状の献上を仰せ下され候。自今《じこん》臣下の師弟も、最初より誓状に及び、随分《ずいぶん》道の儀、師の教訓を得、怠り無く習練を遂ぐべき也。右誓状の趣、猶ほ師の所存に任すべし。尤も師弟の約、年来に及び候者も、道に習練を遂ぐべき志深き輩は、更に誓状に及び、能々教訓を得候様に心懸《こころがけ》然るべき事。

この達には誓状提出に関する以下の三点が述べられている。①これより天皇に和歌添削を受ける人々（入門する者）はみな天皇に誓状を献上すること。②今からのちは、臣下間における師弟関係においてもはじめから誓状を提出すること。③既に入門して数年来の者であっても改めて師に誓状を提出すること。すなわち、

①天皇←臣下

②臣下（師）←臣下（弟子）

③天皇←既に入門している臣下、臣下（師）←既に入門している臣下（弟子）

という三通りすべての場合において、天皇が、門弟から師への誓状の提出を促したことが知られるのである。誓状を提出させることにより、天皇を中心とする師弟の間柄をよりわかりやすいかたちで確定したことになる。提出の理由は、歌道に熱心な者でも、長い和歌の鍛錬の過程には、師への心からの尊敬の儀を怠ったり、おろそかにしやすいものである。したがって歌道への熱心な気持ちを失わないまま習練を遂げられるよう、師へ誓状を提出し、師の教訓を体得できるように誓状の提出が促されているのである。それでは、次に門弟が天皇へ提出した誓状〈近衛内前公から桜町天皇へ提出された歌道入門誓状の控え〈陽明文庫　八九一七六〉〉の内容を書き下し文でみてみよう。

B「誓状」

詠歌《えいか》辱《かたじけな》く御点下され候上、仰せを蒙《こうむ》り候条々、慎みて守り候て、謾《みだり》に口外すべからず候。尤も此の道永く習練を遂げ、深く心に染むべく候。違背《ゐはい》に於いては、大小神祇、殊に両神の御罰を蒙るべく候。畏《かしこ》みて献ずる所の誓状件《くだん》の如し。

A「歌道誓状の献上仰せ下さるる事」の文章のなかに誓状の文面を如何にするかということに関して「誓状の趣、猶ほ師の所存に任すべし」とあり、おのおのの師の所存に任せる旨が示されていたが、天皇へ入門するさいの誓状は、管見の限りでは、幕末まですべてBと同文である。おそらくは、Aの達が出された時に天皇の示した文案が雛形として踏襲され幕末にまで及んだとみることができる。内容は、A「歌道誓状の献上仰せ下さるる事」を受けるかたちで、天皇に和歌添削を受ける上での教えを守り他言しないことや歌の道にながく習練をつくし深く心をかたむけることが神々、特に和歌の両神にかけて誓われている。では、天皇による歌道誓状の献上の達が出されたのはいつのことなのだろうか。この問いを解く鍵となる宸翰が東山御文庫に所蔵されている。以下に書き下して掲げる。

C「歌道御教訓書」（東山御文庫マイクロフィルム　六九―五―八）

（包紙）和歌誓状献上の節、披見候宸翰

歌道の教訓尤も大切の義也。其の身未熟にて貴賤に依らず今人の歌を添削する事、有る間敷《まじき》義也。仮令《たとひ》累代の家と雖も、未だ其の伝に及ばざる(10)輩《ともがら》は、門弟と称し謾《みだり》に添削致す義、努々之《ゆめゆめこれ》有るべからず。右、面々覚悟為すべき儀と雖も、猶ほ弥《いよいよ》堅く慎むべき事。

延享二年十月十八日　花押（桜町天皇）

延享二年十月十八日の日付をもつ桜町天皇の宸翰である。包紙に「和歌《わか》誓状《せいじょう》献上《けんじょう》の節《せつ》、披見《ひけん》候《そうろう》宸翰《しんかん》」と墨書されていることから、桜町天皇に門弟が誓状を献上する時、つまり入門時に披見する宸翰であったことが知られる。これまでの資料の内容を検討すると、桜町天皇よりの仰せであった**A「歌道誓状の献上仰せ下さるる事」**をうけて、門弟によって**B「誓状」**が提出され、誓状を提出した門人に桜町天皇の宸翰**C「歌道御教訓書」**が示されたということになる。このことを裏付けるかのように、A・B・Cが、三通セットで書写され伝来しているケースがある。例えば宮内庁書陵部所蔵『歌道誓状之事』（日野西家伝来）では三通を合綴して表紙をつけ、また京都大学附属図書館所蔵『中院通枝《みちえだ》記』では、桜町天皇の宸翰が記された、まさに延享二年十月十八日の条に三通がセットにして書写されている。はじめて門人に誓状の提出を促したのは桜町天皇の時代であり、それは延享二年十月十八日であったとみてほぼ間違いないであろう。

さらにこのことを跡付ける資料として、東山御文庫には延享二年十月十八日より十条にわたって桜町天皇（但し延享四年五月二日まで在位）に誓状や詠草を提出した人々の名を記した「和歌詠進作者交名」がある。（　）内に補記し、年齢を付して以下に示す。なお／は改行を示す。

D「和歌詠進作者交名」（東山御文庫マイクロフィルム）

延享二年十月十八日　（有栖川宮）音仁17／（中院）通枝24／（庭田）重熙29／（坊城）俊逸19／（高野）隆古22／（芝山）重豊43
同　　廿二日　（閑院宮）直仁42／（八条）隆英44
同　　廿六日　（近衛）内前18
延享四年正月廿一日　（西洞院）時名24
同　七月十八日　（桂宮）公仁15
同五年正月十五日　（飛鳥井）雅香46／（冷泉）為村37／（飛鳥井）雅重28
同　五月十五日　（風早）実積58
同　　廿二日　（桂宮）家仁46
同　　廿七日　（柳原）光綱38／（広橋）兼胤34
同　　廿八日　（一条）兼香57／（一条）道香27

日付と名のみが記された文書であるが、以下に述べる事例により、桜町天皇に誓状や詠草を提出した人々の名の記された書付であることが知られるのである。例えば、先にあげた『中院通枝記』の延享二年十月十八日の条に「今日被ルルレ加ヘレ詠草御点一輩、八条前相公隆英（挿入・参泉涌寺故不参云々）、大蔵卿重豊、坊城弁俊逸、事了」とあることから、この日、芝山重豊《しげとよ》と坊城俊逸《としはや》が詠草を桜町天皇に提出し、添削をうけたことが知られるが、「和歌詠進作者交名」の延享二年十月十八日の条には確かにふたりの名が記されている。『中院通枝記』では、八条隆英《たかひで》は「泉涌寺に参る故不参」とあるが、確かに「和歌詠進作者交名」の十八日の条には名がなく、二十二日の条にその名が記されている。同じく中院通枝は『中院通枝記』により、有栖川宮音仁《おとひと》親王は『職仁《よりひと》親王行実』（高松宮蔵版）により、この日に誓状を献上していたことが跡付けられ、陽明文庫所蔵「内前公歌道御誓状控　延享二年十月廿六日」（八九一―七六）からは十月二十六日に近衛内前が桜町天皇に誓状を献上していることが、宮内庁書陵部所蔵『歌道誓状之留』・『公仁親王詠草』からは延享四年七月十八日に桂宮公仁《きんひと》親王が誓状と詠草とを献上していたことが跡付けられる。以上のことから「和歌詠進作者交名」は桜町天皇へ誓状、詠草を献上した人々の日付と人名を記した、門人録的な性格をもったものであると言える。東山御文庫に所蔵されているこの記録が延享二年十月十八日から始まっていることは、天皇へ誓状を提出して入門するというシステムがこの日をもって始められたことの傍証となるのである。

三　入門時における提出詠草の検討

ではつぎに、入門時の提出詠草を検討してみよう。提出詠草の例は幕末までみられるが、まず試みに、入門制度が確立する以前のａ（桜町天皇へ）、確立後のｂ（桜町院へ）、およびｃ（桃園天皇へ）の例を掲げてみる。出典については**引用文献**を参照のこと。

a **寄松祝**（寛保三年十一月四日　近衛内前→桜町天皇）
〽陰高きときはの松に相生のよはひや君がちぎる万代
　おさまれるくにも久しく高砂の松の千年とともにさかへん

《入門制度の確立　延享二年十月十八日》

b **寄松祝**（延享四年七月十八日　公仁親王→桜町院）
〽常盤なる緑もそひて洞のうちにちとせを契る松の言の葉
　いろかへぬみどりの松のことのはをさぞまもるらむ住吉の神

c **寄道祝**（宝暦十一年十一月十四日　近衛内前→桃園天皇）
〽かしこしな君にひかれてすゑとをくまなばんみちやつきぬことの葉
　うれしさもみにあまるぞよみちにいるけふをはじめのふかきめぐみに

入門制度が確立する前の例aは、近衛内前が桜町天皇に入門するさいのものである。「寄松祝」という歌題であることから、色の変わらぬ「常盤の松」や「高砂の松」に託して、「君」（桜町天皇）の御世が永遠に続くことを寿ぐ心が詠出されている。ところが、入門制度が確立した後のbの用例（公仁親王→桜町院へ）をみると、「寄松祝」という同じ歌題でも詠出される内容に微妙なちがいがみられる。つまり、君の御世を寿ぐ心ではなく「松の言の葉」（和歌）の永遠性を寿ぐ心を詠んでいるのである。さらに代が替わってc桃園天皇の時代になると、題が「寄道祝」になっている。近衛内前は「道」を歌道ととらえ、桃園天皇に導かれて末ながく歌の道を学ぶことへの恐れ多さ、天皇に許されて今日より歌の道に入ることの嬉しさを詠出する。「道」とは天皇家の歌道を指すことが、内前の歌からは具体的にうかがわれるのである。

では、引き続きこの後の詠草を検討してみる。歌題については、後桃園天皇（在位一七七〇—七九）の時代に「寄竹祝」がみられるものの、光格天皇の時代より「寄道祝」に確定し、以後幕末まで続く。その一覧は後に掲げることとして（四）、歌題が「寄道祝」に確定してから幕末までの詠草を検討してみよう。以下に一首ずつ抜粋する。

d**寄道祝**（寛政六年一月十七日　一条忠良↓光格天皇）
直なるをうけてぞあふぐ敷島のみちのさかへは千代もかぎらじ

e**寄道祝**（寛政六年一月十七日　聖護院宮盈仁法親王↓光格天皇）
我君の恵を四方に敷しまの道のさかへは万代やへむ

f**寄道祝**（寛政六年一月十七日　烏丸資董↓光格天皇）
いく千世と猶あふぐなりしき島の道さかへ行きみが恵を

g**寄道祝**（寛政八年八月二十一日　広橋伊光↓光格天皇）
我君がめぐみあまねく敷島の道のさかへはかぎりしられぬ

h**寄道祝**（寛政八年八月二十一日　日野資矩↓光格天皇）
わが君が御代のさかへも末ながきめぐみをあふぐ言の葉の道

i**寄道祝**（寛政八年八月二十一日　高松公祐↓光格天皇）
わが君が恵を広み敷しまのみちあるみよにあふぞかしこき

j **寄道祝**（享和四年一月十五日　近衛基前→光格天皇。前出）
あふぐぞよこと葉のみちの行末もかけてかしこき君がめぐみを

k **寄道祝**（文政三年十二月二十八日　霊鑑寺第四世宗恭→光格天皇）
幾ちとせつきせぬ御代のしるしとやなをさかへゆく敷しまのみち

l **寄道祝**（天保十三年八月二十八日　近衛忠熙《ただひろ》→仁孝天皇）
をろかなる身にあまりけり敷しまの道にもかゝる君がめぐみは

m **寄道祝**（安政四年八月　近衛忠熙→孝明天皇）
けふよりは猶こそあふげことの葉の道のまことをもとつこゝろに

n **寄道祝**（安政四年八月四日　三条西季知《すえとも》→孝明天皇）
言の葉の道のうへにもさかへつゝ君が千年にあはむとぞ思ふ

o **寄道祝**（安政四年八月　飛鳥井雅典《まさのり》→孝明天皇）
言のはの道のちまたもわけなましめぐみあまねき君をしるべに

d〜oの十二例のうち、例えばfの烏丸資董の歌をみてみよう。資董は、「これから何千年とますます仰ぎます。「しき島の道」（歌道）とともにいよいよ栄えてゆく「君」（天皇）の「恵」を」と光格天皇に入門するにあたっての感慨を詠出している。歌道の繁栄は君（天皇）のめぐみによる。そのめぐみを受ける臣下（資董）が君（光格天皇）を「あふぐ」（敬う）という構造がこの歌にはみられるのである。その他の歌もいくつかみてみよう。例えば、hの日野資矩の歌は、「わが君」（天皇）の「めぐみ」によって末ながく栄えてゆくであろう御世を「言の葉の道」（歌道）によって「あふぐ」（敬う）という構造がみられる。mの近衛忠熙は、入門する今日からは、「ことの葉の道」（歌道）の「まこと」（真実）をよりどころとして、いっそう天皇を敬うといった心境を詠出し、iの高松公祐は「わが君」（天皇）の「恵」が下々のものに広くゆきわたって「敷しまのみち」（歌道）が繁栄している、その御世にめぐり合うよろこびを詠む。これらの例すべてに共通するのは、臣下にめぐみを施す天皇と、天皇を敬う臣下といった構造である。この構造において歌道の繁栄は、君のめぐみが臣下に行き渡っていることの反映（f、i）であり、また臣下にとっては天皇の御世の繁栄を敬う手段（h、m）となるものであった。

十二例すべてにこの構造はあてはまり、歌の本質を知って世を治める天皇と臣が「身を合はせ」るという、君臣一体論（古今集仮名序）がここに浮き彫りにされるのである。入門時における誓状と、これらの感慨を述べた詠草の提出は、目には見えない君臣の道を歌道入門という制度を通じて可視化するものであった。

四　江戸時代における和歌宗匠家の成立

ここで、簡略に幕末までの天皇への入門時における誓状・詠草提出の流れを示しておく。

〔入門年（西暦）月日〕　〔入門者　→　天皇〕　〔誓状〕〔歌題〕

①寛保　三年（一七四三）十一月　四日　近衛内前→　桜町天皇　×　寄松祝

延享　二年（一七四五）十月十八日　入門時における歌道誓状＋詠草二首提出制度成立

②延享　二年（一七四五）十月二六日　近衛内前→　桜町天皇　○　×

③延享　四年（一七四七）	七月十八日	公仁親王↓	桜町天皇	○		寄松祝
④宝暦十一年（一七六一）	十一月十四日	近衛内前↓	桃園天皇	○		寄道祝
⑤明和　六年（一七六九）	十一月　四日	公仁親王↓	後桜町天皇	○		
⑥安永　四年（一七七五）	六月十一日	石山基名↓	後桃園天皇	○		寄竹祝
⑦安永　四年（一七七五）	六月十一日	日野資矩↓	後桃園天皇	○		寄竹祝
⑧寛政　六年（一七九四）	一月十七日	一条忠良↓	光格天皇	○		寄道祝
⑨寛政　八年（一七九六）	八月二一日	日野資矩↓	光格天皇	○		寄道祝
⑩享和　四年（一八〇四）	一月十五日	近衛基前↓	光格天皇	○		寄道祝
⑪天保十三年（一八四二）	八月二八日	近衛忠熙↓	仁孝天皇	○		寄道祝
⑫安政　四年（一八五七）	八月　九日	近衛忠熙↓	孝明天皇	○		寄道祝

ここに掲げたデータは、桜町天皇から江戸時代最後の天皇である孝明天皇までの宸記、また門弟達の誓状の控え・入門時の詠草などから作成した。出典については本稿末尾に掲げた**引用文献**を参照されたい。紙面の都合もあり、用例をごく一部にしぼらざるをえないが、幕末までの流れが一覧できるようにした。誓状もしくは詠草がない場合は×を記し、詠草の歌題が知られる場合はそれを記している。

まず注目されるのは、延享二年十月十八日に桜町天皇によって誓状提出が確立される前後の用例①②である。①②ともに近衛内前が桜町天皇に入門するときの資料でありながら、①は詠草のみで誓状がなく、②は誓状のみで詠草がない。その理由は、内前が、誓状提出が確立される以前に既に桜町天皇に入門していたからである。内前は①の寛保三年十一月四日、桜町天皇より、和歌添削を受けており、実質的に天皇への入門が成立していた。ところが延享二年十月十八日に歌道誓状制度が成立し、既に入門している者であっても、歌の道に志の深い者はあらためて誓状を献上するよう促されたため（A「歌道誓状の献上仰せ下さるる事」）、誓状のみをあらためて十月二十六日に提出したのである。したがって①には誓状がなく、②には詠草がないという結果になっている。入門時における誓状献上制度成立の前後を示す貴重な用例といえる。図にみられるように、天皇家における歌道入門制度は幕末まで続くこととなる。

ところで延享二年十月十八日に桜町天皇によって確立された入門制度は、この後の宮廷歌壇にどのような影響を及ぼすのであろうか。桜町天皇の宸翰C「歌道御教訓書」には以下のように記されていた。

其の身未熟にて貴賤に依らず今人の歌を添削する事、有る間敷《まじき》義也。仮令《たとひ》累代の家と雖も、未だ其の伝に及ばざる輩《ともがら》は、門弟と称し謾《みだり》に添削致す義、努々之《ゆめゆめこれ》有るべからず。

ここに、伝統的な歌道の家の者であっても、伝受を相伝されるほどの力がなければ、勝手に弟子を持ち詠草に添削をほどこすことはできないということが宸翰によって示されたことになる。桜町天皇は、入門を許可した者たちに、代々の歌道の家の者であっても歌道伝受を受けないうちは門弟を持つことを禁じた。つまり、歌道宗匠としての資格は伝受の保持者であることという条件が公に示されたこととなる。

時代は下って光格天皇の時代の文化十一年（一八一四）七月、本居宣長に私淑していた興田吉従《おきたよさゆ》は(11)『諸家家業記』（『改定史籍集覧』所収）の中で、当代の和歌の家についての所見を述べている。和歌を家の職業のごとくにしてきた五家――上冷泉、飛鳥井、烏丸、中院、三条西の来歴を簡略に述べた上で「此の余、数代相勤められ候家々も之れ有り候え共、家業と申し候は之れ無く、只堪能の仁えは伝統の家より相伝之れ有り候て宗匠家と相成られ候事にて、仮令家業に致され候家々にても、伝受之れ無き節は宗匠とは申し難く、夫れ故宗匠家は其の時世にて相違之れ有り候」という。吉従の認識によれば、和歌の宗匠は伝受保持者でなくてはならない。伝受を受けなければ宗匠にはなれず、門人をもつこともできない。したがって和歌を家業とすることもできない。現在、和歌を家業としている家の当主が伝受保持者として宗匠を勤めていても、後継者が伝受を受けられなければ、和歌宗匠家としての伝統は絶えてしまう。したがって永代和歌を職業とする家はありえず、その時代その時代によって宗匠は異なるというのである。

光格天皇の時代にこのように認識されていた和歌宗匠制度は、まさしく桜町天皇の確立した入門制度の発展した姿である。天皇より伝受を授けられた者のみが和歌宗匠たる資格をもつため、宗匠となるにはまず天皇に入門せねばならない。桜町天皇の確立した入門制度は、天皇への入門から和歌宗匠となる資格までを制度化するものであった。ここに、中世よりの伝統から解放された新たな和歌の宗匠制度が確立する。冷泉・飛鳥井・烏丸・中院・三条西といった伝統の家の出身でなくとも、伝受を受けられるほどの和歌の才能や、歌道に邁進する心構えがある者であれば宗匠になることができる。桜町天皇が始めた誓状制度は、実力のある者により広くひらかれた制度でありながら、入門・伝受という歌人の資質を決定する力が天皇の手にゆだねられていたがゆえに、天皇を中心とする宮廷歌壇の営みをより強固にする制度でもあった。後水尾院から霊元院へと徐々に進められてきた天皇家を中心とする宮廷歌壇の整備が桜町天皇の時代に一応の完成をみたと考えてよいだろう。

おわりに

桜町天皇の確立した入門制度は、歌道における君臣一体論の理念を顕在化するものであった。また、制度的には、中世以来の歌道家から天皇家を中心とする宮廷歌壇への改革の完成でもあった。では、なぜ桜町天皇の時代に誓状制度が確立したのか、その必然性についての見通しを述べて稿を閉じたい。

A「歌道誓状の献上仰せ下さるる事」、**B「誓状」**、**C「歌道御教訓書」**の三通の内容を検討すると、三通に共通するキーワードがある。「教訓」と「習練」である。歌道を成就させるために最も大切なものが師の「教訓」と、それを受けての弟子の「習練」であることが繰り返し説かれているのである。

桜町天皇は、「寄道祝」歌の詠出者として本稿冒頭にあげた武者小路実陰に天爾遠波伝受を授けられる。しかし実陰が病没し、以後は、三部抄伝受、伊勢物語伝受、古今伝受と烏丸光栄に授けられた。光栄は、「今人丸」とも称された歌人で[12]、桜町天皇の和歌師範として添削を行い、また享保以後は唯一の伝受保持者でもあった。桜町天皇が十七歳の時（元文二年十二月十八日）、光栄は桜町天皇に望まれて歌道習練のための覚悟を記した歌道教訓書『烏丸光栄歌道教訓』を進上した[13]。『烏丸光栄歌道教訓』は詠歌稽古のための心構えを説いたものであるが、まさに師の「教訓」と弟子の「習練」とを軸に展開する。光栄の教えは、若き桜町天皇に大きな影響を及ぼしたのではないかと考えられるが、延享二年のA「歌道誓状の献上仰せ下さるる事」、B「誓状」、C「歌道御教訓書」の内容が、『烏丸光栄歌道教訓』と重なる部分が多いのである。あるいは、入門制度の確立に、桜町天皇の和歌師範であった烏丸光栄の影響が大きく及んでいたのかも知れない。

注

（1）宮城県立図書館伊達文庫所蔵『禁裏仙洞御会留』（国文学研究資料館紙焼写真）による。

（2）光格天皇とその歌壇については、本書第一部第四章（初出「光格天皇とその周辺」〈『文学』二〇〇一年九―十月号〉）を参照のこと。
（3）『冷泉家時雨亭叢書　第五十一巻　冷泉家古文書』（朝日新聞社、一九九三年）所収。
（4）小高敏郎「資料紹介　飛鳥井家の歌道秘伝書」（『共立女子短期大学部紀要』第一号、一九五七年十二月）。
（5）陽明文庫所蔵「基前公献上ノ書状」及び「伺始詠草」（陽明文庫一般文書目録番号八九二二六―二七）による。
（6）陽明文庫所蔵「歌道御伝授年月　光格天皇以下内前公等」（八九一八九）、横井金男『古今伝授の史的研究』（臨川書店、一九八九年）。
（7）本書第一部第四章「光格天皇歌壇の形成」を参照のこと。
（8）「風早実秋詠草伺御留」（東山御文庫マイクロフィルム　一一〇―五―五―九）。
（9）『光格天皇と幻の将軍』四十二頁（社団法人霞会館、二〇〇一年九月）。
（10）本文は「未《ママ》不及其伝輩」とある。
（11）吉従は光格院と近しい関係であった富小路貞直卿と宣長との仲介をしている（『鈴屋大人都日記』〈本居宣長全集　別巻三、筑摩書房、一九九三年〉）。
（12）土肥経平『風のしがらみ』（日本随筆大成第一期10、日本随筆大成編輯部、一九七五年）に「烏丸内府光栄は近き世に稀なりし堪能におはしければ、俗には今人丸と称せしほどの事なり」とある。
（13）新日本古典文学大系『近世歌文集　上』（岩波書店、一九九六年）所収「烏丸光栄歌道教訓」。

引用文献

a陽明文庫所蔵「内前公堅御詠草　桜町院御点」
b宮内庁書陵部所蔵「公仁親王詠草　七通」
c陽明文庫所蔵「内前公歌道御誓状控、御題、内前公堅御詠草」

d～i東山御文庫所蔵「詠草伺留」（宮内庁書陵部所蔵マイクロフィルム）
j陽明文庫所蔵「伺始詠草」
k注（6）に同じ
l陽明文庫所蔵「献上ノ和歌並誓状」
m～o宮内庁書陵部所蔵　鷹司政通『安政四年　勅点下見和歌』
①陽明文庫所蔵「内前公堅御詠草　桜町院御点」
②陽明文庫所蔵「内前公歌道御誓状控　延享二年十月廿六日」
③宮内庁書陵部所蔵『歌道誓状之留』・同所蔵『公仁親王詠草』
④陽明文庫所蔵「内前公歌道御誓状控、御題、内前公堅御詠草」
⑤宮内庁書陵部所蔵『歌道誓状之留』
⑥⑦宮内庁書陵部所蔵『後桃園院天皇宸記』
⑧東京大学史料編纂所所蔵『忠良公記』・東山御文庫所蔵「詠草伺留」（宮内庁書陵部所蔵マイクロフィルム）
⑨国立国会図書館所蔵『当今御点』・東山御文庫所蔵「詠草伺留」（宮内庁書陵部所蔵マイクロフィルム）
⑩注（5）に同じ
⑪陽明文庫所蔵「献上ノ和歌並誓状」
⑫陽明文庫所蔵「忠熙公御誓状」・同所蔵「忠熙公御詠草」

第三章　光格天皇とその時代

近世中期から後期にかけて、宮廷歌壇を領導した光格天皇は、近時、藤田覚氏等によって、その政治史的意義が明らかにされつつある。(1)しかし、光格天皇の全体像は、その文化的側面、なかんずく和歌にかかわる活動を踏まえればより明瞭に見えてくると思われる。

一　光格天皇の登場

現在のところ、最後の女帝として記憶される後桜町院は、幼い光格天皇が践祚《せんそ》した安永八年（一七七九）から程ない天明期に次のような和歌を近衛内前《うちさき》にしたためている。

をろかなるわれをたすけのまつりごとなをもかはらずたのむとをしれ(2)

後桜町院が内々にこの和歌を下賜した近衛内前は、桃園・後桜町・後桃園天皇の御世を摂政・関白としてながく支えてきた人である。後桜町院は、弟の桃園天皇が早世した際、幼かった甥の後桃園天皇が即位するまでの中継ぎの天皇として即位した。ここに現在までにおいて、最後の女帝が誕生する。しかし、その後皇位を継承した後桃園天皇も急逝した。後桜町院にしてみれば、父の桜町上皇が早世して以来、弟の桃園天皇、甥の後桃園天皇という度重なる天皇の早世に動揺し、不安定な皇位継承に心を悩ませていた。急逝した後桃園天皇にはわずか一歳の皇女（のち光格天皇の皇后）しかおらず、急遽、閑院宮家《かんいんのみや》から祐宮《さちみや》（光格天皇）が養子として参内し践祚することとなる。(3) 先例のない他家からの養子と、祐宮のわずか九歳という幼さに将来への不安も少なからずあったにちがいない。内前にこれまでと変わることのない後ろ盾を託する一首をしたためたのである。

一方、幼い祐宮にとっては突然の出来事であり、物事のなりゆきを把握できぬままの宮中への参内、践祚であったろう。閑院宮家二代典仁《すけひと》親王の第六王子として誕生した祐宮は、他の宮家の男子の多くがそうであるように、将来は出家して聖護院《しょうごいん》宮門跡《もんぜき》を継ぐことが定められていたからである。ともかくも名を兼仁《ともひと》と改め、翌九年（一七八〇）、十歳で即位をした。年号は天明と改元され、元服。天皇としての教育が本格的に開始される。

このような事情から後桜町院が光格天皇に注いだ教育熱にはひとかたならぬものがあった。光格天皇もまた後桜町院の期待に応えて熱心に学問に励んだ。光格天皇の文才、また学問好きは世間でもよく知られたもので「御天性・文才、備わらせ給ひ、御学文を好ませ給ひ、古今を知り、わが国の歌道また有職の道にうとからず。絶たるを継ぎ、廃れたるを興し給ふ聖主なりと人々申あえり」（京都大学附属図書館所蔵『反汗秘録』）と実録体小説に描かれるほどであった。

光格天皇はさまざまな学芸に対し積極的に取り組むが、宮廷文化の中核ともなる和歌には、とりわけ力を注いだ。これは、後桜町院の姿勢とも共通するものである。

二　光格歌壇の形成

天明元年（一七八一）一月十日、元服を終えた光格天皇は後桜町院に自ら詠んだ和歌を提出し教えを仰いだ。このとき十一歳。即位後はじめての「御代始」と呼ばれる禁中における和歌御会始を二週間後（二十四日）に控えていた。歴代の天皇がそうして歌の力をつけていったように、光格天皇も、新たに作品を詠出するごとに後桜町院に添削を受け、修練を積んだ。仙洞《せんとう》（院御所）では禁中（内裏）に先んじて十八日に和歌御会始が行われるのが慣わしであるが、新天皇を迎えての初めての仙洞歌会始の歌題は「寄民祝国」というものであった。その時の後桜町院の歌を挙げる（国立国会図書館所蔵『仙洞和歌御会』）。

民やすきこの日の本の国のかぜなをたゞしかれ御代のはつ春

皇位に就いたばかりの光格天皇の御代を寿《ことほ》ぐ気持ちはもちろんのこと、祈りにも似た後桜町院の思いまでも読み取れる歌である。

後桜町院に和歌の指導を受けながら、内裏ではさらに、光格天皇の和歌を鍛錬するための特別な歌会が始まった。十名前後の少人数で行われた歌会である。古来積み重ねられてきた古典和歌に関する一定の知識を持ち、実作者としても長年の修練を積んできた、閑院宮典仁親王（光格天皇の実父）・日野資枝《すけき》・烏丸光祖《みつさき》等を中心とし、多い時には月に三回催された（東京大学史料編纂所所蔵『光格天皇御内会』）。「御内会《ごないかい》」とよばれるこの私的な歌会は、内裏で催され

る公的な歌会とは別に催された会である。光格天皇がいかに集中して和歌の修練に臨んだかが知られるだろう。(4)

ところで、宮廷歌学を支える土台であった御所伝受は、歌学の修学の上に、天仁遠波《てにをは》伝受、三部抄伝受、伊勢物語伝受、古今伝受、一事伝授受という五段階を授けられるもので、光格天皇は、寛政五年（一七九三）から寛政九年（一七九七）にかけて後桜町院より御所伝受を受け、宮廷文化の中心としての歌学を堅持し、充実させてゆく役割を継承することとなる。伝受の保持者となった光格天皇は、門下への和歌の指導を開始し、宮廷歌会をより強固なものにしてゆくこととなる。

宮廷における和歌は、後水尾天皇、霊元天皇と、強力な指導力をもった天皇によって息を吹き返してきた歴史がある。(5)光格天皇は、まさに近世後期の宮廷歌壇を最盛期へと導く力量をもった人物として成長するのであるが、その始発として「御内会」のような修練の会があったのである。

光格天皇を歌人として養育することを目的として催された「御内会」には、将来の宮廷歌壇を担う人材が多く出座しており、まさに「光格歌壇」の濫觴《らんしょう》と位置づけられる会であった。この濫觴の会を皮切りに、天明・寛政期の宮廷歌会は、天明八年（一七八八）に起こった大火や度重なる諒闇《りょうあん》によって中断を余儀なくされつつも、光格天皇を中心として、実に熱心に取り組まれた跡がみられる（国立国会図書館所蔵『内裏和歌御会』等）。江戸時代の宮廷においても和歌がその文化の中心として位置付けられ、歌会が運営されていたことが知られるのである。では、光格天皇を中心とする歌会グループ（以下「光格歌壇」と呼ぶ）の主軸となる歌人たちをみてゆこう。

三　光格歌壇を支える歌人たち

天明・寛政期の光格歌壇を見渡すと、光格歌壇の濫觴である「御内会」から変わることなくその中枢に位置しているのが、閑院宮典仁親王・美仁《はるひと》親王父子、中山愛親《なるちか》・忠尹《ただただ》父子、冷泉為泰《ためやす》・為章《ためふみ》父子、飛鳥井雅威《まさたけ》、日野資枝・資矩《すけつね》父子、芝山持豊《もちとよ》、有栖川宮織仁《おりひと》親王、広橋伊光《これみつ》、風早実秋《かざはやさねあき》、久世通根《みちね》といった人々である。(6)

閑院宮典仁親王は「天子の御実父にてまし〳〵ければ、御所中の尊敬もかく別にして、しかも歌道の御達者にておはします」（『反汗秘録』）との風説があるごとく、宮廷歌学の要であった御所伝受を保持し、幼い天皇が和歌の力をつける指南役として十二分な知力と才能を兼ね備えていた。光格天皇より十四歳の年長であった美仁親王も同様である。典仁親王・美仁親王父子はそれぞれ光格天皇の実父と実兄にあたる。二人は、仙洞にいる後桜町院に比べて、身近に接することが可能であり、光格歌壇の基礎作りに大きな力を及ぼした。

冷泉為泰・為章父子、また飛鳥井雅威は、宮廷歌会のなかでも特別な位置にあった。中世以来の伝統を継承し続けてきた和歌の家の者として、他の家とは一線を画していた。例えば、一年に何十回と催される宮廷歌会の出題を担当するのは、宮廷歌会資料によれば、天皇以外では、飛鳥井家・冷泉家の者のみである。(7) このことは幕末まで変わらず、宮廷歌会を運営するためになくてはならない家として存在した。

ところで、当時冷泉家と全国の門人を二分するほどの権勢を誇っていたのが日野家である。森山孝盛《たかもり》の随筆『蜑《あま》の焼藻《たくも》の記』によれば、ちょうどこの頃、年久しく冷泉家の門人であった人々の多くが、日野家に移ってしまったり、世間では、冷泉家と日野家の門人争いのことが話題になっていたらしい。(8) 当時日野資枝が、歌人としての力量において光格歌壇の中心的位置を占めていたことは事実である。資枝は、典仁親王・光格天皇から御所伝受を授けられ、息男資矩ともども光格歌壇の始発からその中枢の歌人として歌会に出座し続けている。また資矩も寛政八年（一七九六）より光格天皇の勅点を受け、ゆくゆくは御所伝受を授けられる歌人として修練を積んでいた。

中山愛親、広橋伊光《これみつ》は、「中山大納言物」と総称される江戸後期に流行した実録体小説にも登場する議奏である。そのひとつである『反汗秘録』にも「中山殿は当時議奏の職にして和漢の文才ありて有職の達人なり（中略）禁裏の寵臣にして世に用ひらるる人なり」と、光格天皇の寵臣として描かれ、天明の大火で全焼した御所を復古的御所に造営する際や尊号事件の際に、幕府との交渉にあたった。伊光は寛政八年より光格天皇から和歌の指導を受け、愛親と並び称せられる武家伝奏の正親町公明《おおぎまちきんあきら》は尊号事件のころから光格歌壇の一員となる。他に、美仁親王と並ぶ力量のあった有栖川宮織人親王や、のちに光格天皇の門人となって指導を受ける風早実秋、久世通根などが、光格歌壇の主要メンバーであった。

四　歌学復古の風潮

光格天皇の実兄にあたる妙法院宮真仁《しんにん》法親王は、当代一流の地下文人を積極的に自邸に招き、一種の芸文サロンを形成したが(9)、京住の芸文家のみでなく、江戸の加藤千蔭・村田春海・三島自寛や伊勢の本居宣長など、古学者として、また歌人として力量のある人々の著作や作品にも積極的に関心をもった(10)。当時、和歌四天王と称され古学にも造詣の深かった地下歌人小沢蘆庵に入門したり(11)、宣長の『古事記伝』初帙を光格天皇に献上して天覧の機会を作ったり(12)、宮廷歌会に万葉書の和歌を提出して、訓読できなかった奉行冷泉為章のためにひらがなをふってやったり(13)、「これも又ふるきにかへせ諸人の心をたねの敷島のみち」という歌道を古に復そうとする志を詠んだりした。[14] これらのことに加えて、遅れている堂上家の和学・歌学を古に復そうとする古学グループの旗振り役をしたという風聞も伝えられている。[15] このような経緯からは、地下の古学者・歌人から積極的に学び、自らも古学に造詣の深かった真仁法親王が堂上家にも古学をひろめようとしていた姿が浮き彫りにされてくる。

真仁法親王は、光格天皇の実兄ということもあり、しばしば参内しては光格天皇に対面している（光格天皇自筆『光格天皇御日記案』）。そこで、なされた対話については書きとどめられてはいないが、真仁法親王の志向していた古学が話題となったことも、あるいはあったかもしれない。ところが、宮廷文化の中心で宮廷歌会を先導していた光格歌壇のメンバーのなかには真仁法親王の姿はなく、むしろ光格歌壇の活動からはある一定の距離を保っていた。[16]

十八世紀から十九世紀への変わり目に位置する天明・寛政期（一七八一—一八〇〇）、光格天皇は、廃絶していた宮中のさまざまな儀式や神事を再興し、略式であったものを古い形式に復した。光格天皇にとってちょうど十一歳から三十歳の時期にあたる。この間は、光格天皇にとって避けがたい難件が続出した時期であった。例えば、米価が高騰し、各地で一揆・打ちこわしが勃発、餓死者を多く出した天明の大飢饉では、人々が光格天皇に救いを求め、御所の回りをぐるぐる廻って祈願する「御所千度参り」と称される現象が起こった。また、天明八年（一七八八）には応仁の乱以来といわれる大火事が起こり、御所・仙洞御所などを含む京都市中の大半が焦土と化した。

光格天皇は新御所の造営にあたり平安時代の内裏への復古を目指し、幕府との駆け引きを経て実現させることとなる。この時の御所造営総奉行は、幕府側は老中松平定信。また朝廷側は中山愛親、広橋伊光、勘修寺経逸《かじゅうじつねとし》といった[17]光格歌壇のメンバーであった。さらに光格天皇は「禁中並公家諸法度」で定められた規定により、臣下の摂政はおろか三公（太政大臣、左大臣、右大臣）の下に座らねばならなかった実父典仁親王のため、親王に太上天皇（天皇が譲位した後の称号で上皇のこと）の尊号をおくり、上皇という地位にして宮中での席順をあげようとした。しかし、この要請は幕府に聞き入れられず、かえって議奏の中山愛親と武家伝奏《てんそう》の正親町公明が江戸に召還され、処罰を受けるという結果に終わった。いわゆる尊号事件である。前述したようにこの事件は、のちに中山大納言物語などと称されて幕末まで人々に写本で読み継がれてゆくこととなるが、この現象からもうかがわれるごとく、光格天皇の動向は市中の人々の関心をあつめていた。天明・寛政期に光格天皇が目指した古き良き時代への精神は、京都市中にもゆきわたり、街には復古的気分がかもしだされていた。兄の真仁法親王が、宮中の歌学を古に復そうとしていたと風聞されるのも、ちょうどこのころのことであった。

しかし、さまざまな朝儀や神事を古に復した光格天皇と堂上家の歌学を古に復そうとした真仁法親王の方針は一見一致しているかのようにみえるが、実は、大きな隔たりがあった。宮廷に受け継がれてきた御所伝受を保持し遵守してゆかねばならない立場の光格天皇と、堂上家の伝統的歌学を革新しようとする真仁法親王の立場は宮廷歌壇では相容れないものだからである。

ところが、光格歌壇のメンバーのなかには、伝統的和歌の家である冷泉為泰・為章や飛鳥井雅威といった歌人と同時に、本居宣長と親交のあった日野資枝、中山愛親・忠尹、芝山持豊といった歌人がその構成員になっていることが知られる。日野資枝やその子資矩、孫の資愛《すけなる》、中山愛親・忠尹父子、芝山持豊は何かと地下の人々との交遊があり、古学よりの人々として当時の諸々の文献に登場する。つまり、光格歌壇には、冷泉家・飛鳥井家に代表される伝統を遵守する歌人と、日野家・芝山家・中山家などのような古学に関心のある歌人たちの両方が共存していたのである。

光格天皇は、宮廷歌壇の中心人物として、伝統を守り、歌会制度を強化していく立場にあったが、一方で、古学・古風といった新しい風を取り入れようとしていた歌人をも自らの歌壇の一員として重用していた。新しい風を不断に取り入れることによってはじめて、宮廷文化の伝統を生き生きと維持することができるということを知っていたからだとも言えるが、血縁においても、御所伝受の保持者として伝統的な立場にあった美仁親王と、古学を唱え積極的に地下歌人に接触する革新的な真仁法親王という二人の兄をもっていたことと無関係ではないかもしれない。伝統と革新との双方への志向と、光格天皇をとりまくこのような環境とが、この後の光格歌壇をいっそう活性化させてゆくこととなるのである。

五　光格天皇の皇居に対する感慨

光格天皇は、文化十年（一八一三）三月、念願だった石清水臨時祭を約三百八十年ぶりに、翌年十一月には賀茂社臨時祭を再興し、文化十四年（一八一七）三月二十二日、四十五歳で譲位した。後桃園天皇の後の皇位継承者として選ばれ、急遽参内してから三十九年。譲位を控えた光格天皇が、在位中を振り返り、その年の正月の禁中御会始で詠出した感慨は次のようなものであった。

毎年愛花

ゆたかなる世の春しめて三十あまり九重の花をあかず見し哉

譲位した光格院は、院政を行った。その間二十三年に及ぶ。宮廷歌壇を担う新たな歌人たち——一条忠良《ただよし》、庭田重嗣《しげつぐ》、飛鳥井雅光《まさみつ》、有栖川宮韶仁《つなひと》親王、高松公祐《きんさち》等を育て、仁孝天皇に御所伝受を授け、天保十一年（一八四〇）十一月十九日、七十歳でその生涯を閉じる。

注

（1）藤田覚『近世政治史と天皇』（吉川弘文館、一九九九年）、同『天皇の歴史06巻　江戸時代の天皇』（講談社、二〇一一年）、その他。

（2）天明元年~同五年三月二十日に記されたもの。陽明文庫所蔵「後桜町天皇宸翰御詠草」（重要美術品　一幅　一二）。以下のような解説がある。「軸箱の蓋表に近衛内前の筆にて「天明上皇御製宸筆」と書かれている。即ち十歳という若年で即位した光格天皇の後見としての後桜町上皇の心境が歌意から窺える。おそらく、永年にわたり摂政あるいは関白として、後桜町・後桃園両帝の治世を支えてきた内前にたいして、更なる支援を和歌に託して依頼した、全く私的な詠作といえよう。」（『日本の歴史を彩った女性の書』社団法人日本書芸院・読売新聞社、二〇〇二年）。

（3）久保貴子『近世の朝廷運営——朝幕関係の展開——』（岩田書院、一九九八年）。

（4）光格天皇の御内会については、本書第一部第四章（初出「光格天皇とその周辺」〈『文学』二〇〇一年九—十月号〉）を参照のこと。

（5）鈴木健一『近世堂上歌壇の研究　増訂版』（汲古書院、二〇〇九年、初版一九九六年）、上野洋三『近世宮廷の和歌訓練』（臨川書店、一九九九年）、同『元禄和歌史の基礎構築』（岩波書店、二〇〇三年）、大谷俊太『和歌史の「近世」道理と余情』（ぺりかん社、二〇〇七年）、高梨素子『古今集古注釈書集成　後水尾院講釈聞書』（笠間書院、二〇〇九年）、その他。

（6）本書第一部第四章を参照。

（7）中院通知『和歌ノ事』（京都大学附属図書館所蔵）をも参照。

（8）久保田啓一『近世冷泉派歌壇の研究』（翰林書房、二〇〇三年）。

（9）宗政五十緒「真仁法親王をめぐる藝文家たち」『日本近世文苑の研究』（未来社、一九七七年）、飯倉洋一「妙法院宮サロン」（論集近世文学5『共同研究　秋成とその時代』所収、勉誠社、一九九四年）など。

(10) 兼清正徳『澄月傳の研究』(風間書房、一九八三年)、田中康二「妙法院宮――『妙法院宮御園十二景』の成立――」(『江戸派の研究』所収、汲古書院、二〇一〇年) など。
(11) 中野稽雪『小沢蘆庵』(里のとぼそ第一集、蘆庵文庫刊、一九五一年) など。
(12) 飯倉洋一「本居宣長と妙法院宮」(『江戸文学』第十二号、一九九四年七月) など。
(13) 橋本経亮『橘窓自語』(日本随筆大成第一期4、日本随筆大成編輯部、一九七五年)、国立国会図書館所蔵『内裏和歌御会』。
なお、本書第二部第十一章を参照のこと。
(14) 本書第三部第十五章第四節を参照のこと。
(15) 本間游清『みゝと川 (上)』(愛媛大学文学資料集5、一九九二年)。
(16) 本書第一部第四章を参照。
(17) 藤田覚『近世政治史と天皇』(吉川弘文館、一九九九年)。

第四章　光格天皇歌壇の形成

一　光格天皇

明和八年（一七七一）八月十五日、閑院宮《かんいんのみや》家の二代当主典仁《すけひと》親王に第六王子が誕生する。のちの光格天皇である。幼名は祐宮《さちみや》。翌安永元年には聖護院門跡を継ぐべき付弟とされ、出家するまでの日々を閑院宮家で過ごしていた。祐宮には、のちに宮家を継承し堂上歌壇の中枢に位置することになる美仁《はるひと》親王や、当代一流の地下の芸文家を集め、京文壇にハイレベルな文事的雰囲気を醸成する妙法院宮真仁《しんにん》法親王など五人の兄がいた。天皇を継がない宮家の男子の多くは出家し門跡寺院に入ったが、祐宮も例外ではなく、わずか二歳で聖護院門跡という将来が定められたのである。(1)

ところが、安永八年（一七七九）十月二十九日、後桃園天皇が急逝する。後継天皇として白羽の矢がたったのは祐宮であった。その事情は、藤田覚『近世政治史と天皇』（吉川弘文館）・久保貴子『近世の朝廷運営』（岩田書院）などに詳しい。祐宮は名を兼仁《ともひと》と改め、翌安永九年十二月四日に即位。天明元年（一七八一）一月一日に十一歳で元服して、天皇としての教育を受けはじめる。(2) 仙洞の日次《ひなみ》記である『日次案』(3)（天明元年）によれば、この年の一月十日に「主上御詠草拝見始の事」との記述があり、後桜町上皇が天皇の和歌を初めて見たことが、また五月七日の記述から

「御読書始」が行われたことが知られる。

光格天皇の在位中には、政治的・文化的に重要な出来事がいくつもあった。本論に入る前に、光格天皇が関わったいくつかの歴史的な事件について略述しておこう。

第一に挙げるべきなのは、天明八年（一七八八）の一月晦日未明、御所の南東、鴨川東岸の宮川町団栗図子の空き家から出火した、いわゆる天明の大火と、それに伴う新内裏造営である。この大火で内裏をはじめとして京都市中の過半が焼失したが、朝廷は御所・仙洞御所を再建するに際して、部分的にではあるが、復古的な御所の造営をねがい、平安時代の内裏を復元的に解明した『大内裏図考証』の著者裏松光世《みつよ》に諮問したりもした。幕府と朝廷の間で意見の食い違いはあったものの、結果的には朝廷側の意見が通って内裏が再建され、寛政二年十一月二十二日、光格天皇は仮御所であった聖護院から遷幸する。この内裏再建を契機に、朝儀の再興などの復古的施策が行われ、朝権は強化されることになる（前掲藤田覚氏著書）。文化的にみても、有職故実・古学の興隆に、少なからず影響を与えたと思われる。なお、この行幸は、伊勢の本居宣長をはじめ、当時のさまざまな人物が拝観した。

次に挙げるべきなのは、尊号事件である。皇位についた光格天皇は、実父閑院宮典仁親王が御所内で、臣下である三公（太政大臣および左右大臣）の下に座さねばならないことに耐えられず、太上天皇という称号をおくろうとした。そうすれば座次があがるからである。元服した翌年の天明二年（一七八二）十二歳の時より働きかけ、寛政元年（一七八九）年、正式にその「御内慮」が幕府に伝えられたが、光格天皇の要求は通らなかった。その後も朝幕間で折衝が続いたが、尊号宣下は実現せず、天皇に近い議奏の中山愛親《なるちか》、武家伝奏の正親町《おおぎまち》公明《きんあきら》などが処罰されるという結果に終わった。しかし、この事件を題材とした実録体小説では、朝廷側が勝利したように書かれていて、世間の朝廷びいきというべき状況が起こりつつあったことがうかがえる。朝幕関係が政治的問題として浮上するきっかけになった事件であった。

このように政治的に重要な出来事の当事者であったばかりでなく、文化的にも光格天皇は大きな影響力をもっていた。歌会を盛んに催し、近世後期の宮廷歌壇を最盛期へと導いた天皇であったが、その影響力を示すひとつに、光格天皇自身が古今伝受に大きく関わっていたということがある。神事・祈禱を伴った宮廷行事のひとつである御所伝受は、「てにをは伝受」「三部抄伝受」「伊勢物語伝受」「古今伝受」「一事伝受」の五段階がある（上野洋三「堂上と地下」、『和歌史』和泉書院）が、光格天皇は、寛政五年（一七九三）二十三歳で第一段階の天仁遠波伝受を、二十六歳で第二段階の三部抄伝受と第三段階の伊勢物語伝受を、二十七歳で第四段階の古今伝受と第五段階の一事伝受を後桜町院より相伝され、御所伝受の保持者となった。そして寛政十年、日野資枝《すけき》への伊勢物語伝受を皮切りに、仁孝天皇、飛鳥井雅威、風早実秋《さねあき》、久世通根《みちね》等々を指導して伝受を相伝し、宮廷歌壇の指導者的存在となってゆく。光格天皇主催の歌会については後に詳しく述べる。

また、朝儀の復興を積極的におこなったことは前述したが、思想的にも、地下の国学者に関心を示し、古学の振興に力を尽そうとした。このことに関しては、兄の妙法院宮真仁法親王の役割も大きい。先に述べたように、真仁法親王は、当代一流の地下の芸文家を集め、古学に対する造詣も深かった。親王は寛政二年十月、非蔵人橋本経亮《つねすけ》、藤島宗順《むねのぶ》等の仲介を経て、本居宣長の『古事記伝』初帙と『詞の玉緒』を閲覧し、『古事記伝』続編が成ったならばふたたび献上するように宣長に指示した。また、『古事記伝』初帙は親王の仲介によってさらに禁裏へも献上された[4]。また文政六年（一八二三）、光格天皇は譲位して既に上皇となっていたが、平田篤胤の『古史成文』『古史徴』『霊の真柱』などを侍読富小路貞直とその女明子を仲介として叡覧し「述作之趣意　御感不浅之旨」（篤胤宛貞直書簡）を明子、貞直を通じて篤胤に伝えている。貞直はその後の上意によって『古史成文』の序文を宣命体で記してもいるのである

（山田孝雄『平田篤胤』・渡辺金造『平田篤胤研究』）。

ところで、本間游清《ゆうせい》の随筆『み丶と川』（愛媛大学文学資料集5）に「歌学復古」と題された一文がある。この記事には、一部の堂上歌人、また地下歌人をも引入れたグループの間に「堂上方和学の陵遅《りょうち》しぬるを嘆かせ給ひ、是を古に復して堂上の人々をみな古学に引入んと」する気運が高まっていたことが記されている。人物の把握の仕方などに多少の混乱がみられるが、寛政から文化のはじめにかけての京文壇の動向に対して、このような風聞があったことは示唆的である。その歌学復古グループの一員として名が挙がっているのが、まさしく光格天皇の兄妙法院宮真仁法親王と侍読富小路貞直であった。光格天皇は真仁法親王を通して宣長の『古事記伝』を、貞直を通して篤胤の『古史成文』等を閲覧したが、当時、これらの人物を経て地下の国学などに興味を示していた光格天皇像がおぼろげながら浮かび上がってくるのである。

二　光格歌壇の濫觴――天明期の御内会――

先に述べたごとく、光格天皇に対する和歌教育がはじめられたのは即位後の十一歳の時であった。たとえば、御所伝受を整備し、元禄年間から享保年間にかけての堂上歌壇を領導した霊元天皇は、後水尾天皇の第十九皇子として生まれ、九歳で元服、十歳で践祚して和歌御会始、水無瀬宮法楽和歌御会などに詠進し、その後天皇として即位している（鈴木健一「霊元院歌壇主要事項年表」『近世堂上歌壇の研究　増訂版』）。霊元天皇が和歌教育を受けてから御会和歌に詠進し、即位という順序をとっているのに対して、光格天皇の場合は即位ののちに和歌教育がはじまっている。江戸時代を通じて天皇の子以外で皇位を嗣いだのは光格天皇のみであったが、天皇の実子である霊元天皇と比較すると、光格天皇の歌人としてのスタートは少々出遅れていたといえるだろう。

後桃園天皇の諒闇により光格天皇が即位した安永九年までは公的行事である内裏御会は行われず、諒闇のあけた翌天明元年一月十日、前述したように、後桜町院による「主上御詠草拝見始の事」が行われた。光格天皇に対する和歌教育のスタートである。そして、仙洞の『日次案』によれば、同月二十四日には禁中和歌御会始が、二十八日には禁中御当座始が行われている。いずれも光格天皇が皇位についてから初めての内裏の御会始、御当座始であった。翌天明二年以降の内裏御会の様相は国立国会図書館所蔵『内院《ないいん》和歌御会』(5)によって知ることができるが、天明三年十月、光格天皇の准母である盛化門院が崩御。諒闇によってふたたび内裏御会は一年間の中断を余儀なくされるのである。光格が皇位についてまもない天明三年十月から翌天明四年の内裏御会の中断は、歌人としてのスタートが出遅れている光格天皇にとっては、歓迎すべき事態ではなかっただろう。

ところが、内裏御会が中断されている天明四年から翌五年にかけて光格天皇を中心とする歌会が宮廷で催されていたことを示す資料が残されている。『光格天皇御内会《ごないかい》　天明四―五年』(6)である。今ここに御内会のおおよその全体像を示すため、**表1**、**表2**として御内会の構成を示してみよう。

表1　天明4・5年御内会の題数と歌数（東京大学史料編纂所所蔵『光格天皇御内会（天明4―5年）』による）

※「当座」「月次」は明記されているものに限って記した。

	年　月　日	題数	詠進者数	歌数	備考
1	天明4年1月28日	20題	11名	20首	当座
2	天明4年2月2日	10題	10名	10首	
3	天明4年2月7日	10題	10名	10首	

4	天明4年2月13日	10題	10名	10首	
5	天明4年2月22 25 27日	50題	19名	50首	
6	天明4年3月7 17 22 27日 4月22 27日	70題	22名	70首	
7	天明4年5月2 7 17日	30題	15名	30首	
8	天明4年5月22 27日	20題	13名	20首	
9	天明4年6月2日	10題	10名	10首	
10	天明4年6月22日 7月2 17日	50題	18名	50首	
11	天明4年8月2日	10題	10名	10首	
12	天明4年8月17日	15題	15名	15首	
13	天明4年11月14日	5題	5名	5首	
14	天明4年11月17 22日	20題	13名	20首	
15	天明5年2月17日	10題	10名	10首	当座
16	天明5年4月23日	10題	9名	10首	当座
17	天明5年7月27日	10題	7名	70首	当座
18	天明5年8月7日	10題	10名	50首	当座
19	天明5年8月7日	10題	10名	10首	
20	天明5年8月15日	3題	40名	120首	月次
21	天明5年9月30日	50題	43名	50首	月次
22	天明5年10月2日	10題	10名	10首	当座
23	天明5年10月15日	3題	40名	120首	月次
24	天明5年11月26日	50題	43名	50首	月次
25	天明5年12月23日	2題	42名	80首	月次

表2　天明4・5年の御内会詠進者

詠進者	年齢	詠進回数
光格天皇	14	24
日野資枝	48	19
裏松明光	14	19
高丘紹季	41	16
烏丸光祖	39	15
園池公翰	20	14
広橋伊光	40	13
観修寺経逸	37	13
風早実秋	26	13
典仁親王	52	12
葉室頼熙	35	12
美仁親王	28	12
広橋胤定	15	12
石山基陳	41	11
高松季昵	30	10
飛鳥井雅威	27	10
石井行宣	23	10
観修寺良顕	20	10
野宮定顕	12	10
九条尚実	68	9
梅園実縄	58	9
万里小路政房	56	9
久世通根	40	9
中山愛親	44	8
芝山持豊	43	8
甘露寺篤長	36	7
中山忠尹	29	7
油小路隆彭	26	7
豊岡和資	21	7
大宮盛季	17	7
裏松謙光	44	6
千種有政	42	6
五辻順仲	40	6
伏原宣光	35	6
冷泉為章	33	6
日野資矩	29	6
櫛笥隆久	28	6
堤栄長	50	5
鷲尾隆建	44	5
今出川実種	31	5
四条隆師	29	5
坊城俊親	28	5
大原重尹	28	5
五条為徳	22	5
梅園実兄	20	5
東久世通武	37	4
油小路隆前	55	3
船橋則賢	27	3
高辻胤長	45	2
六条有栄	58	1
藤谷為敦	34	1
山科忠言	23	1
高松公祐	11	1

表1に示したように、御内会は天明四年一月二十八日から翌天明五年十二月二十三日にわたって催されている。天明五年には公的な内裏御会が再開されるが、『内院和歌御会』によって同年の内裏御会の記録を確認すると、開催日、詠草など、いずれも御内会の記録とは相違することが知られる。したがって、天明四・五年の御内会は、内裏御会とは別個に行われていた私的な歌会であることが知られる。**表1**からは、内会は二十五回も行われ、中には、第五回、第六回などのように数日にわたる歌会も見受けられる。この二年間にいかに集中して和歌の鍛練が行われていたかということが知られるのである。「詠進者数」および「備考」から知られるのは、内会の規模である。たとえば、「備考」に「当座」と記入されている内会の「詠進者数」は五名から十名であるが、これは同時期の公的な当座歌会の人数の三分の一から四分の一となる。また月次に関しても、内会の人数は四十名から四十三名で行われているが、これは公的な月次御会の半分程度となる。

それでは、選ばれた少人数の宮廷歌人達は、具体的にどのような題によって和歌創作の習練を積んだのであろうか。「題数」と「詠進者数」を勘案すれば予想されるように、多くが組題の探題という形式で出題されている。題は二、三字題で行われているものがほとんどである。これは烏丸光栄が初心者に対して「稽古《けいこ》のためには、二字三字《にじさんじ》のやすらか成題《なるだい》、幾度《いくたび》も宜《よろし》」（『雲上歌訓』、新日本古典文学大系『近世歌文集　上』所収）また「歌は、先《まづ》よみ安《やす》き題《だい》より、可読習《よみならふべし》」（同上）などと説いているように、初心者向けの歌題であったことがうかがえる。ここに『御内会』の記録より、いくつかの具体例を挙げてみよう。

まず、天明五年四月二十三日「渡殿御当座」の組題十首は以下のようである。「題／詠進者」の順に示すと、夏風／日野資枝《すけき》、夏露／野宮定顕《さだあき》、夏野／中山愛親（漢詩）、夏滝／高松季昵《すえちか》、夏草／光格天皇、夏木／光格天皇、夏虫／船橋則賢《つねかた》（漢詩）、夏莚／久世通根《みちね》、夏恋／烏丸光祖《みつさき》、夏旅／裏松明光《ひろみつ》。また、天明五年十月二日「御当座十首」

は、初冬時雨／芝山持豊《もちとよ》、河上落葉／光格天皇、残菊／五辻順仲《のぶなか》、池水初氷／久世通根、野寒草／甘露寺篤長《かずなが》、暁霜／石井《いわい》行宣《ゆきのぶ》、冬月／裏松明光、山家冬朝／烏丸光祖、冬恋／油小路隆彭《たかみち》、冬祝／万里小路政房《まさふさ》。

これらの歌会の出題者については記録に留められていない。ところが、『増補　和歌組題集』（延享四年跋、刊本）に「夏部十首」として「夏風、夏露、夏野、夏滝、夏草、夏木、夏虫、夏筵、夏恋、夏旅」という天明五年四月二十三日御内会の「渡殿御当座」とまったく同じ組題十首が、また「冬部十首」として「初冬時雨、河上落葉、残菊、池水初氷、野寒草、暁霜、冬月、山家冬朝、冬恋、冬祝」という天明五年十月二日「御当座十首」とまったく同じ組題十首がある。例えば『近世歌文集　上』（新日本古典文学大系）において武者小路実陰の『初学考鑑』に校注を加えた上野洋三氏は「組題」の注で「四季・恋・雑などの和歌題をバランスよく配置してセットにしたもの」として『明題部類抄』や『和歌組題集』が行われていたことを述べているが、この内会の出題には実際に『和歌組題集』が使用されていたことが明らかになったのである。

次に**表2**から詠進者の傾向を探ってみよう。詠進回数が最も多いのは光格天皇であり、この内会が光格天皇を中心とするものであったことは明らかである。表には顕れていないが、第一回から第五回まで休まず詠進しているのが「典仁親王」と「美仁親王」である。光格天皇の実父である典仁親王は、この時すでに後桜町上皇より古今伝受を相伝され、宮廷歌会の指導的立場にあった。また光格天皇の実兄である美仁親王は、この時すでに天仁遠波伝受を父の典仁親王より相伝されていた。内会のスタート時に光格天皇が十四歳であったことを考えると、歌人としても先達にあたる実父と実兄が経験浅い光格天皇を支えるべく内会に参加していたであろうことが考えられる。また、詠進者の年齢に注目すると、光格天皇と同じく十四歳の「裏松明光」や、十二歳の「野宮定顕」、十五歳の「広橋胤定」という年少者の詠進回数が多いことが知られる。それと同時に、烏丸光祖（三十九歳）や日野資枝（四十八歳）などの指導者的存在の人物もまた多く詠進している。つまり若手と経験を積んだ歌人との組み合わせが多いことが知られるのである。

この光格天皇を中心とした内会の指導者については、現在のところ不明である。しかし、典仁親王、美仁親王、また典仁親王から三部抄伝受を受けていた日野資枝、天明四年の十二月に後桜町院より天仁遠波伝受を相伝されることになる烏丸光祖などがかわるがわる詠進していることから、その内の誰かが内会の中心となって指導にあたったかとも考えられる。

以上、『光格天皇御内会　天明四―五年』のおおよそを見てきた。一年間の諒闇の期間を含むにもかかわらず二十五回にもわたって行われた内会は、詠進回数からみても、光格天皇を中心とする私的な、限られたメンバーでの内会であり、光格天皇と同世代の者、また老練な歌人を交えての、おそらくは天皇の和歌教育の一環として行われた習練の場であった。(7) この天明四・五年の内会を、後期堂上歌壇を名実ともに領導してゆくことになる光格歌壇の濫觴と捉えておきたい。

三　寛政期の光格歌壇

天明期にしかるべき和歌教育を受け、漢籍などの素養をも身につけた(8)光格天皇であったが、天明の大火（天明八年）、青綺門院の崩御（寛政二年）などによって、内裏和歌御会はたびたび中断され、再建された御所で和歌御会始が催されたのは、寛政三年（一七九一）、二十一歳の時のことであった。その後、二十三歳（寛政五年）で天仁遠波伝受を、二十六歳（寛政八年）で三部抄伝受と伊勢物語伝受を、二十七歳（寛政九年）で古今伝受と一事伝受を後桜町院より相伝され、御所伝受の保持者となる。天明期に基礎的な和歌の習練を経た光格天皇が、寛政期により専門的な歌学を身につけたことが知られる。また後桜町院より歌学を学びながら、寛政六年（二十四歳）には門下に和歌添削を開始する。この和歌添削資料に関してはのちほど具体的に検討を加えるが、しだいに歌人としての充実味を増してゆく寛政年間に、光格天皇の主催する歌会がどのくらいの頻度で行われていたのかを具体的にみてみよう。そのひとつの例として、京都東山御文庫所蔵『光格天皇御日記案』（宮内庁書陵部所蔵マイクロフィルム）を検討する。十一月廿日までの記事ではあるが、光格天皇の日記の記述をほぼ一年にわたって通覧できるのは、現在のところ、寛政十年のもののみである。(9)

『光格天皇御日記案』により、ほぼ一年間に内裏で行われた御会を一覧できるようにした（表3）。毎月六、七回から十三回に及ぶ歌会が催されている。毎月二十二日に行われる水無瀬宮御法楽、二十四日の月次御会、二十五日の聖廟御法楽の他にも、賢所御法楽、三社御法楽、「表行事」（公的行事）が行われる場所で行われた小御所での当座歌会、より私的な歌会であったと思われる小座敷での当座歌会等々、年間百回にならんかというハイ・ペースで催されている。(10)寛政に再建された内裏での御会の充実ぶりがうかがわれるのである。

＊

それでは指導者としてスタートをきった光格天皇が、門下にどのような指導を行っていたのか、具体的に資料を検討してみよう。光格天皇に点を受けていた宮廷歌人の中で、現段階で確実にその開始日が解るのは、次の六名である。京都東山御文庫「詠草伺留」（宮内庁書陵部所蔵マイクロフィルム）によって、それぞれの詠草伺始の記事をあげる。

庫マイクロフィルム『光格天皇御日記案』寛政10年より）

5月	4月	3月	2月	1月	
	小座敷当座	三社法楽（2月分）			1日
					2日
		小座敷当座			3日
					4日
小座敷当座			小座敷当座	詠草始	5日
					6日
					7日
					8日
					9日
					10日
	賢所法楽（3月分）				11日
					12日
	小御所当座			小座敷当座始	13日
					14日
常殿三社法楽・小座敷当座		小座敷当座・賢所法楽（正月分）		三社法楽	15日
		賢所法楽（2月分）			16日
	小座敷当座				17日
	常殿三社法楽	小御所柿本神影供			18日
			小座敷当座		19日
	小座敷内々当座			小座敷当座	20日
	賢所法楽	小御所当座			21日
	水無瀬宮法楽	水無瀬宮法楽	小御所水無瀬宮法楽	小座敷水無瀬宮法楽	22日
					23日
	月次和歌会	月次和歌会	月次和歌会	和歌会始	24日
常殿独吟聖廟法楽・小座敷聖廟法楽	常殿聖廟法楽・小座敷聖廟法楽・小座敷当座	聖廟法楽	小御所聖廟法楽	常殿独吟聖廟法楽・小座敷聖廟法楽	25日
小座敷当座					26日
小御所当座				小御所当座始	27日
賢所法楽・月次和歌会					28日
					29日
			小御所当座		30日

表3　寛政10年（1月〜11月）における歌会の開催（宮内庁書陵部所蔵東山御文

11月	10月	9月	8月	7月	6月
	小座敷当座				
		小座敷当座			
小座敷当座					
	小座敷当座	小座敷当座		星夕和歌会	小座敷当座
小座敷当座		賢所法楽		小座敷当座	
		小座敷当座			
小座敷当座	小座敷当座				
			小座敷当座		
			小座敷当座		
小座敷当座		学問所代当座			
	学問所代当座		小座敷当座		小座敷当座
賢所法楽（10月）・三社法楽	常殿三社法楽	常殿三社法楽	常殿三社法楽・学問所代当座	常殿三社法楽	常殿三社法楽
小座敷当座			小座敷当座		
学問所代当座					
	小座敷水無瀬宮法楽	常殿水無瀬宮法楽・小座敷水無瀬宮法楽・小座敷当座	小座敷水無瀬宮法楽・小座敷当座	水無瀬宮法楽	小座敷水無瀬宮法楽（5月分）・水無瀬宮法楽
	月次和歌会	小御所当座・月次和歌会	月次和歌会	月次和歌会	月次和歌会
		常殿聖廟法楽・小座敷聖廟法楽	常殿聖廟法楽・小座敷聖廟法楽	常殿聖廟法楽・小座敷聖廟法楽	常殿聖廟法楽・小御所聖廟法楽
	小座敷当座			小御所当座	
	小座敷当座				小御所当座
				賢所法楽	賢所法楽
			小座敷当座	小座敷当座	
			賢所法楽		

A、一条忠良《ただよし》（二十一歳）

外題「寛政六年　従正月十七日到冬／詠草窺之留／内大臣」

寛政六年正月十七日伺始　　即日返給

寄道祝　　忠良上

直《すぐ》なるをうけてぞあふぐ敷島のみちのさかへは千代もかぎらじ

同月廿日伺　　廿二日返給

竹有佳色

さかへ行色にもしるしこのきみが御代ながはしの河竹の陰（下略）

B、聖護院宮盈仁《えいにん》法親王（二十三歳）

外題「寛政六年　従正月十七日到極月廿五日／詠艸伺之留／聖護院宮」

寛政六年正月十七日詠草伺始　即日返給

寄道祝　　盈仁上

言のはの道もさかふるきみが代をなを万代と神やまもらむ

同月廿二日伺

竹有佳色

九重に生そふ竹の枝しげみ今より千世の色ぞみえける（下略）

C、烏丸資菫《すけきよ》（二十三歳）

外題「寛政六年　従正月十七日到極月廿五日／詠草伺之留／右小弁」

寛政六年正月十七日伺始　即日返給

寄道祝

神代よりたえぬをしへをあふげ猶四方にさかふるしきしまの道

（中略）

同日伺　廿二日返給　御会始

竹有佳色

言のはのさかゆく御代のはつ春にうてなの竹も色まさる陰（下略）

D、広橋伊光《これみつ》（五十二歳）

外題「寛政八年　従八月廿一日／詠草窺之留／伊光」

八月廿一日伺始　直返給

寄道祝

八雲たつその昔より万代をかさねさかふる道ぞかしこき

同日伺　廿二日返給

名所月

わが君が千代まつ風にみがゝれて月もいくあきすみよしのはま

名所擣衣
賤のめはたきのしらいとくりかへし音羽のさとにころもをぞうつ
名所山
廿《はたち》あまりひえをかさぬとかくふみにその不二のねのたかきをぞしる（下略）

E、日野資矩《すけつね》（四十一歳）

外題「寛政八年　従八月廿一／詠草伺之留／資矩」
八月廿一日伺始　直返給
寄道祝
わが君が御代のさかへも末ながくめぐみをあふぐ言のはのみち
同日伺　　廿二日返給
名所月
沖つかぜくもをはらひて吹上のはまべさやかにすめる月かげ
名所擣衣
いつしかと秋もたけ田の里さむきよをかさねつゝ衣うつなり
名所山
あふぐにもあまりてつきずつくば山はやましげ山しげきめぐみは（下略）

F、高松公祐《きんさち》（二十三歳）

外題「寛政八年　従八月廿一日／詠草窺之留／公祐」

八月廿一日伺始　　直返給

寄道祝

わが君が恵を広み敷しまのみちあるみよにあふぞかしこき

同日伺　廿二日返給

名所月

浦人もめぐみある世の秋にあひてひかりをあふぐすみのえの月

名所擣衣

都まで名をこそさそへころもうつ音羽の里の夜半のあき風

名所山

あふぎみるよそめもしるしとことはに雲のかゝれるかづらきの山（下略）

Aは『一条忠良詠草伺御留』、Bは『聖護院宮盈仁法親王御詠草伺御留』、Cは『烏丸資董詠草伺御留』、Dは『広橋伊光詠草伺御留』、Eは『日野資矩詠草伺御留』、Fは『高松公祐詠草伺御留』としてそれぞれ目録化されているが[11]、すべてに光格天皇の点があることから一括して、ここでは仮に「詠草伺留」と呼ぶことにする。形態は、各人の詠草が一年分ずつまとめて書写された冊子体である。紙面の都合により、ここには、合点のある歌のみを抜き出したが、実際は一題につき二首の歌が記されており、うち一首に天皇の合点がある。中には、光格天皇が加筆した上で合点をつけているものもみられる。A～Fの各人は内裏御会もしくは仙洞御会などに詠進するための歌を、前もって光格天皇に一題につき二首ずつ提出し、うち一首に天皇が加筆などをして点を与えた。

さて、傍線部より、Aの一条忠良、Bの聖護院宮（光格天皇の実弟にあたる）、Cの烏丸資董は寛政六年正月十七日に詠草伺が開始されており、Dの広橋伊光、E日野資矩、F高松公祐は寛政八年八月廿一日に開始されていることがわかる。この内、寛政六年開始グループからはAの一条忠良を例にとって、寛政八年開始グループからはEの日野資矩を例にとって詠草伺の実態をさらに具体的にみてみよう。

まず、一条忠良の資料Aは、天明八年から文政七年に及ぶ日記『忠良公記』（東京大学史料編纂所所蔵）の寛政六年正月に対応する記事が見出せる。

正月十一日　……議奏今出川大納言、御使として、来臨予小直衣を着す。之に謁する処、自今和歌勅点賜ふべく仰せを蒙り、速かに御請を答申す。而して御礼の為参内議奏を招きて御礼を申す。……来る十七日、巳の刻、御草伺ふべき旨。先刻、議奏題を示されて云く「寄道祝《みちによするいはひ》」也。……

十五日　……忠良和歌御会御人数に加へらるる由、申し渡さる。仍ち御礼の為参内すべき所、予少々所労に付き、使愛敬を以て申し上げ了んぬ。……

十七日　辰剋衣冠を被着し参内。是、今日詠草窺初《うかがひはじめ》によつてなり。儀奏を招き又児を招きて詠草・誓状を献ずる所、猶後刻返し給ふ間、先づ退出候。

廿日　……御会始詠草、窺の為参内、児を招きて之を献ず。今日返し給はず。……

廿二日　父御参内の序、予詠草返し給ふなり。

廿四日　此日和歌御会始なり。仍ち予参内。……（原漢文。以下同じ）

正月十一日、天皇に近侍し口勅を公卿に伝える役の今出川実種《さねたね》が来臨し、和歌勅点のゆるしがあったこと、来る十七日の午前十時ごろ「寄道祝」という題で歌の草稿を天皇に提出すべきことを伝えられる。正月十五日、宮廷の和歌御会の人数に加えられる。十七日、初めての詠草伺。忠良は約束の時間より約二時間も早い午前八時に、しかるべく衣冠を着して参内、勅点を受けるにあたって最初に提出する誓状と「寄道祝」の詠草を「児」を仲介として献じた。二十日、内裏の御会始に提出すべき詠草を天皇の添削を受けるために提出したところ、その日には返してもらえず、二十二日に忠良の父が参内したときに父に託して返却された。そして、二十四日に本番の御会始をむかえたことが知られる。

ここで、忠良の詠草伺（資料A）にかえると、正月十七日に「寄道祝」の歌を提出していること、二十日に「竹有佳色」の歌を提出し、二十二日に返されたことなどが知られ、[12]『忠良公記』とぴったり一致する。相互の資料の信憑性が高いことが証され、これらが勅点の手続きを知ることのできる重要な文献であることになる。

あらためてまとめてみよう。入門を許された歌人は、まず誓状と「寄道祝」の歌を天皇に提出する。入門してからは宮廷の月次御会に先んじて一題につき二首の歌を提出して「詠草伺」をし、添削を受け、合点をもらった和歌を御会に詠進するという手順になる。忠良と同じく勅点を受けることが許されたBの聖護院宮、Cの烏丸資董も、おそらくはAの忠良と同じような手続きによって詠草伺が行われていたと考えられる。

次に「詠草伺留」の寛政八年開始グループの代表としてEの日野資矩の資料をあげる。

寛政八年　　　　　　　　　　　　　　　　　　権大納言資矩

八月

廿一日　詠歌初めて御点を賜る。

去る十八日、慮らずして此の仰せを蒙る〔鷲尾前大納言（隆建《たかたて》）仰せを伝ふ。広橋前大納言（伊光《これみつ》、五十二歳）、（高松）公祐（二十三歳）等、同じく此の仰せを蒙る。詠哥先づ尹宮（閑院宮美仁親王）に覧じ、次に（光格天皇に）奏覧すべきの旨、仰せ下さるる者なり〕。

詠草〔椙原《すぎはら》二枚重ね八折、美濃紙を以て上嚢《うはづつみ》と為す〔竪詠草《たてえいさう》常の如くなり〕。椙原、禁中当座御会用ひらるる所の紙なり。已後、平日此の定なり〕。

誓状〔檀紙一枚八折、美濃紙を以て上嚢と為す。檀紙寸法定め無き様、大略懐紙の如し〕。

已上相ひ具へて参内、小童《こわらは》を以て之を献ず。詠草即ち勅点を下され、誓状御前に留められ了んぬ。

（国立国会図書館所蔵『当今御点　寛政八年到享和三年』。原漢文。（　）内筆者注、〔　〕内割注）

『当今御点　寛政八年到享和三』は、日野資矩が光格天皇から受けた点のある和歌を自ら年代順に編集したものである。「詠草伺留」が宮中側の人物によって書き留められたものであるのに対して、詠草伺をした本人が書き留めたという性質を持つ。よって両者は相補う資料である。

引用部分を要約すると、寛政八年八月十八日、宮中からの使いによって広橋伊光、高松公祐などとともに天皇の勅点を許された資矩は、二十一日、誓状と詠草をもって参内し、「小童」をもって詠草を献じたところ、天皇は詠草には勅点をくださり、誓状は御前に留められた。その歌の題は「寄道祝」であった、ということになる。詠草伺始の期日は、資料Eの「詠草伺之留」の記事と一致し、また入門の際の手続きは、寛政六年に勅点を許された一条忠良の場合とほぼ同じであることが知られる。

以上、Aの一条忠良、Eの日野資矩の資料から知られるのは、光格天皇が、寛政六年と寛政八年に、それぞれのグループの添削を始めたこと、入門の際には「詠歌辱く御点下され候上、仰せを蒙り候条々、慎みて守り候て、漫りに口外すべからず候。尤も此の道永く習練を遂げ、深く心に染むべく候。猶違背すれば大小神祇殊に両神の御罰を被るべく候。畏みて誓状を献ずるところ件の如し」（原漢文。『当今御点　寛政八年到享和三』に拠る）という誓状と「寄道祝」という題の歌を提出させたということである。「寄道祝」の「道」は歌道にほかならないことが、誓状、詠草から知られる。

＊

ここで宮内庁書陵部所蔵鷹司家本『高松故宰相公祐卿詠　点取　霜台王　光格天皇帝御点』より光格天皇の添削の一例を挙げ、具体的に門下に対する添削姿勢をみてみよう。

〈御点〉高松公祐卿詠（内題）

「享和元九十三御当座」（頭欄）

月前猪　〵人はみなねられぬ《あくがるゝ》月をおく山にひとりふすゐやまくらゆふらむ

「ねられぬ」と「ふすゐ」

寝の字、臥の字、聊同意病に候。

頓阿／法師　ねられじなあまのかるもを枕にてこよひふすゐの床の山風（ママ）

右作例ハ有之候へども此而已。而ば当時難用事も有之候儘無拠《よんどころなく》加墨候。奥之哥甚無難に候へども端《はし》トよ程劣り候歟。因而二句加墨而、矢張《やはり》端ノ哥取用ひ候事。か様ノ事ノ作例ノ取捨ハ対面之節ニ而も可申聞候。尤以折尹宮（美仁親王）へ被尋伺バ宜候事、風早三位（実秋）などにも先達而篤与《とくと》申聞《きけ》置候事も有之まゝ、是又序《ついで》有之候ハヾ可被尋置候事。

寛政八年に入門した高松公祐が、享和元年九月十三日の内裏の当座御会に出座し、光格天皇に詠進。光格天皇が添削、合点をし、批言を記した箇所である。出座した公祐は「月前猪」という題を探り、歌二首を光格天皇に詠進する。天皇は「人はみなねられぬ月をおく山にひとりふすゐやまくらゆふらむ」という歌に点を施しているが、この歌に、やや長い批言を記している。

まず「ねられぬとふすゐ。寝の字、臥の字、聊同意、病に候」と、一首のうちに「寝る」と「臥す」という同意の語を重ねて使用することを「病」と指摘する。頓阿法師の「ねられじなあまのかるもを枕にてこよひふすゐの床の山風[13]」という「寝る」と「臥す」の同義語が一首の中に使用されている例はあるが、これのみだから、当時も用いがたかったのであろうと。そして、「奥の歌」は甚だ無難ではあるが、「端の歌」と比べると余程劣るようである。したがって二句の「ねられぬ」の部分に加墨して、やはり「端の歌」を残そうと言う。公祐が天皇に提出した「端の歌」（二首の内、最初に記した歌）と「奥の歌」（二番目に記した歌）のうち、天皇が当座御会に残したのはここに挙げている「端の歌」になる。次に、一首のうちに「寝る」と「臥す」という同意の語を用いた先例があるとしても、それを用いてよいかどうかという微妙な取捨選択の問題は、対面して教えると述べる。この添削資料からうかがえる光格天皇の添削態度は、第一に、一首のなかに「同意」の語を重ねて使用してはならないということ、第二に、「無難」なだけの歌をしりぞけていたということ、第三に、誤解されてはならないような微妙な大切な問題は、対面して口頭で教えるということ。以上の三点をこの一首の添削例からよみとることができるのである。

四　おわりに

最後に光格天皇と美仁親王との関係に触れて稿を閉じたい。美仁親王は閑院宮家を継承した光格天皇よりも十四歳年長の兄であるが、天明四・五年の御内会の時には第六回まで欠かさず出座し光格天皇を支えた。また寛政九・十年の『光格天皇御日記案』からは、美仁親王が光格天皇の歌の相談相手となっていた（九年二月三十日）ことや『詠歌大概』の「読合《よみあはせ》」（読んで校合すること）を行っていた（十年十一月七日、十一日、十四日）ことが知られ、前掲『当今御点』の波線部からは、日野資矩らの詠草を光格天皇が見る前に美仁親王が下読みをしていたことが知られる。先掲の『高松故宰相公祐卿詠　点取　霜台王　光格天皇帝御点』でも「折を見て美仁親王にたずねるように」との指示がなされている（波線部）。美仁親王は天明から寛政にかけて歌人として自立するまでの光格天皇の補佐的役割を果たしていたのではないかと思われるのである。

以上、天明期の光格歌壇の濫觴から、美仁親王の補佐を受けつつ寛政年間に内裏歌会の指導者として立つまでの光格天皇とその周辺の状況を見てきた。近世後期の堂上歌壇を論じる上で、光格天皇の存在は避けて通れないほどの重要な位置を占めている。

注

（1）東京大学史料編纂所所蔵『閑院宮御系譜』。
（2）光格は兼仁没後の諡号。本書では、光格と称する。
（3）東京大学史料編纂所所蔵京都東山御文庫記録甲第二二六巻。
（4）飯倉洋一「本居宣長と妙法院宮」（『江戸文学』第十二号、一九九四年七月）。
（5）外題に拠る。カード目録名は『和歌御会』、四十冊。
（6）東京大学史料編纂所所蔵京都東山御文庫記録乙第八十二巻。大正年間に写、大正十三年に校合。
（7）上野洋三『近世宮廷の和歌訓練　『万治御点』を読む』（臨川書店、一九九九年）では、『万治御点』という連続した歌の勉強会が、主として後西天皇を鍛えるために始められたと説く。後西天皇は後光明天皇の急逝によって、急遽立てられた天皇であり、歌人としてのスタートの状況が光格天皇と似ている。光格天皇を中心とする『御内会』は天皇の和歌教育機関の場という点で『万治御点』と似た構造をもっている。
（8）東京大学史料編纂所所蔵京都東山御文庫記録辛第十一巻。
（9）他に寛政九年正月・七月（十五日迄）分を書写した京都御所東山御文庫記録乙第十九巻（東京大学史料編纂所所蔵）がある。
（10）古相正美「近世御会和歌年表」（『中村学園研究紀要』第二十七号、一九九五年三月）によれば、霊元天皇三十歳（天和三年）の一年間に内裏で行われた御会は三十六回であり、年表の上では非常に多い方である。実際の御会開催回数は、この数字をさらに上回るだろうが、それを考慮に入れても、寛政十年（光格二十八歳）の御会の回数の多さは特筆に価する。
（11）東山御文庫本マイクロフィルム目録に拠る。同目録は『書陵部紀要』第二号（一九五二年三月）より継続して掲載されている。最近では、東山御文庫マイクロフィルムを検索するのに、小倉慈司「データベース東山御文庫マイクロフィルム目録（稿）」（『禁裏・公家文庫研究』禁裏・公家文庫研究会、二〇〇一年三月）、小倉慈司「東山御文庫本マイクロフィルム内容目録（稿）（2）」（田島公編『禁裏・公家文庫研究　第二輯』思文閣出版、二〇〇六年三月）が参考になる。
（12）「竹有佳色」が二十四日の内裏和歌御会始の兼題であったことは国立国会図書館所蔵『内裏和歌御会』（カード目録名は『御会和歌記録』。『内裏和歌御会』と『仙洞和歌御会』より成り、全七十四冊）などで裏付けられる。
（13）『続草庵集』巻三所収歌。結句の「山風」は「浦風」。

第五章　光格天皇と寛政期の宮廷歌会

はじめに

本稿は、近世後期宮廷歌会の実態解明の一端として、光格天皇が主催する宮廷歌会の営みを、内裏歌会の本文資料、光格天皇の日記、光格天皇の添削資料、光格天皇の門人の日記、門人の詠草類、その他の周辺資料から明らかにする。寛政期に焦点を絞るのは、即位後和歌の修練を経た光格天皇が、御所伝受の保持者となり、門下への指導を開始し、しだいに歌人としての充実度を増してゆく時期にあたるからである(1)。この論考をもって、天皇を中心とする後期宮廷歌会の営みがどのようなものであったのか、具体的に提示したいと考える。

一　光格天皇と寛政十年内裏御会

『光格天皇御日記案　寛政十年』(京都御所東山御文庫所蔵。本稿では宮内庁書陵部マイクロフィルムに拠る)は、内廷関係のことのみを記したもので、はやくは和田英松氏の『皇室御撰之研究』『皇室御撰之研究　別冊』(明治書院、一九三三年）、また近年では米田雄介氏の『歴代天皇の記録』（続群書類従完成会、一九九二年）、毎日新聞社『皇室の至宝　東山御文庫御物』三（一九九九年）および五（二〇〇〇年）に、宸筆の日記として紹介されている。寛政九年正月・七月の記事から成る一冊と、寛政十年一月一日から十一月二十日までの記事の四冊から成る。ほぼ一年にわたっての光格天皇の日記を確認できるのは現在のところ寛政十年の御日記案のみである。そこでまず、この資料によって、光格天皇が主催した歌会がどのように行われていたのか、その様相を通覧してみたい。なお、便宜上『光格天皇御日記案寛政十年』を以下、御日記案と称する。

《表１》寛政十年開催宮廷歌会〈内裏〉の構造

定例（兼題）	年例	和歌会始	1月24日
		柿本神影供	3月18日
		星夕	7月7日
	月例	月次	24日
		三社法楽	15日
		水無瀬法楽	22日
		聖廟法楽	25日
		賢所	
随時（当座）		小御所	8回
		学問所代	4回
		小座敷	37回

（『光格天皇御日記案　寛政十年』より）

御日記案を通覧すると、一月十三日の「小座敷当座始」をかわきりに、百回以上の歌会が光格天皇の主催で開催されていることが知られる。この回数は、古相正美氏「近世御会和歌年表」（『中村学園研究紀要』第二十七号、一九九五年三月）によって、他の時期と比較してみても随分多い。いま、こころみに寛政十年に行われた内裏御会の種類を《表１》のように整理してみた。呼称は御日記案に従う。

歌会のひとつひとつをみてゆくと、大きくわけて、開催される日が決まっている定例の歌会と、光格天皇の采配によって随時おこなわれる歌会とにわかれる。

まず、定例の歌会をみてゆくと、年一回行われる公的な歌会に、一月二十四日の「和歌会始」、三月十八日の「柿本神影供」、七月七日の「星夕」歌会があり、月ごとに開催日が決まっているものに、二十四日の「月次和歌会」(2)、十五日の「三社法楽」、二十二日の「水無瀬法楽」、二十五日の「聖廟法楽」、また日は特定されていないものの、ほぼ月ごとにおこなわれている「賢所法楽」がある。定例の歌会はすべて兼題で行われている。

光格天皇の采配で随時行われていた歌会は、小御所で行われるもの、学問所代で行われるもの、小座敷で行われるものの三種類があり、すべて当座であった。行われた回数をみると「小御所当座」が八回、「学問所代当座」が四回、「小御所当座」が三十七回となっている。御日記案の中で、光格天皇は、これら三箇所で行った当座歌会を場所ごとに書き分けている。光格天皇によって書き分けられている以上、それぞれの歌会の性質が違うものと見るべきで、従来ひとくくりにされていた内裏での「当座歌会」の性質を御日記案に沿って改めて考えてみるべき必要があると思われる。

二　内裏における当座歌会の様相

それぞれの当座歌会の性質をみてゆく前に、「学問所代」「小座敷」「小御所」について説明する。これに先立つ天明八年一月晦日に出火した、いわゆる天明の大火によって御所は焼失し、寛政元年より造営のための工事が着手される。そこで寛政度造営の内裏の図である国立国会図書館所蔵『禁裏御絵図』によって当座歌会が行われた場所をみてゆく。

まず「学問所代」について述べる。**《図版1》**には学問所が見えない。このことに関しては藤岡通夫『京都御所』（彰国社、一九五六年）に「御学問所は文化元年（一八〇四）八月より造営が行われ、御普請御用掛曲淵和泉守景露、御

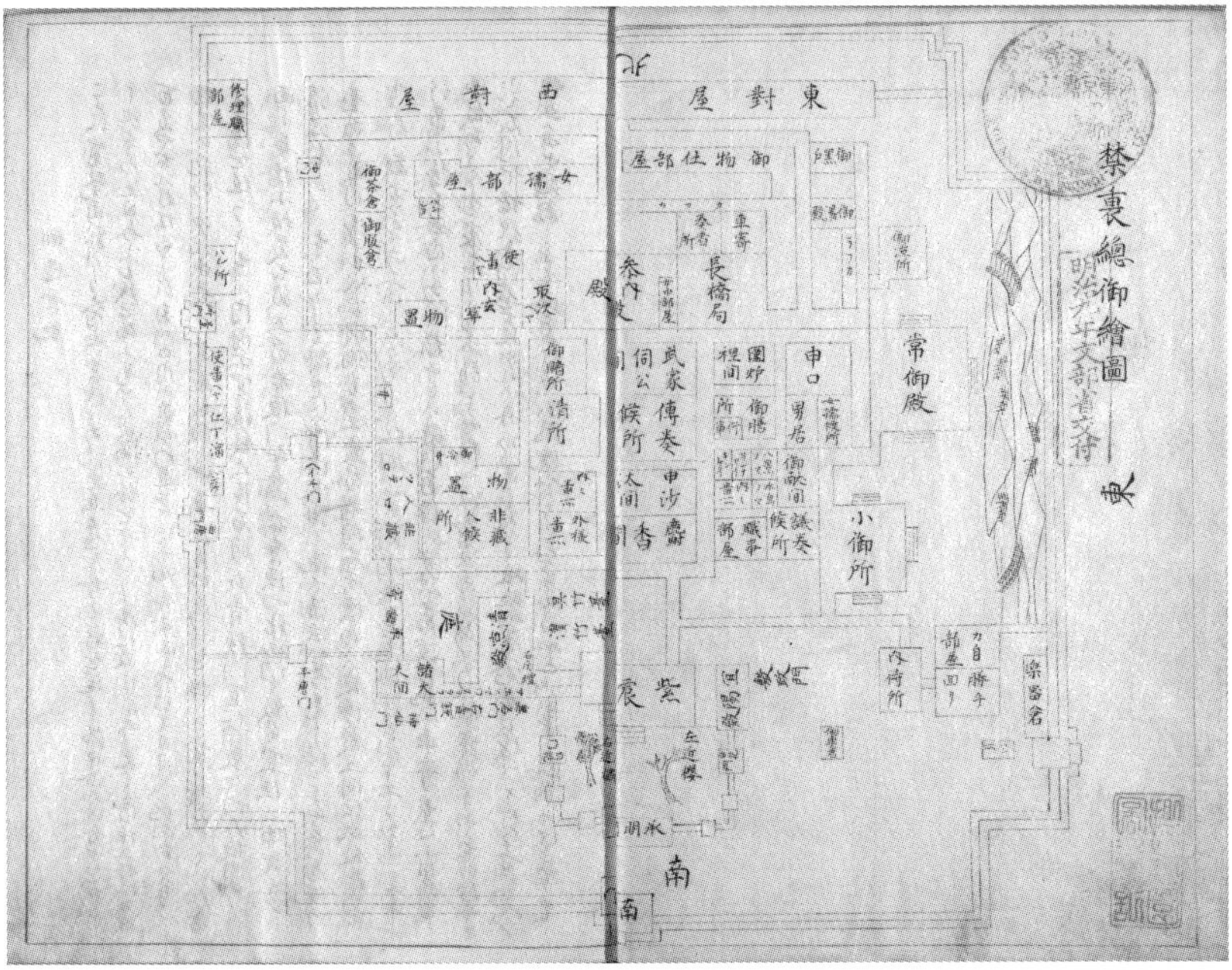

《図版１》

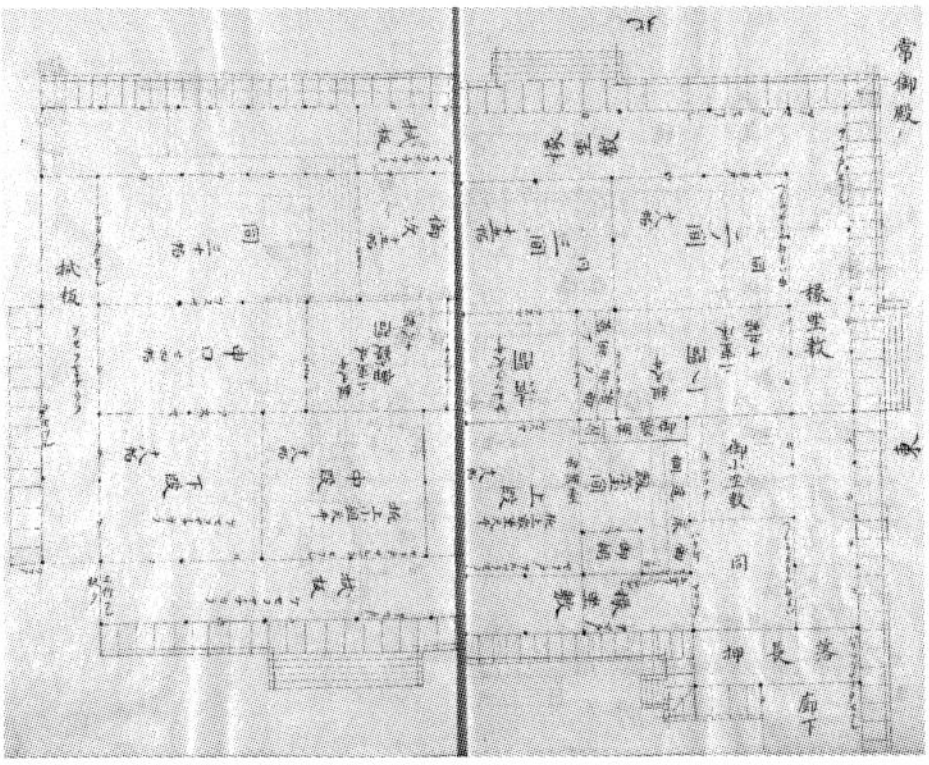

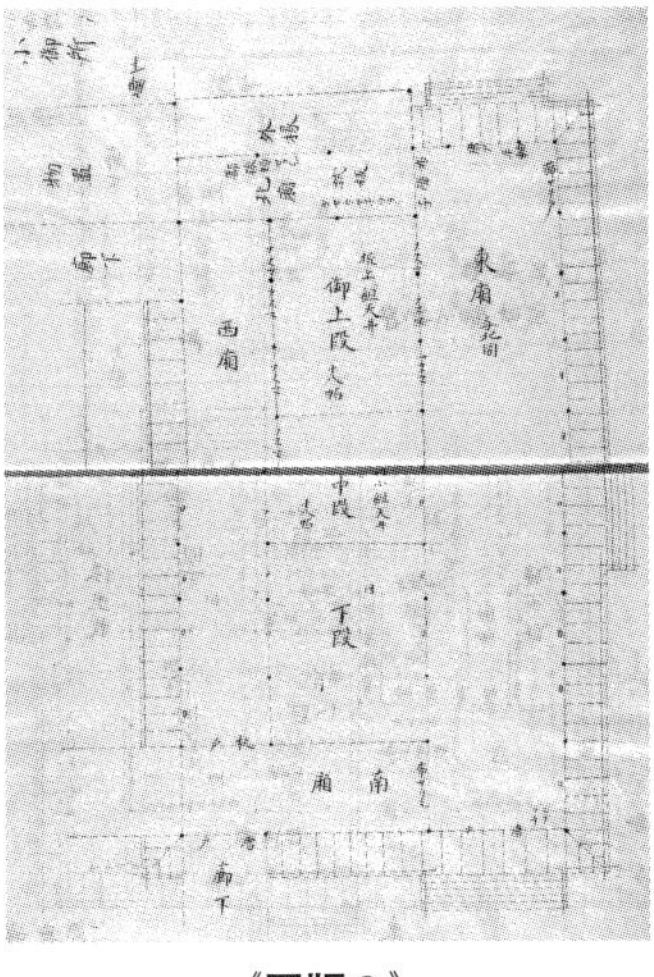

《図版３》　《図版２》

国立国会図書館所蔵『禁裏総御絵図』より

(国立国会図書館ＨＰより転載)

代官小堀中務長忠、御大工頭中井藤三郎正紀がこの工事に当り、翌文化二年に完成した」とあり、文化二年までは学問所自体が存在しなかったことになる。よって、寛政十年の段階では学問所がなく、学問所の代わりとなる場所で行われていた当座歌会を「学問所代当座」と呼称した。御日記案の正月一日に「於学問所代小御所武伝対面如例」という記事があり、小御所が学問所の代わりとなっていたことが知られる。

次に「小御所」についてである。小御所は『禁裏御絵図』の《図版1》またそれを拡大した《図版2》によって確認することができる。紫宸殿の東北に建ち、『京都御所』によれば、近世初頭には「御元服御殿」とも呼称され、元服が行われることもあったであろうこと、また儀式や諸大名の拝謁などが行われる極めて実用的な建物であったことが記されている。母屋は上段（十八帖）、中段（十八帖）、下段（十八帖）の三室の座敷から成り、その四方に拭板敷の北廂、東廂、南廂、西廂がある。御日記案では当座を座敷で行ったのか、もしくは四方の廂のいずれかで行ったのかはわからない。しかし、小御所における歌会の記事として、例えば有栖川宮の『織仁親王日記』（宮内庁書陵部所蔵）の寛政三年、同五年（扉題『寛政五年より年中記』）に御会始が南廂で行われたという記述があり、『京都御所』所載の宮内庁書陵部所蔵『寛政天保禁中諸儀構図』には寛政十年の御会始が東廂で行われたと記されている。

次に「小座敷」についてである。小座敷は《図版1》でみると小御所の東北に建つ「常御殿」のなかにある。常御殿は、天皇の日常生活に使用される御殿であり、拡大したものが《図版3》である。小座敷は劔爾間の東に位置し、八畳と十畳の小室二室から成る。『京都御所』によれば、八畳の小座敷では読書始・吉書始等の儀式、また近世期には政務が行われたことが、十畳の次の間では、御会・歌道伝受などが行われたことが記されている。光格天皇の裁量で行われていた小座敷当座も、おそらくこの十畳の次の間で行われていたのであろう。八畳の小座敷、十畳の次の間のいずれで行われていたとしても、御会始が行われていた小御所の東廂、南廂とくらべて、小座敷のほうが随分狭い。

では当座御会は、行われる場所によってどのような性質の違いがあったのだろうか。

御日記案から知られるのは、当座歌会の「日付」「場所」「題数」「題者」「奉行」である。詠進者、詠草は御日記案から知ることはできない。「委曲注于別記」とあることから、光格天皇が記した当座歌会の記録が別にあることが知られる。おそらくは、東山御文庫に所蔵されていると考えられるが、現段階では目にすることができない。しかし、ある程度のところまでは、光格天皇の添削資料や門人の日記から当座歌会に詠進していた歌人達や詠草を復元することができる。いま、それらの資料から寛政十年に内裏で行われた当座歌会の様相を示すと《表2》のようになる。

《表2》寛政十年内裏における当座歌会

日付	場所	題数	題者	奉行	光格および光格門人の詠進状況										備考
					光格	忠良	資矩	持豊	資枝	雅威	通根	資董	公祐	実秋	
1月13日	小座敷	20			○		○								内々御当座（矩）
1月20日	小座敷	10	飛鳥井雅威		○					○	○				内々御当座（雅・通）
1月27日	小御所	30	冷泉　為章	日野　資矩	○	○	●		○	○	○				御当座（雅・矩）
2月5日	小座敷	10	光　格		○		○								内々御当座（芝）
2月19日	小座敷	10	光　格		○										
2月30日	小御所	20	光　格	冷泉　為章	○		○	○	○	○	○	○	○	○	御当座（芝・枝・雅・通・董・矩・祐・秋）
3月3日	小座敷	10	飛鳥井雅威		○						○				内々御当座（通）
3月15日	小座敷	1首通題	光　格		○						○				内々御当座（通）
3月21日	小御所	30	飛鳥井雅威	烏丸　光祖	○						○				御当座（芝・枝・雅・通・董・矩）
4月1日	小座敷	10	冷泉　為章		○										
4月13日	小御所	20	冷泉　三位	冷泉　為章	○	○	○		○		○	○	○	○	御内会（枝）御当座（通・董・矩・祐・秋）
4月17日	小座敷	10	光　格		○										
4月20日	小座敷	10	光　格		○			○			○	○			小座敷内々（光）内々御当座（芝・通・董）

4月25日	小座敷	10	光格		○										
5月5日	小座敷	1首通題	光格		○		●								内々御当座（矩）
5月15日	小座敷	10	光格		○										
5月26日	小座敷	10	光格		○										
5月27日	小御所	30	飛鳥井雅威	日野　資矩	○	●	○	○	○	○	○	○			御当座（芝・枝・雅・通・董・忠・矩）
6月7日	小座敷		冷泉　三位		○										
6月14日	小座敷		冷泉　為章		○										
6月27日	小御所	20	飛鳥井雅威	飛鳥井雅威	○	○	○	○	○	○	○				御当座（芝・枝・雅・忠・矩）御内会（通）
7月8日	小座敷	10	冷泉　三位		○					○					内々御当座（雅）
7月26日	小御所	30	冷泉　為章	中山前新大納言	○	○	○		○		○	○	○	○	御当座（枝・通・董・矩・祐・秋）
7月29日	小座敷		光格		○		○								内々御当座（矩）
8月11日	小座敷	10	光格		○						○				内々御当座（通）
8月12日	小座敷	10	光格		○		●								内々御当座（矩）
8月14日	小座敷	10	光格		○							○			内々御当座（董）
8月15日	学問所代	20	飛鳥井雅威	冷泉　三位	○		○	○	○	○	○	○	○	○	御当座（芝・枝・雅・通・董・矩・祐・秋）
8月16日	小座敷	10	冷泉　為章		○										
8月22日	小座敷	10	冷泉　為章		○			○							内々御当座（芝）
8月29日	小座敷	10	冷泉　三位		○		●								内々御当座（矩）
9月2日	小座敷	10	光格		○										
9月7日	小座敷	10	光格		○									○	内々御当座（秋）
9月9日	小座敷	9	飛鳥井雅威		○					○					重陽内々御当座（雅）
9月13日	学問所代	20	飛鳥井雅威	冷泉　為章	○		○	○	○	○	○	○	○	○	御内会（芝・枝・通・董・矩）御当座（雅・矩）
9月22日	小座敷	10	冷泉　為章		○										
9月24日	小御所	30	光格	烏丸　光祖	○	○	○	○	○	○	○	○	○	○	御当座（芝・雅・通・董・忠・矩・祐・秋）
10月1日	小座敷	10	光格		○			○							内々御当座（芝）
10月7日	小座敷	10	光格		○		●	○							内々御当座（芝・矩）
10月10日	小座敷	10	飛鳥井雅威		○										

10月14日	学問所代	20	飛鳥井雅光	飛鳥井雅威	○		○	○	○	○	○	○	○	○	御当座（芝・枝・雅・通・董・矩・祐）
10月26日	小座敷		光格		○										
10月27日	小座敷		光格		○										
11月4日	小座敷		光格		○										
11月8日	小座敷	10	光格		○		●								内々御当座（矩）
11月10日	小座敷	10	光格		○										
11月13日	小座敷	10	冷泉三位		○							○			内々御当座（董）
11月16日	小座敷	10	光格		○										
11月17日	学問所代	20	光格	烏丸光祖	○	○	○	○	○	○	○	○	○		御当座（芝・枝・雅・通・董・忠・矩・祐）

※日付、場所、題数、題者、奉行は『光格天皇御日記案　寛政十年』による。
○忠良（忠）…東山御文庫所蔵『一条忠良詠草伺御留』（寛政十年、宮内庁書陵部所蔵マイクロフィルム）による。
○資矩（矩）…東山御文庫所蔵『日野資矩詠草伺御留』（寛政十年、同右）による。
○持豊（芝）…東山御文庫所蔵『芝山持豊詠草伺御留』（寛政十年、同右）による。
○資枝（枝）…東山御文庫所蔵『日野資枝詠草伺御留』（寛政十年、同右）による。
○雅威（雅）…東山御文庫所蔵『飛鳥井雅威詠草伺御留』（寛政十年、同右）による。
○通根（通）…東山御文庫所蔵『久世通根詠草伺御留』（寛政十年、同右）による。
○資董（董）…東山御文庫所蔵『烏丸資董詠草伺御留』（寛政十年、同右）による。
○公祐（祐）…東山御文庫所蔵『高松公祐詠草伺御留』（寛政十年、同右）による。
○実秋（秋）…東山御文庫所蔵『風早実秋詠草伺御留』（寛政十年、同右）による。
●は一条忠良『忠良公記』（東京大学史料編纂所所蔵）および『日野資矩詠草』（国立国会図書館所蔵）を参照した。

「日付」「場所」「題数」「題者」「奉行」、「光格および光格門人の詠進状況」のうち、「光格」の「○」は御日記案より作成し、その他の門人の詠進状況の「○」、および「備考」は各人の「詠草伺御留」（宮内庁書陵部所蔵東山御文庫マイクロフィルム）から作成した。「詠草伺御留」は、入門することを許された堂上歌人が、光格天皇に詠草を提出し、天皇から添削を受けたものを、御所側で記録し留めた詠草添削記録である。「●」の「忠良」の分は、一条忠良《ただよし》の日記『忠良公記』より、「資矩」の分は日野資矩《すけつね》が光格天皇の勅点を受けた詠草を集め自ら編集した歌集『当今御点』より作成した。また「備考」の出典はすべて（　）で括って示す。

まず、網掛けをほどこしている「小御所」「学問所代」でおこなわれた当座からみてゆく。両者をあわせて、ほぼ、月に一回のペースで行われており、出題は二十首か三十首の組題、詠進者は題の数と同じ二十人もしくは三十人であったと思われる。題者は光格天皇、飛鳥井家、冷泉家がもちまわりでつとめている。興田吉従《おきたよさゆ》の『諸家家業記』（文化十一年七月成立）には、冷泉家は俊成以来の、飛鳥井家は雅経以来の歌道の家で「冷泉飛鳥井両家ハ他流とハ別段之事にて、御会等之節御題をハ両家之内より被差出候事に候」とある。吉従の記事を信じれば、桜町天皇の時代に天皇家における歌道入門制度が成立した後も、飛鳥井・冷泉家は、伝統的歌道宗匠家として宮廷歌壇内での実力を保っており、その冷泉・飛鳥井の両家と光格天皇が出題をしていた。奉行は飛鳥井家・冷泉家に加えて、日野家、烏丸家、中山家がもちまわりでつとめている。「光格および光格門人の詠進状況」に挙がる歌人のうち、光格天皇以外は、光格天皇から和歌の添削を受けている門人だが、小御所・学問所代で行われる当座歌会に、これらの門人達がほぼ出座している。小座敷当座と比較すると、光格天皇門人の出座率が顕著であることが知られるであろう。「備考」を見ると、門人達の「詠草伺御留」に、これらの歌会が「御当座」もしくは「御内会」と記されている。これは、小御所・学問所代での当座歌会が「御当座」「御内会」と称されていたことを示す。

次に網掛けを施していない「小座敷」で行われた当座歌会についてみてゆく。小御所、学問所代で行われた当座歌会と同様に、「日付」は一定ではないが、行われている回数は、小御所・学問所代での当座よりも随分多く、八月は月に六回も行われている。「出題」はほとんどが十首の組題である。一月十三日の当座は二十首であるが、年が明けて最初の「小座敷当座始」であったので、普段より規模の大きい二十首の組題で行われたものと思われる。三月十五日は光格天皇の生誕の日であり(3)、五月五日は端午の節供であったので一首通題が、九月九日は重陽の節供であったので九首の組題が出題されたのであろう。それらの特殊な日を除いては十首の組題で行われていたことが知られる。「題者」は小御所・学問所代で行われる当座と同じく、光格天皇、飛鳥井・冷泉の両家でのもちまわりとなっている。しかし、小座敷で行われる当座の場合は、「奉行」がたてられていない。また小御所・学問所代での当座が二十人もしくは三十人の詠進者の規模で行われていたと考えられるのに対し、小座敷の場合、そのほとんどが十人の詠進者によって行われていたと考えられる。小座敷での当座は、より内々の会であるゆえ、規模は小さく、奉行を立てずとも円滑に会が進んだのだろうか。「光格門人の詠進状況」を見ると、光格天皇から添削を受けている門人クラスの歌人達はあまり出座してはいないことから、光格天皇歌壇の中でも、実力があり、より天皇に近しい歌人達の会であったと思われる。

以上をまとめると、小座敷で行われる当座歌会の特徴として、「小座敷御当座」は「小御所」「学問所代」で行われる当座よりも少人数で行われており、光格天皇の采配でより頻繁に行われていたこと。「小座敷」は「小御所」の歌会が行われていたであろう場所よりも随分狭く、「奉行」がたてられないこと。また、「内々御当座」と呼称されていたことから、光格天皇が主催する当座歌会のなかでも、出座者を限定したより内輪の、おそらくは光格天皇歌壇の中枢を担う歌人達の当座歌会であったと考えられる。

小座敷での光格天皇を中心として行われていた「内々御当座」に誰が出座し、どのような詠草を残したのか、現在のところ、それらが記された記録をまだ目にすることができない。光格天皇時代の内裏で行われた歌会の記録を一番多く網羅している、国立国会図書館所蔵の『内裏和歌御会』にも小座敷で行われた内々歌会の記録はなく、また残念ながら寛政十年の内裏歌会記録が完全に欠けているので小御所・学問所代での当座の記録もない。御日記案の中に記される光格天皇が歌会の委細を別記したという記録の所在が明らかでない現在、詠進者と各人の詠草を完全に復元して提示することは不可能であるが、寛政十年の段階で光格天皇が主催した当座歌会には、ほぼ月ごとに、門人を含めた二十人から三十人の歌人達が出座し、小御所もしくは学問所代で行われた当座歌会と、小人数（ほぼ十人）で構成され、小座敷で行われた、より私的な「内々御当座」歌会があったことが知られる。

三　「御会御人数」に加えられるまで――一条忠良の場合――

次に、宮廷歌会の実状をより立体的に示すために、光格天皇の門人であった一条忠良の立場からみてゆく。忠良は、安永三年（一七七四）に生れ、寛政四年二月に内大臣、寛政八年十二月に右大臣を経て、文化十一年四十一歳で関白となる。光格天皇より三歳下で、こののち光格天皇歌壇の中枢をになうことになる宮廷歌人のひとりである。忠良の日記『忠良公記』(4)によって、和歌の師に就き、光格天皇が主催する「和歌御会」「御当座」の御人数に加えられるまでの様子をみてゆく。以下順に抜粋する（句読点は盛田。以下同じ）。

①寛政四年十月十九日（19歳）「今日忠良於有栖川宮和哥入門、仍太刀馬代二銀十両房君御方肴一折鯛蛤進上之。使長寧麻上下。未刻忠良参上。詠草並誓状等持参之。吸物出ル也」

②寛政六年一月十一日（21歳）「議奏今出川大納言為御使来臨予着小直衣謁之処、自今和哥　勅点可賜蒙仰速答申御請而為御礼参　内招議奏申御礼由而院参以平評（朱校合・評定カ）申御礼参如院次有栖川宮へ行向、吹聴也。左府公右府公へ以使吹聴申使明強勤之也。来十七日巳剋御草可伺旨、先剋議奏被示題云寄道祝也」

③寛政六年一月十五日「依御用儀冷泉少将被招諸大夫非蔵人モ被遣所忠良和哥御会御人数被加由被申渡。仍為御礼

可参　内所予少々所労ニ付、以使愛敬申上了。御会始御題被給当日、巳剋迄ニ可有詠進由之。奉行冷泉少将為則申御請了」

④寛政六年一月十七日「辰剋被着衣冠参　内。是今日詠草窺初ヨテ也。招議奏又児招献詠草誓状所猶後剋返可給間先退出候様被仰出。仍退出申剋比参　内。以児申入。則詠草返給。直以児御礼申而退出也。誓状大奉書出之。以同紙包之。詠草竪大奉書出之以大竪紙包之。両通共上ヲ封也。案紙有別不記之」

⑤寛政七年九月十一日（22歳）「（前略）自　禁中冷泉前中納言依御用儀家礼可遣旨被示。仍愛敬参上之処、来十三日辰半剋可有御当座和哥、依之下官御人数被加旨被仰出也。即剋為御礼可有参入之処、少所労有之。仍愛敬議奏中迄御礼申了」

順を追ってみてゆくと、忠良の場合、①十九歳で有栖川宮織仁親王に入門し、②二十一歳で光格天皇に入門の許可が出、③「和歌御会」（月次御会を指すと考えてよい）への参加が許可され、④光格天皇へ入門。⑤当座御会へは二十二歳で出座が許可されている。当座の場合、題を引いて比較的短時間のうちに詠出せねばならないので、歌の力量が求められる。そのためさらに一年後の許可となったかと思われる。ここで確認しておきたいのは、月次御会へ参加するには光格天皇の許可が必要だったということである。一定の年齢になれば誰でも宮廷歌会に参加できるということではなく、内裏での当座歌会に関しては更に、その度ごとに許可が必要であったことが『忠良公記』からうかがえる。

四　内裏での月次歌会に詠進するまで――寛政八年七月二十四日――

宮廷歌会への参加を許可された忠良が、和歌の師である光格天皇とどのように関わりながら宮廷歌会に参加し和歌の技量を磨いていたのか。引き続き忠良の視点から探ってゆく。その際、定例の歌会の一例として毎月二十四日に行われる月次歌会を、また随時行われる歌会の一例として小御所・学問所代で行われていた当座歌会を例にとり、宮廷歌会がどのように営まれていたのかを明らかにする。まず月次歌会に詠進するまでである。

例えば、寛政八年七月二十四日の月次歌会に忠良が詠進するまでの手続きを『忠良公記』から抜き出すと（本文書き下しは盛田）、

①寛政八年七月十六日「公宴御会題、触れらる。奉行、忠尹卿なり」（七月二十四日の月次御会の奉行をつとめる中山忠《ただ》尹《ただ》より題の知らせを受ける）。

②寛政八年七月十九日「今日、詠草伺の為め参内。児を以つて伺うの処、来たる廿二日申し出すべし」（題に沿って歌を詠んだ忠良は、その詠草をもって参内し、「児」を仲介として、光格天皇にその詠草を提出する。光格天皇はその場では詠草を返さず、二十二日に再び詠草をとりに来るように指示する）。

③寛政八年七月二十二日「参　朝。詠草申し出すなり。児を以つて申の下剋、返し給ひ了ぬ」（光格天皇の指示通り、二十二日に参内した忠良は、十九日に提出した詠草のことを申し上げ、「児」を仲介に添削詠草を受け取る）。

④寛政八年七月二十三日「公宴御月次詠進。使時春」（光格天皇から添削された詠草を清書し、時春という使をもって奉行

に提出する）となる。

『忠良公記』の②③に記されていた添削詠草の御所側の控えが、『一条忠良詠草伺御留』として東山御文庫に所蔵されている。この資料は、光格天皇が忠良の詠草を添削し合点を施したものを日付ごとにまとめて書写したもので、御所内で記録されたものである。寛政八年七月十九日の記録のうちから一部を引用する（濁点は盛田、以下同じ）。

同月十九日伺　廿二日返給

初句　秋きぬと

＼秋きぬと夕の野べの浅ぢはら露吹風の音ぞ身にしむ

秋来ぬと先告そめて軒端なる荻の葉そよぐ風ぞみにしむ

同月とは七月。二十四日の月次歌会に詠進するため、忠良は初句に「秋きぬと」を詠み込めという題（この出題は、慈円の『拾玉集』の「勒句百首」に出典がある）に沿った詠草二首を詠み、十九日に光格天皇に提出した。「十九日伺」からそのことが知られる。光格天皇はその場では返却せず、下見をしたのち、はじめの一首に合点をつけ、月次歌会に提出するように指示する。この選歌をしたのち、二十二日に忠良に返却したことが「廿二日返給」とあることから知られる。この記述は『忠良公記』の②③の記事とまったく一致するところである。

さらに寛政八年七月二十四日の月次歌会の記録をみる。ここでは、先の忠良詠草のみを挙げる。

同年同月二十四日　月次御会
初句　秋きぬと　秋きぬとゆふべの野べのあさぢはらつゆふく風の音ぞみにしむ　忠良
題者　民部卿　冷泉為泰卿　　奉行　中山大納言忠尹卿
（国立国会図書館所蔵『内裏和歌御会　寛政八年』）

やはり光格天皇より合点を受けた詠草を奉行に提出していることが知られる。また奉行が中山忠尹であることは『忠良公記』の①「奉行、忠尹卿なり」という記事とも一致する。

ここで、内裏月次歌会に詠進するまでの手順を簡単にまとめる。

1、月次歌会の奉行より触れがあり、題を渡される。
2、一題につき二首の詠草を光格天皇に提出する。
3、光格天皇は下見をし、二首のうちの一首を選んで合点を施し、月次御会に提出するように指示する。
4、詠草を返された忠良は合点の施された詠草を清書し奉行に提出する。提出する期日は、『忠良公記』によれば月次歌会の前日までになっている。
5、このようにして提出された詠草をもとに月次歌会が催される。

なお『忠良公記』には月次歌会に出座した記事はみえない。他の法楽などの月例（兼題）の歌会の記事をみても、かならず光格天皇の添削を受け清書して提出はするが、本番の歌会に出座した記事は見えない。和歌の披講が催されるなどの特別な場合でない限り、月例の歌会は、詠草を提出はするが実際には人が集まらなかったのではないかとも考えられる。

五　内裏での当座歌会に詠進するまで——寛政八年九月十九日——

次に「当座歌会」である。引き続き『忠良公記』から寛政八年九月十九日の例を引用する（（　）内注、盛田）。

○寛政八年九月十七日「夜に入り、非蔵人口より冷泉前中納言招くに付、長寧参上の処、来たる十九日、当座御会に付、辰半剋参入あるべき示なり。即ち御請申し了んぬ」。

○寛政八年九月十九日「辰剋参　朝、御当座なり。午剋御座始。是れに先んじて博陸（関白）出遭はる。『今日出座四人なり。甚だ狭少に付き、一人は不出座』と示さる。仍って左相府（左大臣）と申し合わせ、予不出座なり。詠出了んぬ。児を以つて詠草を伺ひ、返し給ひ了んぬ。則ち清書、奉行へ之を付す。今日読上之れ有り。予出座なり。少々遅々候間、暫時退出有るべく示さる奉行より。仍つて退出。戌剋比、更に参　内。直に出座。出御簾中なり。最初出座の通りの進退なり。亥剋事了んぬ、退出」。

当座歌会の二日前の夜、奉行である冷泉為章《ためふみ》より十九日の「当座御会」に参加すべき旨の知らせがあり、忠良は当日の午前八時に参内、十二時に開始。これに先だち、関白の鷹司政熙《まさひろ》と出遭うが、政熙より、今日出座する者は四人だが場所が狭いので一人は遠慮すべき旨を示される。忠良は左大臣の二条治孝《はるたか》と相談し、出座を遠慮することにする。

実際にはこの当座歌会には三十人が出座している。それなのに出座四人で「狭少」というのはどういうことであろうか。

『織仁親王日記』（宮内庁書陵部所蔵）の内裏和歌御会始を記した記事に座席が図解されている。「臣下座」「宮方座」「公卿座」という座席がもうけられ、大臣以上は皆「臣下座」に座すことになる。日頃は大臣以上の出座者といえば、関白の鷹司政熙、左大臣の二条治孝、右大臣の忠良という三人であったが、今日はいつもより多く四人となってしまった（後述）。したがって政熙が、右大臣である忠良に遠慮するようにうながしたのであろう。出座しなかった忠良は、別な場所で詠出し、「児」を仲介にして、光格天皇から詠草の添削と選歌を受け、添削を受けた詠草を受け取って清書し、奉行へ提出。今日は和歌の披講があるので、一時退出したのち午後八時頃参内し披講に出座。和歌の披講が終わったのは午後十時で、当座歌会は十時間に及んでいたことが知られる。

当座歌会といえども、提出する前に師匠に歌の草稿を見せ、添削・選歌を受けていたことが知られるわけだが、ここで、この当座歌会に出座し、師である光格天皇より選歌を受けた歌人達の詠草記録をみてみよう。すべて九月十九日当日の日付が入っている。

①一条忠良（『一条忠良詠草伺御留』寛政八年）

同月十九日伺　直ニ返給　公宴御当座　夕虫

〽さかへ行ことの葉ぐさの夕露をうれしとや鳴むしのこゑ〳〵

をのが名もときはの杜のゆふ露に千とせの秋を松むしのなく

②高松公祐《きんさち》（『高松公祐詠草伺御留』寛政八年）

九月十九日窺　直ニ返給　御当座　待恋

〽つれなさを堪て待こし独ねに幾世なれぬる暁のかね

必とたのめし宵も更すぎて待につれなき独ねの床

③日野資矩（『日野資矩詠草伺御留』寛政八年）

同月十九日伺　直ニ返給　氷始結

此朝けさむさをそへてたつの池のみぎはぞまだきこほり初ぬる

＼みぎは吹風のさむさのそふほどをみいけのこほりむすびそめぬる

④烏丸資董《すけきよ》（『烏丸資董詠草伺御留』寛政八年）

同月十九日伺　直ニ返給　御当座　眺望

＼夕づく日うら風遠くきりはれてあまのいそやもみぎはへだてぬ

みるがうちにやゝ明そめて松杉の色もわかるゝ峯の横雲

⑤広橋伊光《これみつ》（『広橋伊光詠草伺御留』寛政八年）

同月十九日伺　直ニ返給　御当座　初雁

＼めづらしなみやこの空の月かげにはる〴〵きぬるころもかりがね

いづちをば旅とやすらむ秋まちてみやこの雲にきなくはつかり

各々、探った題に沿って二首ずつ詠出し、光格天皇に提出。下見・選歌を受け、まもなく詠草を返された旨が記されている。兼題で行われる月次歌会と違い、当座歌会の場合、五人の門人達の詠草記録すべてに「直ニ返給」とあり、光格天皇が短い時間で門人達の詠草に目を通し選歌して返していたことが知られる。

次に国立国会図書館所蔵『内裏和歌御会　寛政八年』より同日の当座歌会の記録をみる。実際には三十首の組題で三十人が出座しているが、ここでは一部を引用する（（　）内は、盛田）。

同年同月十九日　和歌当座御会

初春松　よろづ代もさかふる道の初春にいろそへけりなわかのうらまつ　（光格天皇）

山霞　かづらきやたかまの山のはるがすみいく重へだつるみねのしら雲　実種《さねたね》（内大臣）

①夕虫　さかへ行言のはぐさのゆふつゆを嬉しとやなくむしのこゑ〴〵　忠良（右大臣）

対月　雲きりもはれてくまなくいづるよりさやかにむかふ山のはのつき　治孝（左大臣）

⑤初雁　めづらしなみやこの空の月かげにはる〴〵きぬるころもかりがね　伊光

③氷始結　みぎはふく風の寒さのそふほどをみいけのこほりむすびそめぬる　資矩

②待恋　つれなさをへだて待こし独ねにいくよなれぬるあかつきのかね　公祐

④眺望　夕づくひうら風とをくきりはれてあまのいそやも見るめへだてぬ　資菫

寄竹祝　言のはの道のさかへを一ふしのちぎりすぐなる呉竹の陰　政熙（関白）

講師　頼壽《よりひろ》　題者　冷泉前中納言為章卿　奉行　冷泉前中納言

三十首の組題で三十人が出座していること。また先に挙げた「詠草伺御留」に「内々御当座」という記述がないことから、小御所もしくは学問所代で行われた当座歌会であったことが知られる。奉行を冷泉為章が勤めるのは『忠良公記』の記事とも一致し、講師として葉室頼壽がたてられていることから和歌の披講（『忠良公記』には「読上」）が行われていたことも知られる。内裏歌会記録からは、出座者の中に、関白鷹司政熙、左大臣二条治孝、右大臣一条忠良に加えて、九月に大臣に任ぜられたばかりの今出川実種が出座していることが知られ、『忠良公記』の四人では「臣下座」が狭いという記事とも一致する。ちなみに政熙は三十六歳、治孝は四十三歳、大臣に任ぜられたばかりの実種は四十三歳で、忠良は二十三歳であった。おそらく大臣になって初めての当座歌会への出座であったろう実種に、若年の忠良が席を譲ったのであった。

①から⑤の「詠草伺御留」と内裏歌会記録中の①から⑤を比較すると、門人達が光格天皇より下見・選歌を受けた詠草の方を清書して奉行に提出したことも知られる。

このように見てくると、当座歌会は次のように営まれていたことが知られる。当座歌会の二日前に奉行よりお触れがあり、お触れを受けた者のみが当日参内。題を引き、一題につき二首の歌を詠出して、光格天皇に詠草を提出する。光格天皇はただちに門人達の詠草の下見・選歌をし詠草を返す。門人達は光格天皇より選ばれた一首を清書し、奉行に提出。奉行がその詠草をとりまとめ、和歌の披講となる。『忠良公記』に拠る限り、奉行からの御触れは当座歌会の二日前であり、和歌の披講は特別な場合に行われ、いつも行われていたわけではないことが知られる(5)。

むすび

以上、光格天皇が運営していた宮廷歌会の仕組み、特に詠進にともなう手順など、宮廷歌会の具体的な実態をみてきた。内裏歌会を主催する光格天皇側の資料、歌会に参加する宮廷歌人の資料、歌会詠進前の添削資料、内裏歌会そのものの資料を積み重ねて、寛政期宮廷歌会の運営の実態を具体的に提示できたのではないかと思う。ここから浮かびあがってくるのは、積極的に歌会を催し、歌壇を領導する光格天皇の姿である。当座歌会での題を自ら出題し、伝統的歌道宗匠家である飛鳥井家・冷泉家のみに任せぬところにも宮廷歌会の運営や歌道に並並ならぬ関心をはらっていた後水尾天皇や霊元天皇に匹敵する歌人としての力量が感じられるのである。

注

（1）光格天皇の事績の概略については、本書第一部第四章を参照のこと。

（2）五月のみは二十八日に行われている。しかし御日記案に「月次和歌三首通題奉行日野前大納言、出題権中納言去廿四日延引」とあり、二十四日に行われるべきものが二十八日に延引されたことが知られる。

（3）光格天皇は明和八年八月十五日に誕生するが、安永九年八月十三日に、生誕日を三月十五日に改められている。改められた年の十二月四日に即位した（宮内庁書陵部所蔵『近代帝王系譜』）。

（4）東京大学史料編纂所所蔵。明治三十八年謄写本。大本二十五冊。天明八年―文化九年、但し一部欠。

（5）国立国会図書館所蔵『内裏和歌御会』からも知られる。

第二部　地下雅文壇論

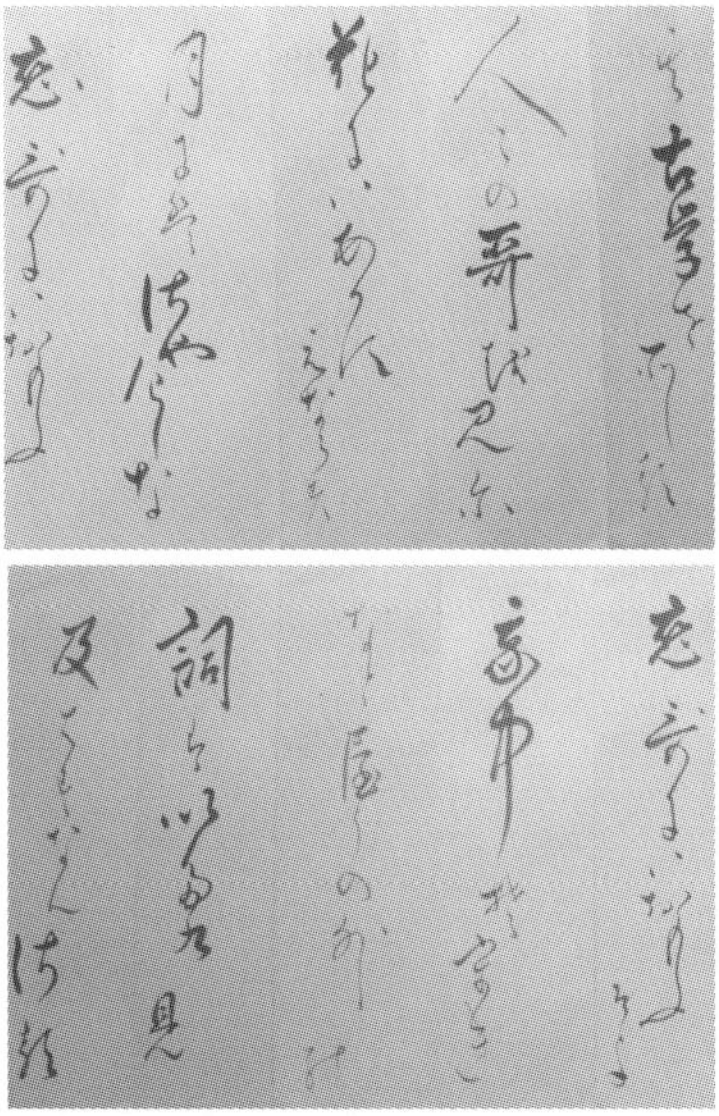

架蔵〔賀茂季鷹書画歌論〕

山本家所蔵〔賀茂季鷹肖像〕

第六章　賀茂季鷹と有栖川宮家

はじめに

賀茂季鷹の生涯は大きく三期に分れる。少年期在京時代（宝暦四年〈一七五四〉生～明和八年〈一七七一〉）、在江時代（明和九年〈一七七二〉～寛政三年〈一七九一〉）、帰郷後在京時代（天保十二〈一八四一〉没年迄）である。筆者は拙稿「賀茂季鷹の生いたちと諸大夫時代」(1)において、少年期在京時代の季鷹の事績に焦点をしぼり、季鷹の生いたちや有栖川宮家諸大夫としての活動を報告した。季鷹は有栖川宮家に出仕していたこともあり、堂上歌壇との関わりが深い地下歌人であり、季鷹とその周辺人物の動向に注意すると、従来明らかでなかった明和期堂上歌壇、および堂上派歌人の在り方がより鮮明に見えてくる。

本章では、未だ明らかでなかった少年期在京時代の季鷹の歌人としての活動に焦点をあて、次の三点について述べてみたい。第一に季鷹の和歌の師の確定、第二に季鷹の初期詠草および有栖川宮歌学の一側面について、第三に、二から派生する問題として宝暦・明和期における二条派歌学についてである。

一　季鷹の和歌の師

賀茂季鷹が歌学の土台を築いた在京時代の和歌の師とは一体誰だったのだろうか。近来の諸論文・辞典等によれば、そのほとんどが有栖川宮職仁《よりひと》親王としている。これは、おそらく嘉永七年刊『古今墨跡鑑定便覧』の「初有栖川職仁親王ノ御門ニ入テ詠哥ヲ修学ス。後江戸ニ住テ千蔭翁ニ交リテ事ヲ問フ」によるものであろう。ところが同じく幕末に出版された文久二年春増補『本朝古今新増書画便覧』には「初和哥ヲ有栖川龍淵王ニ学ブ」とあって、師を「龍淵」としている。「龍淵」とは有栖川宮織仁《おりひと》親王の法諱。職仁親王の子である。このように既に幕末には季鷹の師について職仁親王と織仁親王の二説があった。

近代になってそのほとんどが職仁親王説をとる中で、これに疑念を呈したのは福井久蔵『近世和歌史』（成美堂書店、一九三〇年刊）であった。同書で福井氏は「賀茂季鷹は鑑定便覧によれば有栖川宮職仁親王の門人とあるが、宮家に存する御門人契約記には載つてゐない。親王御薨去の明和六年には季鷹は十八歳[2]なれば教を請う年配ではあるが或は織仁親王の御門人などではあるまいか」と述べている。

福井氏がいうところの「御門人契約記」とは、宮内庁書陵部所蔵『入木門人帖　寛延二—明和六　有栖川宮家』（同所蔵旧有栖川宮御本マイクロフィルムによる）である。[3]「入木門人帖」とあるが、内容は明らかに歌道門人帖である。寛延二年九月二十七日から職仁親王没年の明和六年十月十日までの入門者を、日付順に、日付・入門者名・仲介者名の順に記しており、桃園天皇・後桜町天皇をはじめとする当時の堂上歌人から江戸住の商家等迄が名を連ねる。職仁親王が当時の歌壇の中心的位置にあったことがよく知られる資料である。しかし、福井氏の言のごとく確かにここに

は季鷹の入門時の記録はない。ところが明和六年三月の条に

同（明和六）年同（三）月廿八日　狩野正栄近信

季福　宗恭迄相願（（ ）内盛田注。以下同じ）

と記されている。狩野近信が職仁親王に入門するのに、「季福・宗恭」を仲介にしたという記録である。ここにいう「季福《すえとみ》」は季鷹の改名前の名。[4]『入木門人帖』にひとわたり目を通してみると、新たな門人を職仁親王に紹介する場合、当然のことながらその仲介者は既に入門しているという場合がほとんどである。そうであるならば、この時近信の仲介をした季福（季鷹）の立場も、入門という形式を取っていなかったにしろ、歌道に於いて新たな入門者を仲介できるほどの位置には在ったと言い得るであろう。

それでは、織仁親王の門人録に季鷹の名はあるのだろうか。現在のところ織仁親王の門人帖の存在は確認されていないが、入門者を同親王の日記等から収録した「歌道入門者一覧表」（『織仁親王行実』一九三八年、高松宮蔵版）によれば、ここには季鷹の名はない。したがって、このかぎりでは季鷹が門人であったということは言えない。職仁親王、織仁親王の門人録からは季鷹の入門記録を確認することはできないのである。それでは職仁親王もしくは織仁親王より歌の教えを受けた具体的記録は残っていないだろうか。

季鷹旧蔵短冊帖の中に職仁親王からの教授の可能性を示す一連の短冊が存在する。この短冊は日野資枝《すけき》、富士谷成《なり》章《あきら》等、職仁親王門であった堂上・地下の歌人達の自筆短冊であり、中に一季（かずすえ。季福の改名前の名。注（4）参照）の短冊も含まれる。

（A）月前鴈　　折しもあれこよひはみてる月かげにつばさまがはでわたる雁がね　一季

この一季短冊の右に季鷹晩年の筆跡で「有栖川宮十五夜御当座　季鷹十五才より求」と記された付箋が貼られている。季鷹晩年の筆跡で記されたことの内容を信じれば、季鷹十五歳の明和五年八月十五日、有栖川宮職仁親王主催の当座歌会に詠進し、同じく出座していた日野資枝・富士谷成章等の短冊をも含めて職仁親王に求め、手に入れたということになる。そこでそれぞれの短冊を確認すると、短冊はすべて色違打曇短冊で、一枚一枚に記された題は全て同筆。題も「月前雁」「月前鹿」「月前萩」「月前虫」……と組題からの出題で、時節を踏まえられていることから、八月十五夜に有栖川宮家で行われた探題形式の当座歌会と考えて間違いない。題を探った一季、資枝、成章がそれぞれに歌を清書して提出した短冊を一季が職仁親王に求めて手に入れたものということになろう。

ところが、問題になるのは季鷹が晩年に記した付箋の記述のうちの「十五才」という年齢である。注（4）で記したごとく『有栖川宮諸大夫伝』によれば、季鷹が一季《かずすえ》と名乗っていたのは明和五年正月四日迄であり、同年正月五日に「一季」から「季福《すえとみ》」に改名している。そうであるならば「一季」と署名しているこの短冊は、少なくとも明和四年八月十五日以前の十五夜のものでなくてはならず、季鷹晩年の付箋と矛盾をきたすことになる。この季鷹晩年の筆跡内容をどのように考えればよいのであろうか。

季鷹は、晩年になればなるほど自分の歳を偽って、少しでも多く記す癖があった。このことは既に森繁夫「山本季鷹年齢考」（『人物百談』三宅書店、一九四三年刊）をはじめ季鷹の没年齢を扱った諸論文で繰り返し説かれてきたことであるし、実際に季鷹晩年の筆跡で記された短冊・和歌懐紙等にはこのような例が多く見られる。ここも晩年の筆跡で

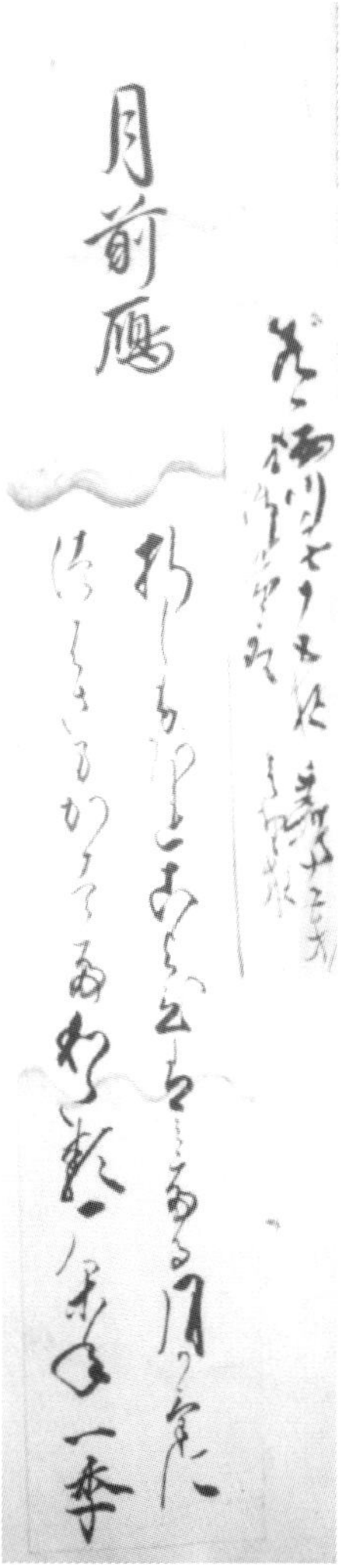

一季（賀茂季鷹）短冊

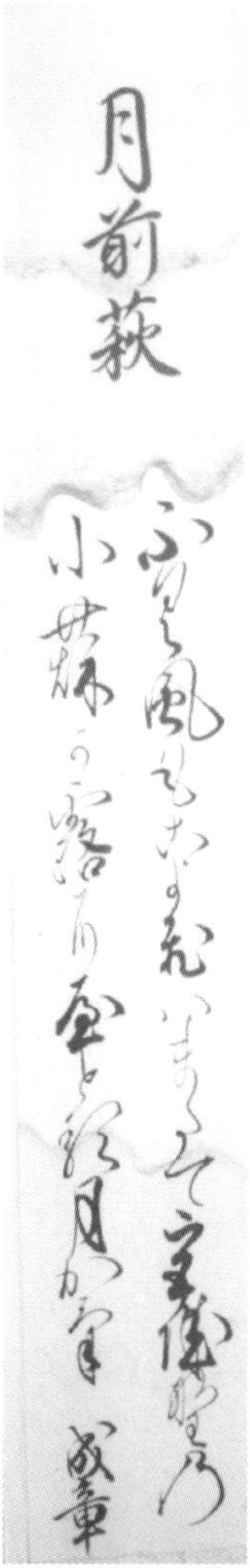

富士谷成章短冊

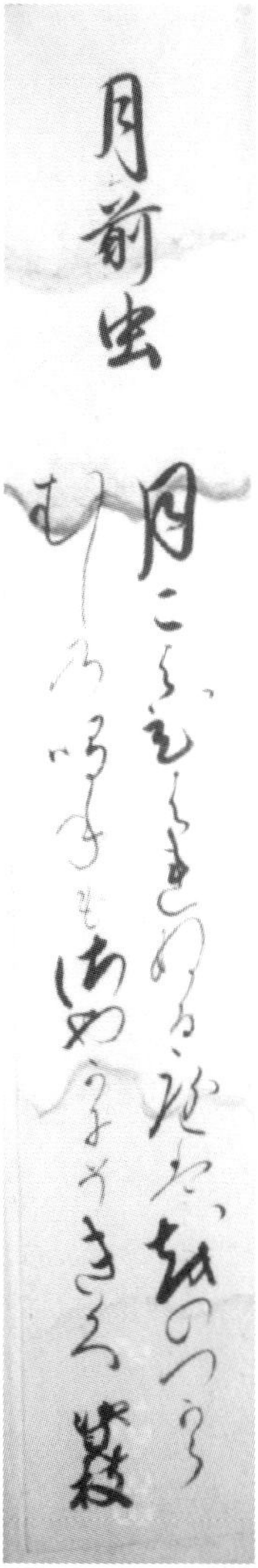

日野資枝短冊

は「十五才」と記されているが、歌会当日に清書した短冊の「一季」という署名から、実際には「十四才」以前の短冊である可能性が強い。この当座歌会と一致する宮家側からの資料の存在を確認できないが、恐らくは一季が職仁親王の御側にあがった明和二年（十二歳）から明和四年（十四歳）の間の短冊とみて間違いないだろう。職仁親王主催の当座歌会に出座し、歌の教えを受けていた一季像が浮かび上がってくる。

また、同じく季鷹旧蔵本に、以下のような奥書を持つ逸題歌集（写本一冊）がある。

此一巻は侍座によつて見きく所をしるしはべるなり。努〳〵不可有他見者也。

明和八年仲冬　　季福

「明和八年仲冬」とあることから、季福（季鷹）が有栖川宮家の諸大夫を辞した翌年(5)に書写した歌集ということになる。表紙、初丁は既に失われており、外題、内題ともに知られないが、四季、恋、雑の部より成る。冷泉為村等の詠草もあるが、大部分は、職仁親王の『其葉集』、また『新続題林和歌集』などに入集している職仁親王歌と一致する。したがって奥書に記されるように季福が仕えていたときに見聞した職仁親王の和歌を中心として、諸大夫を辞した後に纏めた歌集といえる。「此一巻は侍座によつて見きく所をしるしはべるなり」という記述より、この逸題歌集を、季鷹が職仁親王のお傍で学んでいた傍証的資料と位置付けることができよう。季鷹と職仁親王との関係に示唆を与える一資料であることは間違いない。

こうして見てくると、季鷹が職仁親王に対して正式に入門手続きをとっていたことを示す資料は未だ確認できないが、職仁親王に新たな門人を仲介していること、親王主催の当座歌会への出座、親王の和歌を収集した逸題歌集の存在等から、季鷹が職仁親王の歌の教えを受けていたことは間違いないであろう。『古今墨跡鑑定便覧』の記事をもう一度信用しておいてよい。

では、織仁親王より歌の教えを受けた具体的記録は残っていないだろうか。季鷹旧蔵の和歌懐紙中、以下のような添削資料がみられる。

（B）兵部卿宮様御點

明和六臘月仲八（端裏書き）

季福上

御當座

早梅

＼しら雪もふる枝ながらに咲出て春をやいそぐそのゝ梅がえ《香》

春は又たぐひありとや梅のはなそのゝなからに咲にほふらむ

「兵部卿宮様」というのは織仁親王のこと。(6)「明和六臘月仲八」「御當座」とあることから、明和六年十二月十八日、季鷹は織仁親王主催の当座歌会に出座し、「早梅」の題で二首詠進した。織仁親王は二首に目を通し、内一首に添削を施した上で合点を加えたという資料であることが知られる。

この時点での織仁親王と季鷹を取り巻く状況について簡単に説明しておけば、織仁親王は明和二年七月二日、十三歳で禁中和歌当座の人数に加えられ、翌三年正月二十四日、十四歳で初めて禁中和歌御会始に詠進、和歌の習練を積んでいた。ところが明和六年十月二十一日、父職仁親王の危篤につき、後桜町天皇より急遽天仁遠波伝受を受けるという特別の叡慮を受けることとなる。職仁親王は桃園天皇・後桜町天皇に古今伝受を伝え、ながらく宮廷歌壇の中心的存在であり続けた。後桜町天皇は歌道師範として長年勤めた職仁親王に報いる特別の叡慮として、有栖川宮家を継ぐべき織仁親王に天仁遠波伝受を授けたという。この時織仁親王はわずか十七歳であり、御所伝受の第一階梯を受ける年齢としては異例の若さといえる。(7) それを見届けるように翌二十二日に職仁親王は没した。この当座歌会が催される二ヶ月ほど前ということになる。

さて、宮家を継いだ織仁親王は十七歳という若さにして父職仁親王の歌道門人を次々と引き継いでゆくこととなる。『織仁親王行実』によれば、

（明和六年十二月）十五日、（織仁親王が）参内のところ、（後桜町天皇より）地下人の和歌添削を許容せられ、堂上方は（職仁親王の）忌明の後に為すべき旨の聖慮を拝せらる。

とあり、明和六年十二月十五日に参内した折に、織仁親王は、後桜町天皇より、地下歌人の和歌添削を許され、また、堂上歌人への添削は、職仁親王の忌明に行うことを許されたことがわかる。前掲の季鷹詠に対する添削資料は、明和六年十二月十八日の当座歌会の和歌懐紙であったので、職仁親王没後、織仁親王が初めて地下門人を集めて行った当座歌会の記念すべき添削資料であったことが知られる。織仁親王が地下門弟の師範として初めて主催した当座歌会に季鷹は出座し、添削を受けたのであった。

このようにみてくると、季鷹は有栖川宮家の諸大夫として仕えながら、初め職仁親王より歌道の手解きを受け、明和六年十月二十二日の職仁親王没後は、織仁親王に就いて和歌を学んでいたことが知られる。職仁親王と季鷹は四十一歳の年の開きがあり、歌道に於ける技量も知識も随分な開きがあったであろうが、織仁親王と季鷹の年の差は僅か一歳。親王の方が季鷹より年長ではあるが、年若い織仁親王の指導には、何らかの物足りなさを感じたのかもしれない。直接関連があるかどうかわからないが、季鷹は、当座歌会の約三ヶ月後に有栖川宮家の諸大夫並びに官位を辞し、約二年後に江戸に下向する(8)。

以上、職仁親王の門人録にも、織仁親王の門人録にも季鷹の名は見出せないが、当時の添削資料等によって考える限り、季鷹は職仁・織仁両親王から歌の教えを受けていたことが理解されるであろう。次節以下では、季鷹の初期詠草について検討し、さらに季鷹周辺の歌学についても言及する。

二　有栖川宮十五夜御当座詠進歌をめぐって

季鷹の少年期在京時代の詠草として現在確認されるのは、前節で引用した三首、すなわち、明和二年から四年にかけての作と思われる、「有栖川宮十五夜御当座」における「月前雁」題で詠んだ一首（短冊）と、明和六年作の織仁親王主催当座歌会における「早梅」題で詠んだ二首（懐紙、織仁親王加点）である。

姉小路実紀《さねえ》記『竹亭和歌読方条目』、武者小路実岳《さねおか》述『実岳卿御口授之記』（いずれも明治書院『近世歌学集成』所収）等により近世中期の内々の当座歌会のありようについては、うかがうことができるが、ここでは『竹亭和歌読方条目』のなかの「内会当座之式」を書き下して掲げる。

内会当座之式

一　催之人（公宴和歌御会における「奉行」に相当する）、題者《だいじゃ》、講師《こうじ》、給仕之人

一　催之人、短冊を題者に進じ、題を書かしめ、題を組み重ね、蓋に入れ影前に置く。次に座を催す。次に各々着座畢る。次に出座之人、辞譲の後、次第に立て、題を取に帰座す。次に給仕之人、硯紙を取て一々進ず紙、上座の前に置き、硯計《ばかり》次第に之を置く。次に上座従り紙を取り、回す。次に各々墨を磨り題を書す。平座して吟ず。次に吟成りて、点を請ひ、短冊を清書し、催之人に進ず。催之人、清書の短冊を蓋に入れ、影前に置く此間、出座之人退座。次に各々着座。次に講師着座し蓋の前、一々講畢て退く。次に各々退下す下座従り。次に催之人、蓋を取て、影前に進て退く。次に饗を催す。

（引用にあたり一部表記を改めた）

ここで挙げた内々の当座歌会のありかたと、掲出した季鷹短冊（A）、季鷹懐紙（B）を比較してみると、（B）が織仁親王に点を受けるための下書きの懐紙であること、（A）が職仁親王に添削を受けたあとに清書した短冊であることが知られる。（A）（B）は異なる歌会の資料であるが、期せずして当座歌会の資料として残りうる二つの形式を示している。

当座歌会が終了したあと、下書きの懐紙は出座した歌人個人のものとなるが、清書短冊は本来主催者の側に残されるべきものである。（A）の場合、その清書短冊一式が季鷹の手許にあることは、付箋の記述に裏付けられる通り職仁親王に求めて季鷹が手に入れたということになる。

では少年期の季鷹の詠草として現在確認される最も早い歌である、（A）の歌について検討してみよう。

月前鴈　　折しもあれこよひはみてる月かげにつばさまがはでわたる雁がね　一季

季鷹の探った題は「月前雁」。職仁親王と同じく宮廷歌会の中心的位置にあった武者小路実陰《さねかげ》は『初学考鑑』の中で、「何の題をとりたりとも、その題の一部をよみ吟じて、その内にてよみ出すべき事也」と、出題された歌題に関連する類題和歌集の箇所を通読し、よく味わってから、新しい和歌を詠むべきなのだという（新日本古典文学大系『近世歌文集　上』）。実際、当時の題詠に対する修練は実陰の説いているような方法で行われていたであろうが、季鷹が参考にしたと思われる類題集を現段階では特定することができない。しかし、この時季鷹が題の本意を汲み取る際の参考にしたと思われる先行歌に、例えば以下のような作品があったと想定されよう。

①五四六　　雁を　　伏見院御歌
つれてとぶあまたのつばさよこぎりて月のした行よはのかりがね
（『風雅和歌集』。新編国歌大観による。なお番号は出典の歌番号。以下同じ）

②三九六二　　月前雁　　資慶
一つらの数さへ見えて月のぼる同じ嶺こす秋のかりがね
（『新題林和歌集』。上野洋三編『近世和歌撰集集成』による）

③五八三五　　月前雁　　雅香
秋の月ひかりもきよくすめる夜はわたるかりがね数もまがはず

（『新続題林和歌集』。同右による）

いずれも、澄んだ月光の中を渡って来る雁の情景を視覚的に詠んだものである。また、使用する歌語の点で参考にしたと思われる先行歌に

④七二　をりしもあれいかに契りてかりがねの花の盛りに帰りそめけん
弁の乳母
（『後拾遺和歌集』。新日本古典文学大系による）

⑤四　　八月十五夜
雲わけて秋のなかばをてらせどもこよひの空にみてる月かな
（『匡衡集』。新編国歌大観による）

⑥八　　四番　右　秋雲　　女房（伏見上皇）
あしびきのやまのさくらもむら雲につばさもまがふあまつかりがね
（『歌合永仁五年当座』。新編国歌大観による）

等がある。季鷹は出題された「月前雁」に関連する「月」「雁」「十五夜」などを詠み込んだ先行歌の中から発想を得、詞を得て、先のような歌を生み出したのであろう。

それでは、季鷹がこの歌を詠出した際の師であり、かつこの歌に添削を加えて合格歌とした職仁親王は「月前雁」の題意をどのように捉えていたのであろうか。『職仁親王行実』（一九三八年、高松宮蔵版）第九章「御性行の一斑」を

抜くと「歌学に関する著述、有栖川宮家作歌之事」（頭欄見出し）として以下のような記述がある。

　親王、歌学に関して御著述頗る多く、就中、有栖川宮家作歌之事一巻は、桃園天皇に奉られしものにして、御家の歌風は冷泉家の歌風とは、其の間、趣を異にせることを述べ、且つ、立春より四季各題詠出の心得を説きたるものなり。（下略）（傍点盛田。以下同じ）

ここにいう「有栖川宮家作歌之事一巻」は『国書総目録』に「有栖川宮家作歌之書《ありすがわみやけさつかのしよ》一巻〈類〉和歌〈著〉有栖川宮職仁親王〈写〉高松宮」と掲出されているものと思われるが、現段階では未見。しかし、この一巻と同内容ではないかと思われる写本一冊が国立歴史民俗博物館に高松宮家伝来禁裏本として所蔵されている。表紙の無枠簽に「作歌之書」と墨書された横本。冒頭に系図があり、俊成以後、二条家は為世まで、冷泉家は為秀までを載せ、二条家と冷泉家が分流した経緯を記す。そのあとの注記をそのままの形で再録する。

右、霊元院、
　桜町院、仰光栄公　被申之趣ニ而候。
　如此　職仁親王筆跡ニ而
　桃園院江被献候也。依写此。
　　　中務卿織仁親王

これに続いて、「立春より四季各題詠出の心得を説」（前掲『職仁親王行実』）いたとするにまったく一致する内容が続く。『行実』にいう『作歌之事』の本文内容が本書と同じ可能性は高い。ではこの国立歴史民俗博物館所蔵『作歌之書』から「雁」「月」に関する事項を引用してみよう。

鴈　　厂は待こゝろを読り。
玉葉　我為にくるともきかぬ初かりの空にまたるゝ秋にも有かな
　　厂のこゑはかんふかく泪もすゝむよし読り。
新千　明がたの雲井のかりのなみだにやいとゞねざめの床の露けき
　　厂のくる頃は秋も夜さむになり行よしよめり。
新後拾　いつしかと鳴てきにけり秋風のよさむしらるゝ衣かりがね
其外厂の哥は景気を専に読り。（中略）其外、月によせてよめり。月によせては、花につれなきかりも月には心やよする。月によこぎる。月にうかれてくる厂。をのがはかぜにすむ月。すむ月にかずさへみゆる。月になく〱くる厂。（下略）（句読点、濁点は盛田。以下同じ）

「雁」の題に関しては、雁にこと寄せて「待こゝろ」、雁の声に「泪もすゝむよし」、雁の来る頃に「秋も夜さむになり行よし」を詠み、またそれ以外では「景気」を専らに詠むという。また、雁を月にこと寄せて詠む場合、「すむ月にかずさへみゆる」という表現が抽出されている。これは前出の②資慶の「一つらの数さへ見えて月のぼる同じ嶺こす秋のかりがね」（『新題林和歌集』）や同じく前出③「秋の月ひかりもきよくすめる夜はわたるかりがね数もまがはず」

（『新続題林和歌集』）の趣向と同じであることが知られる。

つぎに『作歌之書』の「月」に関する記述をみてみよう。

月

（前略）もち月は、入日にむかふ十五日の月は入日にさし向ものなり。みつる月影。みつるよの月。望月の影。（中略）八月十五夜は、秋のなかば。あきのもなか。月のこよひ。こよひの月すべてこよひといへば十五夜に相叶なり。名にしおふ月。いけるをはなつ石清水に放生会なり。すべて八月十五夜・九月十三夜の月は、くまもなくさしいでたる影のめづらしく、いつも見る月ながら、今夜はめなれぬやうにおぼゆる心をいひ、雲・きりもこよひの空には心ありとやはれぬらんといひ、こまもろこしの空も同じ光をめづらんといひ、たかき・いやしき、をしなべてひとつ心にめづる、とも。其外思ひよせたる心あらば、山・川・野・海・池いづこにてもよむべし。たゞそれも、今みる所、山ならば山にて詠じ、海ならば海、さしあたりたる眼前の景気然るべし。眼前の景気ならぬは月にさしむかひたる即興にはいかが是は十五夜の月にさしむかひての心持也。但し思ひやる心はくるしからずや。たとへば月にむかひて、すま・あかしを思ひやるこゝろなり。

このように季鷹はまさしく『作歌之書』の説くところの本意・本情に違うことなく、「雁」と「月」との組み合わせの趣向をよく理解して歌語を選択し、和歌を詠み出していたのであった。「有栖川宮十五夜御当座」であることから「みてる」「こよひ」という詞を使用したことも、「十五夜の月にさしむかひての心持」で「眼前の景気」を詠んだのもすべて、有栖川宮家の『作歌之書』に適った詠みぶりといえよう。職仁親王の添削を経た一季歌は、時節を踏まえて使用すべき歌語を使用し、題の本意をふまえた、有栖川宮家の歌学に適った歌だった。詳細は省略するが、「早梅」の二首についても同様に検討すると、『作歌之書』に述べる「梅」の本意・作例に適う詠みぶりをしている。少年期の季鷹詠草は習作期らしい、有栖川宮の作法書通りの詠風であったといえよう。

三　『作歌之書』と『浜のまさご』

ところで、前記『作歌之書』のところどころに「初学和哥式ニ出」という言辞がみられる。『初学和歌式』は元禄九年（一六九六）、初学者に向けて刊行された有賀長伯の歌学書（七巻七冊）。長伯は望月長孝、平間長雅に学び、その後時代を代表する指導者として京阪を中心に多くの門人をもった。[9]二条派とはいえ地下歌人であった長伯の歌書『初学和歌式』がなぜ有栖川宮家の歌学書『作歌之書』に引用されたのであろうか。長伯は『初学和歌式』に不十分であった解説を補って翌元禄十年（一六九七）『浜のまさご』を出版した。したがって、春、夏、秋、冬、恋上、恋下、雑という七巻七冊に分類配列された『浜のまさご』の解説のなかには「初学和歌式に出」という注が頻出する。そこで『作歌之書』と『浜のまさご』の本文の、試みにそれぞれの巻頭部分（「立春」～「初春」）を比較してみよう。

〈作歌之書〉

立春　立春ハ年ノ内ニも有。年明而五三日又ハ七日八日比にも
　　有てさたまらす。されと古哥にも元日ニ春たつやうに
　　よみたるも多し。
　続拾　　あら玉の年の一よの隔にて今日より春とたつかすみかな
初春　初春早春ハ春たつ日より三五日までを読也。立

春ハはる立日一日にかきる。立春には初春早春ノ如ク
よミてハ不叶。初春早春にハ立春の心をよみても叶也。
されは立春ニよめるされは立春ニよめる心詞はいつれも初春
早春にかよハしてよむ也。初春ニ立春の心をよめる哥
続後拾　久かたのあまの岩戸のむかしよりあくれはかすむ春ハきにけり
（句読点のみ盛田。改行は本文のまま）

〈浜のまさご〉（波線部分は『作歌之書』になし）
濱のまさこ　春
立春　相應不相應の事ハ初学和哥式ニ出。
・凡立春ハ年の内にもあり。年明て五三日又ハ七日八日比にもありて
さたまらず。されど古哥にも元日に春たつやう読たるも多し。
続拾　あら玉の年ハ一夜のへたてにてけふより春とたつ霞かな
延文百　いつのまに年の終りをきのふといひけふとて春に改るらむ
・春ハあつまよりくると読りあつまはひかしなれハ也
雪玉　誰里も今朝や打とけ鳥か鳴あつまよりくる春のひかりに
雲井よりたつとも読り
新勅　天のとのあくるけしきもしつかにて雲井より社春ハ立けれ

・立春の哥ハ景気を詮に思ひ入て物によせなとしても読也。其心次にしるす

（中略）

初春　並早春

・初春早春ハ春たつ日より三五日までを読也。立春ハ春たつ日一日にかきる。よつて立春にハ初春早春のことく読てはかなふべからず。初春早春にハ立春の心をよみても相かなふ也。されハ立春によめる心詞ハいつれも初春早春にかよハしてよむ也。

（同右）

・初春に立春の心を読るうた、たとへは

続後拾　久かたの天の岩とのむかしよりあくれハかすむ春はきにけり

新拾　天のとの明る程なく来る春に立もをくれぬ朝かすみ哉

・春きたりて三五日の間をひろく読るうたたとへハ

続後撰　さほひめの衣春かせ猶さえてかすみの袖に淡雪そふる

草庵　よな／＼は雪けにさえて朝日影いつれハ空のかすむ春かな

右二首いつれも春のはしめつかたの景気也

・心詞ハ立春にてもとむへし

（下略）

比較すると、『浜のまさご』の内題、冒頭の「相應不相應の事ハ初学和哥式ニ出」の部分、作例歌の何首かなどが『作歌之書』では省略されているが、書写する段階で生じたと思われる重複する箇所（傍線部分）があること、省略されている箇所以外の言辞がほぼ一致することから、『作歌の書』は『浜のまさご』を抜き書きしたものと考えられる。ここでは巻頭部分のみを比較したが、『作歌之書』は『浜のまさご』の抄出本であることが知られるのである。本文全体を比較してゆくと、『作歌之書』で初めは省略されていた箇所や「初学和哥式ニ出」という注が、途中から省略されることなくすべて書写されるようになる。『作歌之書』は、多少の出入りはあるものの、全体にわたって、『浜のまさご』の抄出本といえるのである。

ここで思い出すのは、清水浜臣の随筆『泊洦筆話』（新日本古典文学大系『当代江戸化物・在津紀事・仮名世説』所収）の一節である。

三島景雄《かげお》、有栖川家の御門人にて有し頃、都へのぼりしに、某大納言殿とかの御許へしたしうめされて、御膝も近う物語しつゝ、行かひしに、常のおましのかたへに、文庫を置せ給ひて、いろ〳〵の歌書ども多くつみおき給へるを、ゆかしう思ひをりしに、殿しばし立て、おくつかたに入給へる程、やをらゐざりよりて見れば、大かたは見馴し書どもなる中に、『八百日集』とうは書せる書あり。いかなる公卿の御集にか有ん。誰人の打聴にかと、いとゆかしうて披き見れば、はやく『浜のまさご』といへる詞寄《ことばよせ》の書なりけり。景雄あきれて、こは有賀長伯がうひ学のあげまき等が為にとてものせし書にて、いさゝかも歌の事弁《わきま》へたる人たちは、また見る物ともなさぬ、誠あげまきの為の書也。此殿いかでかたへはなさぬ書とはかしづき給ふらん。それだにあるを、『八百日集』とうはぶみの名をかへおき給ふは、長伯らが物せし詞寄の書を、かたへ放たずおき給はんは、人目はづかしうおぼ

し給ふなるべし。（三十一話。下略）

この話が、浜臣の、堂上歌人に対する批判的な視点によって描かれているとしても、当時『浜のまさご』を『八百日集』と書名を改め、肌身はなさずもっていた堂上歌人が存在したという逸話は興味深い。
先の『作歌之書』には「八百日集」という外題、内題ともになかったが、内容は『浜のまさご』そのものであった。両書の本文比較により、『泊洦筆話』に書かれていることが、有栖川宮家においてさえ実際にあったことが知られ、驚きを禁ずることはできないが、さらに興味深いことに、以下のような職仁親王自筆奥書をもつ有栖川宮家旧蔵歌書『和歌一歩集』（宮内庁書陵部所蔵マイクロフィルム）の存在を知った。

右之条ゝ為子孫病中之徒然書之畢
宝暦十年十一月吉辰　一品中書王

病中の職仁親王が子孫のために書き記したというこの歌書の表紙見返しには

二條家系図更に不有下書
八百日抄抜書
古今集抄抜書

という目録めいた職仁親王の記述がある。本文には見返しのごとくに二条家系図は無く、まず『浜のまさご』の抜書（内題無し）よりはじまって、ついで「古今抄抜書」と題された内容へと続く。したがって、本文の『浜のまさご』の抜書部分を指して「八百日抄抜書」と職仁親王が呼称していたことは十分に考えられるのである。有栖川宮家『作歌之書』、職仁親王筆「八百日抄抜書」（『和歌一歩集』所収）の存在から、元禄十年（一六九七）に出版された有賀長伯の『浜のまさご』が、宝暦・明和期の二条派堂上歌人の間で『八百日集』もしくは『八百日抄』などと改題されて流通し、読み込まれていた事実が判明するのである。

おわりに

ところで、季鷹は、明和六年（一七六九）、十六歳の秋に、とある歌集を書写させている。それは「賀茂県主勅撰集類題和歌」と表紙に打ち付け書きにされた書写本（季鷹旧蔵）で、勅撰集から賀茂県主の和歌を抜き出し、四季、恋、雑、神祇の順に並べた歌集である。季鷹の養父季栄《すえひさ》が書写した全く同内容の写本（季鷹旧蔵）もあるので、おそらく、季鷹が父の書写本を写したものと思われる（ちなみに最晩年になって季鷹はこの書写本を読み直している）。賀茂県主は、賀茂神社に仕えると同時に、多くの名歌を生み出してきた一族である。このような一族に連なるという意識が、彼等父子に「賀茂県主勅撰集類題和歌」を書写し、書写させるという行為を取らせたのではないだろうか。季鷹はまだ十六歳ではあるが、ゆくゆくは山本家を継がねばならない。彼等父子にとっての、和歌創作の営為は、あるいは、賀茂県主一族として、神に仕える者としての中核的な営為と成り得ていたのであろう。

後年季鷹が江戸に下向して用いていた号に「義慣」がある。これは「古今集真名序」の「雖下貴兼二相将一。富余中金銭上。而骨未レ腐二於土中一。名先滅二世上一。適為二後世一被レ知者。唯和歌之人而已。何者語近二人耳一。義慣二神明一也。」からの採用であろう。若き季鷹には、山本家を継承し神に仕える身として、和歌創作は「神明に慣ふ」営為であるという認識が生れていたのである。

注

（1）『語文研究』第八十六・八十七号、一九九九年六月。

（2）実際には十六歳（「賀茂氏惣系図」）。

（3）「御門人契約記」は『国書総目録』所載『有栖川宮門人契約年月日』（一冊〈類〉和歌〈写〉高松宮）であると思われる。『国書総目録』の引用書である福井久蔵『大日本歌書綜覧』（一九二六年）には「有栖川宮門人契約年月日　一巻／寛延四年より明和六年までの入門の人々の身分紹介者を熾《（ママ）》仁親王の自ら誌させ給ひし一本高松宮家にあり。宝暦二年五月廿一日の条勢州谷川士清とあり。振仮名コトキヨと見ゆ。この類参考となるべきことあり」とある。宮内庁書陵部所蔵『入木門人帖　寛延二―明和六　有栖川宮家』（マイクロフィルム）は「入木門人帖」とあるが、内容は明らかに宮家の歌道門人帖であり、内容も、谷川士清の記事等から『大日本歌書綜覧』に掲載されているものと同書であると思われる。高松宮家本の『大日本歌書綜覧』掲載書名（『国書総目録』掲載書名も同様）と原本の外題に異なるものがあることは、同家所蔵御会資料を例にした島村芳宏「『大日本歌書綜覧』所載「高松宮家本」御会資料の名称について――原資料名との異同――」（『季刊　ぐんしょ』第四十二号、続群書類従完成会、一九九八年秋）に報告がある。

（4）明和五年正月五日、一季《かずすえ》から季福と改名した（国立国会図書館所蔵『有栖川宮諸大夫伝』）。

（5）拙稿「賀茂季鷹の生いたちと諸大夫時代」（『語文研究』第八十六・八十七号、一九九九年六月）参照。

（6）織仁親王は明和元年三月十八日、十二歳で兵部卿宮になっている（『織仁親王行実』）。

（7）例えば、明和期に天仁遠波伝受を許された者の年齢は、近衛内前《うちさき》　三十八歳、閑院宮典仁《すけひと》親王　三十三歳、飛鳥井雅重《まさしげ》四十七歳、日野資枝　三十一歳であった。

（8）季鷹が諸大夫を辞した理由は現在のところ不明。詳細は注（5）の拙稿を参照のこと。

（9）上野洋三「有賀長伯の出版活動」（『近世文芸』第二十七・二十八号、一九七七年五月）。

第七章　賀茂季鷹と荷田御風

水戸彰考館総裁の立原翠軒が、在江時代に記した見聞録『千慮一得』（静嘉堂文庫所蔵小宮山楓軒叢書所収）に、

国學ヲ今勤ル人ハ、遠州濱松横山神社杉浦稲葉ト云人、名ハ阿保土《ヒチ》磨ト云。
カヤハ丁八町堀加藤又左衛門、及子千蔭。
霊岸嶋みなと丁羽倉藤蔵、名ヲ御風ト云。藤之進子ナリ。
霊岸嶋濱町御菓子屋塩瀬和介。これは藤之進之書ヲ多蔵セリ。
具足丁伊勢屋田上源右衛門光麻呂。
御蔵まへはたこ丁加藤大介河津宇万伎ト云浪人ナリ。

とある。本書の存在は早く丸山季夫氏「三島自寛と角田川扇合」（『国語と国文学』第四五巻一〇号、後に『国学史上の人々』〈丸山季夫遺稿集刊行会、一九七九年〉所収）に指摘されている。その内容は主に安永から文政四年（一八二一）の記事より成る。引用部分には、安永六年（一七七七）に没した加藤宇万伎の名があるので、安永六年頃までの江戸和学界の様相を示したものであり、真淵没後の和学界に重きを置いたと思われる面々が連なっている。杉浦稲葉・田上光麻呂

については不明であるが、加藤又左衛門（枝直）、その子千蔭、塩瀬和介（林諸鳥）、加藤宇万伎については何れも江戸の歌人・和学者として既に十分評価されている。ところが、荷田御風《のりかぜ》は、(1)従来の江戸和学史では全く忘れ去られている。これにはいくつか原因が考えられる。まず、御風には著作がほとんど残っていないということである。これは、本人が、著述を残さない主義であったことによる。賀茂真淵の没後に門弟がこぞって彼の著述を顕彰したのに対し、御風は、蔵書を蓄えない、著作は記さない、諸侯には仕えないという主義を生涯貫き通した為に、門弟達が彼を顕彰するにも、先師の志を継ぐ為にはそれが出来ないというジレンマがあった。かくして、御風の事績は、後述する平沢旭山の記した碑文以外はほとんど無に帰してしまった。これは生前の御風が望んでいたことには違いない。しかし、御風の事績を掘り起こすことによって、和学史上忘れ去られてしまった荷田グループの存在が明確になり、また県門のみに終始してきた江戸古学の流れを修正することにもなろう。御風はその事績を掘り起こされるべき人物なのである。

御風の和歌に関しては、『慶長以来諸家著述目録　和学家之部』に『御風家集』なるものがある由が見えるが、現在伝存不明である。御風の歌風・歌学がどのようなものであったのかを実際に検討することは現在のところできない。ただし、安永三年に蓬萊尚賢の編集した『擬古歌集』（神宮文庫所蔵）(2)なる万葉調古体の作品集の中には、賀茂真淵や田安宗武等の和歌とともに御風の旋頭歌が所収されている。

旋頭謌　　蚊田御風

野邊爾荒弖　心能隨爾　足搔之物乎　茲歳與里　厩能内爾　不母太之掛《カケ》礼

また、尚賢の柄崎士愛宛書簡に「乍然伯府在留中も、岡部ハ物故に候得共、楫取魚彦、羽倉東蔵、南宮弥六郎、沢田文二郎、三井孫兵衛、菅埜勘平抔、懇意ニ就、毎々出会仕、雅事も不少候而、不幸中之幸と奉存候[3]」とあることから羽倉東蔵こと御風が真淵亡き後の雅文壇の中心のひとりであったことも窺い知られるのである。

御風の著述がほとんど無に帰してしまった今、生前の御風像を復元するには、彼の門人であった賀茂季鷹の著作が大きな手掛かりとなろう。よって、ここでは御風の門人であった季鷹関連の資料から彼の事績を掘り起こし、御風の和学史上の位置を明らかにしたいと思う。

一　荷田御風という人

荷田御風の研究は、義理の祖父春満、父在満の文業の影に隠れて、ほとんどなされていない。戦前には大貫真浦著『荷田東麿翁』（東京会通社、一九一一年）の「荷田御風」の項や、増田芳江「蒼生子と御風と」（『学苑』第九巻三号、二〇〇五年三月）、三宅清『荷田春満』（畝傍書房、一九四二年）など、墓碑銘を主たる材料に御風について述べられたものがあった。ところが最近では、中野三敏「山岡浚明年譜考」（『近世中期文学の諸問題』第二号、一九六九年）の中で何度か触れられている程度である。ここではまず、御風の主な事績について、「山岡浚明年譜考」で紹介されている資料を用いながら、説明を加えていきたい。

まず根本資料となるのが、平沢元愷撰「羽倉子玄先生墓碑銘[4]」である。この墓碑銘は、早くは清水浜臣の『泊洦筆話』に収録され、また前掲増田論文・三宅著書では実際に浅草金龍寺に訪墓して、墓碑銘を写し取ったものが掲載されている。よって全文を紹介することは避けるが、この資料を中心として御風の人物像を簡単に記すことにする。

御風は享保十三年（一七二八）十一月五日、京都伏見稲荷社祠官の羽倉家に在満の子として生れた。初名は冬満、字は子玄で東蔵と称した。同年、父在満の東下した時、幼い御風もそれに従った。享保十七年（一七三二）閏五月七日に在満は田安家に出仕したが、延享三年（一七四六）五月、学説が宗武と合わず、真淵を後任に推挙して辞職した。辞職後も家学を修めた在満を引き継ぐ形で、御風は江戸で羽倉学を集大成し、その学は、諸侯の間に大いに行われた。しかし、御風は父の志を継いで諸侯に仕えることをせず、諸侯の招聘を一切断った。そして、岡侯に賓客として迎えられたがあくまで禄を受けなかった。御風の講義を受けるものは常に「数十百人」で「律令国史」から「万葉源語勢語」が講じられた。彼の学問は全て文献実証主義に裏付けられていた。御風に著作を勧める者があると「家学は既に海内に広まっている」と答え、同時期に活躍していた真淵の著述も要は羽倉学に異ならないといって、達観していた。これは老荘思想で得た境地であり、その人となりは、うわべを飾らず、酒を飲んでは放埒に任せ、偏頗の学者に誹られようとも相手にせず、毀誉褒貶を気にしなかった。天明四年（一七八四）八月十六日、岡藩邸において病没した。五十七歳だった。

次に明和五年七月十八日付の斎藤信幸宛賀茂真淵書簡には以下のようにある。(5)

一、東蔵（御風）は、かやば丁之与力地とか承候へとも忘候。此近所にお民（荷田蒼生子）居候へは、書状は此方へ御越候へは直に届き申候。

（（　）内は盛田注。句読点は私に付す。以下同じ）

この書簡は、信幸が御風の住所を尋ねたことに対する真淵の回答であると思われる。在満の実子で荷田家を継いでいるとはいえ、真淵にとっては三十一歳も年下の御風の動向など、あまり興味のないことであったのだろうか。住所さえも知らない様子である。しかし、読みようによっては、御風をことさら無視しているような書きぶりとも考えられ、逆に真淵が御風を意識していたとも考えられる一文でもある。御風の墓碑銘文中に、「乃加茂真淵輩受業於先生（荷田御風）父祖（荷田春満・在満）而著作頗富。其説非無異同要亦羽倉氏学也已」とあるところを見れば、互いに意識せざるをえなかった存在だったのではないだろうか。増田論文によれば、御風は、延享元年（一七四四）十月十六日に真淵邸でおこなわれた和歌兼題の当座歌会には出席している。しかし、この時在満は未だ田安家を致仕していない。真淵と御風を繋ぐ資料が乏しい中で、本資料は貴重なものである。

第三に、尾張の河村秀穎（名秀興）が江戸住の名家に対面して筆録した『武江雑話』（明和六年〈一七六九〉五月奥書）である。戦前、名古屋図書館に所蔵されていたものの、戦災によって失われ、今は安藤菊二氏の「河村秀興の「武江雑話」抄」（『典籍』第八冊、一九五三年九月）によって知られるのみである。秀穎が筆録した談話数は、宮重氏談　二七条、山田氏談　一四条、松崎四郎談　四条、羽倉東蔵談　二三条、岡部衛士談　九七条、河津氏談　二条、萩原宗固談　三一条の計一九八条であったが、残念ながら、安藤氏のノートには羽倉東蔵こと御風談は一条も記録されていない。よって、御風が教示していた具体的な内容を知ることはできない。しかし、秀穎が直接師事していた岡部衛士こと真淵談が多いのは尤なこととして、御風談が二十三条も採用されていることは注目すべきである。

第四に山岡浚明の『類聚名物考』の記事である。

○羽倉東蔵　冬満　●初、神田の神職柴崎豊後守の養子となりて、柴崎上総介といふ。
故有て家をさりて本姓名にかへりて教授をなす。

とあることから、神田明神柴崎豊後守の養子となり、柴崎上総介と名乗っていたようである。

なお第四の資料については、羽倉杉庵（敬尚）氏が「江戸の神職」[6]に紹介している次の資料が裏付となる。すなわち、京都稲荷社神主大西親盛の日次である。

宝暦十一年正月七日。晴、青山台有レ火従二午刻一至二未刻一消。神田神主芝崎豊後守亭へ始而行向。菓子、煙草入二つ、堂上染筆歌扇二柄、為二土産一持参ス。上総介部屋へ可レ通之旨ニテ、豊後守内室云二於富一。実ハ羽倉齋娘也、上総介実母云二於艶一。羽倉藤之進妻、久々ニ而対面雑煮吸物盃出、寛話（下略）

人物関係をわかりやすく図示すると以下のようになる。

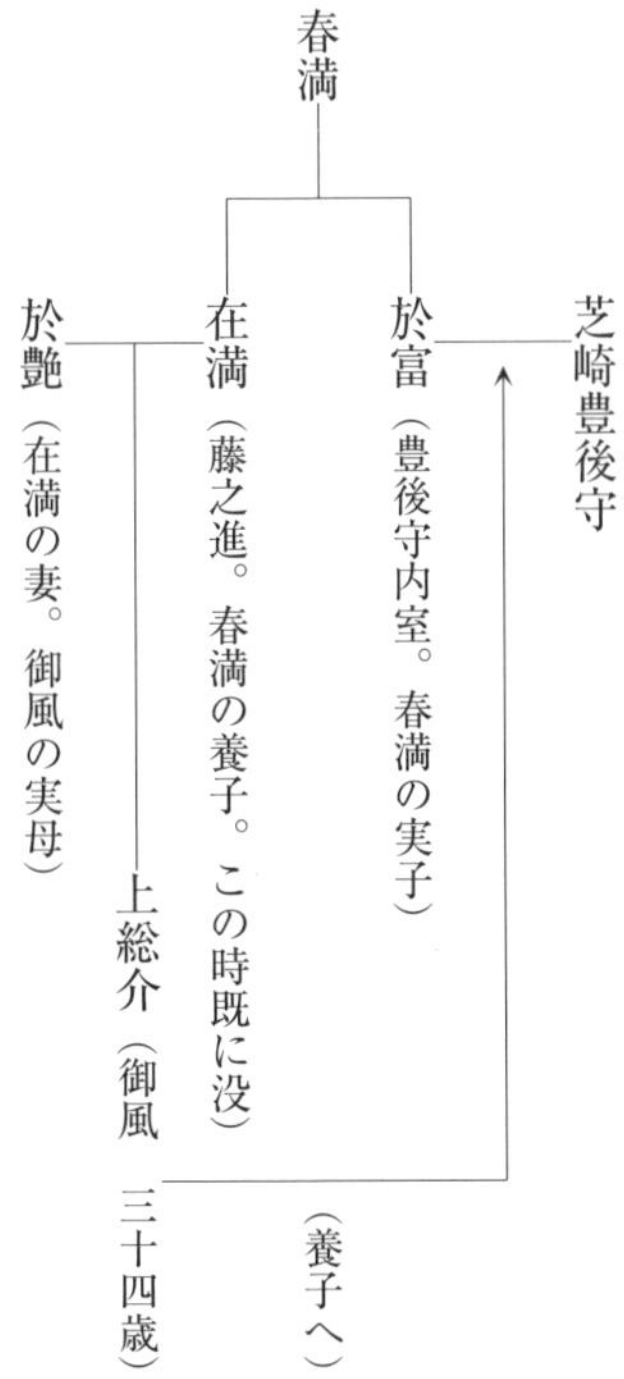

芝崎家は、春満が出府した時に、彼の庇護を勤めた家である。豊後守は、その芝崎家十一代目の当主で、名好全、初めは通称一学。宝暦五年（一七五五）八月四日に従五位下豊後守に叙任され、享和二年（一八〇二）三月二十四日卒、享年七十八。十代目好寛の弟である。豊後守の内室於富は、もと直子という名で、春満の女。明和元年（一七六四）七月十四日に没している。[7] 御風の父在満は、春満の養子となって家学を継いでいるので、義理の叔母のもとに養子に入ったということになる。御風三十四歳の折の正月には、養父母、実母とともに、神田に居住していたのである。先の『千慮一得』や真淵の書簡を考え合せれば、明和五年（一七六八）頃には茅場町に、安永頃には霊岸嶋みなと丁に移住しており、後に岡侯邸内に賓客として招かれたということになろう。

第五に、安永六年十一月初めの御風の五十賀を祝う漢詩和歌集『荷田御風五十筭詩歌』である。[8] これは、御風の五十賀の祝に、荷田信栄と御風の妻三枝子が中心となって、御風門人、または関係の深い人々から詩歌を集めたものである。漢詩を寄せた岡藩八代藩主中川久貞、万葉仮名で長歌を寄せた姫路藩主酒井雅楽頭忠以等、御風に和歌・古学等を学んでいた藩主をはじめとして、堂上では西洞院少納言信庸、その他三島景雄、山岡明阿、龍公美、荒木田尚賢、伴蒿蹊等の和歌が見える。[9] 尚、御風門人であった季鷹も、和歌を一首寄せている。[10]

第五の資料に関連して、これに先立つ安永二年（一七七三）に、岡藩第八代藩主中川久貞の五十賀を祝して、『知命開宴集』と名付けられた漢詩集が出版される。これは、東北大学附属図書館狩野文庫に一本しか伝わらないが、漢詩集にあわせて和歌集も出版される話があった。御風が家原軍太宛に出した十月二十日付書簡（『名家手簡』第九集、『江戸時代文学誌』第五号、一九八七年所収翻字による）には

然者、先達而御掛合申上候御年賀和哥集題号之義被仰下御紙上之趣、奉得其意候。詩集ハ知命開宴集と御坐候由、

左候ハヽ、私存候者ヤハリ其外題ニ被成候而、下ニ和歌と小書仕候而可然奉存候。御知命開宴ハ同事ニ御坐候ニ付、其内詩之外和歌之一本故、左様ニ而可然義と奉存候。あまり何か風流過候名目も如何と奉存候。

とある。「御年賀和哥集題号」を如何にすべきかという軍太の相談に対して、あまり風流すぎる題号もどうかと思われるから、漢詩集と同じく『知命開宴集』として下に「和歌」と小書にすればどうかという意見はいかにも御風らしく、岡侯との関係もうかがわれる書簡である。

以上、中野論文に引用された資料と、それに関連する資料などを挙げて御風の事績を記述した。これに加える資料として、東北大学附属図書館狩野文庫所蔵の『隅田川扇合句』、『隅田川扇合之記』における姫路侯酒井忠以の序文がある。

安永八年（一七七九）、江戸の贅の限りを尽くして、隅田川のほとりで行われた扇合は、さまざまな人物の手によって書写され現在に至っている。主催者は、かつて有栖川宮職仁親王や荷田在満について古学・歌学を修め、季鷹の庇護者でもあった三島自寛、扇の判は、博覧強記を以て世になり、御風と仲睦まじかった山岡明阿、歌の判は御風の叔母にあたる荷田蒼生子、執筆は門人賀茂季鷹という、いずれも荷田御風と関係の深い人物が中心となって行われた催しである。(11) 当時、評判になったこの催しの記録を目にしたいと思った姫路侯は、御風を通じて「隅田川扇合」の写本を手にしている。

（前略）蚊田御風、我もとに来りて歌の事講うじけるついでに、かゝる書見よとてとり出しけるを開見れば、とりぐ出せる扇もうたも、是を論へるも、おのぐいにしへにのみもとづきぬれば、そのさまいやしからで、其いりたつ海のそこよりも深くして、みるめのおよびなく、海神のみやをけぢかく見るこゝちなんしたりける。かゝる書のしもつかたにのみあるは、ひぢりこにうもるゝこがね石にまじはる玉とも言つべし。（下略）

（東北大学附属図書館狩野文庫所蔵『隅田川扇合句』、『隅田川扇合之記』）

一読して感ずるところのあった忠以は、この「いにしへにもとづき」また、当代的遊びの要素も十二分に備えていた催しを、このまま「しもつかたにのみ」眠らせておくのはもったいなく思う。そして、自ら筆を取り「隅田川扇合序」を記すことになるのである。忠以の序文の付された『隅田川扇合』が、「かみつかた」に献上されたかどうかは定かではないが、「いにしへをあふぎ、今をこふる」後人の為に記された序文は、十分にその役割を果たしたといえるであろう。この序文によって、御風が酒井侯に和歌の講義を行っていたことが知られるが、更に東京大学史料編纂所に所蔵されている酒井忠以の『玄武日記』（四十七冊）には、御風が度々侯のもとを訪れて、古事記の講義を行っていたことが記されている。いくつか抜粋すると、

○（安永六年〈一七七七〉十一月）五日

　田安浪人

一　羽倉藤蔵五十之賀祝候ニ付哥遣可《ママ》事。（下略）

○（天明元年〈一七八一〉閏五月）五日

一　羽倉藤蔵参り古事記之講有之。畢而当座有之事。

○（同二年〈一七八二〉六月）廿九日

一　羽倉藤蔵出古事記之講有之事。
○（同年九月）廿日
一　羽倉東蔵参り文会有之事。
一　お民殿へ額字認遣ス事。
嶋鶴

このように、御風は酒井侯に古事記の講義を行い、またその講義を終えた後の当座歌会や文会等にも出座していたことが知られるのである。

注目すべきは、安永六年（一七七七）十一月五日の条に御風のことを「田安浪人」と記してあることである。御風の父在満が、真淵を推挙して田安家を致仕するのは延享三年（一七四六）である。この時御風は十九歳である。享保十三年（一七二八）、一歳の時に父に従って江戸に下った御風が、神田の神職芝崎豊後守の養子となり、三十四歳の時に上総介として大西親盛の日次に登場するまでの動向は一切不明である。時が時ならば当然在満の跡を継ぐべきであった御風が、幼くして豊後守の養子となっていたと考えるのは、いささか不自然な話であろう。豊後守の養子となる前は、父の在満と共に田安家に仕えるとまではいかないまでも深い関わりをもっていた御風が、父の辞職とともに田安家との関わりを断ち、その後、芝崎家を継いだとは考えられないであろうか。あるいは「田安浪人」というのは、真淵の没後もしくは宗武の没後に実際に田安家に仕えたことを意味するのであろうか。全ては推測の域を出ないものの、興味深い記述である。

日記には、酒井侯と御風だけではなく蒼生子との交遊もしばしば記され、酒井侯と荷田家との関係もうかがわれる。

尚、先に述べた御風の五十賀（安永六年〈一七七七〉十一月催）に酒井侯が寄せた長歌が、十一月五日に遣わされていることもこの日記から知られるのである。

以上、荷田御風についての事績を、いくつかの資料から大まかにみてきた。御風は、父在満に従って東下した後、神田芝崎豊後守の養子となるが、父在満の跡を継いで再び荷田姓にかえる。田安家を致仕した父在満の志を継ぎ、諸侯には決して仕官しようとしなかったものの、姫路侯をはじめとする江戸の人々に、歌学、古学を講義し、岡侯からは賓客として迎えられることとなった。真淵、もしくは真淵門とは異なる流儀ではあったが、江戸古学の一翼を担っていたといえるであろう。

二　荷田御風の古典学

著作を遺さない主義であった御風の学説を、体系的にここに示すことはできない。しかし、当時御風の学風に触れた和学者、歌学者達が残した記録によって、御風の学説を具体的に追うことはできそうである。ここでは、主に門人賀茂季鷹の著作や書入れによって、御風の教授していた古典学をみてゆくことにする。

それに先立って御風の「古学」について考えてゆきたい。静嘉堂文庫に所蔵されている、近世中期頃成立と思われる、二条家の『正伝口訣秘』に、

一　今世に古学といふもの有。是は武者小路家也。古今集より万葉集の風調を用ひ、至極古風也。京都には稲荷山の神主の家此古風を傳来りしよし。江府には神田の神主傳之と云り。諸事二条・冷泉には大に異り、病も

かまはず、去嫌もなく、万葉・古今の言葉を用。たとへ初心の人にてもかな留り、つつ留りなどをもかまはずよますするなり。

という一節がある。丸山季夫氏が「幕末国文学界のゴシップ」（『国学史上の人々』丸山季夫遺稿集刊行会、一九七九年。初出『日本歴史』第七十一号、一九五四年五月）において、「古学」の淵源を、漢学の影響ではなく堂上歌学の中に求められるとした資料である。武者小路家に端を発し、京都では代々稲荷神社の神主を務める荷田家が、江戸では神田の芝崎家が伝えるという「古学」は、諸事二条派・冷泉派の歌学とは大いに異なるという。御風が、この神田の芝崎家に養子として入り、後姓を復して、父在満の跡を継いだことは前述したが、御風の「古学」を考える際に、武者小路家から芝崎家につらなる系譜が想定されていることは、考慮に入れておく必要があるだろう。

明和九年（一七七二）に江戸に下向した賀茂季鷹は、県門関係者ではなく、御風に師事して古学を学ぶのである。季鷹は、『袖珍仮名遣』を皮切りに、次々に著作をあらわす。『伊勢物語傍注』の出版された安永五年（一七七六）仲冬（刊記）からひと月ほど経った安永六年（一七七七）春、季鷹は早くも『冠辞一言抄』を書き上げていた。季鷹の庇護者である三島景雄が記した跋文を挙げてみる。

さきに真淵の翁まくらこと葉のかうがへふみ（冠辞考）つくりて世中におこなはれぬ。よくかうがへたる所もあり、又ひがみうけたることもありけらし。そのよきも長〳〵しく書はへてければ、とみに其心をえんにはいとわづらはし。賀茂の居鷹うしは、何くれと心をとゞむる人にてありけるが、いちはやく此事をわきまへむれうにとて、いにしへ人のいへることをはじめて、かのふみの長きをすて、たらざるをぎぬひて書集めぬ。されば、彼翁（真淵）のいへるも、よきはのせ、あしきをばすてつ。又荷田のうし（荷田御風）のいへるをもあげぬ。かたみに見かはしてその心をえむと也。翁（真淵）は彼たて横にかよへるいもじもてあつめけれど、こはよそぢまりやもじのつゞきもて集めぬるは、いわけなきちごをとめらまでも、もとめ出るにやすからむことをおもひけらし。このうし（季鷹）のくまなくつとめたるをめでゝ、紙の残れるに書つく。

可解緒

（国立国会図書館所蔵本）

『冠辞一言抄』は、真淵の『冠辞考』の説を吟味した上で、悪い説は捨て、良い説は抄出し、その概説を記したものである。ゆえに『冠辞考』の説を「一言」で解説したという意の『冠辞一言抄』という外題が付されたのである。真淵の『冠辞考』は、五十音順で項目を立てられ、当時の読者にとっては手軽に読めないものであったのに対して、『冠辞一言抄』は、いろは順で項目が並べられ、婦女子をも読者の対象としている。また『冠辞一言抄』は、簡略で読みやすいというだけでなく、中には、真淵説とは異なる説が記されている箇所もある。一例を挙げると、

みこもかる　　しなぬ　万二

美は真と同じ。薦ハ薦席の時こもといへり。
假為菰。さて、こもかる沼とつゞくか。しなぬは、
信濃也。ある人はみすゞかるとよめり。

「みこもかる」という枕辞は「しなぬ」（信濃）にかかり、用例は『万葉集』巻二にあるという。最後の一文に言う

「ある人」とは真淵である。真淵の『冠辞考』によって唱えられた、「みすゞかる」が「信濃」にかかる枕詞であるという説は当時広く流布していた。ところが季鷹は「みこもかる」の訓を採用し、真淵に異を唱えている。季鷹の説は一体何に基づいているのであろうか。

山本家所蔵季鷹旧蔵の『万葉和歌集』（宝永六年版、二十冊。巻三～六の四冊のみ写本）は、石井庄司『古典考究　萬葉篇』（八雲書店、一九四四年）に紹介されている荷田御風の自筆書入万葉集と同じ書入れを有する。そして、季鷹本は『古典考究』の口絵に載せられる御風本の写真と比べてみても、御風本の書入れ部分をほぼ忠実に書写したものと思われる。(12) 季鷹はこの本において、巻二の九六・九七（新編国歌大観番号）の初句の「水薦苅」（96）・「三薦苅」（97）の訓について、版本の訓「ミクサ」を朱で見せ消ちして歌の左に「スヽ」と真淵の訓で訓み改め、更にその訓を朱で見せ消ちして「ミコモ」と訓み改めている。また、（96）の頭注として、墨書で「薦者薦席之時コモト云。假為菰。言刈菰沼之義歟。」という書入れがある。すなわち『冠辞一言抄』で採用している訓や説は、真淵説ではなく、「ミコモ」と書かれた朱書きの訓と、墨書で書かれた頭註、すなわち御風書入れ本に基づいたものであろうと思われるのである。

さて、先述したように東下した季鷹の盛んな著作活動には目を見張るものがあるが、このことは、季鷹と師御風との間柄に何らかの関係があるのだろうか。明和六年（一七六九）の真淵没後に、師の学説を継いだ門人が次々と著書をあらわす。枕詞研究では『冠辞考』をうけた楫取魚彦の『続冠辞考』（明和七年〈一七七〇〉自序）や服部高保の『続冠辞考』（安永四年〈一七七五〉）がある。これらは結果として真淵顕彰となった。県門の人々と同じように、御風の弟子の季鷹は著述を残さない主義の師に代って荷田学を世に示そうとしていたのではないだろうか。御風の生き方とは相反して、御風の古学が、今考えるよりも遥かに当時広く受け入れられていたことは、御風の説の書入れのある万葉集や古事記が広く出まわっていたことからも予想される。

例えば加藤千蔭の『万葉集略解』の中にも御風の説が取り上げられている。

巻一　二十五丁　天皇幸于吉野宮時御製歌

淑人乃良跡吉見而好常言師芳野吉見與良人四来三（新編国歌大観番号 27）

よきひとのよしとよくみてよしといひしよしのよくみよよきひとよきみ《よくみつ》

問題になっているのは、結句の「良人四来三」の訓である。千蔭は「僻案抄にハよき人よくみとよみ、荷田御風ハよくみつとよめり、よくみつといふハ上の句を打返して再びいひをさむる古哥の一体にてしからむ」という。実は『万葉集僻案抄』には該当箇所が「よくみつ」とよまれていて、石井氏も「「よくみつ」と訓むことは、必ずしも御風の説とすべきではなく、むしろ僻案抄の説と見るべきものである。千蔭が何によって、御風としたか解釈に苦しむのである」（『古典考究　萬葉篇』）としている。『略解』に引かれた御風説はもう一ヶ所ある。

巻二　十九丁

遊士跡吾者聞流乎屋戸不借吾乎還利於曽能風流士（新編国歌大観番号 126）

みやびをとわれはきけるをやどかさずわれをかへせりおそのみやびを

此遊士風流士ともにみやびをと訓べきよし荷田御風いへり

ここで問題になっているのは初句の「遊士」と結句の「風流士」の訓である。千蔭はともに「みやびを」と訓むべきことを御風説として引いている。しかし、石井氏によれば、「みやびを」と訓むのは本居宣長の『万葉集玉の小琴』の説であり、御風書入本は「舊訓の儘で何等改めるところがない」という。

しかし、これは千蔭の誤解とは必ずしも言いがたい。たとえば、27番では、「僻案抄にはよき人よくみとよみ、荷田御風はよくみつとよめり」とあって、『僻案抄』と並称していることから、御風説が文献からの引用であることをうかがわせるからである。とすれば、それは御風説として記された万葉集が存在したのではないだろうか。例えば、御風説が豊富に書入れられている石井氏所蔵御風書入れ本の書写本（石井氏が同書で紹介したもので「寛政五年癸丑秋拝領、二十巻之一、滋野清岐蔵書」の奥書あり）の存在が報告されているし、筆者も、荷田信美筆写本『万葉集』（写本、天理図書館所蔵）、和泉真国校合書入本『万葉和歌集』（寛永二年〈一六二五〉板本、享和三年〈一八〇三〉真国校合の識語あり。神宮文庫所蔵）に、御風説が書入れられていることを確認している。これらのことから「御風説」が当時の江戸在住の和学者達の間に、随分浸透していたことが考えられるのではないだろうか。

他に季鷹の著書によって、御風の万葉学説をうかがえるものに『万葉集類句』がある。出版されたのは文化三年（一八〇六）春で、季鷹は既に江戸から帰京し、御風もこの世を去って久しかったが、草稿自体は、季鷹の江戸在住中に成立しており、御風の校閲を受けていることが、文化二年（一八〇五）九月の季鷹凡例中に記されている。

一　四の句のかしら古点とたがへるもたま〳〵有。たとへば第十二巻の「ミをつくし心つくして思へかも此間もゝとな」と有を「こゝにもゝとな」と出し、第七巻「つるばみの解あらひ衣のあやしくもことにきほしき此夕かも」と有を「げにきまほしき」と出し、第二「しこのますらを猶こひにけり」と有ハ「おにのますらを」

と出し、はた第七に「子をしとりて」と有を「手をしとりてば」と出し、第十九の「ほとゝぎすかひとほせらばことしへて今こん夏は先鳴なんを」と有を「きむかふ夏ハ」ときの部に出せり。是等今私に改るにあらず。先師羽倉御風大人にきゝ、且此書の草案を見せて、正しをうけ侍し点也。（九州大学附属図書館所蔵本）

さて、『万葉集』のみでなく、御風の『古事記』書入れ本が、加藤千蔭、林諸鳥、季鷹等の当代の和学者達に書写され流布していたことは、石井庄司氏の『古典考究　記紀篇』に詳しい。氏は、真淵の『仮名書古事記』に採用された御風説の内、二説は更に宣長の『古事記伝』にも採用され今日の定説となっているが、御風説としてではなく真淵説として今日伝えられているとされ、また、御風が父在満よりも優れた説を出していたことを述べられている。このように、御風の古事記学に優れた説のあることや、前述のように千蔭が御風の説を『略解』に採用していたこと等を考えると、御風の古学は今日から考えるより遥かに当時の和学者達に受け入れられ、影響を与えていたのではないだろうか。そして、その荷田学を受け継ぎ、師の説を広めるのに若き賀茂季鷹の存在があったのではないだろうか。

三　『伊勢物語傍注』の刊行を巡って

先に述べたように御風の著述はほとんど残っていない。今日知られる著述を挙げれば、『柿本朝臣人麿画像考』、『家伝集』、『西遊紀行』、『羽倉随筆』、『東江先生書話』序、『伊勢物語傍注』序の六点のみである。しかも『西遊紀行』と『家伝集』は『国学者伝記集成』にその名が載るのみで、現在ではその存在さえ確認できない。人麿の画像についての短い考証的文章『柿本朝臣人麿画像考』（無窮会図書館所蔵『羽倉家三代之文章』の中の一文。半丁）と和漢書からの抜書『羽倉随筆』（山本家所蔵）は写本で伝わるが、稀書である。出版されたものは前述の序文二点のみ。著書そのものはひとつも出版されていない。

しかし、その御風が『伊勢物語傍道』という著書を出版しようとしていた形跡が割印帳に残されている。安永五年（一七七六）十二月二十六日付の記録で、行司は小川彦九郎、西村源六、小林新兵衛の三肆。以下のような記録である。

安永五申仲冬　　　　　　　　板元賣出し
伊勢物語傍道　荷田御風　全二冊　須原屋伊八
同（墨付）六十六丁

もし、この著書が出版されていれば、御風の勢語学を伝えるものとして貴重な書となったであろう。しかし、『国書総目録』『古典籍総合目録』等の目録類をひもとく限り、この書名はあらわれない。

ところが、この記録からわずか三ヶ月後の安永六年（一七七七）三月二十七日付で、以下のような記事がある。行事は吉文字屋治郎兵衛、先行事は小川彦九郎である。

同（安永）五申仲冬　　　　　　板元賣出し
伊勢物語傍注　加茂季鷹作　全弐冊　須原屋伊八
同（墨付）六十六丁

これは、紛れもなく賀茂季鷹の著書『伊勢物語傍注』の割印であり、こちらは「安永五年丙申仲冬　東都書肆　須原屋伊八梓」の刊記を付されて実際出版されており、増刷を重ねている。師である御風の『伊勢物語傍道』と季鷹の『伊勢物語傍注』の割印の記録を比較してみると、刊記の年月、板元、冊数、墨付丁数まで全く同じで、しかも書名までが酷似している。以下『伊勢物語傍注』を巡って、季鷹とその師御風の関係に迫ってみたい。

季鷹が『伊勢物語傍注』を出版すべく凡例を記したのは、安永五年（一七七六）十一月、二十三歳の時である。有栖川宮職仁親王の諸大夫を辞し、明和九年（一七七二）十九歳で初めて江戸に下ってからわずか五年弱、御風に就いてからもそう時は経っていないはずである。

細川幽斎の『伊勢物語闕疑抄』、北村季吟の『伊勢物語拾穂抄』、契沖の『勢語臆断』、真淵の『伊勢物語古意』等、伊勢物語注釈書が充実した時期に、傍注・頭注を簡単に記しただけの注釈書を江戸で出版しようとした季鷹の意図は、その凡例にもっともよくあらわれている。

一　世に伊勢物語の素本とておこなはるゝは、ゑなど書まじへて其さまもつたなく、児女のもてあそびにちかし。よりておとな〳〵しき人のみんためにもとて今あらたに梓にちりばめぬ。

一　此書は本のよからむ事をのみむねとするゆゑに、唯かんなにてはわきがたき所〻に傍注、或首書をくはへ、註解は諸抄にゆづりてしるさず。

一　本文の異同は真字伊勢物語其外異本を考あはせてしるす。但ながき異同またはあやまりとおぼしきをばはぶきてしるさず。

一　傍注並首書は古人の考おけるを其まゝにあげ、又たま〳〵ひそかに考ふる所をも聊しるし侍れど、たれの考といふ事はいと所せければ、はぶきてしるさず。

一　かな遣は物語の時代にはたがふこゝろをもて、いにしへの假字づかひにてかき侍りぬ。見ん人とがむべからず。

安永五年十一月　　賀茂季鷹

（九州大学附属図書館所蔵本）

これらの凡例から、季鷹が『伊勢物語傍注』の出版で意図したことは、注釈に重きを置くものではなく、あくまで本文そのものにこだわったものだったことがわかる。対象とされる読者層も学問的に思慮分別がある人をも視野に入れ、良い本文で読ませるということにこだわり、そのため注解は記さないという。本文の異同は諸本から検討して誤りを省き、傍注・首書の出典もできるだけ本文のスペースをさかないために記さないという。実際、これまでに筆者の目に触れた『伊勢物語傍注』の多くは、近世後期の和学者達が、本文の余白に諸説や出典などを所せましと書き加えており、季鷹が知識層の需要者に意図した通りの受け入れられ方がされているといえる。しかし、『伊勢物語傍注』の一番のねらいは、凡例の最後に書かれている、仮名遣を「いにしへの假字づかひ」に直して出版したということである。

一般に流布していた嵯峨本『伊勢物語』をはじめとして、注釈書では幽斎の『闕疑抄』、季吟の『拾穂抄』等いずれも本文は定家仮名遣で記されているが、季鷹は「(伊勢)物語の時代」は「いにしへの假字づかひ」が使用されていたといい、本文を全て契沖仮名遣に直している。もちろん、元禄五年（一六九二）秋頃成立したとされる契沖の『勢語臆断』や、宝暦三年（一七五三）頃成立したという真淵の『伊勢物語古意』はすべて契沖仮名遣によって本文が記されている。しかし、前者が出版されたのが享和二年（一八〇二）の春、後者は寛政五年（一七九三）であったことを考えると、それより十七年～二十六年も早く契沖仮名遣で出版された『伊勢物語傍注』の意義は大きなものとなるだろう。物語成立時の仮名遣で本文を解読し、古典注釈を行うという、季鷹の古典学者としての信念が現れたテキストで、この本の出現が、当時の伊勢物語研究者に大きな影響を与えたと考えられる。

ところで、季鷹の仮名遣へのこだわりは、尋常ならざるものがある。それは、天明八年（一七八八）に契沖仮名遣によって刊行された『正誤仮名遣』や、また季鷹が収集した古典籍の本文のことごとくが定家仮名遣から契沖仮名遣に直されていることを見るとき明らかである。では、この執着はいつごろから始まっているのか。

安永六年（一七七七）三月二十七日に割印を受けた『伊勢物語傍注』を遡ること二年、安永四年（一七七五）三月二十七日付の割印帳に以下のような記録がある。

同（安永）三年午初冬
袖珍仮名遣　折本　壱枚摺　義慣亭作　版元売出し　須原や伊八
（『享保以後江戸出版書目　新訂版』臨川書店）

義慣は実は季鷹の号である。(13) 季鷹は、安永三年（一七七四）初冬に出版する予定で『袖珍仮名遣』を行事に託す。また安永五年（一七七六）刊『伊勢物語傍注』に付された「青藜閣蔵版書目録」の中にも『袖珍仮名遣』の書目が見える。

袖珎かなづかひ　加茂季鷹縣主
両面摺一枚
近世かなづかひのあやまりをたゞし、古今のふた假名をわかち、附録に制の詞をのせられたり。会席はた旅行の懐寶にまうけし書なり。

「近世かなづかひのあやまりをたゞし、古今のふた假名をわかち」とあることから、おそらく当時通行の仮名遣ではなく契沖仮名遣を見やすく示した刷り物であったのだろう。季鷹が江戸に下向するのは明和九年（一七七二）、十九歳の正月だが、それからまもなく、契沖仮名遣による仮名遣の書や古典テキストを次々と著述しては出版を始めるのである。割印帳の記事を中心に著作年表を示すと次の通りである。

〈割印帳日付〉	〈書名〉	〈刊記〉	〈年齢〉
○安永四年三月二十七日	『袖珍仮名遣』	（安永三年初冬）	二十二
●同　六年春	『枕辞一言抄』		二十四
○同　六年三月二十七日	『伊勢物語傍注』	（安永五年仲冬）	同
○寛政三年三月二十五日	『正誤仮名遣』	（無）	三十八

※ただし●は割印帳にはなく写本で伝来するもの。

この表でも明らかなごとく、京都から江戸に下向した季鷹はこれまで蓄積していたものを吐き出すかのように著述・

出版を始める。その年弱冠二十二歳である。江戸に下向して数年の間にこれだけの書物を容易に著し、出版できるはずもなく、おそらく、契沖仮名遣に関するこれら一連の書物は、京都在住時代よりの成果も多分にあると思われる。出版する地を京都ではなく江戸に定めたことに関しては鈴木淳「江戸時代後期の歌と文章」（新日本古典文学大系『近世歌文集　下』解説、一九九七年刊）に示唆的な見解が示されている。鈴木氏によれば、堂上派と万葉派が相容れないのは、各々の詠風の相違のみではなく使用する仮名遣の相違にもある。堂上方の定家仮名遣に対して、万葉派は契沖仮名遣を用い、それが具体的に出版物となってあらわれるのは、江戸においては、加藤枝直の『謡曲二百拾番』（明和二年〈一七六五〉四月）、楫取魚彦の『古言梯』（明和六年〈一七六九〉正月）、荷田蒼生子の『古今集』（安永九年〈一七八〇〉）であり、一方契沖仮名遣に対する反撥が根深い京都においては、小沢蘆庵の『千首部類』（安永四年〈一七七五〉九月）が初めてである。特に堂上派勢力の強かった安永期京都歌壇に於いての蘆庵の出版は意を決してのものであったとする。

後年、少年期から青年期にかけての歌学・語学の良きアドバイザーであった富士谷成章の『北辺歌文集』に序文を贈った季鷹は、有栖川宮職仁親王の諸大夫として過ごした少年時代を振り返って以下のように記している。

富士谷成章ぬしは、我いときなき比常にむつまじう語らひしが、をさな心にも後世の「えならず」「長閑しな」、どの姿詞言葉好しからず思たりしを、其比は都に同志の人なければ、悦筒常にむつびかはしけるに、万葉集本として、古今集を深く心にしめ、躬恒貫之の大人たちを社はと常に語はれしを思へば、其比は古学の人都に今の如はあらざりし故なるべし。

この序文を記したのは季鷹が八十を越したころであることが序文から解るが、それは天保四年（一八三三）を過ぎた頃になる。そのころになると、古学も京都に広く拡まっていたが、季鷹が諸大夫として職仁親王に仕えていた明和年間には、京都にはまだ古学の同志が少なかったというのである。季鷹の歌論『詠歌概言』によれば「えならず」「長閑しな」等は当時の堂上歌人が好んで使用した歌語という。[14] それらを季鷹は好ましく思っていなかったというのである。序文からうかがう限りにおいては、明和期の京都歌壇においては堂上家の勢力がまだまだ強く、古学に邁進するのが厳しい状況であったと考えられる。しかし、このような状況において季鷹が、有栖川宮職仁親王門で古学に造詣の深かった富士谷成章に影響されつつ、独自に古学を学んでいたことは想像に難くない。職仁親王門人録をひもとけば、当時は成章以外にも、谷川士清など古学の俊英達が集っていた。[15] しかし、堂上家の睨みのきいていた明和期の京都で、契沖仮名遣による『袖珍仮名遣』や『伊勢物語傍注』を出版することは、弱冠二十歳の季鷹ならずとも無謀すぎる冒険であったろう。安永四年（一七七五）に意を決して『千首部類』を出版した小沢蘆庵が、当時五十三歳であったことを考えても、京都歌壇における堂上家の勢力の強さを思い知らされるのである。しかし、明和二年（一七六五）四月に加藤枝直の『謡曲二百拾番』が、明和六年（一七六九）正月に楫取魚彦の『古言梯』が出版された江戸の地であれば、若い季鷹にも十分に契沖仮名遣による書物の出版のチャンスはあったと言うべきだろう。季鷹の上京のタイミングは絶妙であった。

『伊勢物語傍注』に、季鷹の師である御風の序文が付いている。先にも述べた通り御風の著述は極めて少ない。よって、御風の序文が『伊勢物語傍注』に付されているということは、それだけで非常に価値のあるものであるが、本文自体も季鷹の凡例と呼応していて興味深い。

古の言は正し、言正しきからにかんなを正し、ふるきふみどもを見ておのづからいちじるし。此物語を誰か作れるにや。其人とさしてはしらねど、いと古き物にたるを、世くだちて、こともかんなも正しからぬまゝにかきなせるのみ世におほかり。されど、それを改たゞさんとの志ある人もきかずなんありけるに、こたび季鷹ぬしつばらかにかうがへてあやまれるを正し、こと〴〵く古のかんなにかき改て木にゑらせたまひぬ。これをよまむものは、わらはべなどはおのづから正しきかんなをしり、いにしへをあふぐ人はあかき青きしてかたはらにしるすのいたづきをまぬがれなん。さればれば見る人の為ぞ助けすくなからめやも。

閠田御風
（九州大学附属図書館所蔵本）

先に季鷹の凡例の箇所で述べたように、テキストの本文を全て「古のかんな」に正していることが記され、季鷹の仕事が先駆的なものであることが要領よく述べられている。

先に述べた割印帳の記述は、御風の『伊勢物語傍道』と、季鷹の『伊勢物語傍注』の内容が実はほぼ同一のものではないかと推測させる。その際の事情は様々に考えられる。序文の御風の署名がどの段階かで著者と間違えられたために、それを正しく改めたということも可能性としてはある。しかし、書名をも改められているということは、やはり、出版上の問題または戦略があったのではないか。ひとつは御風の著書として出版しようとしたものの、著書出版をしない主義の御風自身がこれを制止したという可能性である。その場合、著者として若き季鷹が選ばれたのは、御風と季鷹の強い結び付きがあったからだと考えられる。実際本書は、伊勢物語校訂本という性格上、仮名遣等の凡例の原則に従えば、師弟のいずれが著者であっても、内容的には変わらないはずである。また当時の知名度から、本来は季鷹の著作であったのに、御風の名前を借りていったんは出版しようとしたものの、結局は本来の著者である季鷹に戻したということもまた考えられる。そうであったとしても、その著作は季鷹のオリジナルではなく、多分に御風の意向を反映したものであったことは間違いないであろう。出版の事情はいろいろと考えられるにしろ、古学を介しての御風と季鷹の結び付きが強かったことだけは動かせないように思われる。

おわりに

以上、御風門の賀茂季鷹関係資料を中心として、和学史上忘れ去られていた荷田御風の事績や古典学を概観してきた。御風の存在は当代の雅文壇・和学界に決して小さくない位置を占めており、その文芸・学説は今から考えるより遥かに当代の和学者達の間に受け入れられ、影響を与えていたといえるだろう。明和六年（一七六九）、江戸古学の中心にあった真淵が没した後、江戸古学の指導者がいなくなる。そこで父在満の学を継承した御風の存在が、クローズアップされてくる。天明四年（一七八四）、その御風が没して、やがて千蔭や春海が江戸派をリードしていく立場にたつのである(16)。そういう見取図を描くことで、従来ほとんど顧みられなかった荷田古学を江戸の和学史に位置付けることが可能になるのではないだろうか。もとよりそれを物語る資料は少ないが、このような視点からの和学史の構想を季鷹の資料は考えさせてくれるのである。

注

（1）『千慮一得』に「春満ノ子在満ト云。藤之進ト稱ス。（中略）其子ヲ藤蔵御風《ノリカゼ》ト云」と振仮名がある「ノリカゼ」と訓む。
（2）大本一冊の写本。墨付三十三丁。土岐道翁の携え来たものを基に尚賢が編集したものと思われる。それを安永四年（一七七五）十月に磯部親愛が尚賢に請うて写したものの転写本。
（3）鈴木淳「蓬莱尚賢と雅俗」（『雅俗』創刊号、一九九四年一月）に引用された本文による。
（4）山本家所蔵季鷹旧蔵本中には、その初案がわかるような大本一冊の『羽倉子玄先生墓誌銘』がある。
（5）『賀茂真淵全集』第二十三巻（続群書類従完成会）所収。
（6）『今昔』第二巻第九号（一九三一年九月）。
（7）羽倉敬尚「江戸神田明神譜代祠官芝崎考」（鈴木淳編『近世学芸論考――羽倉敬尚論文集――』明治書院、一九九二年六月）。
（8）早くは、弥富破摩雄「荷田御風五十年賀詩歌集」（『近世国文学之研究』素人社書屋、一九三三年）に抄出紹介あり。現在、京都大学に一冊（分類番号　国文／Ey3／２７０３６０）、柿衛文庫に一冊（分類番号　２２４５）所蔵されている。
（9）本書に詩歌を寄せた人物全員についての紹介は未だなされていないので、以下に京都大学本によってそれを記す。（　）内は、京大本の書入れに拠る。

○源久貞（中川修理大夫）
○源忠以朝臣（酒井雅楽頭）
○長尾静興（松平越前守家臣　長尾順庵）
○藤原茂樹（医師　高野養宅）
○坂本昌伻（坂本清兵衛）
○源貞臣（高家　横瀬駿河守）
○源（駿河守嫡子　横瀬桃次郎）
○伴俊《ママ》明（小普請組某父　山岡明阿）
○藤原球卿（松平陸奥守家臣　工藤周庵）
○良脩（阿部豊後守家臣　中村卿助）
○西川瑚（医師　西川元章）
○野枝子（奥御祐筆組頭　上村弥三郎息女）
○尚方法師（華厳宗　釈大方）
○源鄷（渡部彦次郎）
○平信庸（西洞院少納言）
○源忠交（酒井縫殿頭）
○源利安（奥御祐筆組頭　上村弥三郎）
○菅原昌齢（宮内卿殿医師　前田春策）
○公美（井伊掃部頭家臣　龍彦次郎）
○希文（榊原式部少輔）

○佐保風（酒井雅楽頭家臣　村角小方次）
○定主（奥平大膳大夫家臣　菅沼刑部右衛門）
○安人（牧野備前守家臣　小山玄良）
○忠義（同家臣　小山彦六）
○貞充（新庄駿河守家臣　三好七郎右衛門）
○甫久
○荒木田尚賢（内宮権禰宜　蓬莱雅楽）
○和邇部民濟（富士太宮内　富士中務）
○佐幸（同上　藤井重左衛門）
○一貫（医師　米田一貫）
○雅敷（医師　佐ゝ木東介）
○釈尚古（大方）
○釈良尚（慶養寺）
○釈長瓊
○政恒
○勝延
○貫琛
○無名氏（津軽）
○源景雄（呉服所　三嶋吉兵衛）
○久紀（御箔師　梶川長次郎）
○林諸鳥（林和助父）
○道真（堀田相模守家臣）
○道宗（戸田采女正家臣　江沢養壽）
○廣哉（井上河内守家臣　大嶺儀右衛門）
○忠懿（毛利和泉守家臣　梶川市右衛門）
○藤原定長（酒井縫殿頭家臣　伊藤仙太夫）
○荒木田経雅（内宮八禰宜　中川）
○賀茂季隆（京都賀茂神主某子　市大膳）
○慶利（寄合板倉甚太郎家臣　新家宇右衛門）
○茂實（上村弥三郎家臣　本嶋嘉左衛門）
○源臺（医師　松浦春濤）
○胤書（相州七五三引村五霊神主　松村摂津）
○釈義常（浅草日音院附第）
○釈淹義
○信成（浅草寺音院　院代）
○運勝（橋本権太夫）
○英宣
○行顕（津軽）
○伴蒿蹊
○方教（御彫物師　安田又五郎）
○林長枝（林和助）
○礼蔵（白木）

○誠之（片山五郎兵衛）
○千之（桜木清十郎）
○景員（藤沢平右衛門）
○喜勝（和泉九八郎）
○陣衡（江南甚助）
○保己一（塙勾當）
○木綿子（松平土佐守内室）
○泉子（松平左兵衛督母儀）
○路子（牧野備前守祖母）
○某（酒井縫殿頭内室）
○多代子（同人息女）
○倉子（寄合　板倉甚太郎息女）
○清子（紀伊殿家女　瀬川）
○門子（松平出羽守家女）
○愛子（工藤周庵娘）
○津川（同上）
○美須子（同上）
○千尾子（小笠原岩丸家臣　中野玄意娘）
○能勢子（御披官　竹村七左衛門母）
○貞壽（梶川市右衛門母）
○八百子（同上）

○俊長（橋本吉左衛門）
○藤原崇穏（石崎九郎左衛）
○知邑（大塚庄八）
○光英（横山藤七）
○清亭（樋口吉兵衛）
○季房
○稀子（松平出羽守妹）
○久子（中川修理大夫内室）
○光子（池田栄次郎母儀）
○泰子（交代寄合　菅沼新八郎母儀）
○三津子（横瀬駿河守息女）
○真子（上村弥三郎内室）
○満子（同上）
○静子（池田舎妻）
○繁山（牧野備前守家女）
○奈与子（同上）
○曽根子（同上）
○千重子（新庄駿河守家臣　三好孫九郎妻）
○喜津子
○民野（池田栄次郎家女）
○文子（医師　鈴木宗珉娘）

○多也子（目賀田孫四郎娘）
○茂与子（板倉七郎兵衛姉）
○悦子（石川庄兵衛妻）
○五百機（久保田仁右衛門妻）
○半子（安田長三郎妻）
○波無子
○兼子
○瑠珷
○荷田信郷宿禰（同神主　羽倉筑前守）
○荷田信栄（筑前介弟　羽倉市之丞）
○藤原尚志（土井主膳家臣　藤江伊織）
○小野紀昌（御書院与力　戸沢専汝）
○薗子（水戸殿家臣　小川蔵之助祖母）
○友子（津軽越中守家臣　津軽兵部妻）
○三枝子（御風うしの妻）

○房子
○降子（笹嶋某後室）
○貞超（川村増左衛門母）
○毛与子（堀口平兵衛妻）
○田豆（林東市妻）
○茂与子（家城吉兵衛姉）
○十重子
○従三位親盛（京都稲荷社務　大西）
○荷田信邦（同上　羽倉摂津守）
○荷田信壽（非蔵人　羽倉尾張）
○藤原訓志（伊織忰　藤江長之丞）
○盛子（鷹司殿家女　染河）
○並子（土井主膳家臣　藤江伊織妻）
○吟子（同上　兵部娘）

(10)　季鷹の和歌は、

賀茂季隆　京都賀茂神主某子　市大膳
松杉も君がよはひにしかじとて今朝降雪におもがくれしつ

という一首である。ここで、「京都賀茂神主某」とあるのは、季鷹の養父季栄のことであり、「市」は季栄が山本家を継ぐ前の姓である。よって、安永六年（一七七七）十一月頃には、本姓の「山本」ではなく養父のもとの姓である「市」を名乗っていたこととなる。「大膳」については、江戸に下向してから暫く名乗っていた通称である。「季隆」については、安永五年

（一七七六）の刊記のある季鷹著『伊勢物語傍注』の諸本を検討すれば、初版で「賀茂季隆」とあった凡例の署名が後刷では「賀茂季鷹」と改彫され、同様に御風序文でも初版では「季隆ぬし」とある箇所が後刷では「季鷹ぬし」と改彫されている。よって、御風の賀宴の催された安永六年前後には「季鷹」ではなく「季隆」とも名を記していたことが知られる。季鷹が「季隆」と名乗っていたことは他にも、安永七年（一七七八）四月二十日付の季鷹宛富士谷成章書簡に「加茂季隆に」（竹岡正夫編『富士谷成章全集』風間書房）とあることや、同七年（一七七八）六月に勝延大人所蔵の『讃岐典侍日記』を転写、校合した時の識語に自ら「安永七年夏　かもの季隆」（山本家所蔵本）と記している例がみられる。

（11）本書第二部第八章「安永天明期江戸雅文壇と『角田川扇合』」（初出「安永天明期江戸歌壇の一側面――『角田川扇合』を手掛かりとして――」『雅俗』第四号、一九九七年一月）を参照のこと。

（12）契沖をはじめとして、北村季吟、下河辺長流、賀茂真淵、富士谷成章、加藤千蔭、本居宣長等の説が朱・墨・青・紫筆で書き入れられている。書き入れは数回にわたって季鷹晩年まで続けられており、万葉集に対する季鷹の思い入れを知ることのできる資料である。この書き入れの中には「冬満」（御風の若い頃の称）、「御風」説が数多く含まれている。季鷹旧蔵本の書き入れは御風旧蔵本の筆跡と非常に似ており、書き入れ内容もほとんど一致するが、季鷹旧蔵本には御風説の語句が省略されている箇所があり、また巻三～六は刊本ではなく写本であるため、季鷹旧蔵本は御風旧蔵本を写したものであろうと思われる。

（13）季鷹の号「義慣」は、古今集真名序の「何《トナレ》者語《ハ》近《ク》二人《ノ》耳《ニ》一義《ハ》慣《ヘバ》二神明《ニ》一也」によっている。季鷹著『万葉集類句』の柱刻や季鷹旧蔵の月次歌会記録にもこの号が見える。なお本書第二部第八章参照。

（14）弥富破摩雄「加茂季鷹の歌学――詠歌概言を中心として――」（『国学院雑誌』第四十巻第七号、一九三四年七月）によれば、季鷹著『詠歌概言』には以下のように記されているという。

「我友富士谷成章が、かけるものに、此頃ある殿上人のかたられける今様の歌よむべき文字とて
　歌はたゞあるはえならずさやしけな
　　猶ものどけきわが中ぞうき

げに此頃は、さる文字ぞ耳かしましきやうにきこゆる……と書きたり」

(15) 有栖川宮職仁親王の「歌道入門者一覧表」(『職仁親王行実』)によれば、富士谷成章は宝暦十三年(一七六三)二月十六日の条に「藤谷専右衛門／成章　立花将監用達」とその名が見え、谷川士清は、宝暦二年(一七五二)五月二十一日の条に「谷川淡齋／士清　勢州」と見える。

(16) 村田春海、加藤千蔭が県門継承の為に本格的な活動をはじめるのが天明末年であることは、揖斐高「江戸派の成立――新古典主義歌論の位相――」(『江戸詩歌論』汲古書院、一九九八年二月)に詳しい。

第八章　安永天明期江戸雅文壇と「角田川扇合」

一　はじめに

安永八年（一七七九）、京の有栖川宮職仁親王の門人として歌道・歌学に習熟し、関東の歌目代として、重きをなしていた三島景雄《かげお》は長らく途絶えていた扇合を江戸で再興した。景雄が催したこの扇合は、安永八年八月十四日に隅田川のほとりで行われ、『角田川扇合』『廿三番扇合』等の書名で今日に伝わっている（なお、本稿では催しとしては「角田川扇合」と表記し、書名としては『角田川扇合』と表記して、混同のないようにしたい）が、その主催者景雄が記した跋文の冒頭には次のようにある。

あふぎ合はあがれる世のことにして、さす竹の大宮のうちの御たはぶれ成かし。貫之があふぐあらしのとよめるはふりにたるためしにて、天禄の御門もいと興ぜさせ給ひ長寛・承安の比はさかりに侍りしとか傳へ承りぬ。其後は又かゝることも聞え侍らぬは、世のくだちたる故にこそと思ひ給ふれ（下略）。

景雄の跋文によれば、扇合は、昔行われていた催しで、宮中の人々の遊興であった。古くは承平五年（九三五）の大納言恒佐扇合があり、円融天皇も面白がられ、平安末期の二条天皇・高倉天皇の時代には盛んに催されたというが、その後途絶えてしまったという。同じく、執筆を務めた賀茂季鷹《すえたか》の跋文には、

物あはせは石上ふりにたる世の事にて、今は百師木の大宮わたりにもさることはたえて久しくや成にけん。まいて鳥がなく東のはてにには、かゝることありきとだにしる人もいとまれらに侍るめり（下略）。

とあり、平安時代に行われていた物合も、江戸時代の中頃には京都の堂上歌人の間でも絶えて久しく、まして江戸の地では、過去に物合という催しがあったということすら知る人は稀になっていたという。実際、江戸時代を通じて行われた扇合で、これまで筆者が確認し得ているのは三度のみである。(1) そのうちの二度は安永期に景雄が主催して行ったもので、ここで取り上げる「角田川扇合」と、「後度扇合」(2)、残りの一度は文政七年（一八二四）四月一日、清水浜臣が門弟を集めて行った、いずれも当座で扇と和歌とを合せたものである。景雄に再興されるまで、扇合は長い間忘れ去られていたことになる。それでは、長らく途絶えていた扇合が、なぜ安永八年（一七七九）に、京都ではなく江戸で催されることになったのだろうか。また扇合を再興した三島景雄とその周辺の歌人達とは一体どのような集団なのだろうか。

以下、安永八年（一七七九）に突如として催された「角田川扇合」を手がかりとして、扇合を再興した景雄周辺の歌人達の実体を明らかにしつつ、安永期から天明期にかけての江戸歌壇の一側面を示してみたいと思う。

「角田川扇合」に関しては、早くは金子元臣「みか寺の扇合」（『歌かたり』明治書院、一九〇二年）、中野三敏「文人

と前期戯作」（『十八世紀の江戸文芸――雅と俗の成熟――』岩波書店、一九九一年。初出は『言語と文芸』第五十一号、一九六七年三月）、丸山季夫「三島自寛と角田川扇合」（『国学史上の人々』丸山季夫遺稿集刊行会、一九七九年。初出『国語と国文学』第四十五巻七号、一九六八年十月）・「三島自寛晩年の逸事」（同上、初出『近世の学芸　史伝と考証』八木書店、一九七六年）がある。金子氏の論考は、催された年や参加者の把握等に誤りがあるが、この扇合の存在をいちはやく紹介したものとなっており、中野先生は、「角田川扇合」で扇の判を行った山岡浚明の意識について論及されている。現段階で「角田川扇合」全体を扱って最も詳細なものは、丸山氏の上記二論考である。氏は、国立国会図書館本、宮内庁書陵部本、無窮会本によって「角田川扇合」のことを調査され、催主・判者等について「この扇合は隅田川のほとり、石原のみか寺に、三島自寛が催したもので、山岡明阿が扇の判を、荷田蒼生子《たみこ》が歌の判をし、賀茂季鷹が執筆と云ことで行はれた二十三番の歌合である」と紹介、扇合が催された「場所」や「年」、「参加者」等について考証された。場所は的確には定められていないが、時については安永八年（一七七九）八月十四日と定め、「角田川扇合」の集りは、「同じ古学の歌会でも縣居系のものではなく、荷田系の古学の人々の集りと見る事が出来る」とされている。今回は、この丸山氏の論考を更に発展させて、氏が「荷田系の古学の人々」と一括りにされていた集団の実態を明らかにしたい。

二　諸本および森文庫所蔵『廿三番扇合』書入れ

『角田川扇合』は、様々な表題を附され、写本で流布してきた。現在、筆者が確認し、また近年田代一葉氏の調査によって明らかになった諸本を挙げると以下の通りである（田代氏の調査報告は注（1）に拠り、諸本番号を〈　〉に入れて示した)。

①『扇合』(国文学研究資料館所蔵本　久松11―53)
②『廿三番扇合』(大阪市立大学学術情報総合センター森文庫所蔵本　911.18／NIJ)[3]
③『墨田川扇合』(大阪市立大学学術情報総合センター森文庫所蔵本　911.18／MIS)
④無題(八戸市立図書館八戸藩南部家資料　南15―466)
⑤『隅田川扇合』(無窮会図書館所蔵本　10653、清水浜臣手校本)
⑥『角田川扇合』(国立国会図書館所蔵本　224―38)
⑦『加茂季鷹翁評　廿三番扇合和歌』(中野三敏先生所蔵本)
⑧『扇合』(無窮会図書館所蔵本　10635)
⑨『扇合』(宮内庁書陵部所蔵本　207―33)
⑩『扇合』(賀茂季鷹旧蔵本)
〈11〉『隅田川扇合』(国文学研究資料館　ナ2―418)
〈12〉『隅田川扇合』(東北大学附属図書館狩野文庫　第四門　10810)
〈13〉『扇合』(東北大学附属図書館狩野文庫　第四門　10811)
〈14〉『不忍扇合』(京都大学文学研究科図書館　京大国文学 EV30)
〈15〉『隅田川扇合』(茨城大学図書館菅文庫　5―3―283)　※14番まで
〈16〉『蒼生子判扇合』(昭和女子大学図書館　『翠園叢書』第四十二巻のうち。翠Ⅰ2―42)

〈17〉『すみた川扇合』（天理大学附属天理図書館　910.2／1439／493）
〈18〉『和歌扇合』（天理大学附属天理図書館　『有馬湯女歌合　扇合　和哥むし合　殿上根合　和歌貝尽』910.2／1439／944）

この内、⑥・⑧・⑨が丸山氏の検討された写本ということになる。

これらの写本群の内、注目すべき特徴を備えたものに、①『扇合』（国文研本）・②『廿三番扇合』（大阪市大森文庫本）・③『墨田川扇合』（大阪市大森文庫本）の三冊がある。これらは、参加者の身分や本名等の書き入れが施されており、「角田川扇合」がどのような人物の集りであったのかという点を明らかにする上で非常に貴重な資料であると言える。中でも②『廿三番扇合』の書き入れは、特に詳細なもので、安永八年（一七七九）時点での、景雄を中心とする歌人グループのメンバー構成を明らかにするものであるので、ここに表形式で紹介する。

〈凡例〉

一、1～46まで番号を付している人物は、「角田川扇合」の出席者であり、一番から二十三番までの各番の、左右の順に番号を附した。例えば、一番は、左が泰徐であるので1、右が見子であるので2というようにである。

一、「森文庫表記」は、出席者名を②『廿三番扇合』の原文の表記のままに記した。

一、「振仮名」も、②『廿三番扇合』本文に附されていた訓みを原文の表記通りに記した。振仮名のないものは、原文に振仮名が附されていなかったという事を意味する。

一、「人名」は、『角田川扇合』諸本もしくは他資料を参考に筆者が記した。

一、「森文庫注記」は、②『廿三番扇合』の書き入れを忠実に翻字した。

一、「文献所見」は略号を以って表にした。各文献を示すと以下の通り。

「後」『後度扇合』　天明元年（一七八一）六月十五日　三島景雄主催。

「平」『平家物語竟宴和歌』　天明元年（一七八一）閏五月　三島景雄主催。

「元」『兼題当座留』　天明元年（一七八一）七月廿日〜十一月廿日。

「二」『月次和歌留』　天明二年（一七八二）正月廿日〜同三年十月十一日。

「虫」『十番虫合』　天明二年（一七八二）八月　源蔭政主催。

「三」『天明三年月次和哥留』　実は天明四年（一七八四）月次歌会の記録。天明四年正月二十日〜五月十一日。

「春」『春秋のあらそひ』　天明四年（一七八四）十一月十九日。於吉田桃樹邸。

「七」『天明七年月次留』　天明七年（一七八七）正月廿日〜十二月十五日。

「杉」『杉のしづえ』　荷田蒼生子家集。寛政七年（一七九五）刊。

以上の文献でその名のみえる人物に各々〇を附している。

一、「丸山論文」は、先に挙げた丸山季夫氏の「三島自寛と角田川扇合」（『国学史上の人々』）で、丸山氏が言及されている人物には〇を、言及されているが「森文庫注記」とは一致しない人物には×を、触れられていない人物の欄は空白にした。

次頁の《表Ⅰ》にあるように、「森文庫注記」には、各人についての重要な情報が記されている。この「注記」は丸山氏が、「三島自寛と角田川扇合」の中で言及している各人の考証を裏付ける資料にもなり、また、氏が「如何な

《表Ⅰ》

	森文庫表記	振仮名	人名	森文庫注記	文献所見 後	平	元	二	虫	三	春	七	杉	丸山論文
1	泰衜	ヤスミチ	加藤泰衜	加藤上総介様										○
2	見子	ミルコ	見子	松平周防守様御母君	○	○								
3	氏休	ウシヤス	戸田氏休	戸田監物入道宗逸様				○						
4	在家	アリイヘ	朝比奈有家	朝比奈六左エ門様										×
5	通照	ミチテル	大村通照	浅草聖天町醫師大村良澤									○	
6	正鷹	マサタカ	賀茂季鷹	両国橋浪人荒井《イニ木か》右膳	○	○	○	○	○	○	○	○		○
7	明阿弥		山岡明阿	御旗本本所石原丁山岡佐治右エ門入道様										○
8	素履	モトフム	荒井素履	呉服町新道書家荒木左治			○	○		○				×
9	野枝子	ノエコ	上村野枝子	神田楠木町上村弥三郎様御息女									○	
10	千蔭	チカケ	加藤千蔭	町与力加藤又左エ門	○	○	○	○	○	○	○	○	○	○
11	信子	シンコ	上村信子	上村弥三郎様御内室										
12	有之	アリユキ	武田有之	中橋桐河岸醫師武田春庵様	○	○	○	○	○	○	○	○		○
13	春龍	シユリヤウ	釈春龍	浅草寺中知光院地ノ内香ノ師釋春龍										○
14	三仲	ミツナカ	荒木三仲	左治嫡子荒木三之進			○	○		○				
15	久樹	ヒサキ	梶川久樹	御印籠師箔屋兼帯日本橋御用達梶川長次郎	○	○	○							○
16	総幸		大山総幸	曲渕組大山三十郎	○		○	○	○	○	○	○		
17	拙翁	セツオウ	拙翁	傳馬町馬込勘解由隠居										
18	忠順	タ、ナホ	宇野忠順	一橋御近習番宇野幸蔵様	○		○	○	○	○				
19	蔭政	カケマサ	本川蔭政	御茶水御旗本川村九十郎様	○		○		○	○				
20	直子		矢野直子	小奈木沢矢野幾蔵妻直子										
21	宣栄	ノフヨシ	中村宣栄	中村弥三郎										
22	雅義	マサヨシ	小林雅義	中橋桐河岸名主										

23	繁子	ハンコ	安田繁子	浅草寺地中観智院地ノ内安田長三郎妻										×
24	貞賢		吉井貞賢	赤井栄之進家来吉井治右エ門	○									
25	知邑	トモムラ	大塚知邑	本庄中ノ郷名主大塚庄八郎	○									
26	元著		長田元著	御茶水御書院番長田三右エ門様	○	○	○		○					○
27	諸鳥		林諸鳥	京橋御菓子御用達和介塩瀬山城入道	○						○		○	○
28	きさ子		三島橒子	御服所三嶋吉兵衛妻	○									
29	秀子	ヒテコ	瀧又秀子	根岸瀧又左エ門様御内室										
30	嘉合	アヤトモ	西門嘉合	小奈木沢醫師西田龍										○
31	栄子		栄子	新吉原中ノ町をはりや吉兵衛										×
32	知春尼		知春尼	こふく橋三嶋吉兵衛妹	○		○	○		○		○		○
33	鶴尼		鶴尼	諸鳥妻	○								○	
34	嘉郷	アヤサト	西門嘉郷	田龍子西徒篤				○						○
35	陳衡	ノフヒラ	須原屋陳衡	日本橋本屋須原屋甚介	○							○		
36	千賀子	チカコ	源千賀子	荒井右膳内方									○	
37	伊之		富田伊之	浅草材木町富田才兵衛									○	
38	重喜		橋場重喜	橋場文蔵										
39	良昌	リヤウシヤウ	良昌	禅宗霊亀山慶養寺良昌									○	○
40	昌始	マサカズ	朝比奈昌始	御旗本朝比奈治左エ門様										○
41	蒼生子		荷田蒼生子	羽倉東蔵伯母	○								○	○
42	景員	カケカス	原景員	榊原式部大輔様御内原衛士之介	○	○	○	○		○				○
43	其阿	コア	其阿	浅草寺町遊行寺芝先道場日輪寺										○
44	宗朝	ソウテウ	宗朝	茶人伊丹										
45	花扇		遊女花扇	新吉原江戸町あふきや遊女花扇										○
46	景雄	カケオ	三島景雄	こふく橋こふく所三嶋吉兵衛	○	○	○	○	○	○	○	○	○	○

る人か不明である」「何等知る事の出来ない人」と記している人物についての情報をも明らかにするものである。

丸山氏は二十一人の素性を明らかにしているが、そのうち「注記」と一致するのは十七名で、この「注記」の信憑性を側面から保証する。氏の考証と「注記」の内容とが一致しない人物は二十一人中四名（4在家、8素履、23繁子、31栄子）であるが、丸山氏の説は推定にとどまっており、森文庫所蔵『廿三番扇合』の注記を疑う材料とはなりえない。

ところで、この扇合で執筆をつとめた賀茂季鷹は、会が催される約一年前の安永七年（一七七八）十月末に一時的に京に帰っている。その帰京の際に、後に『角田川扇合』に出席することになる幾人かが歌を寄せている。その贈答歌等を書き留めた季鷹自筆本『旅のゆきかひ』(4)に「見子」「あやとも」「景員」「素履」「あや郷」の歌が記され、各人物に季鷹の手で次のような頭注が施されている。

「見子」……「松平周防守康福母堂」
「あやとも」……「西門蘭斎」
「景員」……「榊原家留主居原衛士之助」
「素履」……「荒木左治」
「あや郷」……「西門」

季鷹が自ら記した頭注の内容と「森文庫注記」が一致することを考えても、「森文庫注記」の内容は信頼にたる情報だと言える。

特定の人物には「様」を付けていることを考えると扇合が催された安永八年（一七七九）から時を経ずして成立した書き入れであろう。細やかな情報から、景雄・季鷹を中心とする荷田派の人々に精通した人の注記と思われる。

例えば、扇合の執筆に抜擢された賀茂季鷹については、本文に「正鷹」と記され、「森文庫注記」には、「両国橋浪人荒井右膳」と記述されている。先に挙げた諸本の本文の内、①『扇合』（国文研本）・②『廿三番扇合』（大阪市大森文庫本）・③『墨田川扇合』（大阪市大森文庫本）は季鷹跋文の署名が「みなもとの正鷹」になっているが、清水浜臣手校本の⑤『隅田川扇合』（無窮会本）では、「みなもと」が見せ消ちされて「かもイ」に、正鷹の「万歳（まさ）」が見せ消ちされて「季イ」になっている。さらに、季鷹旧蔵本⑩『扇合』では、正鷹の「正」が消されて上から「季」と書き直した跡がはっきりわかる。つまり、季鷹は「扇合」の催された安永八年（一七七九）には「みなもとの正鷹」とも名乗っていたことが知られる。この頃の季鷹の足跡は明らかではないが、「森文庫注記」によれば、季鷹は、「浪人」として両国橋に「荒井右膳」と名乗って住んでいたことになる。なお、季鷹が右膳と名乗っていたことは、黒川盛隆著『松の下草』にも記されており、跡付けができる。また36の千賀子は「荒井右膳内方」とあるが、季鷹の妻はまさしく千賀子であり、安永八年（一七七九）に季鷹と江戸で結婚ないし同居していたことが明らかになるのである。

このように、景雄を中心とした荷田派の古学の人々の実態や全体像が「森文庫注記」からはっきりと見えてくる。

三　荷田派における物合の再興

安永八年（一七七九）秋に風流の限りを尽して荷田派の人々に再興された扇合は、一過性の催しに終らなかった。「江戸ノ三島吉兵衛源景雄・羽倉蒼生女、前には安永八年秋ニ設ケリ。又扇合ノ挙アリシニ、三十五番ニ及べリ。又前栽合モ設ケリ。是ハ万葉第八ニ載セシ七種ノ草花ヲ分ケ詠スル也ケリ」とは、安永八年（一七七九）起筆天明元年（一七八一）擱筆の蓬萊尚賢の聞き書き・抜き書き等から成る『亥丑録』の記事である。(5) この記事に従えば、安永八年（一七七九）秋に催された扇合の後、更に自寛・蒼生子が中心となった三十五番の扇合、前栽合が行われたということになる。事実、蒼生子の家集『杉のしづえ』には次のような一首が収録されている。

丑の年六月中の五日、扇合に、夏扇にして白きうすものひとへを月と思はせたるばかり残して、皆金のすなご地にて

夏ふかきねやにならせば秋かぜのすみかたづねてつきもとひけり

蒼生子の詞書によれば、丑の年、つまり天明元年（一七八一）の六月十五日に再び扇合が行われたことになる。安永八年（一七七九）の扇合が隅田川のほとりで秋の「月をみがてら」という趣向であったのに対して、今度は夏の月をみがてらにということであろうか。この天明元年（一七八一）夏に行われた扇合の記録は「後度扇合」と外題を付されて季鷹旧蔵書の中にも存在するが、蒼生子は九番で景雄と対戦している。ここに挙げてみよう。

九番

左　勝　　景雄

はちす葉の露にやどれる月みれば濁にしまぬ心ちこそすれ

勝　右　　蒼生子

夏深き閨にならせば秋風のすみかたづねて月もとひけり

右ハ、うすものにて張て月のいでたる所を砂子もてまきたるが涼しく見え侍り。つまくれなゐなるも上臈しく覚え侍り。

左は、やつがりがいだせしえせあふぎにて、遍昭の哥の心もて水さうの玉を糸もてぬきたるは露の心なるを、ねんずめきて人わらへなるに、はちす葉をさへかきければ、極楽の心ばへにやなど申人も侍れば、げによくも申けりと獨わらはれ侍り。かゝるあやしきさまなるあふぎも外に見え侍らねば、勝べきふしもあらねど、一とせ扇合し侍りし時、あふぎもうたも負にければ、又いつの世にか勝侍らん。さきはひに此右のぬしはふるき契ありてへだてなき中なればとて、判者のとく分に於て勝に申うけ侍りぬ。右のうた秋風のすみか尋て月もとひけりといへる心深くあはれにも侍るかな。後京極殿の手にならす夏の扇と思へども只秋風のすみかなりけりとよみ給ひし心ばへにかよひておかしく侍ればきはめたる勝なるべし。

景雄は扇で勝ち、蒼生子は歌で勝っている。右の蒼生子の歌は、藤原良経の「手にならすなつのあふぎとおもへどもただ秋かぜのすみかなりけり」（秋篠月清集）を本歌とし、「夏も盛りを過ぎ、秋の気配の感じられる頃になると秋風の住処であるこの夏の扇をさがし求めて、寝室に月もおとずれることだ」という、趣深いしみじみとしたあはれを感じる歌ということで、この上ない勝となっている。扇の対戦は、というと、右の蒼生子の扇は、自身の歌の趣向にあわせて、薄く織った織物に砂子を散らして月を描いた扇面に、扇のへりを紅で染めた、夏らしい、涼やかで気品あふれる扇となっている。対する左の景雄の扇は、僧正遍昭の「あさみどりいとよりかけてしらつゆをたまにもぬける春の柳か」（古今和歌集）を出典とし、水晶の玉を白露に見立てて糸で貫いて扇につけ、扇面には蓮の葉を描いている。

数珠めきたる水晶の玉といい、極楽浄土を思わせる扇である。蒼生子の洗練された扇も、景雄の工夫をほどこした扇も甲乙つけがたい勝負であるが、判者の景雄は、昨年（安永八年）に催された「角田川扇合」の時に、最終戦で遊女花扇に扇も歌も負けてしまったことを理由に、昔なじみの蒼生子に勝を譲ってもらっている。

景雄が、負けたことを残念に思っている、安永八年の「角田川扇合」の最終戦はどのような戦いであったのだろうか。その時の判詞を見てみよう。扇の判者は山岡明阿、歌の判者は荷田蒼生子である。

《扇の判》

けふのあふぎ合の数〳〵も、この終のつがひ（二十三番）にことはてぬるきはなれば、右左の念人たちも、おの〳〵引かたにこゝろをよせて、いづらや〴〵とめをそばめ、ひぢをはり給ふかたもおほかなるなかに、わきてあながちに、この左（花扇）にかたぬきてんと思ひなりぬ。これまたくわたくし（明阿）のまが〴〵しき心に出たるに似たりといへども、かたへにはあなうら山しのよきまけかなと、そゝめく忍び聲の老のひが耳にも聞え侍れば、をみなへし（花扇）になびきけん翁草（明阿）のあざけりをも忘れて、かた〳〵左（花扇）をもて勝と定め侍りぬるものならし。

《歌の判》

左の哥（花扇の歌）源氏の花の宴のえんなる心詞に通ひて、そゞろにその人ざまさへしのばしくこそ。右哥はまして今日のあるじ（三島景雄）の扇にもえならぬ春秋の色をみせ、哥にもいひしらすふかき心をのばへ給ふは、いふにあまり、思ふにたへず。艶にみやびたるとは、かゝるをこそ申べからめ。此たびの秀逸なるべし。されど忍べよと（花扇の歌の初句）なまめかしくいひ出たるが、にくからねば、けふの折にあひたる名にしあふぎに、しばらく勝をゆづり給ふも一興ならんかし。（（　）内、盛田注）

扇の判をした明阿の判詞をみてみよう。扇合の最終戦、まさにクライマックスの場面である。右方、左方の応援者たちも、ひいきの方に心をよせて「どちらか、どちらか」と目をそむけ意地をはりあって、場の人々は高揚している。花扇と景雄の扇の対戦。今日の主要な客人である、若くて美しい花扇に負けるのだったら、主催者の景雄も本望であろう。うらやましい負けだという出席者たちのささやき声に促されて、判者明阿は花扇の扇を勝にし、景雄を負にしている。対戦相手の花扇に花をもたせて景雄は負けているのである。歌の判をした蒼生子の判詞をみてみよう。左の花扇の歌は『源氏物語』の「花宴」を典拠とした、あでやかで魅力的なもので、この歌を詠んだ花扇の人柄さえ、したわしく感じられる。右の景雄の歌は、いうにいわれないほどの春秋の美しさをみせ、言い表しようのないほどの深い趣を述べている。あでやかで洗練されているとは、このような歌を言うのであろう。この催の中での秀逸の歌である。しかし、花扇が初句で「忍べよと」（我慢なさいと）というういしく詠み出したのがみごとなので、今日の扇合にふさわしい名をもつ「花扇」に勝を譲るのもおもしろいではないですか。今をときめく遊女花扇を眼前にして、明阿も蒼生子も主催者の景雄ではなく花扇に花を持たせてこの扇合の幕を閉じているのである。「角田川扇合」も「後度扇合」も、高い教養を持った荷田派古学の人々の趣向をこらした白熱した対戦のさまが伝わってくる。

「角田川扇合」の時、扇の判をしていた山岡明阿が「後度扇合」に見えないのは、明阿が安永九年（一七八〇）十月十五日没しているからである。その扇の判を「後度扇合」で受け継いだのは、明阿におとらぬ古典教養を持っていた景雄であった。景雄は扇と歌の双方の判者を務めた。

ここで簡単に『後度扇合』の参加者を若い番数から左右の順で挙げる。このうち扇合と重なるメンバーには傍線を付す。

元著・いくめ子、見子・ませ子、蔭政・鎮子、元貞・長年、正賢・弁子、喜長・久樹、とゑ子・伊勢子、忠順・廣足、景雄・蒼生子、総幸・昌伻、知宣・諸鳥、武人・知邑、義武・長枝、盈之・もと子、守静・（無記名）、内美・真恒、義厚・厚躬、栄雄・藤子、房子・賢壽、さえ子・光英、有之・鶴尼、知春尼・稲城、樏子・五百子、妙意尼・宗秀、貴豊・ゑつ子、妙性・芳充、貞賢・鶴群、秀房・陳衡、信行・魚足、芳章・義敬、景員・貞照、正好・繁樹、邦實・則邦、きん子・清瀬、季鷹・千蔭　（以上三十五番七十名）

《表Ⅰ》でも示した通り十九人が『角田川扇合』の出席者と重なる。「後度扇合」は、荷田派古学の人々を中心とする「角田川扇合」のメンバーに、新たに、景雄や蒼生子、季鷹等の知人や弟子を加えた会だったのであろう。

『亥丑録』に記載されている、三島景雄・荷田蒼生子が主催したとされる「前栽合」に関しては、現段階では『亥丑録』の記事で確認し得るだけで、それ以上の情報は知り得ない。しかし、荷田古学の人々が中心となって行った源蔭政主催の『十番虫合』の存在が確認される。

『十番虫合』の存在は、はやく安藤菊二氏が「三島自寛の『十番蟲合』のはしがき」（『江戸の和学者』日本書誌学大系39、青裳堂書店、一九八四年所収）の中で紹介している。昭和十七年（一九四二）当時名古屋図書館に所蔵されていた随筆『旅の行かひ』の中から景雄の序文と参加者を写し取ったものである。しかし、『旅の行かひ』の原本は戦中に焼けてしまい今は存在しない。

『十番虫合』の諸本について現在確認し得ているのは、国文学研究資料館所蔵本（『平家物語竟宴和歌』と合冊）、『梅処漫筆』（刈谷市立図書館所蔵本、国文学研究資料館マイクロフィルムによる）の中に収められているもの、大東急記念文庫所蔵『虫十番歌合繪巻』の三本である。景雄の跋文によれば、天明二年（一七八二）八月十日あまり、隅田川の辺の木母寺で、源蔭政の主催で、虫合を行っていることが知られる。左方は鈴虫を出して歌を詠み、右方は松虫を出して歌を詠むという趣向で、虫の判を加藤千蔭、歌の判を賀茂季鷹が行っている。出席者は若い番の順序にしたがって記すと以下の通りである。

利徳・季鷹、桃樹・元貞、千蔭・景雄、忠順・元著、総幸・芳元、房子・八十子、芳章・正長、真恒・有之、知宣・躬弦、豊秋・蔭政（以上二十名。『角田川扇合』の出席者には傍線を付した）

顔ぶれは、やはり景雄を中心として物合を行ってきた荷田派古学の人々と重なっている。

存在が確認できる三本のうち、大東急記念文庫所蔵『虫十番歌合絵巻』(6)を見てみよう。『虫十番歌合絵巻』は、景雄写・田中訥言画とされている全長約十三・六メートルにも及ぶ巻子本で、参加者各人が趣向を凝らして作成した州浜上の世界が彩色画で再現されており、この催しが如何に華やかなものであったかが偲ばれる。虫合といっても単に鈴虫と松虫を合せるのではなく、各人が州浜の上にそれぞれの虫にちなんだひとつの世界を作り上げ、その中に左方は鈴虫を、右方は松虫を置くのである。そして、左方はその世界にちなんだ鈴虫の歌を右方は松虫の歌を詠む。例えば、一番の利徳（左）と季鷹（右）の歌および千蔭の虫の判詞を挙げてみよう。

一番

左　　　　　　　　　利徳

雨ならでふりつゝ虫のなくなへにきても見るべく萩か花笠

右　　　　　　　　　季鷹

玉琴のしらべにいつの秋よりか松むしの音もかよひ初けん

左は「みさむらひミ笠とまうせ」といへる心ばへして朽葉色の狩衣の袖を臺にて、えぼしを虫籠にして、しろがねの笠を萩がもとにおけり。虫ハ宮城野よりえらみて参らせたるなり。右は、亭子院のみかど西河にみゆきまし〳〵ける御時奉れる哥の席、忠峯が書たる、「或時には山の端に月松虫うかゞひて、琴の音にあやまたせ」とのべるによりて、すはまにちいさき琴をすゑて、かたはらに松かさねの色あひに糸もてまける籠に虫をこめたり。かた〴〵いとこよなきみやびなり。されど名におへる宮城野の虫にこゝろひかるれば、左かちとし侍りぬ。

左の利徳の虫の趣向は、「御さぶらひ御笠と申せ宮木野の木の下露は雨にまされり」（古今集1091）の古歌のおもむきを以て、朽葉色（赤みを帯びた黄色）の狩衣の袖を台にして、烏帽子を虫籠にして、銀色の笠を萩のもとに置いている。鈴虫は、実際に宮城野から取り寄せている。右の季鷹の虫の趣向は、延喜七年、亭子院のみかど（宇多法皇）の大井川行幸の際の歌会で、壬生忠岑が奉った序の中の「山のはに月まつむしうかがひては、きんのこゑにあやまたせ」という部分をふまえ、洲浜に小さな琴を置き、傍に萌葱と紫の松かさねの色あいの糸で巻いた籠を置き、その中に松虫を入れた。利徳、季鷹ともに、鈴虫、松虫の故実をふまえ、宮城野から生きた鈴虫をとりよせるなど当代性の要素も含みつつ、歌と洲浜に典雅で繊細な小宇宙を創り上げている。

さらに、天明四年（一七八四）十一月十九日には、荷田派古学の人々を中心に「春秋のあらそひ」が行われている。季鷹旧蔵『春秋のあらそひ』によって、参加者を春・秋という順で記すと、景雄・桃樹、躬弦・千蔭、安久・季鷹、総幸・有之、延年・豊秋、諸鳥・秀房という顔ぶれ（『角田川扇合』の出席者には傍線を付した）で、天明三年（一七八三）の秋頃から賀茂季鷹邸で行われてきた『源氏物語』講読に出席していた人々だと思われる。「春秋のあらそひ」の会はその講読を終えての竟宴であった。この物合については、本書第二部第九章を参照していただきたい。

以上のように、この景雄を中心とする荷田派古学の人々は安永の終りから天明の初めにかけて何度も物合を行っている。この人々が行ってきた物合を整理すると以下のようになる。

○安永八年八月十四日　『角田川扇合』
○安永十年六月十五日　『後度扇合』
○　『前栽歌合』
○天明二年八月十日あまり　『十番虫合』
○天明四年十一月十九日　『春秋のあらそひ』

後に行われた物合として、少し時代は下るが清水浜臣の『泊洦舎扇合』がある。これは文政七年（一八二四）四月一日もしくは二日、清水浜臣が歌を詠む際の材料にという主旨で、門弟を集め、左方は花、右方は月という題で対戦した五十一番の扇合である。[7] 西尾市立図書館岩瀬文庫に、それぞれ『泊洦舎扇合』、『扇合』という外題で二部所蔵されている。どちらも三冊からなり、大東急記念文庫所蔵『虫十番歌合絵巻』のように、各人の出した州浜の世界に扇が彩り鮮やかに描かれている。江戸の浜臣が物合を行い、物合のモノの趣向を絵として残していることについては、景雄を中心とする荷田古学の人々の影響があるとも考えられる(8)。

安永終りから天明期にかけて、古典歌学・故実に通じた景雄を中心とする荷田派古学の人々が度々物合を行っていることは、歌壇史上注目すべきことである。京の堂上歌学の知識も十分に備えていた彼らが、古典の知識・教養を再現するのみでなく、「角田川扇合」で遊女花扇を召し出すなど、当時の江戸のもっとも成熟した文化を融合させて、物合を再興したことは、京ではなく「江戸の地」で雅俗融和のもっとも上質な部分を、この安永・天明の御代に、新たに創るのだという当代に訴える意識が感じられるのである。

四　季鷹旧蔵天明期月次歌会資料をめぐって

最後に、荷田派古学の人々と密接な関係があると思われる人々を中心とした、天明期の月次歌会の記録を紹介して、本稿を閉じたいと思う。賀茂季鷹自筆の四点の月次歌会資料である。

1『兼題當座和歌』（天明元年七月二十一日～同年十一月二十日）
2『月次和哥留』（天明二年正月二十日～同三年十月十一日）
3『天明三《ママ》年月次和哥留』（天明四年正月二十日～同年五月十一日）
4『天明七年月次留』（天明七年正月二十日～同年十二月十五日）

これらの資料によって物合が行われていた天明元年（一七八一）から天明四年（一七八四）と天明七年（一七八七）の、江戸歌壇に一隅を占めたと思われるグループの月次歌会の様相を窺うことができる。メンバーは異なり人数で当座・兼題を合せ百四十九名に及び、季鷹ゆかりの人々が多い。そしてここに登場する歌人達が、先に述べてきた物合を行った荷田派古学の人々と重なっていることは、見過ごせない事実である。今便宜的に、この月次歌会に参加した歌人の出席回数もしくは出詠回数の上位者を記してみる。これにより月次歌会の中心メンバーとその推移がおおよそ把握できるからである。

○天明元年（一七八一）月次歌会（七月二十一日～十一月二十日）

※（ ）内は出席もしくは出詠回数。物合に参加しているメンバーには傍線を付す。

《当座》	《兼題》	《総合》
盈之（8）	千蔭（9）	盈之（17）
総幸（8）	桃樹（9）	総幸（17）
季鷹（8）	盈之（9）	季鷹（17）
千蔭（7）	総幸（9）	千蔭（16）
桃樹（7）	季鷹（9）	桃樹（16）
景雄（7）	知宣（6）	景雄（12）
秀房（7）	忠順（5）	秀房（12）

知宣（5）
忠順（4）
有之（4）

景雄（5）
栄雄（5）
景員（5）
秀房（5）
房子（5）
きし子（5）

知宣（11）
知春尼（10）
忠順（9）

○天明二年（一七八二）月次歌会（正月二十日～十二月十五日）

《当座》

桃樹（21）
季鷹（20）
躬弦（20）
景雄（15）
総幸（15）
千蔭（14）
豊秋（14）
秀房（12）
有之（10）

《兼題》

桃樹（22）
躬弦（20）
総幸（19）
豊秋（19）
季鷹（17）
るせ子（17）
きし子（16）
秀房（14）
景雄（12）

《総合》

桃樹（43）
躬弦（40）
季鷹（37）
総幸（34）
豊秋（33）
景雄（27）
秀房（26）
千蔭（24）
るせ子（17）

知宣（6）	栄雄（12）	知宣（16）
		きし子（16）

○天明三年（一七八三）月次歌会（正月二十日～十月十一日）

《当座》	《兼題》	《総合》
桃樹（14）	るせ子（15）	躬弦（29）
躬弦（14）	躬弦（15）	桃樹（28）
季鷹（13）	桃樹（14）	季鷹（26）
総幸（12）	季鷹（13）	総幸（24）
景雄（10）	信説（13）	豊秋（23）
豊秋（10）	豊秋（13）	景雄（21）
秀房（9）	総幸（12）	秀房（21）
信説（8）	秀房（12）	信説（21）
忠順（7）	景雄（11）	るせ子（15）
千蔭（7）	栄雄（8）	千蔭（12）
有之（7）	きし子（8）	

○天明四年（一七八四）月次歌会（正月）

《当座》	《兼題》	《総合》
季鷹（8）	やそ子（9）	季鷹（16）
躬弦（7）	正昌（9）	躬弦（16）
桃樹（6）	躬弦（9）	桃樹（13）
方之（6）	季鷹（8）	豊秋（13）
昌慶（6）	豊秋（8）	秀房（12）
千蔭（5）	桃樹（7）	総幸（11）
総幸（5）	秀房（7）	方之（11）
秀房（5）	信説（7）	昌慶（11）
豊秋（5）	洪篤（7）	千蔭（10）
景雄（3）	総幸（6）	正昌（10）
政廣（3）		
通顕（3）		
延年（3）		

○天明七年（一七八七）月次歌会

《当座》	《兼題》	《総合》
季鷹（23）	信説（23）	季鷹（45）

信説（22）
豊秋（22）
躬弦（22）
縫子（16）
千蔭（14）
真菅（14）
員保（13）
直節（13）
恒之（12）

豊秋（23）
躬弦（23）
季鷹（22）
縫子（15）
文子（15）
真菅（15）
りせ子（15）
十重子（15）
恒之（13）
勝見（13）
幸子（13）

信説（45）
豊秋（45）
躬弦（45）
縫子（31）
真菅（29）
千蔭（26）
員保（26）
恒之（25）
秋年（18）

一連の歌会は、表紙の注記によれば、天明四年（一七八四）正月までは「義慣亭」で行われた模様である。この「義慣亭」は季鷹の屋号である[9]。『兼題當座和歌』（天明元年七月二十一日〜同年十一月二十日）によれば、冒頭に「天明元年七月廿日新室念初秋日詠新秋月和歌」とあり、あるいは、「義慣亭」なる季鷹の新室の完成と共に月次歌会を始めたのかと思われる。このグループは毎月十一日・二十日にそれぞれ兼題と当座歌会を行っており、季鷹ゆかりの人物が多く、物合グループとの重なりが目立つ。たとえば、物合に参加していた季鷹、千蔭、景雄、総幸、有之、忠順らは、この歌会でも中心メンバーと言えるし、見子、氏休、素履、三仲、蔭政、元著、知春尼、嘉郷、景員、久樹、知宣、みの子もこの歌会に参加ないし出詠の跡がある。その一方で、蒼生子はこの歌会に出詠しておらず、その周辺人物も天明六年（一七八六）に蒼生子が没するまでは出詠していない。

この月次歌会においては、景雄やその門人の有之は徐々に出詠回数を減らしてゆき、代わって季鷹一門が会の中心を担ってくる。物合は京都の有栖川宮門の三島景雄・賀茂季鷹を中心とする荷田派古学の人々によって再興された。景雄、蒼生子、季鷹等の知人・門人を中心として形成されていたこの集団が、蒼生子の死を契機に季鷹門に吸収されたりなどして、季鷹が独自の門戸をひろげてゆくさまが、これらの月次歌会資料から知られる。安永・天明期の荷田派古学の人々の活動とその推移を、一側面からではあるが、照らすことができたとすれば幸いである。

注

（1）これに加えて、近年、嘉永三年（一八五〇）萩原広道判『扇合』。井上文雄歌判・寺山吾鬘扇判『菅家影前扇合』が行われていることが報告された（田代一葉「近世後期和歌における扇合」、平成二十二年度日本近世文学会春季大会。その後「清水浜臣主催泊洦舎扇合――扇と歌の傾向について」〈『文学』第十三巻第三号、二〇一二年五―六月〉として活字化）。

（2）賀茂季鷹旧蔵本。

（3）外題・内題なし。書名は大阪市立大学図書館の認定書名による。

（4）季鷹旧蔵本。

（5）この記事については既に丸山季夫氏が「三島自寛晩年の逸事」の中で指摘している。『亥丑録』は、伊勢内宮の権禰宜であった蓬莱尚賢の雑記で、現在は『荒木田瓢形翁雑記　全』という題簽の貼付された表紙が付されているが、元表紙には「亥丑録　起丁《（ママ）》亥終辛丑　安永八年十月起稿　同九年　同十年此年四月改曰天明元年」と直書されている。内容は安永八年（一七七九）から天明元年（一七八一）にかけての尚賢の聞き書き、抜き書き等から成る。三重県立図書館所蔵。

（6）初出原稿発表後、鈴木淳「隅田川流域の雅事――向島百花園とパフォーマンス」（『江戸のみやび』岩波書店、二〇一〇年）でも言及された。

（7）西尾市立図書館岩瀬文庫所蔵『泊洦舎扇合』（126―93、三巻三冊）、同文庫所蔵『扇合』（78―11、三巻三冊）による。但し、『泊洦舎扇合』の作者目録には「文政七年四月二日」、『扇合』の跋文には「文政てふ七とせの夏卯月ついたちの日」と記されており、一日に催されたか、二日に催されたかは未詳。

（8）中野三敏先生の御教示によれば、「角田川扇合」も、扇を採色で描いた写本があるとのことである。

（9）『江戸本屋出版記録』（ゆまに書房、一九八〇～一九八二年）の安永四年（一七七五）三月二十七日の項に「同三年午初冬袖珍假名遣　義慣亭作　販元賣出し須原屋伊八」、同文化四年（一八〇七）三月二十五日の項に「文化元年九月袖珍かなつかひ　雲錦亭著　両面全一枚　須原屋伊八」とある。雲錦亭はいうまでもなく季鷹の号である。また、所見の『同鳥ノ子一枚伊勢物語傍注』（安永五年刊）付載の「青黎閣発兌目録」には、「袖珍假名遣季鷹大人輯両面摺」とある。これらから「義慣亭」は季鷹の号もしくは屋号として間違いないだろう。

付　翻刻『角田川扇合』

国立国会図書館本による翻刻を付す。

一、本文に忠実に翻刻することを原則とした。
一、漢字は通行の自体に改めた。
一、読みやすさを考慮して句読点・濁点を、また、本文右の（　）に傍訓・傍漢字を私に付した。
一、書写の段階で付されたと思われる頭注・傍注・添削は省いた。
一、補入は〔　〕に付した。
一、二十二番の右歌（右　しろき扇に銀にて月を出したり　宗朝）から左歌の判詞（波の上の月にはいつも心よする也）までは、落丁のため、『隅田川扇合』（無窮会図書館所蔵本　10653、清水浜臣手校本）で補った。

一番

左持　萩とすゝきのほに出たるかたをすみゑにかけり　泰衎

おく扇ひらける秋の千さとまでへだてぬ月の影を招し

右勝　こき色の紙に松のもとにつるのおりゐるかた　見子

あすの夜は今一しほの光ぞと影まつ空の月もさやけき

左の扇、秋の野のけしき、萩と薄の穂に出たるかたを自らかき出給ひしは、千里の外までもへだてぬ故人の心を友とし、まちつけし最中の月をまねかれけん。その心ふかくこもりてなつかしくこそ。

右の扇、こき紫のゆかりの色なつかしきに、千とせこもれる松のかげに立馴けん友鶴の、ところえたるさま、いとめでたくこそ。『清少納言が記』にも、「枕上《まくらがみ》のかたにほゝの木に紫の紙はりたるあふぎ、ひろごりながら有」とも、又は「手馴ぬる主はしらねど紫の扇の風」などもよみたれば、むかしの香もいかばかりかと思ひ出らるゝものから、あかず、やさしくこそ。

左歌、千里までへだてぬ月などありて、あふぎの心しらひもあひにあひたるべし。

右の歌、あすの影までくもらぬ程みえて、とり〴〵によき、はじめのつがひなるべし。

二番

勝 左　白き紙に金泥もて薄のおほくふしたるかた書り　氏休

なびきふす野もせの草の末はれてあふぐもたかき秋夜月《あきのよのつき》

右 勝　泊瀬川のかた書たる扇にほねは杉をしたり　在家

泊瀬河又やあひみん秋の夜の月かげすめる二もとの杉

左は、薄のいとおほくなびきふせるさま、かゝれたるは、ところがら、むさし野のさまなるべし。草これに風をくはふれば、かならずのべふすとかいふ文の意としられたり。

右は、泊瀬河のかた書て杉もてほねを作られけるは歌にも物語の心こもれり。かた〴〵おもふ所有と見ゆれば、二本の杉こそ立増るべくや。

左歌、させるふしもみえはべらねど、をりつぎなからずこそ。

右の泊瀬川二もとの杉も物語めきてをかしけれど月のこゝろや野もせの草にすみ増らんかし。

三番

左持　千草の花をすりたり　通照

咲にほふ花野の露の色々にやどして月はみるべかりけり

右勝　みちの国紙に松高してといふ句をあしでに書てはかせをつけたり　季鷹

わすれめや同じ心の友をおほみめづるこよひの月のうたげを

左の秋の千草の花摺たる香のなつかしきは、時にとりて心たくみのほど、えもいはず艶なるに、右も又歌・ゑのむかしめきたるさまの、めづらしければ、持とや申すべからん。

左、歌のさま艶なるに、絵の心もこもりて、花野の露のはえあれども、右歌こよひの月の宴のあかぬさま浅からずきこえて、かたせまほしく思ふ心の友おほからんかし。

四番

左勝　霞のひまのかば桜をゑがけり　明阿

右勝　秋の野に、月出したり　素履

花をのみめでし心も今更にくらべくるしき秋夜月（あきのよのつき）

をじか鳴野べの小萩が夕露にぬれずは袖に月もやどらじ
右は秋の野に月出したる扇こそけふのさうぐわ（賞翫）。月にましたるもの有べからず。

左の霞のひまのかば桜は、さのみ月にとりて其《それ》詮なきに似たり。判者のまねする拙き老法師らをこの僻案けふ社きはめたる恥見えつらんとおもひしもしるく、はた、いで、かゝるこはき敵にあひて此興のまけはし出し侍りぬ。あらよしなや。

左の歌、春の霞のひまのかば桜のたとしへなきにほひにも又くらべくるしきばかり秋の月をめで給ふ。心のみやびおしはかるにもあまりてなん。

右も歌のさま、やすらかに月を翫ぶ心しらひはあるものから、末の詞のみにて月に心うすきや、まけならんかし。

五番

左持　しろき扇に夕がほのかたかけり　野枝子
ほのみえし花の光に思ひよせて賤が垣ねの月ぞ床しき

右勝　しをに重の地に同じ草を金泥もてかきて、かなめは紅の糸をみなむすびにしてぬきたり　千蔭
露ふかみしをに咲野の秋の月うつろふかげもうす色にして

ひたんの扇は紫の物語の夕顔巻の心をとり出されけん。心あてにそれとは光しるく見えたれど、みぎりのは、しをに重のきぬに其草をかゝれけん心おきてえもいはず歌のすがたも『古今集』や思ひよそへられけん。をりにあひたるものから、此かたに人も心ひかるゝさまなれば、勝たるべし。

左、五条わたりの夕がほの垣ねゆかしき心ばへ物語にかよひていとをかしくや。右のしをに咲野の月影、はた、え

もいはず艶なるは、ことばも筆もたるまじく思へども、猶わすられぬとか。光君の心浅からねば、しばらく持となし給へや。

六番

勝左　若松の木の間より月を出したり　信子

きのふかも子日にうゑし小松はら月やどるまで生そひにけり

右勝　ゑぎぬに赤石の浦の月のかたをかけり　有之

山端にみしはものかは明石がた浦わにすめる秋の夜の月

左、若松の木の間より月を出されしは、歌の心をあはせ思ふに、春の子日にひき、うゑし小松も、いつしか夏をへて秋のこよひは月やどるばかりに生のびけん。光陰の過やすきさまの「きのふこそさなへとりしか」とよみ、「霞ていにし雁がね」とつぶやきけんさまにも似たるべし。

右は、すゞしのきぬに赤石の浦の月のかたかけるは、時に名ある絵所の筆とかや承りぬ。いみじき墨かきの見所ある物から、浦わのなみこそたち増るべくや。

左歌、子日にうゑし小松の生そひてやどれる月の心ばへを安らかにいひなしたり。

右も又、名だゝる赤石の浦わの月、いか計《ばかり》すむらん物から、猶「小松ばら」に心より侍るは、老のひが耳か。

七番

左　桐もてつくれる地にきくのかた書り　春龍

てる月の光にいとゞ色そひて折袖にほふ白菊のはな

勝右扇も　あぶくま河の埋木もてほねをつくりて地には水をゑがけり　三仲

埋木の名さへくちせず幾秋にあぶくま河の月をみるらん

左は桐のかなくずをのべてはれる扇に菊のはなかけり。昔ながらの橋のかな屑宝とせしためしまで思ひよそへられてをかし。

右は、水行川のかたかきたるに、あぶくま川の埋木を骨に作りたり。えんになつかしきものから過ぬる年、みちのくの歌枕見にまかりありきし時のことまで思ひ出てめかれせぬに、まいて作者もまた童かたちなるに、かくをりにあふくま河のふかく思ひしづめし心おきてのなみ〳〵ならぬにめでゝ、まげて大とこに、にゝく（忍辱）のまなじりをめぐらさしめて、右をまされりと定めぬ。

左、をりに合たるしら菊の花に匂へる言のはながら、右のわらはのあぶくま河の月見るらん心ばへのらうたげさに、左まけ給ひてんや。

八番

持左持　すみだがはらに月のうつりたるかたをゑがけり　久樹

右　すゝきに秋つ虫をゑがきたり　総幸

水清き隅田川原の秋の夜は月もながるゝ影やをしまん

久かたの月の光は秋つすの秋を契に照まさるらし

左、墨田川原のかた書て月の水にうつりしさまは所がらけふの折にあへるものから、えならずなつかし。

右、薄に秋つ虫をすかしゐに作りたるは、歌に秋つ洲とよまれたるによせ有とは見ゆれども、たがひにそのけぢめわきがたければ、いづれおとり増り申がたくこそ。

左歌、すみだ河原の水清くいひながしたる歌のすがたはさらにて、此時の折に合たる所がらをかしくこそ。

右も、秋つすの秋を契になど、心深くゆほびかなる月の光はおとるまじくぞ。

九番

持左　海原につるのむれてとぶかたを書り　拙翁

天の原つるの羽風に霧はれてくまなき月をあふぎてぞみる

右勝　緑樹影沈てといへる句の意《こころ》をゑがけり　忠順

わたのはら雲吹はらふ浦風にあすの半の月ぞまたるゝ

左、つま紅の扇に、海原に鶴のとびかひあそぶかたかけるに、右も同じ海のかたかきて緑樹かげしづんでは魚木にのぼるといへる詩の意《こころ》をおもしろく作出たれば右を増れりとす。

天の原わたのはら晴わたりけん月かげ、いづれおとり増らんや。持とこそはおもほゆれ。

十番

よき持《もち》左扇も　とぐさもて扇の骨を作りてその原山をゑがけり　蔭政

吹はらふ嵐にはれてさしのぼるそのはら山の秋の夜の月

右　しろきゐぎぬもてつくれり　直子

雲払ふ風の宿りはいづこぞと空にすみ行月のとへかし
左は、その原山をかきて、やがてとぐさをほねにしたり。
右は、たゞ白き絹にてはりたる扇なれど、新裂斉紈素　鮮潔如霜雪　裁成合歓扇　団団以明月　と班婕婦がむかし物語も思ひやられて、よき持たるべくや。月のやどりはいづこぞとよまれしも、よく叶へる歟。
左も右も雲吹はらひたる月の光を艶にとりなし給ふこゝろ〳〵扇のさまもおしはかられていとよき持とぞ申べき。

十一番

持左持　銀にてたみたる地に水に月のうつりたるかた　宣栄

右　住吉の浦に、月のすめるかたを書て、松陰の帆柱をば扇のほねをあらはしたり　雅義

幾秋もさやけき水に影とめてあふげば高き月やみるらん
漕舟に岸の姫松かずみえて今夜の月は住吉の浦
左は白がねの扇に水に月のうつりしさまを、前伊予守朝臣のかき給へる。めもあやなり。
右は、住吉のけしき、心をこめたる絵たくみのさま、ことに思ひをつくされしとは見しりぬ。いづれもとり〳〵に見所あれば、とかく不及沙汰歟。
左右ともに残る詞のくまもなく、とり〳〵にくもらぬ月とみえ侍り。

十二番

勝左持　宇多の松原に鶴のとぶかたを墨ゑにかけり　繁子

うちよする波もしづかに月すみて千世のかげみるうだの松ばら

右　いたくしろき紙もてつくれり　貞賢

川音もすみ行水の月こよひ烟の霧はそへてくまなき

左、うだの松原に、たづの飛つれたるかたは、『土佐日記』を思はれし成べし。

右、いたくしろき紙にてはられしは、いつくしけれど、初の紈素の類ひにはいかゞあらん。おとり増りしばらくさだめがたくこそ。

左歌、『土佐日記』の宇多の松原、月にはきかぬを千世の影みるなどをかしくもよくいひおほせられたり。

右歌も、ふかき心こめて和琴の心をよみ入られしとよ。いとみやびたるならんかし。されど、月にけぶりの霧てふことばは、しらぬ人のうちぎゝいかにぞやとしばらく左かたせ侍らんかし。

十三番

左 勝持　几帳に女房のかくれたる所をかけり　知邑

みそら行月になこその関をすゑてあすを最中と誰かへだてし

右　萩もて骨を作りたる扇に水をかきたり　元著

水の面にあやおりそへし萩がえの露わけ出る月のさやけさ

左の扇は、なこその関の古歌の心をとりて几帳に女房のゐかくれたるかたかきたり。

右のあふぎは、萩がえをほねとして水の流るゝさまかきたり。いづれもとり〴〵に思ふ所あれば、是も又おとりまさりさだめがたし。

左歌、名こその関めづら敷《（しく）》あすをたれかへだてしなど今日の月に心ふかき所は勝りたらんかし。

右歌、萩がえの露分出る月かげもえんならん物から

十四番

よき持　左勝　杉の板を所々うがちて、不破の関屋の心ばへをしたり　諸鳥

玉ゆかを月にみがけるめうつしにふはの関屋のもる影もみよ

右　高砂の尾上の鏡をすりたる扇に暁かけてといへる歌を為村卿の次郎君かき給へり　きさ子

吹風も心あらなん置露に月ぞこもれるむさし野の原

左、杉のうすき板をもて扇をはりて、所々やりて、白がねのはくおしたる絹をうらに付たるは、ひまより月のもるさまをまねばれたり。不破の関屋の心とみえてけふの秀逸とも申べくや。雅亮朝臣のかける文にも杉扇などいふことをも思はれしにや。

右は、高砂の尾上のかねのもんすりたるに、暁かけてといふ歌をかゝせ給ひしは、冷泉亜槐の次郎君の御筆なるよし、いとめづらかなるものながら名におふ関屋の月にこそ心よする人おほかるにや。

左、不破の関やにもる月影おしはかられて、いと風流たりと聞ゆるは、扇のさまをもみし目うつしにや。

右歌も名だゝる野辺の露に月ぞこもれるなど心詞艶にして扇のさまもめづらか也と、左も右も人々めであへるは、よき持にこそ。

十五番

持左　むさし野のかたをかけり　秀子

言の葉も何かおよばん武蔵野の尾花が末を出る月影

右勝　住吉のかたを書て松の枝に四手つけたるに歌をむすび付たり　嘉合

ふりし世の秋もとはゞや住の江の松の木の間の在明の月

ひだりみぎりの扇、武蔵野とすみの江のかた、月の名所もいづれとわきがたけれど、年ごろあふぎたいまつる御神誰人がかうべをかたぶけざらん。さればとかく申さんもおそれあれば右を勝とさだめぬ。

左はむさし野、右はすみのえ、とり〴〵に名だゝる所がら、月の光もおとり増るけぢめ侍らじとぞおぼゆる。

十六番

持左　山より月出たるかたに家居もあり　栄子

恨さへつもる枕に見るもうしこぬ夜のちりの山端月《やまのはのつき》

右勝　とくさかるそのはら山のといへる歌の心をゑ絹もてつくれる扇に書たり　知春尼

足曳の山端《やまのは》出てすみのぼる月影清し秋風のふく

是も左右同じ名所の月なれば、おの〳〵おもふ所ありと見ゆれど、木賊かるその原山の月はことさらみがける影もきよかるべければとて、又右をまされりとす。

左歌、恋にかよはして、来ぬ夜のちりなどなまめかしくをかし。

右歌も、とくさかるそのはら山の心ばへ艶にきこえて扇もをかしかりぬべくとり〴〵に心ある山端《やまのは》の月なるべし。

十七番

左勝持　赤石の岡辺の宿の月みるかた　鶴尼

心ありて岡辺の宿の月みても先故郷を忍ぶわりなさ

右　こき色に武蔵野の月を銀泥もて書たり　嘉郷

武蔵野の草はみながら置露にうつろふ月もゆかりをや思ふ

左は物語のあかしの巻の心をうつしゐにみるも、今さらとほきむかしの事さへ月の前にうちむかふさまになつかしく見所あり。

右は、武蔵野の月を紫の紙にかきたるゆかりの草のみながら、あはれぶべければ、とり〲にくらべくるしくて勝負の沙汰しばらくおきぬ。

左歌、あかしの巻に、源氏の岡辺の宿へおはする時、入江の月見給ふ趣をよく思ひよそへてよめる心ばへあはれに聞え侍り。

右歌、むさし野の草のゆかりもあはれ深く侍れど、猶左心ましてみゆかし。

十八番

左持　雁のあまたとぶかたをすみゐにかけり　陳衡

をさまれる御代のためしはとぶ雁もつらをみださで月に鳴也

右勝　賀茂社の几帳のかたびらもて地とせり　千賀子

神代より光かはらで月やすむ豊秋津すの秋を契に

左は大空に雁のとびつれたるかたかきたるは、兵野にふすときは、飛雁一しをみだるとかやいへる文の意をこめて今をさまれる御代をいはひたる歌なり。

右は、賀茂の御社の几帳のかたびらのかたとて、なつかしき蝶鳥のゑを紅の絹に書り。めづらしうかう〴〵しき気《け》そひて、おのづからかつかうの思ひいやまされば、可奉尊崇神徳者歟。

左のうた、安らかにをさまれる御代を寿たる心ことのはにあらはれぬ。右の歌も神代よりかはらぬ月の光こよなしや。ともに正しき持とこそは申べけれ。

十九番

左持　海はらに、かもめのかたをぬひにしたり　伊之

いさなとり海辺はるかに照月はたゞひるのごと思ほゆるかも

勝右　白き扇に銀の糸もてにほひの玉をつけたり　重喜

山松の木の間をもれて月ひとり白きや秋の色をみす覧

左は、おきの立浪《たつなみ》の上に、かもめのむれ飛かたを白金の糸もてぬひものにしたり。扇にぬひものせし事は小大君が家集に、あふぎのぬひものしたるをもたせ給ひて、これみよと仰せられてたまはせたるとみえ、此外にも『拾遺歌集』、『源順朝臣の家集』などにも見えたるをまねびかまへられしなるべし。

右は、白きあふぎに銀の糸もて香綏つけたり。思ふ所有と見ゆれど、さきに白き扇のそのたぐひも有は、ことふりにたるに似たればとて、しばらく持とさだめぬ。

左歌、海辺の月のさやけさを今みるがごとくにきこゆれど、歌の姿古体に過たり、しりうごつ人もぞあらんかし。

右の歌、山松の木の間をもれては、たゞなるよりは、影みどりにも見えんかしとふとおぼゆるやうなれど、秋の色などの折にあひてをかしければ、右の勝なるべし。

二十番

勝左持　竹取の天の羽衣・薬のつほをきぬ地に書たるに月もあり　良昌

はれわたる秋の夜な〱詠入て月の都ぞいとゞ恋しき

右　うす紅の絹に、葛のはをゑがけり　昌始

玉まくとみし葛のはに吹風もさそはでみがく露の月影

左は、たか（ママ）とりの物語の心をかまへいでゝ、天のはごろもと薬の壺とをつくりゑにかきしは、いとこまやかに心こめられしとみゆ。

右は、薄紅のすゞしのきぬに葛の葉を書て、ほねをうらうへにはさみて付たり。何れもかたみに心つくされしとみゆれば、持とやいふべからむ。

左、竹取のかぐや姫《ヒメ》の月の晴る夜な〱、空をみてなげき給ふけしきを心ふかくよみかなへたりとおぼゆ。はた詠入ての詞俗にきこゆるやうなれど、物語に歎き入たる心にあまた用たれば難には侍らざるべし。

右の歌、玉まく葛など姿艶だちてをかしくきこゆれど、さそはでみがく露の月影や今すこし詞くだけたるやうにふとおぼゆるは、例のひが耳にや。

二十一番

勝　左持　須磨の花散里の別に月みるかた　蒼生子

やどりぬる袖に別て行月のあかぬ光をいかでとめばや

右　若草重の扇に萩のつくり枝をそへたり　景員

花にうしといとひし風もうつりきて月にまたるゝ村雲のそら

左の扇は、紫の物語の須磨の巻やらん。花ちる里の別に月見給ひしかたを、金泥にてかゝれたり。月の行へのあかぬながめをせちにとめまく思はれけん。余情かぎりなく、優艶のすがた光りもいかで増らざらん。

右は、若草重の扇に萩の折枝を付たり。おもふに秋の扇に若草の色を用ゐられしは、いかなる故よしかはかり知がたしといへども、しばらくもちとす。

右の歌、をかしきふしは侍れど、何とやらん、心あまりてとか、在五中将の歌めきたらんかしな。外のつがひならねば書さしつ。

左は、事のたがひありて、扇も歌もとみのしわざにとりかへて出し侍りしかば、いとゞみぐるしくかたくなゝる後の聞えもくるしきに、かたへの判者のとかうとりなしの給ふるが、いと〳〵あせあゆることのかぎりになん。

二十二番

勝　左持　道風朝臣の筆をあをくすりたる紙もてつくれり　其阿

水の名にわきても影や隅田川よそにたぐひも浪上月

右　しろき扇に銀にて月を出したり　宗朝

手なれにし扇も今は置露の玉ゆらみがく軒の月かげ

左、道風朝臣の『万葉集』の歌書れし入木のあとを青摺にせし紙にて張たる扇、是は大鏡に人々扇ともしてまゐらせ給ふなかに此殿は、黄なる紙の下絵ほのかにをかしき程なるに、表のかたには、楽府をうるはしう真にかき、うらには御筆をとゞめて筆にめでたくかきて奉り給へるよし見えたるは、行成卿の事なるを、今思ひ合《あはせ》てかまへ出玉《いでたま》へるなるべし。

右は、しろきあふぎに銀にて月をなかば出せしは、止観の心もこもれるにやとおぼゆれば、持と申べし。

左の歌、すみだ河のたぐひ外にもみゆれど、波の上の月にはいつも心よする也。

右の歌、ことの葉すなほに露の玉ゆらもひかりことならん物から、いかにぞやけふの宴にあふぎをおくとつゞけ給ふは、心ゆかぬに似たりや。左の勝なるべし。

二十三番

勝 左 扇も　三重がさねのあこめ扇をまねびて、桜の花をゑがけり　遊女花扇

忍べよとかたみにかへてみし春の俤さらぬ秋の夜の月

右　吉野・立田の花・紅葉をおして、名にたてる花・もみぢも諸人のふかきにほひにいかで及ばんといふ歌を扇に書たり　景雄

河のへにうかべる月の影きよみ綱手ひき過《すぐ》る舟もみえけり

左の扇は、三重がさねのあこめあふぎをまねびて、桜をかけり。清少納言も三重がさねは、なまめかしき物とし、源氏の物語にも桜のみへがさねにかすめる空の月を水にうつしたりなども見えたれば、かた〴〵えんなるものにとりて、その人がらも思ひやられぬ。

右の扇は、吉野・立田の、花・もみぢをおして、かたはらに名にたてる花も紅葉も諸人のふかきにほひにいかでお

よばんといふ歌をかゝれたり。扇の風流、歌のすがた、更に幽玄《ユフ》なるものから、なみくらぶべき草はひなかるべしとはしりながら、つら〳〵ことのやうをおもふに諸人のふかき匂ひにいかでおよばんとよまれたればさだん《（め）》てしんぬ。おとり増りは心とし給ふ所にはあらざることを、けふの扇合の数々も此終のつがひに事はてぬるきはなれば、左右の念人たちも、おの〳〵引かたに心をよせて、いづらや〳〵とめをそばめ、ひぢをはり給ふかたもおほかなる中に、わきてあながちに此左にかたぬぎてんと思ひなりぬ。是またくわたくしのまが〴〵しき心に出たるに似たりといへども、かたへには、あなうらやましのよきまけかなと、そゞめく忍びごゑの、老のひが耳にも聞え侍れば、をみなへしになびきけん翁草のあざけりをもわすれて、かた〴〵左をもて勝と定めはべりぬるものならし。

左歌、源氏の花宴《（はなのえん）》のえんなる心詞にかよひて、そゞろにその人ざまさへ忍ばしくこそ。右歌は、ましてけふのあるじの扇にもえならぬ春秋の色をみせ、歌にもいひしらずふかき心をのばへ給ふはいふにあまり思ふにたへず。艶にみやびたるとは、かゝるをこそは申べからん。このたびの秀逸なるべし。されど、忍べよとなまめかしくいひ出たるが、にくからねば、けふの折に合たる名にしあふぎにしばらく勝をゆづり給ふも一興ならんかし。いにしへも源のさねがわかれに、命だにといひかはしたるたぐひもあれば、後のそしりは、よもあらじ。見ん人きかん人々のこゝろにおもひわきなんことぞや。

此廿三番の扇合は、こたみおなじ心の友がきうちつどひて、うち〳〵のたはぶれ、ことに左右の念人わかちなどする事とはなりぬ。さるからに、これがおとりまさり、ことわれかし、とものせられしに、いかでさるわざは、しいて侍らんと、ひたすらにいなみぬれど、稲むしろのしき〳〵にも、いひはなちがたくて、いさゝかに、その事にかゝづらひぬるも、いとものぐるほしくこそ。そも〳〵人の言葉は、ひとつこゝろをたねとして、よろづのくさはひ、おひわかれぬるものから、潮路はるかにひくあみのひき〳〵なるにつけても、あまのうけなは、心ひとつには定めかねぬるわざになんある。神風の伊勢の国なるはまをぎも、難波津にてはあしと名づけ、あづまのかたにはよしとも、とり〳〵にいひものする習ひなれば、心は面の如しとやらん承はれば、いづれを何れともきはめたる事は、いとかたくなんあるべき。たとはゞ、宝の珠にもきずなきにしもあらず、いさごの中にまじれるこがねあるをや。しかるを、おしねかる賤の男かたわざにおしこめて吉野川のよしとのみいひながさば、そのわいだめなきに似たれば、あしかり人のあしともなどか申さゞらんとて見ゆる所々を、わづかにあらはし侍りぬ。しかはあれどしりぞいてひそかに思ふに今かう浮世の中の五の塵にまじらひ、六のさかひにふれて、身におはぬ事とりまかなふも、かくれては仏のかしこき御心には、いかにおとしめおもほすらんと、かつはおそり、かつは恥おもふものから、あらはれては事好むともがらのうらみおふなかだちとならんと、つみふかゝるわざをば、いかゞはせん。よしや前に狼藉の辞をはなつといへども、しりへに狐疑の思ひなきにしもあらねば、狂言綺語のたはぶれながら、讃仏乗のえともなれかしとてなん、念仏のいとまにしるしをはりぬ。

新発意明阿弥陀仏

八月中の四日ばかり、ちかき川辺の宿りにて、今宵の月も見がてらにまどゐして、扇合せんかしとて、ゆくりなく催し給ふて、上なか下のけぢめなく、そこにつどひ給ふめり。河づらも見わたさるゝらうめきたるたかきやに玉だれの小簾かけて、になくかざりなし給へるしつらひよりはじめて、左右と方わかちて廿余り三つづゝかかげならべたるあふぎのさま、そのゐの心ばへ、はた月を愛給ふ歌の心々いひたてんも、中々にことのはたるまじく、いとめもあやなることどざま也けり。古もためしありときくわざなれど、けふばかりのみやびくらべは、また世にあらじかしとまで、おもほえぬ。されば、扇にそへてわかちぬるくさ〴〵の歌をも合て、ともかくも定てよとけふのあるじのあつらへ給ふが思ひおよばぬ事にしあれば、ひたぶるに、いな舟とのみいなみしかど、此あるじのぬしとは、そのかみより、はらからなどいふばかりうるはしく思ひかはし侍りぬる中なりければ、後のそしりをいとふとても、かくまで興じての給ふ事をうけひかぬは本意ならねば、椎柴のしひてもすまひかねてなん、人わらへとはかつしりながら、しるしらぬ人の中にまじりて扇の判者のかたはらに立ならびたりしこそ、いと〳〵まばゆきなどはさらにて、こる計《ばかり》なるくるしさ也けれど、今更にとねんじつゝかたへの大人のことのはにすがりてぞ何事をか筆とる人にもいひ出けん。いでや人々のなみ〳〵ならず月の光をそへ給へりし詞の玉のとり〴〵なるを、よし野の河のよしとてもよくみぬ身には、いひがたきを、まして難波のあしとは思ひもわかず、聞もあへず、手引の糸をくりかへしきゝ返すべき程だにあらぬとみの事にて、すゞろにすぎ〳〵こと終ぬればいかゞはせん。ひが事のみぞ多からんを、さもおしはかり給はぬ人やいかににくみ給ふらんよ。且はあるじの面をしもふせつべしやと、いとゞつみさり所なく南《なん》。心しれらんかたうどたち、とりなほし給はれかしとて、くだ〴〵しくこゝにかいそへつ。

蚊田蒼生子

あふぎ合はあがれる世のことにして、さす竹の大宮のうちの御たはぶれなりかし。貫之があふぐあらしのとよめるは、ふりにたるためしにて天禄の御門もいと興ぜさせ給ひ、長寛・承安のころは、さかりに侍りしとか伝へ承りぬ。其後は又かたる《ママ》ことも聞え侍らぬは、世のくだちたるゆゑにこそと思ひ給ふれ。ことしも秋の半になりぬ。雨ふりいで、さびしきにとて、友どちあつまりて何くれとかたらふ中に、此事をいひ出る人侍りて、いざやおなじ心ならんをすゝめて、このこともの せよかしなどしきりに申侍れど、おのれしものきざみにまかりありて、かゝる事はいかでかといへば、よしそはふりにたることにて、ものゝさだめもたど〴〵しければ、たゞたはぶれにし侍らんにいかで人のそしりあらん、などしひてそゝのかしぬれば、さらばとてしたしき人々へすゝめ侍りて、葉月十あまりよかといふにさだめてけり。所せきすまひにて人おほくつどへ侍るに、たよりあしげなれば、石原といふ所にすめる要禅大徳の家はくつろぎたるすみ所にて、前にはすみだ川流れて、けしきをかしければ、こゝにてぞする。家は西はれ也。もやの北のかたにつくゑを立て繧繝の瓶子ふたつをひだり右におく。折びつにひろめを、鳥のはかさねにもりて、中にすゑたり。みんなみむきにづし一よろひを置て柳筥に色々の薄様を入たり。又白がねの壺にくさ〴〵のたきものをいれて浅香の折敷にすゑて心葉は色々の糸もて花をつくりてさしたり。又西向に柳ばを置て、其前をあふぎの判者の座とせり。すこしへだてゝ、おなじさまにして歌の判者の座となす。其脇に文台に硯紙を置て執筆の座とす。南おもてのみすは、巻て屏風一よろひを西ひんがしに立めぐらして数々の扇をかけたり。そのあふぎのさま、やんごとなき御かた〴〵のは、いふもさらにて、人々のとり〴〵にみやびをつくせるうるはしさは、めもあや也。そが中にも、しをに重に、くれなゐの糸もて、みなむすびにしてぬきたれたるもあり。あるは杉の板もて作れる地を所々うがちて不破の関屋の心ばへしたるも有。あるは、郢曲の句をあしでにかき、あるは、千草の花をすり、あるは賀茂の社の几帳のかたびらもて作り、あるは物語をおもひいでふるき歌によせて心々につくりいでたるや優にもやさしうもいと興ある事になん侍り《(る)》。ひとつ〳〵まねびたてんに、言のはたるまじくといひけんも、かゝることになん侍るべし《(き)》。さてあふぎも歌もとり〴〵に合て、まさりおとりをしるしをはりぬれば、夜もはるかにふけにたり。かゝるをりは、物の音などもとり出て、あそび侍らんを、とほき所より来たる人もおほく侍れば、みちの程もたど〴〵しなどいひて、おの〳〵あかれぬ。かゝるはかなきたはぶれごとをしるし侍らんもをこに侍れど、そは、とまれかくまれおなじ心ならん友の見侍らば、かたみに忍ぶ便ともならんかしといさゝか書つけ侍るにこそ。

みなもとのかげを

物合は、石上ふりにたる世の事にて、今はもゝしきの大宮わたりにもさることはたえてひさしくや成にけん。まいて鳥がなくあづまのはてには、さるわざありきとだにしる人もいとまれに侍るめり。こたび、源景雄のうし、此事いかでしてしがなとおなじ友がきをつどへて、何くれとものかたらふどち、池水のいひ出給ふに、そは、いとめづらかなるみやびに侍るめり。同じうは、けふあすをすぐさでこそは、などいひさゞめくに、さらば十四日の月も見がてらにとて、もよほし給ふ事とは成にたり。其日は、朝のほど、雨いたう降にたれど、みやびかはす人々、何かはいとひ給はん。しとゞにぬれつゝつどひ給ふは、さはいへどあるじのめいぼくになん。さてのち、左右の方人をわかちて、くさ〴〵の扇をかけならべたるをかしさは、いふもさらにてとゞめつ。ひとつ〳〵がおとり増りのけぢめをことわり給ふ人々は、いみじきざえ人にて、けふの判者にもえらばれ給ふ也けり。此判者たちのことわり給ふを、かたへにてかきとゞめよとあるじのしひてあつらへ給ふれど、かゝるむしろに立ならびて筆とらん事は、はなのあたりの深山木の心ちせりといはんも中々にてあせあゆるものから、此うしとはえさらぬなからひに侍るを、さばかりすまひなんも、かへりてはつみうるわざ也など人々もそゝのかし給ふに、せんすべなくて筆とるものから、いかさまにか、かい《(書)》つけたりけん。大かた物もおぼえぬ程になん。とにもかくにも、此時にあひて此むしろのかたへにつらなる事のうれしさを思ふに、そのかみ高倉院の御代にやありけん。宮のはなの宴せさせ給ふ《(ママ)》けるに、経まさのあその、うれしくもこよひの友のかずに入て忍ばれしのぶつまと成べき、とよみ給へりけんも今のこゝろにかよひてうれしさをつゝみもあへず。残れる紙のはしつかたに書もらすにこそ。

かもの〔季〕鷹

第九章　江戸和学者たちの源氏物語和歌

江戸時代中期以降の和学者たちが、『源氏物語』に深く親しんでいたことは、鈴木淳「近世後期の源氏学と和文体の確立」（講座源氏物語研究第五巻『江戸時代の源氏物語』おうふう、二〇〇七年）などによって知られている。彼らが『源氏物語』を自家薬籠中のものとし、自在に自らの作歌活動に活かしていることも容易に想像されるところである。若くから『源氏物語』を加藤千蔭邸で講釈していた賀茂季鷹もその代表的なひとりであろう。本稿では季鷹を中心とする江戸の和学者・歌人たちの間で、『源氏物語』を踏まえた物合が行われていたことを紹介することで、近世中期における和学者・歌人たちの『源氏物語』親炙のありようをうかがってみたい。

一　はじめに

賀茂季鷹は近世中期から後期にかけての歌人、和学者、狂歌作者であり、名の知れた蔵書家でもあった。本職は、上賀茂神社祠官。少年期には有栖川宮家に諸大夫として仕え、職仁親王のお側にあった。職仁親王は、霊元天皇の皇子であり、古今伝受保持者、桃園天皇・後桜町天皇の歌道師範でもあった。霊元法皇勅撰になる『新類題和歌集』四十三冊を所持し、季鷹等をその役に配して錦小路通新町西入ル書林永田調兵衛に命じて上木させようとしていた親王である。(1)季鷹は十二歳の時から親王に仕え、和歌や古典学に関しても影響を受けたが、十九歳で江戸に下向し、江戸の和学の洗礼を受けた。江戸では、和学をもって武家に仕えようとしていた形跡があり、『源氏物語』の講義も数度にわたって行った。江戸での季鷹の文事に、『源氏物語』は濃い影を落としている。

二　賀茂季鷹と『源氏物語』

賀茂季鷹は、明和九年（一七七二）（十九歳）から寛政三年（一七九一）（三十八歳）まで江戸にあったが、そこでは、磐城平藩主で和歌や俳諧を能くした蔵書家内藤風虎の旧蔵書をはじめとするさまざまな書籍を購入し、京都に帰ってからは、貴船神社での宿直の際に、上賀茂神社所蔵の今井自閑本や猪苗代謙宜法眼蔵本などを借りて書写・校合し、飽くなき購入と書写とで一大蔵書を作り上げた。献本されるものもあった。弟子松田直兄が記した季鷹の墓碑銘には、

> 扨《さて》、御手洗川《みたらし》の後瀬《のちせ》清き地に、吉野立田の花紅葉を移し植えて、別荘を営み、雲錦亭と称す。又、歌仙堂を造り、山柿の像を祠り、傍《かたはら》に並べて文庫を建て、倭漢の書籍数千巻を蔵《をさ》む。其の書悉く校正して、頭に傍に朱を加へ給へるも、雲の如く、錦に似たり。然《しか》れば、天雲のいよいよ高き御方よりも、此の文庫中にあるを証本に借用し給ひ……(2)

とあり、上賀茂神社の社家町にある邸内には明神川が流れ、吉野の桜と立田の紅葉を移植して別荘を営み、雲錦亭と号したこと、歌仙堂という祠を造って、山部赤人と柿本人麿とを祀ったこと、その傍らに文庫を建て、和漢の書数千

巻を所蔵したこと、その書をことごとく校正し、証本として借用する人がいたことなどが記されている。季鷹は、その蔵書を『源氏物語』の巻名によって整理した。具体的にいうと、本を収める箱に『源氏物語』の巻名を付け、一冊、一冊の表紙の右肩に、その巻名を記して整理していたのである（末の箱になると十干、千字文になる）。

季鷹が存命中の蔵書の様相を伝えるものとして、賀茂経樹が天保五年（一八三四）九月に書き改めた『謌仙堂書籍目録』（京都大学附属図書館所蔵）がある。『源氏物語』に関する蔵書は、主に「箒木《（ママ）》」の箱に集められており、「湖月鈔」五十四冊、「湖月抄発端」一冊、「表白」一冊、「源氏物語系図」一冊、「源氏物語年立」二冊、「源氏物語目録哥」一冊、「雨夜物語だみ詞」二冊、「源氏八景哥」一冊、「源氏哥」一冊、「源氏絵」一冊がある。また「葵」の箱に四巻合冊という形で「廿一代集並源氏巻次第長哥」一冊、「藤袴」に「源氏物語七論」一冊、「東屋」に「源氏物語」五十六冊、「己」に「源氏物語」（のちに経樹が季鷹から譲り受けることになるもの）五十四冊が掲載されている。

季鷹の『源氏物語』に対する思いは、蔵書を『源氏物語』の箱名で分類するという方法からも伝わってくるのだが、江戸在住中には、自ら数度にわたって『源氏物語』を講釈してもいた。[3]

例えば、季鷹の家集『雲錦翁家集』（楓樹園蔵板。引用文には適宜句読点、濁点等を付す。以下同じ）巻二秋歌に、

橘千蔭の家刀自本子の望にて女友だちこれかれ集へて源氏物語を講じける比、七月廿四日夜、例のごと彼家にて「鈴むし」の巻を講じはてければ、「月待て帰りね」とせちにとゞめられて、子時ばかり待出し夜のさま、いとおもしろかりければ、つとめて

みやびたる君しとめずは廿日余りよふかき月の影を見ましや

といひやりければ、かへし、千蔭

きぞの夜の月にあかずて廿日余りいつかきますと待れもぞする

とある。季鷹の歌の「みやびたる君」は、直接には千蔭のことを示すが、光源氏のことをも暗示する。[4] また「よ」が「四」と「夜」の掛詞になっており、千蔭の歌は「いつか」が「五日」と「いつか」の掛詞になっている。季鷹が千蔭邸で千蔭の妻本子の望みによって、本子やその女友達を相手に『源氏物語』「鈴虫」の巻を講じていたことが知られるのである。これは、『加藤千蔭日記天明七年』（東京大学史料編纂所所蔵）の千蔭邸での講釈の日付とは重ならないことから、天明七年（一七八七）以外に千蔭邸で行われた講釈であったことが知られる。

また、巻三雑歌には、

又源氏よみはて丶、こたびは日本紀竟宴にならひて彼中の人々をわかちてよみしに、紫上を

ますかゞみ面影にして時のまもすまのうら波かけぬまぞなき

とあって、また別に『源氏物語』を読了した折に源氏物語竟宴を催していたことが知られる。季鷹が「柏木」巻の箱に収めていた『源氏物語竟宴歌』（京都市歴史資料館山本家寄託本）を見ると、『源氏物語』の登場人物ごとに、詠まれた和歌を集めたものであり、まさにこの催しを記録したものにあたる。出詠者は、季鷹の講釈を聴いていた季鷹の知人や弟子である。[5]

さらに、『雲錦翁家集』巻三恋歌には、

源氏物語の夕霧の巻の中なる詞をわかちて人々歌よみける時「瀧の声はいとゞ物思ふ人をおどろかしがほに」

といふをさぐりて

せきわぶる袖の涙も有ものをあな音高し夜はの瀧つ瀬

とあることから、季鷹周辺で『源氏物語』の詞章をとって当座歌会が行われていたことが知られるのである。

同じく江戸に居住している頃、季鷹の『源氏物語』の講釈が果てた後に、『源氏物語』の話題のひとつである「春秋のあらそひ」に倣って催しを行っていることが『雲錦翁家集』巻三雑歌から知られる。

江門に住し比、源氏物語竟宴に春秋のいどみをせしとき秋方にて

あくがるゝ数ならね共もみぢ葉にそめし心は散べくもなし(6)

季鷹旧蔵本の中にも、もと「柏木」の箱に収められていた『春秋のあらそひ』一冊があり（京都市歴史資料館山本家寄託本）、その催しの内容が知られる。季鷹の講釈でより深く『源氏物語』を読み味わった人々が、『源氏物語』の趣向を取り入れて歌と物とを春方・秋方に分かれて合わせ、季鷹が記録して解説を施しているものである。ここに、当日の当座題(7)での作品を除いて翻刻紹介し、その作品内容を解読しながら、当時の江戸の和学者・歌人たちの『源氏物語』への親炙のありようを探ってみたい。

三　『春秋のあらそひ』

『春秋のあらそひ』の書誌を記せば、縦二七・九糎×横一八・一糎。写本、一冊。表紙は刷毛目表紙。外題は、表紙中央に「春秋のあらそひ」、表紙右肩には、箱名の「柏木」と打付け書き。扉題は「春秋のあらそひ」。紙は印刷された毎半葉九行の罫紙。墨付丁数六丁半。一首一行書き。「歌仙堂記」の蔵書印は、季鷹のもの。以下に内容を翻刻するが、基本的には原本に忠実に翻刻した。但し、旧字体は通行字体に直し、本文の句読点・濁点・引用符等は、私に付した。歌の前書は季鷹によるものである。

春秋のあらそひ（柏木）

去年の秋ごろより賀茂季鷹が家にて源氏物語を講じ侍りしが、此ごろよみはてたれば、いざやうたげせんとて、吉田桃樹ぬし此ごろかつしかわたりになり所つくり出し給ふるに、ことし霜月十九日に人々つどひて春秋のあらそひし侍る、そのうた

春　　景雄

宇治の僧都の心ばへなるべし。わらびのかたしたるくだものを青やかなる籠に入て、さわらびがさねのうすやうに歌を書てそへたり

かげろふのもゆる春野の初わらび君にみせんと手折つる哉

秋　　桃樹

「あかしの入道が、しあつめたりけんやうに、くらまちなどたてつゞくべうは侍らねど、おのれも、きらには、ことたらひぬべくおもほえければ」とて青くちばのうすやうにうたをかきていなほにむすびつけたり

のがれきて残るよはひをつまんにはたのみあるべき所なりけり　躬弦

春

をしめどもとゞまらぬならひとかいひつたへけん少年のはるは、げに千々の金にもかへまじうなむとて「花の宴」の心ばへなるべし。さくらの作りえだに、あこめ扇をちひさくつくりて、根はさくらもえぎのうすやうにつゝみて、うたは、はなの枝に結びつけたり

あはれしるたぐひならねど花かほり月霞むよの有明のそら　千蔭

秋

をとめの巻の心ばへなるべし。こき薄きもみぢを多くつくりて、しろがねの盃にそへて、もみぢがさねのうすやうにつゝみたり。詞は「源氏物語よみはてゝ、あと〳〵はる秋のあらそひしけるに、あきに心をよせてよめる」とありて

花園の春も何せん山ざとのこてふに似たる月の秋の夜　安久

春

うら山ぶきのかさねのきぬもてふづゝみをゝりて、うちに桜山ぶきのかたをうるはしくかきて、うたをいれたり

山ぶきのいはぬ色こそめでたけれ秋の千草にまされりとしも　季鷹

秋

秋好中宮より紫の上へ「心から春待園は」ときこえ給ひし心ばへを思ひて、をりびつのふたに、きく、もみぢを

ゐがきて、歌は予もみぢ重のうすやうにかきたり

あくがる丶数ならねどももみぢ葉にそめし心は散かたもなし

春　　布佐雪

源氏君のすまのうらにおはせしをりのはるのけしきをまきものにゐがきて、ふづくえにのせて、歌はわか木のさくらの作り枝にむすびつけたり

たちよりてたれかみざらん香に丶ほふすまの若木の花の白浪

秋　　有之

「をとめの巻」の心ばへにて、もみぢとくさ〳〵の花をつくりて、はこのふたにいれたり

紅葉ばに心もそめぬあたりには風のつてにやあきをしるらん

春　　延年

「わかなのまき」の心ばへにて鞠をきぬにて作りて柳さくらのえだにつけたり。桜重の薄やうにうたをかけり

も丶艸の秋の籬もあづさゆみはるの野山にいかでくらべむ

秋　　豊秋

春秋のあらそひに、むかしより秋に心をよする人はかずまさりて、名だ丶るその花園に心よせし人々の色くさつくせるまがきにうつろふ気色、世の有さまに丶たるとか。紫の御《（ママ）》の書すさび給しふでのにほひさへ身にしむ心ちすれば、又中宮のせざいもうらやましくて、ませのかたをうつしてそへ侍るかた

百草の露の玉ちる秋の色を春の野山にいかでくらべむ

紫の物語をよみはてまして、春と秋とにかたわかちてうたげし給ふを、ふくかぜのたよりにきこえければ、おい

のいとはる丶。うらみん葛のはも、今は霜のしたにはひわたるものから、猶やみがたくて

花にあかず紅葉にあかでふりぬるを老ゆかめると人やみるらむ　諸鳥

さくらのえだに色こきもみぢをやどり木につくりたるえだに、うたをむすびつけたり

こきまぜてとはにみてしが花紅葉くらべくるしき木々の匂ひを　秀房

（探題略）

天明四年十一月十九日　賀茂季鷹しるす

此うたげを後にき丶て、おとせざりし事をうらみて　栄雄

春秋の色香もなしとすてられし身にもなげきはおひぞしにける

四　『春秋のあらそひ』と『源氏物語』

さて、「春秋のあらそひ」は、天明三年（一七八三）秋ごろより賀茂季鷹の家で『源氏物語』を講釈していたのが読了したので、宴をしようということになって、その頃、葛飾あたりに別宅を作った吉田桃樹のもとに、天明四年（一七八四）十一月十九日、人々が集って行った催しである。当日参加できなかった栄雄は、後から歌を季鷹のもとに寄せている。参加していた人々（歌を寄せた栄雄を含む）は、おそらく季鷹の講釈を聞いていた者で、その内訳を見ると、

季鷹と同じ有栖川宮職仁親王門人で、江戸での季鷹の庇護者であった三島景雄[8]、千蔭の友人で町与力の吉田桃樹[9]、季鷹の門人で越前福井家のお抱え医師安田躬弦[10]、季鷹の友人であった加藤千蔭などである。景雄・桃樹は天明元年（一七八一）から四年（一七八四）にかけて、躬弦は天明二年（一七八二）から七年（一七八七）にかけて、千蔭は天明元年から七年にかけて、季鷹邸で開かれた月次歌会に出詠している仲でもある[11]。安久は不詳だが、布佐雪は、天明元年から四年まで季鷹邸での月次歌会に出詠し、安永八年の『角田川扇合』に出座していた大山三十郎こと総幸だろうか。有之は医師武田春庵で、延年、豊秋、秀房、栄雄とともに季鷹邸での月次歌会に出詠している。諸鳥は京橋御菓子御用達で、妻鶴尼とともに安永八年（一七七九）の『角田川扇合』に出座している人物。季鷹邸での月次歌会にも出座していることから、メンバーは、季鷹の門人が多かったとみられる。

「春秋のあらそひ」は、『源氏物語』の中の「薄雲」巻「少女」巻「胡蝶」巻に出てくる話題である春秋の優劣、特に春を好む紫上と秋を好む秋好中宮との、春秋の物と歌との遣り取りを、催しの下敷きにして行われた遊びである。「薄雲」巻で源氏は斎宮女御（後の秋好中宮）に、春と秋のいずれに心を寄せるかを問う。女御（秋好中宮）は秋の夕べこそと答えるが、この巻で紫上が春の曙に心をひかれているさまも明らかになる。「少女」巻で、四季の美しさがそれぞれ四つの町に織り込まれた六条院が完成し、秋好中宮は秋の町に、紫上は春の町に移る。九月になって、今を盛りの秋の町に住む中宮は箱の蓋を盆のようにして、いろいろな花や紅葉をまぜあわせて、「こころから春まつ苑はわがやどの紅葉を風のつてにだに見よ」という歌を付けて春の町に住む紫上のもとに届けるが、紫上は、その箱の蓋に苔を敷いて巌などの風情にして五葉の枝に「風に散る紅葉はかろし春のいろを岩ねの松にかけてこそ見め」と返す、物と歌との応酬が見られる。季節が春に移って「胡蝶」巻では、紫上が船楽を催し、翌日、秋好中宮の主催で行われた御読経の法会の時に、昨年秋のやり取りの返しとして、仏の花にといって、鳥の舞装束をつけた四人の女童に桜をさした銀の花瓶を持たせ、蝶の舞装束をつけた四人の女童には山吹をさした金の花瓶を持たせて、夕霧に依頼して「花ぞののこてふをさへや下草に秋まつむしはうとく見るらむ」という返歌を中宮にことづける。中宮は「こてふにも誘はれなまし心ありて八重山吹を隔てざりせば」と返歌し、結果は、紫上の勝ちということになる。この二人の遣り取りにヒントを得ての季鷹等の催しが「春秋のあらそひ」なのであった。

『春秋のあらそひ』の最初の対をみてみよう。三島景雄（春）と吉田桃樹（秋）である。三島景雄は春の賛をしている。

宇治の僧都の心ばへなるべし。わらびのかたしたるくだものを青やかなる籠に入て、さわらびがさねのうすやうに歌を書てそへたり

かげろふのもゆる春野の初わらび君にみせんと手折つる哉

季鷹の解説によれば「宇治の僧都の心ばへなるべし」とあって、これが「早蕨」巻をふまえて作られていることが知られる。蕨の形をした菓子を青々とした籠に入れて、早蕨襲の薄紙に「陽炎がもえたつ春の野原に生えていた初蕨を君（吉田桃樹）に見せようと手折ったことだ」という歌を書いて添えている。「早蕨」巻でいうと、宇治の山の阿闍梨のもとから、中の君に初蕨と歌とを贈ってきた場面の、

阿闍梨のもとより、

年あらたまりては、何ごとかおはしますらん。御祈りはたゆみなくつかうまつり侍り。今は一ところの御こと

をなむ、やすからず念じきこえさする。

など聞こえて、蕨、つく〴〵し、おかしき籠に入れて、「これは童べの供養じて侍はつをなり」とてたてまつれり。手はいとあしうて、歌は、わざとがましくひき放ちてぞ書きたる。

君（亡くなった八の宮）にとてあまたの春をつみしかば常を忘れぬ初蕨なり

御前に詠み申さしめ給へ。

とあり。

（新日本古典文学大系本に拠る。以下同じ。また傍線、（　）内は盛田）

という部分を下敷きにしての、吉田桃樹に対する挨拶の歌にもなっている。それに対して、秋を賛美する吉田桃樹の歌と季鷹の解説は次のようである。

「あかしの入道が、しあつめたりけんやうに、くらまちなどたてつゞくべうは侍らねど、おのれも、きらには、ことたらひぬべくおもほえければ」とて青くちばのうすやうにうたをかきていなほにむすびつけたり

のがれきて残るよはひをつまんにはたのみあるべき所なりけり

季鷹の解説は、「明石の入道が、秋の田の実（米）を数多く集めたように、米倉を建てつづけることはできないでしょうが、私桃樹などには、（今の蓄えは）きっと十分にたりると思われるので」という桃樹の詞書と提出の仕様を説明する。歌では「世を逃れ来て余命を積んでゆくには、ここ葛飾は、明石の入道が田の実を摘んだように、頼りになる所であるなあ」と述懐する。典拠とするところは、「明石」巻の、明石入道の館を描写した場面である。

入道の領じめたる所〳〵、海のつらにも山隠れにも、時〳〵につけてけふをさかすべき渚の苫屋、行ひをして後世のことを思ひすましつべき山水のつらに、いかめしき堂を建てて三昧を行ひ、此世のまうけに秋の田の実を刈りをさめ、残りの齢積むべき稲の倉町どもなど、おり〳〵所につけたる、見所ありてし集めたり。

稲穂に歌が添えられ、そこに桃樹の葛飾に新しく別宅を作った心境と、「春秋のあらそひ」に集ってくれた人に対する挨拶がある。当時、葛飾は田畑の多いところであり（蜂屋光世編『江戸名所和歌集』江戸名所研究会、太平文庫47、二〇〇二年）、歌に稲穂を結びつけたのも、その寓意があるであろう。

ふたつめの対は、春を賛美する安田躬弦と、秋を賛美する加藤千蔭のもの。季鷹の解説と躬弦の歌は以下の通りである。

をしめどもとゞまらぬならひとかいひつたへけん少年のはるは、げに千々の金にもかへまじうなむとて「花の宴」の心ばへなるべし。さくらの作りえだに、あこめ扇をちひさくつくりて、根はさくらもえぎのうすやうにつゝみて、うたは、はなの枝に結びつけたり

あはれしるたぐひならねど花かほり月霞むよの有明のそら

季鷹の解説では、「惜しんでも留まらないものだと言い伝えたという「少年の春」（白居易「花を踏んでは同じく惜しむ少年の春」『和漢朗詠集』を踏まえる）は、本当に千金にも変えられない、そのくらい惜しくともとどめることの出来ない

花の季節の宴を描いた「花宴」の気分であろう。桜の作った枝に、あこめ扇を小さく作って、根はさくらもえぎの襲の薄紙に包んで、歌は、花の枝に結びつけた」という。歌の意は、「私は物の哀れを知るたぐいの者ではないが、花が香り月が霞む夜の有明の空を見ると哀れを感じることだ」。「花宴」の、源氏が朧月夜の君と出会った時に詠んだ歌で「深き夜のあはれを知るも入月のおぼろげならぬ契とぞおもふ」を踏まえ、かつ

かのしるしの扇（朧月夜の君と取り替えた檜扇）は桜がさねにて、濃き方に霞める月をかきて、水にうつしたる心ばへ、目馴れたる事なれど、ゆへなつかしうもてならしたり。「草の原をば」と言ひし（朧月夜の君）さまのみ心にかゝり給へば、

世に知らぬ心ちこそすれ有明の月のゆくゑをそらにまがへて（源氏）

と書きつけ給ひて、をき給へり。

の部分を典拠としていると思われる。
また、秋を賛美する加藤千蔭の歌は、季鷹の解説を付されて次のように記されている。

をとめの巻の心ばへなるべし。こき薄きもみぢを多くつくりて、しろがねの盃にそへて、もみぢがさねのうすやうにつゝみたり。詞は「源氏物語よみはて、、あと〳〵はる秋のあらそひしけるに、あきに心をよせてよめる」とありて

花園の春も何せん山ざとのこてふに似たる月の秋の夜

季鷹は、「「少女」巻の気分であろう。濃い色の紅葉、薄い色の紅葉を多く作って、銀の盃に添えて、紅葉襲の薄紙に包んだ」とし、以下は、「『源氏物語』を読み果てて、後々「春秋の争い」をしたのに、秋に心を寄せて詠んだ」と千蔭の詞書を引用する。千蔭の歌は「花園の春も何になろうか。この山里の蝶に似た月の美しい秋の夜に」というもので、歌に添えた物は「少女」巻の、

ながう月になれば、紅葉むら〳〵色づきて、宮（秋好中宮）の御前（秋の町の庭）えも言わずおもしろし。風うち吹たる夕暮れに、御箱の蓋に、いろいろの花紅葉をこきまぜて、こなた（紫上）にたてまつらせ給へり。

を典拠としている。さらに千蔭の歌は、「胡蝶」巻の、紫上が秋好中宮に遣わした歌「花園の胡蝶をさへや下草に秋まつ虫はうとく見るらむ」に対する返歌となっており、「薄雲」巻「少女」巻「胡蝶」巻を通して描かれる紫上と秋好中宮との春秋の争いに、秋を賛美する千蔭なりの決着をつける歌という趣向が見られる。

紙幅の都合で省略するが、他の対も、「須磨」「若菜」の巻などを典拠として、それぞれに趣向が凝らされている。

このように、『春秋のあらそひ』は、季鷹の講釈の成果を反映するように、『源氏物語』の印象に残った春、秋の場面を典拠として物が作られたり添えられたりして歌が作られた。『源氏物語』の竟宴にふさわしい会となっている。歌は『源氏物語』を典拠としながらも、自らの心境が述べられており、『源氏物語』の読みを物と歌とに昇華した、しかも当座性の高い、雅な遊戯であったといえるだろう。

五　『角田川扇合』と源氏物語和歌

先述したように、『春秋のあらそひ』に出詠した人々は、季鷹周辺のごく親しい人々や門人であった。実は、これらのメンバーが主となっての物合は、安永・天明期にたびたび江戸の地で行われてきた。近年、拙稿「安永天明期江戸歌壇の一側面――「角田川扇合」を手掛かりとして」（本書第二部第八章所収）、鈴木淳「『十番虫合』と江戸作り物文化」（『橘千蔭の研究』ぺりかん社、二〇〇六年）でもその意義が明らかにされている。物合には、『角田川扇合』『十番虫合』『後度扇合』などがみられるが、なかでも、三島景雄、荷田蒼生子、賀茂季鷹などを中心とする『角田川扇合』（以下『扇合』と略し、本文は、京都市歴史資料館山本家寄託本による）には、『源氏物語』の趣向取りとなる歌がいくつか見られる。

『扇合』は、安永八年（一七七九）八月十四日の夜、隅田川のほとりの要禅大徳の家に、四十六人の男女が集って二十三番の扇と歌の争いが行われたものである。会が催された八月十四日は、紫上が『源氏物語』「御法」巻で死去した日であった。判者は、扇の判が山岡明阿、歌の判が荷田蒼生子、執筆は賀茂季鷹、主催者は三島景雄。参加者は大名から今を時めく遊女まで、身分・性別を超えて同座して行われている。

その中で、『源氏物語』の趣向取りをしたものをここに挙げてみると、まず五番の野枝子の扇と歌がある。野枝子は幕臣上村弥三郎（『寛政重修諸家譜』）息女である。荷田蒼生子の『杉のしづ枝』によれば、蒼生子と歌文の贈答をする間柄である。扇は対戦相手の加藤千蔭に負け、歌は引き分けとなっている。

五番

持
左　しろき扇に夕がほのかたかけり　　野枝子

ほのみえし花の光に思ひよせて賤が垣根の月ぞ床しき

扇は、白い扇に夕顔の絵を描いたもの。歌は、源氏の立場から詠まれたもので、ほのかに見えた夕顔の花の白露の光、つまり夕顔の君に思いを寄せて、夕顔の君の住んでいる、粗末な家の垣根からの月がどんな様子か見たいものだというものである。

　この歌には、「夕顔」巻で、夕顔が源氏への扇に書いた歌「心あてにそれかとぞ見る白露の光添へたる夕顔の花（推量ながら源氏の君かと拝察いたします。白露の光を添えている夕顔の花も美しく映えています）」と源氏の返歌「寄りてこそそれかとも見めたそかれにほの〴〵見つる花の夕顔（近くに寄ってあなたとお会いしたいと思います。夕暮れ時にぼんやりと見た花の夕顔、すなわちあなたと）」とを典拠として作られた歌であり、扇も香がしみこんで夕顔が歌を書いた白い扇を趣向としている。源氏が夕顔の貧家に這っている夕顔の花を所望すると、歌の書かれた扇の上に夕顔の花を載せたものが出てきたという「夕顔」巻の有名な場面である。明阿の扇の判には、「ひだんの扇は「紫の物語」の「夕顔」巻の心をとり出されけん。心あてにそれとは光しるく見えたれど（左の扇は、『源氏物語』の夕顔巻の心を取り出されたのだろう。判者の当て推量でも、あの夕顔の巻の歌のことだと、はっきりとわかりましたが）」と、判詞にも「心あてに」の歌の贈答を踏まえている。蒼生子の歌の判には、「左、五条わたりの夕がほの垣ねゆかしき心ばへ物語にかよひていとをかしくや。（中略）光君の心浅からねば、しばらく持となし給へや。（左の歌は、五条あたりの夕顔の垣根を慕わしく思う心ばえ、『源氏物語』に通じて、とても面白い。（中略）光源氏の夕顔への思いは浅くないので、とりあえず、引き分けということになさいませ）」とあり、扇は負け、歌は引き分けとなっている。荷田蒼生子の跋文に「今宵の月も見がてらにまどゐして扇合せんかし」とあるように、時節もあって、全体として「月」というモチーフが重要な役割を果たしている。しかしながら野枝子の扇には夕顔の花のみで月が描かれておらず、蒼生子の跋文にある会の趣意には合っていない。それが、扇の敗れた原因のひとつだったのだろうか。

次に十七番の林諸鳥の妻、鶴尼の扇と歌。『杉のしづ枝』によれば、鶴尼は夫諸鳥ともども蒼生子との交友があり、蒼生子とは歌の贈答題で歌を詠みあう仲である。

十七番

勝　左持　赤石の岡辺の宿の月みるかた　　鶴尼

心ありて岡辺の宿の月みても先故郷を忍ぶわりなさ

歌は勝ち、扇は引き分け。扇は、明石の岡辺の宿の月を見る絵。歌は、二心があって、明石の君のいる岡辺の宿の月をみても、まず故郷の紫上を思う、どうしようもなさ、という源氏の立場に立ってのもの。「明石」巻において、八月十二、三日の夜、源氏が岡辺の宿の明石君のもとを訪れる場面を踏まえる。この場面が選ばれたのも会が催された八月十四日を意識してのことであろう。明阿の扇の判は、「左は物語の「あかし」の巻の心をうつしゐにみるも、今さらとほきむかしの事さへ月の前にうちむかふさまになつかしく見所あり」というもので、絵の中に「月」が描かれており、それに向かうさまであることが、いかにも会の趣旨に合うことが示唆されている。蒼生子の歌の判は、「左歌、「あかし」の巻に、源氏の岡辺の宿へおはする時、入江の月見給ふ趣をよく思ひよそへてよめる心ばへあはれに聞え侍り」というもので、『源氏物語』「明石」巻の該当場面における源氏の心中がよく摑み取られ、表現されていることが注目されている。『源氏物語』の時節や月のある場面の的確な切り取り方や登場人物の心情の把握の仕方などが注視されていることが、判詞から理解されるのである。

次に挙げるのは、二十一番の荷田蒼生子の扇と歌である。蒼生子は、荷田東満の養女。兄の在満と江戸に住み、甥に御風《のりかぜ》がいる。紀伊公の子女に仕え、高知藩・姫路藩の北の方や子女に歌文を教えた先生であり、その交友範囲は大変広く、主催者の三島景雄とも親しい仲であった。この会で歌の判者を務めることになった蒼生子の扇と歌は如何なるものであったのだろうか。

二十一番

勝　左持　須磨の花散里の別に月みるかた　蒼生子

やどりぬる袖に別て行月のあかぬ光をいかでとめばや

歌は勝ち、扇は引き分け。扇は、「須磨」巻の、花散里との別れに月を見る絵。歌は、「須磨」巻で源氏が花散里に別れを告げにやってくる場面で、花散里が源氏を引き止める歌「月影の宿れる袖はせばくともとめても見ばやあかぬ光を」を典拠とした歌である。やどっていた花散里の着物の袖に別れてゆく月の見飽きることのない光（源氏の君）をなんとかしてお引止めしたいものだの意。明阿の判は、「左の扇は、「紫の物語」の「須磨」の巻やらん。花ちる里の別に月見給ひしかたを、金泥にてかゝれたり。月の行へのあかぬながめをせちにとめまく思はれけん。余情かぎりなく、優艶のすがた光りもいかで増らざらん」というものであり、出典を的確に示す。須磨に旅立つ前に訪れた花散里のもとで、ふたりで、優艶な月を眺めるありさまを、金泥で描いた扇を絶賛している。蒼生子の歌の判は、「左は、事のたがひありて、扇も歌もとみのしわざにとりかへて出し侍りしかば、いとゞみぐるしく、かたくなゝる後の聞えもくるしきに、かたへの判者（明阿）のとかうとりなしの給ふるが、いと〳〵あせあゆることのかぎりになん」という。自らの歌の判をするのは、やりにくいものであったろう。物語の場面の季節が秋ではなく春であるので、この会には場違いに思ったのか、蒼生子は自らの扇と歌に対して、見苦しく不体裁であることを言い訳するのに終始している。もちろん謙遜の意もあろう。明阿がそれをとりなしてくれたことに感謝している。この扇合は、方人の応援をする念人のわかちも行っていることから、蒼生子のは、その人々の意見や明阿の意見も聞きつつ自歌を判したのであろう。

最後に、二十三番、遊女花扇の扇と歌とをみてみたい。花扇は扇屋の二代目花扇。安永三年（一七七四）秋の細見から名が現れ、安永四年（一七七五）春の細見『花の源』では中三として、よしの、やよひの二人秃を持ち、秋の細見『籬の花』では唯一の呼出しとなっており、書を沢田東江、和歌を加藤千蔭（荷田蒼生子という説もある）に学ぶ。才色兼備の名妓として有名であった（向井信夫「花扇名跡歴代抄」『江戸文芸叢話』八木書店、一九九五年）。扇屋の花扇がトリというのも、「扇合」の趣向にぴったり合っている。

二十三番

勝左扇も　三重がさねのあこめ扇をまねびて、桜の花をゑがけり　　遊女花扇

忍べよとかたみにかへてみし春の俤さらぬ秋の夜の月

歌も扇も花扇の勝ち。扇は、三重がさねのあこめ扇をまねて、桜の花を描いた。歌は、会えなくとも我慢なさいと、扇を互いに形見として交換してみた、春の日のあの方の俤もいまだに去らない今日の秋の夜の月であることだの意。出典は「花宴」の春の場面であるが、歌は巧みに秋の歌にされている。明阿の扇の判は、「左の扇は、三重がさねのあこめあふぎをまねびて、桜をかけり。清少納言も三重がさねは、なまめかしき物とし、「源氏の物語」にも「桜のみへがさねにかすめる空の月を水にうつしたり」なども見えたれば、かた〳〵えんなるものにとりて、その人がらも思ひやられぬ。（左の扇は、三重がさねのあこめ扇をまねて桜を描いた。清少納言も三重がさねは、しっとりとして美しいものとし、『源氏物語』「花宴」にも、「桜の三重がさねにかすんでいる空の月を水にうつした」などとも見えているので、いずれにせよあでやかで魅力的なものとして取り入れており、花扇の人柄も思いやられた）」とし、続いて甲乙つけがたい中での判定であることを縷々述べている。景雄の扇は「吉野・立田の花・もみぢをおして、かたはらに「名にたてる花も紅葉も諸人のふかきにほひにいかでおよばん」といふ歌をかゝれた」もので、最終戦にふさわしい幽玄さを備えたものであった。しかし、結果は『源氏物語』を出典とした花扇の勝ちとなった。

蒼生子の歌の判は、「左歌、源氏の花宴のえんなる心詞にかよひて、そゞろにその人ざまさへ忍ばしくこそ。（左の歌は、『源氏物語』の「花宴」の風流な心が歌のことばにも通って、おのずと人品さえしたわしく感じられる）」（中略）「忍べよとなまめかしくいひ出たるが、にくからねば、けふの折に合たり。あふぎにしばらく勝をゆづり給ふも一興ならんかし。（しかし、「忍べよ」としっとりと美しく言い出したのが、奥ゆかしいので、左の歌の方が今日のタイミングにぴったりあった。花扇にとりあえず勝をゆずりなさるのも一興であろうよ）」。

扇の典拠としては、『枕草子』八十五段、「なまめかしき」物として出てくる「三重かさねた扇」である。また、『源氏物語』「花宴」の「姫君（紫上）いかにつれ〴〵ならん、日ごろになれば屈してやあらむ、と（源氏は）らうたくおぼしやる。かのしるしの扇は桜がさねにて（取り替えた朧月夜の檜扇。『湖月抄』では「桜のみへかさね」）、濃き方に霞める月をかきて、水にうつしたる心ばへ、目馴れたる事なれど、ゆへなつかしうもてならしたり」の部分をもふまえている。また、歌の典拠は、同じく「花宴」の、光源氏と朧月夜の君が扇を交換する場面、「「いづれぞと露のやどりを分かむまに小笹が原に風もこそ吹け（源氏）わづらはしくおぼす事ならずは、なにかつ、まむ。もし、すかい給ふか」とも言ひあへず、人〴〵（女房たち）起きさはぎ、上の御局にまひりちがふけしきどもしげく迷へば、いとはりなくて、扇ばかりをしるしに取りかへて出で給ひぬ」をふまえている。扇、歌、いずれも、『源氏物語』を典拠として作られたものであり、対戦相手が主催者の三島景雄であったにもかかわらず、扇・歌ともに花扇の勝ちとなっているのである。招かれた花扇は吉原屈指の教養人でもあった。『源氏物語』の世界を詠み、扇を作った他の女性たちも、大変教養のあった女性であるし、女性にとっての教養の最高峰が『源氏物語』であったがゆえに、彼女たちが源氏の世界を血肉化し表現しようとしたことは、当然だったのだろう。

六　まとめ

以上、季鷹とその周辺の和学者・歌人たちを中心に見てきたが、安永・天明期の江戸では、地下歌人・和学者の中に、『源氏物語』を古典作品として研究するのみに甘んずるのでなく、それを自家薬籠中の物として当座の会で作品に昇華するという試みがしばしば行われていたことが知られる。しかし、それらの試みは、決して眉間に皺をよせて苦吟する体のものではなく、あくまでしかるべき教養のある人々の余裕のある遊戯的な催しであった。今を時めきながら相応の古典の教養のある人々が集い、季鷹などの『源氏物語』の講釈で知識として吸収した世界を歌として創り出す。そこには身分も性別の関係もない。あるのは絢爛たる物語世界が繰り広げられていた中古の宮廷生活、その伝統につらなる堂上の雅の世界への憧れと、それを江戸の地に再現しようとする思いであった。『扇合』の跋文で、賀茂季鷹は以下のように述べている。「物合は、石上ふりにたる世の事にて、今はも丶しきの大宮わたりにもさることはたえてひさしくや成にけん。まいて鳥がなくあづまのはてには、さるわざありきとだにしる人もいとまれに侍るめり」。宮中での催しを、江戸の安永・天明期の文壇に移植しようとする人々は、有栖川宮門人の三島景雄、賀茂季鷹、荷田家に関係する人々など、堂上歌人に近い教養を持っていた江戸の和学者であり歌人だったのである。

注

（1）『職仁親王行実』（高松宮蔵版、一九三八年）。

（2）原文は宣命体。腐食により碑文が読み難いため、寺田貞次『京都名家墳墓録』（山本文華堂、一九二二年）を基とし、高橋貞一「賀茂季鷹の没年齢とその蔵書」（『研究紀要　人文科学』第四輯、京都市立西京高等学校、一九五四年十一月）、簗瀬一雄「一六　掃苔記（二）賀茂季鷹」（『近世和歌研究』加藤中道館、一九七八年）を参考に校合し、振り仮名を付した。

（3）鈴木淳「天明七年の加藤千蔭」（『橘千蔭の研究』ぺりかん社、二〇〇七年）には、天明七年（一七八七）の『加藤千蔭日記』によって、正月十九日から十二月十八日の加藤千蔭邸での季鷹の『源氏物語』講釈のことが報告され、それが天明八年（一七八八）九月十七日の『第三度源氏物語竟宴和歌』（高橋貞一「賀茂季鷹の没年齢とその蔵書」に報告）に結実したことが示されている。同書が季鷹の第三回目の『源氏物語』の講釈をもととしたことは、その題名からうかがえる。

（4）加藤千蔭は『源氏物語竟宴歌』（京都市歴史資料館山本家寄託本。出詠者は次注）では、題となった『源氏物語』の登場人物のうち「光源氏」を詠んでおり、また『御存商売物』の挿絵の擬人化された源氏物語は、吉原に門人の多かった千蔭と言われている（中村幸彦「黄表紙の絵解き」『中村幸彦著述集』第五巻、中央公論社、一九八二年）。

（5）千蔭、桃樹、嘉合、元貞、布佐雪、躬弦、光枝、芳章、知宣、季鷹、元著、蒼生子、いさ子、景雄、三仲、有之、てつ□

（虫損）、蔭政、妙性、豊秋、諸鳥、知春、嘉郷、秀房、素履。

（6）『春秋のあらそひ』によれば、結句は、もとは「散かたもなし」。

（7）山家に関する組題。『源氏物語』とは直接関係ないことから、ここでは省略する。

（8）丸山季夫『国学史上の人々』（丸山季夫遺稿集刊行会編、一九七九年）。

（9）鈴木淳『橘千蔭の研究』（ぺりかん社、二〇〇七年）。

（10）鈴木淳「江戸派歌人安田躬弦寸描」（『江戸和学論考』ひつじ書房、一九九七年）。

（11）本書第二部第八章「安永天明期江戸雅文壇と『角田川扇合』」を参照のこと。以下人物の説明は、第八章による。

第十章　堀田正敦主催「詠源氏物語和歌」をめぐって

一　夕顔の少将

江戸時代の名歌百首を綴った「百人一首」（深田正韶『天保会記』所収）[1]の中に、

松平越中守　号楽翁　少将定信朝臣

心あてに見し夕顔の花散て尋ねぞわぶるたそかれの宿

という一首が収められている。『源氏物語』の夕顔巻のヒロインが詠んだ「心あてにそれかとぞ見る白露の光そへたる夕顔の花」「光ありと見し夕顔のうは露はたそかれ時のそら目なりけり」を典拠とした歌で、江戸時代後期に広く人口に膾炙していたと思われる[2]。この歌の作者は、三十歳の若さで老中首座に就き寛政改革を推し進めた松平定信である。幼時より俊才の誉れが高く、歌人・随筆家としても数多くの著作を遺しているが、中でもこの一首は特別な意味をもったらしい。その頃、含弘堂偶斎《がんこうどうぐうさい》の書き留めた随筆『百草露《ひやくそうろ》』（日本随筆大成第三期十一所収）の中でもこの歌が話題となっており、定信の歌を引用した偶斎は「此歌より（定信少将は）夕顔の少将と称せられ給ひけるとかや」とコメントし、定信の「夕顔」の歌が人々の脳裏に記憶され、作品としての一人歩きをはじめた結果、実名ではなく、あの「夕顔」の歌を詠んだ少将として呼称されることとなったという。極度の緊縮政策によって庶民から反感をかったとされる定信であるが、秀歌により「夕顔の少将」と称される歌人としての側面もあったことが知られる。

二　定信と源氏物語

『源氏物語』の夕顔巻を題材にした歌が有名になった定信であったが、この歌からも暗にうかがわれるごとく、『源氏物語』に対する造詣の深さやこだわりには並々ならぬものがあった。定信は四十六歳から六十五歳にかけて、室町末期の寄合書源氏物語（連歌師牡丹花肖柏所持）や牡丹花肖柏の一筆書五十四帖を底本として、『源氏物語』の本文を書写し、各巻外題の揮毫を万石以上の諸藩主等に依頼して、数寄を凝らした写本に仕上げたというが、その回数は七度に及ぶという。書写する楽しみ、また『源氏物語』に対する思い入れは、定信の「源氏物語七部抄録」奥書の中に「いでや此書写をたのしみとせしは、かの田邸の御説なる源氏を書初めしよりして、さまぐ〵書いなす事とはなりにけり」とあるごとく、父であった田安宗武の書き入れ本『源氏物語』をきっかけとして始まっている。(3)

宗武は、賀茂真淵や荷田在満《かだのありまろ》を登用し、国学・和歌の創作に優れた業績を残している。二人の登用をはじめ、その後の江戸歌壇や国学のあり方に大きな影響を及ぼしたのが宗武の存在なのであった。宗武の薫陶を十二分に受けつつ養育された定信であれば、『源氏物語』に対する思い入れが一入深かったことも当然といえるだろう。

三　詠源氏物語と浴恩園サロン

その定信を中心とする文芸グループで催されたのが「詠源氏物語和歌」（以下、「詠源氏」）である。『源氏物語』の巻名を題とするいわゆる源氏物語巻名和歌は、院政期から始まり、源氏供養とも関わりながら、歌壇に一筋の流れをつくってきた。(4) その伝統に連なる「詠源氏」は、『源氏物語』の巻名を題として、ひとり一首（ただし林述斎は漢詩）ずつを詠出した詩歌集で、披講されたのは文化十一年（一八一四）十一月、(5) 主催者は、若年寄として江戸幕府の財政事務を担当した堀田正敦《ほったまさあつ》であった。正敦は、老中職にあった定信を補佐し、定信とともに寛政の改革を推進、『寛政重修諸家譜《かんせいちょうしゅうしょかふ》』編纂の総裁をも勤めたが、政治面に限らず、学術・文芸の面でも定信の信任が厚かった。

「詠源氏」の催しに先立つ文化九年（一八一二）、致仕した定信は、築地下屋敷の「浴恩園《よくおんえん》」に移居したが、そこでは定信を中心とする文芸活動が催され、高度に洗練された浴恩園サロンというべき文人圏が形成されていた。(6) その文人圏を構成していたのが、正敦をはじめとする寛政改革を推進した諸侯や、林述斎《はやしじゅっさい》・屋代弘賢《やしろひろかた》など大規模な官編史料の編纂官らであった。

四　出詠の人々

「詠源氏」では、諸侯・官編史料の編纂官グループに、女性歌人や古学系歌人が加わっている。女性歌人には、たつ子（西丸若年寄有馬誉純室）・かつら子（若年寄植村家長室）・多田千枝子《ただちえこ》（尼、加藤千蔭門）・村田たせ子（村田春海養女）

の四名がいるが、前二者は大名の奥方、後二者は江戸派[7]の歌人である。千枝子は村田春海等と隅田の新梅園に遊んだ折の歌で名をあげ、たせ子は高田藩榊原家にも仕えた女先生である。千蔭・春海は既にこの世を去っていたが、「詠源氏」には二人の流れを汲む歌人、また江戸派に関係する歌人達の名が多くみえる。例えば、病気がちの師春海に代わって定信邸で『源氏物語』の講釈をし、[8]定信の歌に批評を加えた清水浜臣《しみずはまおみ》、[9]千蔭家集『うけらが花』に序文を書いた巨勢利和《こせとしより》（御側衆、千蔭門）、千蔭門の一柳千古《ひとつやなぎちふる》（国学者）、宗武の娘定姫《さだひめ》の御付で千蔭・春海と親交のあった安田《やすだ》躬弦《みつる》、[10]安永八年（一七七九）に催された『角田川扇合』に千蔭と共に出座していた朝比奈昌始《あさひなまさもと》（小普請支配）[11]等がそうである。

定信が、春海を自邸に召して国書の講釈や歌の添削をさせたり、千蔭の十三回忌には自ら主催して手向けの歌を詠んでいるという事実を考えれば、[12]江戸における江戸派の繁栄と、江戸派の春海・千蔭と定信との関係が、「詠源氏」のメンバー構成に大きく影響しているといえる。そういえば、定信の父宗武の登用した真淵は、春海・千蔭の師でもあった。

五　「詠源氏」の出詠者とその作品

具体的に出詠者とその作品を見てみよう。巻頭の「桐壺」の題で詠出しているのは、仙台藩主の伊達斉宗《だてなりむね》である。

桐壺　　少将斉宗　　仙台

いひ出ん世のためしにや桐壺のひとかたならぬ中の契は

江戸藩邸で生まれた斉宗はこの時十九歳。詩歌好きの大名として知られ、著書に『源氏物語和歌類句』（熊本大学国文学研究室所蔵）がある。全六冊からなるこの写本は、『源氏物語』の和歌を抜き出し、いろは順に並べ替えたもので、斉宗が『源氏物語』中の和歌の技巧表現に随分関心を寄せていたことが知られる。おそらくは、自らの和歌創作の際に活用したものだろう。他のメンバーに比べて随分年若い斉宗が巻頭詠に抜擢されているのも、主催者の正敦のねらいあってのことと思われる。読者に呼びかけるように詠み出だされる斉宗の歌は、『源氏物語』の最初の巻「桐壺」の世界を踏まえているだけではなく、「詠源氏」の作品世界がこれからいよいよ始まることを読者に宣言する、巻頭に相応しい一首に仕上がっている。

橋姫　　たせ子　春海養女

宇治川のきよきながれをくみてなど心のかくはにごりそめけん

出家の志を秘めて宇治の八宮を訪ねた薫が、次第に大君・中君へ惹かれるようになるのを罪の意識とともに自覚したという歌だろう。数少ない女性歌人のうちのたせ子も、『源氏物語』に関する著作を遺している。養父春海に国学・和歌を学んだたせ子は、『源氏物語』を読み解くことによって積極的に自らの創作に活かそうとした。自著『源氏物語《げんじものがたり》類語《るいく》』（東京大学総合図書館所蔵）の自序のなかで「文かくたより、歌よまんたすけとなるべきは、源氏の物がたりのえんにこゝろふかきにしくものあらじ」と述べ、『源氏物語』の中から和文・和歌の創作に役立ちそうな表現を選んで抜き書きし、『源氏物語』本文の丁数を記して必ず本文に立ち返れるようにし、写本五冊にまとめている。

夕顔　　少将入道楽翁

夕顔の露より馴てかげきゆる月をちぎりの袖の上かな

「夕顔の少将」の歌との先後は不明だが、定信が担当したのは、やはり「夕顔」の題であった。後とするなら、ここにも主催者正敦の意図があったのだろうか。先に引いた「心あてにそれかとぞ見る白露の」の夕顔の歌をきっかけに源氏と夕顔が相馴れて、中秋の名月の光が漏れる廃屋で袖を交わしたことを回想し、亡き夕顔（「かげきゆる」）を追憶する源氏が主体となった歌と解される。

わずかな事例を示すにとどまったが、「詠源氏」は浴恩園サロンの人々の『源氏物語』に触発された創作意識と、江戸の武家歌壇に浸透した『源氏物語』の魅力が顕在化した催しであったといえよう。

注

（1）名古屋市鶴舞中央図書館所蔵。
（2）野口武彦「松平定信と江戸の精神地図」（『江戸人の昼と夜』筑摩書房、一九八四年）にも言及がある。
（3）岡嶌偉久子「松平定信自筆『今波恋』（一）――源氏物語の書写日記――」（『ビブリア』第一〇七号、一九九七年五月）に拠る。
（4）寺本直彦「中世歌壇における詠源氏物語和歌」（『源氏物語受容史論考』風間書房、一九七〇年）。
（5）松野陽一「詠源氏物語和歌」解題（新日本古典文学大系『近世歌文集　上』岩波書店、一九九六年）。
（6）松野陽一「幕府歌学方北村季文について――楽翁文人圏の人々（1）――」（『東北大学紀要』第三十九号、一九八三年十二月）。その後『東都武家雅文壇考』（臨川書店、二〇一二年）に所収。

（7）江戸派の人々とその活動については、内野吾郎『江戸派国学論考』（創林社、一九七九年）、田中康二『江戸派の研究』（汲古書院、二〇一〇年）などがある。

（8）丸山季夫『泊洦舎年譜』（私家版、一九六四年）。

（9）宇野祐三「浜臣評楽翁公諷詠」（其二）～（其七）（『こころの華』第二巻第四号～第二巻第十号、一八九九年四月～一八九九年十月）。

（10）鈴木淳「江戸派歌人安田躬弦寸描」（『江戸和学論考』ひつじ書房、一九九七年）。

（11）本書第二部第八章を参照のこと。

（12）丸山季夫『泊洦舎年譜』（私家版、一九六四年）。

第十一章　賀茂季鷹と雲錦亭

江戸時代中期から後期にかけての成熟した文化を一身に具現した賀茂季鷹の、壮年から晩年にかけての生き方を、門人の長治祐義《ながはるすけよし》は「いとまあれば、石上《いそのかみ》ふるき世の書をめかれ給はず、ひたぶるに花・紅葉を遊びがたきとしたまひて、かくれがに芳野・龍田の花もみぢをうつしうゑて、雲錦亭と名づけて、見そなはしきこしめす事ども、残るくまなくよみ出させ給ふ」（『雲錦翁家集』〈以下『雲錦集』〉序文）と記す。雲錦亭は、当時の一枚刷の番付（角屋もてなしの文化美術館所蔵）でも、上京した折には必ず訪問すべき所とされる。松田直兄《まつだなおえ》の「賀茂季鷹墓碑銘」によれば季鷹の別荘であるという。額は、一条家侍の書家岡本保考の仲介で、後の関白一条忠良《いちじょうただよし》が揮毫し、室内には岸駒《がんく》の画が施され、邸内には上賀茂神社から流れくる明神川が引き入れられている。移し植えられた吉野の桜（雲）と龍田の紅葉（錦）は春秋の美しさを見せ、川のすぐ側には人麿・赤人像を祀った歌仙堂や文庫が建てられた。折々の季鷹の購入、書写や寄贈による蔵書は「和漢の書籍数千巻を蔵す」（「墓碑銘」）と記され、都はもちろん地方からの訪問者も絶えなかった。伊勢の本居宣長（後述）や近江の海量法師・土佐の今村楽（『花勝問』）、九州は岡藩から女流歌人平井安子（『岡藩人歌集』）等々である。

上賀茂神社祠官の家柄であった季鷹が江戸から帰京したのは寛政三年（一七九一）秋のことだが、同五年（一七九三）三月の宣長上京時のことを『雲錦集』には「本居宣長京にのぼりて橋本常亮《つね》をあないにて始めて我が雲錦亭をとはむとて来れる時」とし、同十二年（一八〇〇）九月には、猪苗代謙宜と共に雲錦亭で『和泉式部集』の校合を終えているが（季鷹旧蔵書自筆識語）、「其の庵にうつろ」うのは享和元年（一八〇一）十二月である（『雲錦集』）。その後、『平安人物志』の「和歌の部」に記載される季鷹の住居を辿ると、文政五年（一八二二）版の上賀茂を本拠地としつつ御幸町二条北に僑居していた時期を除き、文化十（一八一三）・文政十三（一八三〇）・天保九年（一八三八）版のいずれにも「上賀茂」と記されており、没する八十八歳（天保十二年〈一八四一〉）まで、雲錦亭を本拠地に活動したことが知られる。天保四年（一八三三）三月には以文会の別会が季鷹を会主として雲錦亭で開かれ（清野謙次『日本考古学・人類学史』岩波書店、一九五四—一九五五年）、身分や地域を越えた人的交流が営まれていた。門弟を集めての歌会にも余念がなく、季鷹の学問や創作、門弟への指導が融合して熟成され、ひとつの文化を醸し出した場所が上賀茂の雲錦亭なのであった。

ところで、十九歳で江戸に出て三十八歳で帰京する間の友人に加藤千蔭がいる。季鷹の帰京後も頻繁に書簡のやり取りをしているが、千蔭宛季鷹書簡の中に興味深い記事がある。「雲錦亭額、一条右大臣忠良公。掛物、妙門様御詠、是も又ふるきにかへせ人皆の心を種の磯城島《しきしま》の道」（大阪市立大学学術情報総合センター森文庫所蔵『千蔭の書簡』[1]）。ここには雲錦亭に関する記事が列挙されているのだが、「妙門様」（妙法院宮真仁法親王）の歌道復古祈願の掛物には注意すべきである。妙法院宮は光格天皇の実弟で、寛政十二年（一八〇〇）正月の宮廷行事である公宴御会始に、それまでのしきたりを無視して、和歌を万葉仮名で懐紙に清書して提出し、披講役の冷泉為章《れいぜいためふみ》に訓《よ》み方を教えた（『橘窓自語』、『内裏和歌御会』）という人で、主催する歌会には蘆庵・秋成・蒿蹊《こうけい》・慈延《じえん》・季鷹など古学に造詣の深い地下歌人を招き、「堂上方和学の陵遅《リヤウチ》しぬるを嘆《ナケ》かせ給ひ、是を古《イニシヘ》に復《フク》して堂上の人々を古学に引入ん」（『みゝと川』「歌学復古」）としたという。季鷹は千蔭宛書簡で、宮を「我輩之親玉にて御座候」とも記し、古学・古風を牽引する存在と考えて

賀茂季鷹旧蔵〔妙法院宮真仁法親王自筆和歌掛軸〕

いる。

雲錦亭の邸内に、人麿・赤人像を祀った歌仙堂があることは先述した。人麿千年忌以来、人麿の命日とされていた三月十八日に、宮廷では人麿影供が催されていたが、文化八年（一八一一）、季鷹が五十八歳の時に歌仙堂を建立したのを機に、雲錦亭でも同じ日に歌会を行っていた形跡がある（『雲錦集』、『播磨』第六十六号、西播史談会、一九六六年七月）。また季鷹が歌仙堂落成という本懐を遂げた祝として、海部屋善二・道幾から『清輔朝臣片仮名古今歌集』を進呈されている（季鷹旧蔵書〈季鷹宛海部屋善二書簡〉）。このような事柄が、すべて古今集仮名序の「正三位柿本人麿なむ歌の仙なりける。これは君も人も身を合せたりと言ふなるべし。秋の夕べ龍田河に流るゝ紅葉をば帝の御目に錦と見給ひ、春の朝吉野山の桜は人麿が心には雲かとのみなむ覚えける。又、山の辺の赤人と言ふ人ありけり。歌に奇しく妙なりけり」に集約されることはもはや言うまでもない。吉野の桜・龍田の紅葉の移植、雲錦亭の命名、歌仙堂の人麿・赤人像、人麿命日の歌会、『清輔朝臣片仮名古今歌集』、古今伝受を光格天皇から授けられた一条忠良の額、妙法院宮の軸、これらは全て古今集仮名序の世界に繋がる。雲錦亭は、季鷹の古《いにしへ》への造詣の深さと理想とを上賀茂の地に顕在化したユートピアだと言えるだろう。

注

（1）　山本和明「千蔭関連資料一・二」（『相愛女子短期大学研究論集』第四十一号、一九九四年三月）に翻刻紹介されている。

第三部　転換期の雅文壇

——堂上地下交渉論——

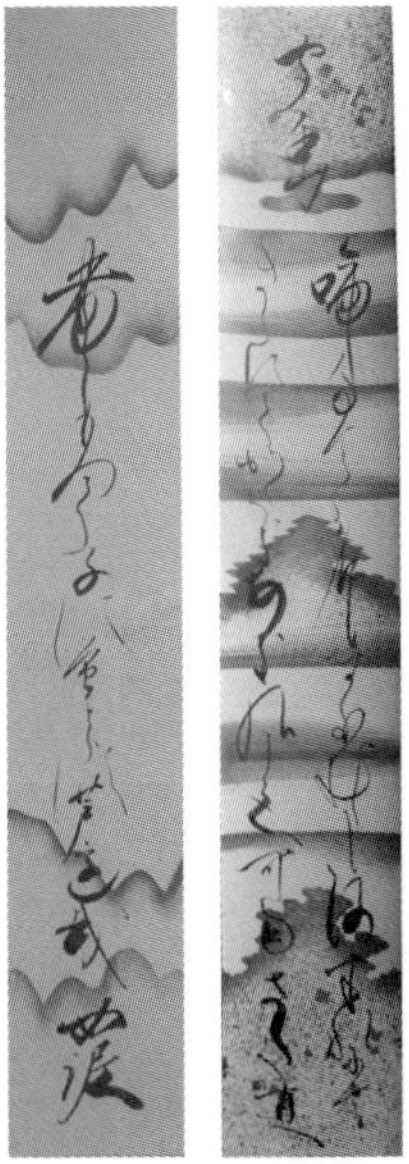

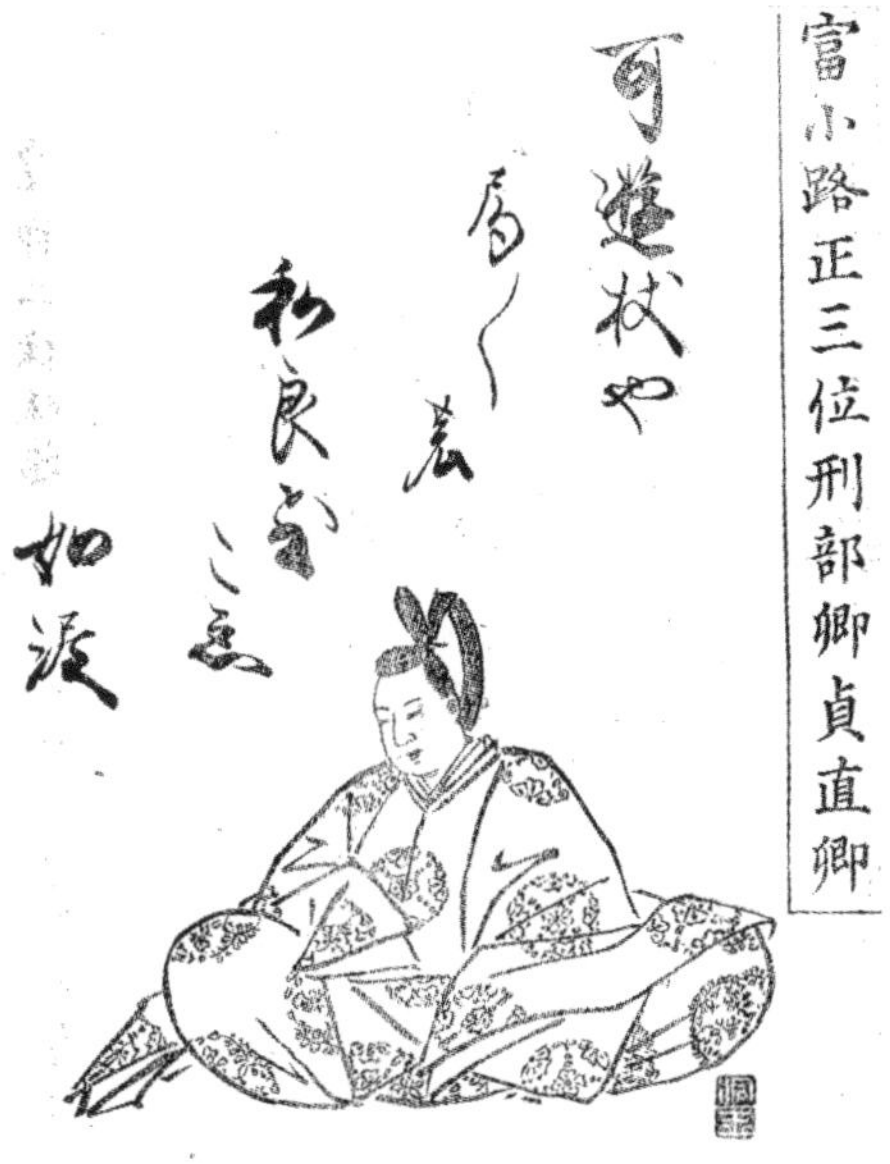

架蔵〔富小路貞直筆和歌短冊・発句短冊〕　富小路貞直肖像（酒田市立光丘文庫所蔵『万家人名録』より）

第十二章　享和二年「大愚歌合」一件

一　はじめに

享和二年（一八〇二）冬、京都で大愚歌合と呼ばれる三十番歌合が行われた。加藤千蔭宛小野勝義（小沢蘆庵門下四天王の一人）書簡に[1]「大愚判歌合之事御尋承知仕候。春来いつかたにても此沙汰のみに御座候へども（下略）」とあるように、翌年の春以来京都では、この歌合の噂で持ちきりであったらしい。大愚歌合とは堂上家広幡前秀《さきひで》の主催で、堂上歌人十人と地下歌人十人が、月・雪・花の三題で歌を競い合い、地下歌人である大愚（慈延）が判を行った歌合である。それが上聞に達し、参加していた堂上歌人達が厳しく処罰されたというのである。この事件は江戸でも評判になった。同書簡によれば、「御地」すなわち江戸の人々は、この処罰を「宗匠家之法界悋気《ほうかいりんき》ニ而、地下と隔候積《へだてそうろうつもり》」ではないかと「取沙汰《とりざた》」した。

なお、この歌合については村田春海も関心を抱いていた。『仙語記』に「一（妙法院宮真仁《しんにん》法親王が）大愚か歌合は見たりやとおほせらる。予（村田春海）申上るに江戸にても其頃人々の沙汰し侍りし事にて其歌合をは一本うつしおき侍りと申上ければ（下略）」（静嘉堂文庫所蔵本による）とあることがそれを証明している。このように京都の地下歌人だけではなく江戸の歌人達までが注視した大愚歌合を詳細にみてゆくと、当時の京都歌壇の一側面が浮かび上がってくる。

大愚歌合について言及した論考に、丸山季夫氏の「雑筆　冷泉家・大愚歌合」（『国学史上の人々』丸山季夫遺稿集刊行会編、一九七九年。初出は『洛味』二七六集、一九七五年九月）がある。氏は、天理大学附属天理図書館所蔵『織錦舎随筆』所収の「小野勝義より千蔭への書状」「蒿蹊より西村出羽守のもとへ（の書状）」、また「堂上人勅勘」を紹介することによりこの歌合の重要性を示している。しかし、この資料紹介だけでは大愚歌合がどのようなものであったのか、歌壇に及ぼした影響力については十全には理解し得ない。

そこで本章では、大愚歌合の諸本を収集・整理して洞察することによって歌合の実態に迫り、更に堂上歌人に処罰が下るまでの経過を辿ることによって享和期堂上歌壇の一側面、またこの時期の堂上歌人と地下歌人の接点を明らかにしたいと思う。

二　大愚歌合の諸本

まず大愚歌合の諸本を検討する。管見に及んだ写本は十本に過ぎないが、極めて複雑な様相を示している。これらの写本の系統を大まかに示せば五つに分れるが、内容が複雑なため、ここでは便宜上、諸本を構成する各要素に番号を付して説明する。①本文、②大愚跋文、③別紙、④作者目録、⑤書状写、⑥被仰渡写、⑦処分内容の七つである。なお構成は、各系統ごとに順序が異なっている。

A系統　③別紙①本文②大愚跋文⑤書状写、から成る。

『広幡殿三十番歌合』（九州大学附属図書館萩野文庫所蔵）宣長門流の筆になると思われる朱の書入れが多い。↓**九大本**と略称。

内題「三十番歌合」。

識語「こは享和二年壬戌年の事也。この前年享和元年辛酉には、本居翁在京にて、四条の旅宿にて講訳（ママ）し給ひしに、花山院殿・三条殿・園殿・中山殿・大炊御門《おおいのみかど》殿・日野殿・芝山殿・河鰭《かわばた》殿・綾小路殿・外山殿・錦小路殿・富小路殿・今城《いまき》殿・野宮殿・東園殿・花園殿・倉橋殿並御嫡子、其外聴聞におはしましけれと、何の御とかめもなく、其うへ親王家へもめされける事度なり。この事は四条舎記及都日記に委し（ママ、古カ）。右学に秀て、道を守り、御おきてにしたかひ、歌文に妙なる人にしたかひて物学ひ給ふは、御恥にあらす。大愚か徒と同輩の徒にあらす。本居翁へ御入門の御方の中に此歌合に入給ひしはいかなる事にや」

B系統　③別紙①本文②大愚跋文、から成る。

1『歌合　享和二年』（宮内庁書陵部所蔵鷹司家本）↓**鷹司家本**と略称。

識語「此事、冷泉・明日香井両家深申立候而、堂上者遠慮差扣、破門被仰下也」

2『享和二年歌合』（宮城県立図書館伊達文庫所蔵。国文学研究資料館マイクロフィルムによる）↓**伊達本**と略称。

3『三十・廿四番歌合』（刈谷市立図書館所蔵。国文学研究資料館マイクロフィルムによる）↓**刈谷本**と略称。

C系統

1 ①本文②大愚跋文④作者目録③別紙⑤書状写⑥被仰渡写、から成る。
『堂上地下雪月花歌合』（天理大学附属天理図書館所蔵）→**天理本**と略称。

2 ①本文②大愚跋文④作者目録③別紙⑤書状写1⑤書状写2⑥被仰渡写、から成る。
『歌合』（宮内庁書陵部所蔵松岡文庫本）→**松岡本**と略称

3 ①本文②大愚跋文④作者目録③別紙⑤書状写、から成る。
『堂上地下歌合写本』（長崎県立長崎図書館所蔵）→**広足本**と略称。
識語「堂上地下歌合、長瀬氏の本をかりてうつしぬ／文化十三年六月十二日／中島春臣（花押）」

D系統　④作者目録①本文②大愚跋文③別紙⑤書状写⑦処分内容、から成る。
『享和内々歌合』（上田市立図書館藤盧文庫所蔵。国文学研究資料館マイクロフィルムによる）→**上田本**と略称。
識語「此哥合者、去年の冬興行有之由傳へ聞り。今爰に前田氏に得之、とみる《（ママ）》写し置。正道を守り申、みちに
　末々□ん事を可恐可慎にこそ。享和三のとし長月廿日あまりの六日写有之を文化十一秋葉月初十日写之」

E系統　①本文②大愚跋文③別紙、から成る。

1 『三十番花月哥合』（刈谷市立図書館所蔵『梅処漫筆』の内。国文学研究資料館マイクロフィルムによる）→**梅処**と略称。
　内題「三十番歌合」。

2 『堂上地下三十番歌合』（内閣文庫所蔵『墨海山筆』の内。国文学研究資料館マイクロフィルムによる）→**墨海**と略称。

識語「此ふみは平野方穀ぬし、人のひめおける、みそかにかりて写したる也、とてひめもたれたるを、己もまたみそかにかりてうつしとり、ひめおくものなり／平田篤胤／文化元年三月十五日」

以上のように大愚歌合の諸本は、①〜⑦の諸要素の組み合わせによって分類される。ここで大愚歌合の概要を示す為に各要素を簡単に説明しておく。

①【本文】本文は、花の題で十番、月で十番、雪で十番の計三十番より成っている。取組は、堂上歌人対堂上歌人、堂上歌人対地下歌人、地下歌人対地下歌人の三通りあり、大愚の判詞が記されている。冒頭を示せば以下の通りである（九大本による）。

一番

花

左　勝　　広幡大納言

芳野山春は幾世の言のはのつきぬためしと花匂ふらし

右　　綾小路中納言

打かすむ高ねの空は春海に匂へる花や沖つしら浪

右の歌、蒼天を青海原に見なして高ねの花を波とおもへる、いとたくみに侍るへし。

匂へるといへるわたりや、少しよわく聞ゆらむ。

左の長もあり。心のふかきには沖つしら波立およはさるへし。

②【大愚跋文】大愚の跋文は、三十番の大愚の判詞のあとに続いているが、松岡本・広足本・梅処・墨海の四本では、書写者に本文と区別する意識がなく、判詞から跋文にかけて改行されずに写されている。この跋文の中で大愚は、「（前略）されは歌合の判者とならむ事はいよ〳〵かたき事にて、近き世となりては雲の上にも絶てさるさまの事は聞えさめり。むかし基俊・俊頼なといへる世に聞えたる人にすら是をいなめり。しかるに此三十番をたはふれにもおとりまさりしるし侍ること、あふきては住吉・玉津嶋の冥鑑もおそろしく（下略）」（九大本）と述べており、古来、歌合の判者になることは遠慮すべきことであったが、江戸時代になってからは、堂上歌人の間でも歌合の判者になるという例は全くなかったことが知られる。

③【別紙】参加者の師系と姓が左右に分けて記されている。但しB系統の諸本は師系の記載がなく姓名が記されている。なおE系統の二本には、「別紙」と項目が立てられている（原本では別紙になっていたか）ので便宜的にこの称を用いる。

④【作者目録】C・D系統にあり、「作者目録」と題される。内容は各取組の勝負を作者名とともに記したものであるが、どういうわけかC系統の諸本は二十九番までしか記されていない。

⑤【書状写】書状写とは、烏丸家雑掌の書状の写し（九大本の書入れによる。宛名不明）である。A・C・D系統にある。書状の日付は、享和三年四月七日付のもの（天理本・松岡本）と同年四月十七日付（九大本・松岡本・広足本・上田本）がある。松岡本は同内容の書状写が別筆で重複しているが日付は異なる。九大本にある「書状写」にのみ、初めに「前文略之」また終りに「下文略之」との割書きがあり、諸本の内、原書状に一番近いと考えられる。書状写に

よって大愚歌合が開催されてから参加者に処罰が下るまでの大まかな流れを知ることができる。次節参照。
⑥【被仰渡写】これは、関白鷹司《たかつかさ》政熙《まさひろ》が大愚歌合に参加した堂上歌人の宗匠家に言い渡した文書の写しである。それに先立ってこの仰渡しが出される経緯の説明がある。天理本・松岡本のみに存在する。次節参照。
⑦【処分内容】「処分内容」とは仮題である。参加した堂上家が受けた処罰内容と誰から処罰を言い渡されたのかが具体的に記されている。上田本のみに存在する。[2] 次節参照。

以上見てきた通り、大愚歌合の諸本は様々な様相を呈しており、本文的にはどの本が最善本であるかを決定するのは極めて難しい。しかし、資料的には各々捨てがたい価値を持つ。例えば上田本は、諸本の内で歌合の開催時に最も近い享和三年（一八〇三）九月の識語が記されており、かつ「処分内容」が記載されている。また、九大本は「書状写」が最も原書状に近いと思われ、書状の差出人が誰であるかを朱で注記している。鷹司家本は見返しに大愚歌合に伴う堂上宗匠家の動きについての重要な識語が記されており、天理本・松岡本には「被仰渡写」が記載されている。これらの諸本の特徴を考慮しつつ本文の引用を行っていくことを予め断っておく。

三　大愚歌合を巡る堂上歌壇の動き

初めに大愚歌合の概要と、催しが奏聞に達して参加者が処罰を受けるまでの過程を「書状写」によって検証する。引用は原則として九大本によるが他本をも参照した。

書状の写

前文略之然者旧冬（享和二年の冬）、広幡殿（広幡前秀《ひろはたさきひで》）御催ニ而、徳大寺殿（徳大寺《とくだいじ》公迪《きんなり》）、日野殿御父子（日野《ひの》資矩《すけつね》・資《すけ》愛《なる》父子）、滋野井殿（滋野井《しげのい》公敬）、綾小路殿（綾小路《あやのこうじ》俊資）、富小路殿（富小路《とみこうじ》貞直《さだなお》）、広幡殿御嫡子（広幡経豊《ひろはたつねとよ》）、御次男（広幡《ひろはた》忠壽）（以上堂上家）、京極家ニ而（冷泉為泰《れいぜいためやす》の門下では）生嶋氏両人（生嶋《いくしま》宣由、生嶋《いくしま》儀重）、千葉安藝守（千葉安芸守《ちばあきのかみ》幸胤）、初川氏（初川主膳《はつかわしゅぜん》信誠）、右之衆中広幡殿宅ニ而哥合、判者ハ大愚《（だいぐ）》（慈延《じえん》）氏ニ而有之候所、右之評判追々取沙汰有之候所、冷泉入道殿（冷泉為泰）より関白殿下（鷹司政熙《たかつかさまさひろ》）へ被仰上候所、御聴不宜。広幡殿並徳大寺殿、日野殿、其外御差扣被仰付候。日野殿御父子御引籠之様ニ承候所、昨日以御書附厳敷被仰渡候。尤（光格天皇の）勅点被差留、御會之列被除之。其餘り厳敷御呵り御座候。依之御本家近衛《（このえ）》様よりも厳敷被仰渡候。此節御閉門ニ而御座候。外之御方も何れ宗匠家より御破門被仰渡候。私父子も主人烏丸《（からすまる）》殿より大愚方へ出入無用たるへきよし申渡候。日野殿ハ儀奏御役ニ御座候所承之、出勤は差留被仰渡候。扨々気之毒千万之御事ニ御座候。

下文略之

右は亥四月十七日出之書状写也。歌合は去戌冬也。

（朱書）此書状は烏丸家雑掌よりいつれへ遣したるにか。其名を略き記したれは、しれかたし。

享和二年（一八〇二）の冬、広幡殿で広幡前秀《さきひで》主催の歌合が行われる。右に名の挙がる堂上・地下歌人が歌を寄せ、判を地下である大愚が行った。ところが、この歌合の評判が冷泉為泰《ためやす》を通じて関白鷹司政熙《まさひろ》の耳に入り、歌合に参加していた広幡前秀・徳大寺公迪《きんなり》・日野資矩《すけつね》、その他の歌人が謹慎を命じられたというのである。謹慎中、日野資矩・資愛《すけなる》親子は書付によって光格天皇からの勅点を差し止められ、また宮廷歌会への出詠も禁じられるという厳しい処罰を受ける。また議奏を勤めていた資矩は御役御免ともなっている。「書状写」によれば、その他の出詠者達も宗匠家から破門されたとされており、この歌合が堂上歌壇に波紋を投じた事は間違いない。では何故に大愚歌合がここまで問題とされたのか。松岡本の「被仰渡写」からその原因を探ってみたい。

被仰渡之写

去年十一月　歌合之事催有之。判者沙門大愚、詠出之事、軽卒之心得、歌道敬心無之儀、対和哥祖師背冥慮、甚以恐入候事ニ候。依而令破門候事。

広幡大納言殿、同宰相中将、
同童形侍従、日野大納言、
日野中宮大夫、
右烏丸家門人
徳大寺前内府(3)、同大納言
綾小路中納言、富小路中納言
右飛鳥井家門人
滋野井三位　大宮三位
右芝山家門人　右正親町家門人
以上十一人及奏聞分、殿上より御下知之廻文。
一　此度歌合之事催達上聞、夫々宗匠家へ及吟味候処、則及奏聞候。別紙人々甚軽卒之事、尤哥道之衰不過之。

且者先王之御制禁之事、奉恐之至、因茲右公宴和歌之御會勅点等被相除、永於哥道者勅勘有之除勤番、尤日野大納言（日野資矩）者依為役人為辞其役席候。右咎有之段堂上一流へ可申達趣、自殿下（鷹司政熙）御命ニ付以来於背此儀者可為同様候事。

儀奏中

享和三亥六月

堂上方不残御連名有之

右掛り合之宗匠方差扣被仰付候也

関白鷹司政熙が宗匠家に言い渡した「御下知之廻文」によれば、「別紙人々（大愚歌合への出詠者）甚軽率之事、尤哥道之衰不過之、且者先王之御制禁之事奉恐之至」により処罰を下したという。廻文が出される経緯の説明によれば、「判者沙門大愚、詠出之事、軽率之心得、歌道敬心無之儀、対和哥祖師背冥慮、甚以恐入候事ニ候。依而令破門候事」となっており、僧侶である大愚判の歌合に参加したことが軽率だとして問題になったとある。(4) しかし、地下の僧侶である大愚が判をしていたからという理由の他に、地下歌人が半数も参加していた歌合に身分の違う堂上歌人が出詠した為に問題になったということは十分に考えられる。(5)

処罰の内容については、政熙の文書に「公宴和歌之御會勅点等被相除、永於哥道者勅勘有之除勤番、尤日野大納言者依為役人為辞其役席候」とあるが、出席者各々に具体的にはどのような処罰が下ったのか、上田本の「処分内容」を見てみることにする。

日野前大納言
被止勅点候段、烏丸頭弁を以被仰渡於近衛殿御所。
広幡大納言
於近衛殿御尋之上、裏辻前宰相を以御哥御會人数被差除候段、正親町宰相中将を以被仰渡。
芝山門弟　徳大寺大納言
閑院門弟　綾小路中納言
同　断　日野中宮大進
飛鳥井門弟　富小路正三位
閑院宮門弟　広幡中納言
御會奉行衆より御人数も差除候段申達、尤師家破門。
烏丸門弟　大宮大夫
同　断　滋野井中将
御内々御會御人数被除候。最師家破門。
京極宮諸大夫　生嶋大蔵少輔

天台宗　　　慈延号大愚

冷泉家より破門。

堂上の参加者と冷泉家の門人生嶋宣由・大愚の処罰内容である。日野家・広幡家は特別厳しく処罰されているが、他の堂上家達も、宮廷歌会に出詠する権利を奪われ（実質的には、宮廷歌会からの追放）、各々の歌の師匠から破門されている。ここで注目したいのは、「書状写」・「被仰渡写」とは違い、堂上家だけではなく地下歌人の処罰内容までもが書き留められているということである。それも冷泉家の門人の生嶋宣由・大愚の記事のみである。二人は、大愚歌合の一件が原因となって冷泉家を破門されたのである。この歌合に参加していた地下歌人はこの二人だけではない。ここで歌合の参加者を「別紙」より改めて確認してみよう。地下には姓名の上に○を付す。なお▽は、「女房」とあるが、出詠者の偽名であるかもしれず、身分がはっきりしないので「▽」とした。注記は諸本の情報を勘案した結果のものである。

左

広幡　前秀（大納言）　　閑院宮門弟
日野　資矩（前大納言）　勅点
滋野井公敬（中将）　　芝山家門弟
日野　資愛（中宮大進）　閑院宮門弟
広幡　忠壽　　　　　　広幡家二男

▽女房　通子
○清浄院晃演　園殿舎兄
○生嶋　宣由（大蔵少輔）　冷泉家門弟
○岸本　茂賢（伊勢守）　広幡家諸大夫
○青木　行敬（左衛門尉、左兵衛少尉）

右

徳大寺公迪（大納言）　芝山家門弟
綾小路俊資（中納言）　烏丸家門弟
広幡　経豊（中納言）　閑院宮門弟
富小路貞直（正三位）　飛鳥井家門弟
大宮　良季（大宮大夫）　正親町家門弟、実は日野資矩次男
▽女房　憲子
○生嶋　儀重（権少輔）　広幡家諸大夫
○千葉　幸胤（安芸守）
○初川　信誠　禁裏御所御膳番
○老尼　観月　大愚同居

これだけの地下歌人が参加していたにも拘わらず、冷泉家の門人だけが殊更問題にされたのである。それと関連してくるのが、先程あげた「書状写」の中の「右之評判追々取沙汰有之候所、冷泉入道殿より関白殿下へ被仰上候所御聴不宜」という記事である。冷泉為泰がこの歌合の評判を関白の鷹司政熙の耳に入れたことが、出詠した堂上歌人達が厳しく処罰される契機となっているのである。

そういえば、鷹司家本の見返しには次のような書入れがあった。

此事、冷泉・明日香井両家深申立候而、堂上者遠慮差扣、破門被仰下也。

つまり、この歌合のことを取り立てて問題にしたのが冷泉家と飛鳥井家だというのである。この書入れは、大愚歌合のことを冷泉為泰から直接耳に入れた鷹司家に伝わる写本であるので注目に値する。

地下側の資料である前出の千蔭宛小野勝義書簡（注（1）参照）の中で、勝義も次のように述べている。

乍去、師家（宗匠家）不残御悋気にても無之、冷泉家のみ達而被仰立候事ニ御座候。全体冷泉家ハ六ケ敷《むつかしき》上ニ、事の可起訳有之候。子細ハ冷泉家御門人京宮御内生島何守（頭註　生島備後守大蔵少輔）とか、是も此度ノ（大愚歌合の）人数之内ニ御座候ニ付、冷泉家雑掌より其沙汰有之候所、生島理屈を以左様之《さようの》六ケ敷《むつかしき》事ニ候ハヾ、御破門可被下などと強く申候由、夫故冷泉家甚御立腹ニ而、宗匠方被仰合、閑院宮（美仁親王）へ被仰上、此一件（光格天皇へ）奏聞ニ可及被仰候へども、宮（閑院宮美仁親王）ハ聞かぬ分にて可然と達而被仰候へども、冷泉家被仰募、終ニ（光格天皇へ）奏聞ニ被及候故、不得止右之次第ニ成候よしニ御座候。

堂上の歌道宗匠家のすべてがこの歌合のことを問題にしたのではなく、冷泉家が特に問題にしたのだという。歌合には冷泉家の門人、生嶋宣由も参加していた。このことが冷泉家で問題になったが、生嶋はそのような難しいことをおっしゃるなら破門してくれるようにと強く申し上げたところ、為泰の逆鱗に触れたのだという。それゆえ為泰は、この歌合のことを他の宗匠家と相談して閑院宮美仁《はるひと》親王（光格天皇の実兄）に訴え、光格天皇の耳に入れるようにと頼んだが、親王が取り合わなかったので、しつこく申し上げ、とうとう奏聞に及ぶところとなり、止むを得ず参加者が厳しく罰せられることになったという。(6)これも、宗匠家の中に、大愚歌合のことを問題にした宗匠家と、閑院宮のような立場をとる宗匠家がいたことを傍証する資料だといえる。

ここに大愚歌合に参加して飛鳥井家を破門された富小路貞直の歌がある。貞直は、処罰を受けたときの感想を次のように詠んでいる。

おもほえず教のおやにすてられてなくなくまどふのみ（ママ）芝の露
何事もふるきにかへる中にしもひとりつれなき和歌のうらなみ(7)

貞直は、堂上と地下が出詠しあった大愚歌合に参加していたことで飛鳥井家を破門になろうなどとは、夢にも思っていなかったようである。貞直は続けて、何事にも復古の風潮があるのに和歌の世界だけが何の影響も受けていないことを述べる。貞直は堂上歌壇の中でも、飛鳥井家・冷泉家に代表されるような中世以来の伝統的和歌の世界から脱皮しようとしていたのである。

以上のことから、享和期になると、堂上歌壇内部に、地下歌人と積極的に接しようとする古学派側と、そのような堂上歌人と地下歌人を切り離そうとする伝統的和歌の家側との二つがあったという仮説が浮上してくる。近世歌壇史研究の上では何かと堂上歌人対地下歌人の二層構造で捉えられがちであるが、この時期の京都歌壇を理解するには、飛鳥井家・冷泉家を中心とする保守的堂上派と、地下の歌学を積極的に取り入れようとする古学派堂上歌人という、堂上歌壇を二つの構造で捉えることが必要ではないだろうか。(8)

四　古学派堂上歌人——享和期における堂上歌人と地下歌人との接点——

享和元年（一八〇一）、本居宣長が生涯最後の上京を果たし、堂上家を前に『源氏物語』・『万葉集』・『大祓詞』・『出雲国造神賀詞』等の講釈を行ったことは有名である。宣長の講釈を聴いた堂上家には、中山忠尹・綾小路俊資・富小路貞直・日野資愛・芝山国豊等がいるが、これらの堂上家の中でも特に熱心に四条舎に通い宣長の『万葉集』の講釈を聴いた歌人の中に富小路貞直と日野資愛がいた（「享和元年上京日記」『本居宣長全集』第十六巻参照）。先に挙げたように貞直と資愛は大愚歌合に参加していた古学派堂上歌人である。二人は一日も欠かすことなく『万葉集』の講釈を聴いた。更に貞直においては、宣長が京を立つときに「京家に稀なる古調の長歌也（中略）今の山城平安の京以来堂上方にはこれ始てなり」（『神代餘波《かみよのなごり》』『燕石十種』第三巻による）と斎藤彦麿をして言わしめた古風の長歌（石塚龍麿『鈴屋大人都日記』『本居宣長全集』別巻三等に所収）を詠んだ。

また貞直は、同じ時期に江戸の地下歌人加藤千蔭にも上京を促し、更に歌の添削をも依頼しており、また寛政の終り頃、賀茂季鷹を仲介に千蔭の『万葉集略解』を手に入れ、熱心に読んだことが享和元年（一八〇一）八月晦日付の

貞直宛千蔭書簡でわかる。(9)

ところで、当時京都の雅文壇に大きな影響力を持っていた妙法院宮真仁法親王が、小沢蘆庵・伴蒿蹊など当時の有力地下歌人を集めて歌会を行っていたことは周知のことである。(10) 大愚歌合の判者である大愚も妙法院に出入りしていた一人であったことは、『錦西随筆』（都立中央図書館所蔵）に、妙法院において呉月渓の即席の画に蒿蹊や蘆庵とともに歌を詠じた話が載っていることで確認される。また古学派堂上歌人の先鋒の一人として論じてきた貞直も、妙法院宮主催の歌会に出詠している。(11) また妙法院宮は、古学に関心を持ち、『古事記伝』の天覧を仲介するなど宣長との交流もあった。

つまり妙法院宮は、堂上と地下とを繋ぐ重要な位置を占めており、古学派堂上歌人と結び付いて、古学を志向するグループを形成したとしても不思議ではない状況が生まれていた。そこから次のような風聞も生じたのである。

○歌学復古

堂上方和学の陵遅しぬるを嘆かせ給ひ、是を古に復して堂上の人々をみな古学に引入んとて、妙法院宮をはじめとして、西三条殿資枝卿の御孫日野大納言殿窓小路《万里》貞直卿なと集り給ひて、内々此事をはからせ給ひ、地下には秋成を引入れて程なく此事もうちいでなんとせしに、西三条殿薨じ給ひ、次て日野家も薨じ給ひ、ほどなく妙法院宮もかくれさせ給ひ、地下には秋成没してたゝ貞直のみ残り給ひければ、このあらましもみな春のよの夢の手枕、かひなくなりし事こそいとも〳〵くちをしけれ。

（本間游清『みゝと川』（上）　愛媛大学文学資料集5）

この記事によれば、妙法院宮を中心とした一部の堂上歌人、また地下歌人をも引入れたグループの間で歌学の復古運動の気運が高まっていたということになる。この時期の京都歌壇の動向を窺わせる大変示唆的な一文である。しかしこの文章は、人物の把握の仕方にいくらかの誤解がある。例えば、「資枝卿の御孫日野大納言殿」とあるのは、日野前大納言資枝卿と孫の日野中納言資愛卿が混乱した表現であるし、「窓《万里》小路貞直卿」とあるのは富小路貞直卿の誤りだと思われる。このような誤解があるにせよ「歌学復古」の話がまったく根拠のない話だとは思えない。

　ところで、大愚歌合における、堂上と地下を繋ぐべき古学派堂上歌人の処分は、地下歌人にはどのように映っていたのだろうか。先に一部を引用した小野勝義の書簡から別の箇所をあげてみる。

> 先ハ右の次第、天橋一夜ニ倒候迠ニハ無御座候。右御沙汰之内、「歌道励之事ながら」とは殊ニ難有御沙汰ニ御座候。是復古之橋立ニ御座候。妙門様（妙法院宮真仁法親王主催の）御会相替儀無御座候。されど打はれ復古之事ハ、和歌之御家（飛鳥井家・冷泉家などの伝統的和歌の家）立候故、今数百年を経候とも有之まじく候。うち〳〵にて自然と復古ニハ成可申候。

今回の歌合の処罰によって、「天橋」つまり、古学を介した堂上歌人と地下歌人の繋がりは途切れてしまうことはないであろう。また処罰した側も歌合を「歌道励之事」であると認めていることは有り難い御沙汰であって、「復古之橋立」であると言える。妙法院宮の御会も前と変わりなく催されている。しかし、堂上家が表立って復古学を学ぶようになることは、和歌の家がある限り、これから数百年を経ようとも、ありえないと思われる。ただし、堂上歌壇においても内々に自然と復古は広まってゆくであろう。

要するに勝義は大愚歌合の一件を、地下と堂上との繋がりを断たれるような事件であったとは捉えてはいない。それどころか、「右歌合一件何之搆ニ可成事とも不被存候」（同書簡）と述べているのである。

地下側からみても、古学が堂上に浸透してゆくことは自然の成り行きであると見られていた。巨大な一枚岩かと思われていた堂上歌壇にも、亀裂が生じつつあることが認識されていたのである。その亀裂こそ、「和歌之御家」すなわち冷泉家・飛鳥井家などの伝統的和歌の家と、貞直をはじめとする古学派堂上歌人の間に生じたものであり、それを天下に知らしめたのが、大愚歌合一件であったのである。

五　おわりに

以上、享和二年（一八〇二）に催された大愚歌合を通して享和期京都歌壇の一側面をみてきた。近世後期歌壇史研究においては、地下歌人の一部の動向についてはある程度明らかにされつつあるが、堂上歌壇についてはまったく研究に手がつけられていないといっても過言ではない。全貌を明らかにするには程遠いが、本章はその第一歩として、享和期の堂上歌壇内の分化の兆し、またそれに伴う堂上歌人の地下歌人への接近の様相を示そうとする試みである。堂上と地下の両方に通じ京都文壇を動かした賀茂季鷹や、本論中にも触れたように堂上家でありながら古学に深い関心を示した富小路貞直等の事績を明らかにすることにより、より厚みのある歌壇史構築が目指せるのではないだろうか。

注

（1）日本随筆大成第一期5所収『織錦斎随筆』付載「織錦斎随筆抄」所収。

（2）丸山季夫氏の「雑筆　冷泉家・大愚歌合」には「堂上人勅勘」（出典不明）として翻字されている。

（3）徳大寺実祖。享和三年（一八〇三）時点では前内大臣従一位。この人物は実際には参加していない。

（4）延享二年（一七四五）、桜町天皇が作った歌道入門制度は、御所伝受保持者でなければ、門人をもってみだりに添削してはならないというものであった（本書第一部第二章「近世天皇と和歌――歌道入門制度の確立と『寄道祝』歌――」を参照のこと）が、明和期になると、それが乱れて問題になっていた。明和二年、亡き父桜町天皇の制度を守らない歌人達を憂えた後桜町天皇が促して、宗匠である冷泉為村が改めて注意を喚起している（本書序論を参照のこと）。大愚が判をするということは、伝受を受けていない地下歌人が和歌の優劣を記すことになり、それが問題とされた可能性もある。「先王之御制禁之事」は、あるいは、延享二年、桜町天皇の歌道入門制度の事を指すのかもしれない。

（5）先に引用した小野勝義書簡において、勝義が非蔵人の羽倉信美に聞いた話として伝えるところによれば、「堂上歌合地下判致し候事ハ、元文比にも例有之よし、日野家も被陳候よし。夫故歟歌道励之事とは申ながら、出家青侍人柄を不選打混じなど様々御文言有之よしに御座候。右之趣ニ而は堂上斗の歌合大愚判ニ候へば無子細、又出家青侍交り候ても、人柄を選び、禁中無礼之人不交、他邦之取沙汰無之候へば、御搆無之事と相見え申候て、公なる御沙汰ニ御座候」とある。

（6）この冷泉為泰の動きは、師範としての影響力の衰えを懸念したものとも推察される。為泰の指導力が父為村に比べると衰えていたとして、久保田啓一「川崎池上家『京進書札留』抜書――冷泉門人池上幸豊の四十年――」（『近世文芸』第五十六号、一九九二年七月。その後『近世冷泉派歌壇の研究』〈翰林書房、二〇〇三年〉に所収）に示唆されている。

（7）「富小路三位貞直卿より、賀茂季鷹がもとへ贈られたる書状　享和三年五月」（日本随筆大成第一期5所収『織錦斎随筆』付載「織錦斎随筆抄」所収）。

（8）保守的堂上派を代表すると思われる歌人と大愚歌合に参加した歌人（当然彼等が古学派堂上歌人の中の有力な人々と思われる）との享和二・三年（一八〇二・一八〇三）における宮廷歌会への出詠数を見ると、以下のようになっている。なお、内裏御会は『内裏和歌御会』（国立国会図書館所蔵）、仙洞御会は『公宴御会和歌』（宮内庁書陵部所蔵）による。

歌人名	享和二年内裏御会	享和二年仙洞御会	享和三年内裏御会	享和三年仙洞御会
冷泉為泰	19	36	17	31
飛鳥井雅威	22	35	22	30
広幡前秀	6	0	3	0
徳大寺公迪	5	0	3	0
日野資矩	12	13	6	7
綾小路俊資	8	8	4	4
日野資愛	10	11	3	4
富小路貞直	0	4	0	0
御会開催数	22	36	23	39

やはり保守的堂上派は宮廷歌会において中心的な位置を占めており、大愚歌合に参加している歌人は出詠回数が少ない。また享和三年（一八〇三）四月以後、大愚歌合参加者の出詠回数は皆無である。

（9）　上京を促されていたことは「千蔭もいかてまうのほりてよなと仰せ給ふなんかしこみ承りはへる」という一文でわかる（岩手県立図書館所蔵『富小路殿へ歌加筆並消息』中の「富小路三位貞直卿に答まゐる文」）。また『略解』を読んでいたことは「さきに万葉略解十一の巻まて季鷹して奉れる、御覧せさせ給へりとてかしこき仰事ともかしこまりうけ給り侍り」と述べていることでわかる（同前）。また貞直の歌に施した添削の実際も同書からわかる。なお静嘉堂文庫の『富小路貞直卿詠歌並千蔭呈書』も同内容のものである。詳細は、本書第三部第十五章「富小路貞直と転換期雅文壇」付「『富小路貞直卿御詠歌並千蔭呈書』について」を参照のこと。また『略解』寄贈の謝礼を述べた貞直の千蔭宛漢文尺牘（八月二十三日付）が、清水浜臣の『泊洦筆話』（日本随筆大成第一期7所収）に載る。

（10）　宗政五十緒「真仁法親王をめぐる藝文家たち」（『日本近世文苑の研究』未来社、一九七七年）および飯倉洋一「妙法院宮サロン」（『共同研究　秋成とその時代』勉誠社、一九九四年）を参照のこと。

(11)　天理大学附属天理図書館所蔵『正二《ママ》位貞直卿詠草』には、貞直が妙法院当座歌会で詠んだ「夏日」・「閑庭橘」二題の歌が収録されている。同書に収められている歌群は寛政六年（一七九四）から享和二年（一八〇二）のものに集中しており、歌の並びからいっても、妙法院宮とは真仁法親王のことであると思われる。

付　翻刻『享和度京師歌合伴信友奥書』

住吉大社所蔵の『享和度京師歌合伴信友奥書』を翻刻する。本文に忠実に翻刻することを原則としたが、漢字は通行の自体に改め、読みやすさを考慮して句読点を付した。なお、本文の脱落部分は（　）内に、九州大学萩野文庫本を以て補った。

外題　享和度京師歌合伴信友奥書
扉題　享和度京師歌合伴信友奥書
作者目録

享和二戌冬京師堂上地下歌合

判者　大愚慈延

連衆

左方

閑院宮御門弟　広幡殿　　日野殿
芝山殿御門弟　滋野井殿　　日野御嫡子
広幡殿次男　　女房通子

清浄院　　　冷泉家御門弟 生嶋大蔵少輔
岸本伊勢守　　　青木左兵衛尉
右方
芝山殿御門弟 徳大寺殿　　　烏丸御門弟 綾小路殿
閑院殿御門弟 広幡殿嫡子　　　飛鳥井殿御門弟 富小路殿
大宮大夫殿　　　女房憲子
生島兵部少輔　　　千葉安芸守
初川主膳　　　尼　観月

書状の写
然者旧冬
広幡殿御催候而、徳大寺殿、日野殿御父子、滋野井殿、綾小路殿、富小路殿、広幡殿御嫡子、御次男、京極家ニ而生島氏両人、千葉安芸守、初川氏、右之衆中広幡殿宅ニ而歌合、判者者大愚師有之候所、右評判追々取沙汰有之、冷泉入道殿より関白殿下へ被仰上候処、御聞不宜。広幡殿並徳大寺殿、日野殿、其外差扣被仰付候。日野殿御父子者御引籠之様ニ承り候処、昨日以御書付ヲ厳敷被仰渡、尤勅点被差留、御会之列被差除候。其余御叱御座候。依之御本家近衛様よりも厳敷被仰渡候。此節御閉門御座候。外之御方ニも何レ宗匠家より御破門被仰渡。私父子も主人烏丸殿より大愚方へ出入無用たるへき由被申渡。日野殿、議奏御役御座候処、永出勤御差留被　仰渡。さて〳〵気之毒之御事ニ候、云々。

当四月出書状之写享和三亥年也

本文

内題　三拾番歌合

一番　花

左勝　広幡大納言前秀卿四十一

芳野山はるハいく世の言の葉の尽ぬためしと花匂ふらし

右　綾小路中納言源俊資卿四十五

打かすむ高根の空ハ青海ににほへる花やおきつしら浪

右のうた蒼天を青海原に見なして高根の花を波とおもへるなと、いとたくミに侍るへし。匂へるといへるわたり、物少しよわく聞ゆらむ。左の長もあり、心もふかきにハ沖つしら浪立およはさるへし。

二番

左持　日野前大納言資矩卿四十七

咲しより心ひかれてあつさ弓はるハ野山の花にくらしつ

右　徳大寺大納言公迪卿三十二

ふもとまて咲る思へハ雲とのみ見しも高根のさくらなるらむ

左の歌、玉葉集に、さくら花あかぬ匂ひにさそハれて春ハ山路にゆかぬ日な《（ママ）》きと侍るすら同し心にて梓弓をひかれたるのミふしとハミえ侍る。右ハ末の句、高根に見しも桜成けりとやあるへからむ。胸句もなほあらまほしけれハなそらへて持なるへし。

三番

左　滋野井中将公敬朝臣 三十五

あこかれてそこともいはす入相の花にやとかる春の山ふミ

右勝　生嶋兵部権少輔儀重朝臣

咲匂ふ山のさくらをかさしてもわか身の老ハかくれかねぬる

左、素性法師の芳躅あるうへ家隆卿の風流を添たるにことつきためるを、入相の花にとつゝきたるあたりいかゝ侍るへからむ。右も老の述懐は東三条のおとゝにならひためるを、わか身の老ハなといへる哀に侍れハ、ことはりの勝になり侍るへし。

四番

左　日野中宮大進資愛朝臣 二十三

山桜花さくみねの春ふけハ空ゆく雲も風やかほらむ

右勝　富小路正三位貞直卿 四十二

あくかれて我物としもおもハぬハ花ミる春のこゝろなりけり

左の歌、峯の春ふけハといへるハ、春にふけはといふへき心にや侍らむ。又峯の丶の文字ハを文字にてや有けむ。いかさまにも春の字ハなからましかハと見ゆめり。右の歌、公衡卿のはるハこころの身にそはぬかなとなかめ、西行法師の散なん後や身にかへるへきといへる心の行ゑをわか物としもおもはぬなととりなせるハ、今一入色をましてをかしくも侍るへけれは、また右ハまさると申へきにや。

五番

左持　多斗丸（広幡殿次男歟正方案）

咲しより身をも心もそめてミむ花ハ色香を知る人にして

右　初川誠成（ママ）

けふいくか家ちわすれて梓弓春の野山の花にくらしつ

行尊大僧正の花より外にとなかめ給へるは大峯の奥にて、むへもさこそハありけめと、いとあはれなるを、身をも心も染る色香ハ知る心なくてもや侍らん。梓弓春の野山ハ二番の左におなし物なるを、さらてもいとふりたるへし。左ハ、一しほと思ひ染たる色香も侍り。仍ておとりまさりをつけ侍らす。

六番

左勝　大《生嶋》蔵少輔定由（ママ）朝臣

春雨に色香ことなる桜花さかり世に似ぬミよしの丶山

右　安芸守幸胤

歌字欠（春ことに色香ことなる桜花盛世にゝぬ三吉野の山）

左の歌、三句以下のゆふなるにむかへてハ、一二句今少しよわくて履をへたてゝ足かゝむ心地すへし。右の歌も末の句なとさもやと見ゆるを一二句無下にミよしのゝかひなく侍り。猶花のしら雲ハいま少し立まさり侍りなむ。

七番

左　　　　岸本伊勢守茂賢

世ハなへて花こそ花のあるか中に華のみやこそ色か時めく

右勝　　　　尼観月

色に香に染てもあかす木のもとにちらぬ心を花もあはれめ

狭衣の大将の花こそ花のとて山吹をさしいひ給へる詞をとりて、定家卿の咲しより春ハくれゆくやまふきの花こそ花のなかにつらけれととりなし給へるハ、花こその詞勿論なるへし。此左の歌ハ、花こその詞うきてきこゆるハ、たゝ花のあるか中にとそいはまほし。右のあらぬ心をなとハいとゆふに侍るへし。尤為勝。

八番

左勝　　　　青木左兵衛少尉行敬

またれこしうさを忘るゝ花盛さて散ことのあらすしもかな

右　　　　広幡中納言源経豊卿二十四

世をいとふ心つくしも咲ころハわすれてなるゝ花の下陰

右の歌心つくしなる世をいとふとならハさも侍りなん。もとより世をいとハ丶つくすの詞なくても有ぬへし。左
裾 躰 本ノマヽ　のわたり少しよわけにハ侍れと心つくしにはまさるへくや。

九番

左持　　　　　　　　　　　　女房通子

たくひなや咲ミたれたるかは桜かすミのまより匂ふあけほの

右　　　　　　　　　　　　　女房憲子

芦垣のよし野のさくら雲と見しその世の春も花やへたてぬ

かは桜の霞のまより匂へるさま紫の上を今かひまミし給ふる心地して艶なるにや。あしかきのよし野も本末かけ合て能持なるへし。

十番

左勝　　　　　　　　　　　　晃演清浄院

咲そめし尾上の花に高砂のまつの絶間はあらハれにけり

右　　　　　　　　　　　　　大宮大夫良季二十一

さきしより花に心のそめられてなかき春日もあかぬ木のもと

しら河の春の梢を見わたせは松こそ花のたえまなりけれと俊頼朝臣のなかめられたる風情をひきかえてさくらに松の絶間をあらハしたる心姿いと艶にしも侍るかな。右の心そめられたる色ハけたれ侍るへし。

十一番　月

左持　日野前大納言

立まよふ雲もへたてす山鳥のをのへの月に秋かせそふく

右　綾小路中納言

秋の夜ハ名にあふ月のあかしかたひかりを浪の花とちらして

右の名にあふ月ハあかしのあひたりとの心にも侍るへけれと猶名におふと書そ流例に侍る。此番、下の句とり〳〵にゆふなり。おとりまさりなかるへし。

十二番

左　広幡大納言

なかめあかぬ人の為とや秋ことの葉月なかつき照まさるらん

右勝　富小路正三位

なかめつゝおもひ出おほく成りぬるハ月にいくらの秋をへぬらん

なかめあかぬ人の為に八月九月かけて照まさるらん月の心もあハれにハ侍るを、おもひ出おほくなりぬるに、あまたのあきをなかめきたらん事を思へるこゝろいとふかく哀にたゝならす。左ハおよひかたくこそ侍れ。

十三番

左勝　　　　　　　　　　晃演
浮雲をはらふあらしや照まさるつきのかつらの時雨なるらん
右　　　　　　　　　　幸胤
雲霧をはらひ尽して山風にわれハかほなる月のさやけさ
かの夕日や花のしくれなるらむといへるよりも嵐を桂の時雨になしたるハ染る心も今少ししたしく侍るへし。右の雲霧を風にはらハせたるハおなし心に侍れと、我ハかほならん月ハ光なからむとそ申へき。

十四番
左持　　　　　　　　　　滋野井中将
つれ〳〵とうちなかむれハむかしへもおほろけならぬ秋の夜の月
右　　　　　　　　　　観月
いひしらぬ光もそらに秋ふけて身にしむ色の月ハかなしき
左の歌むかしへもおほろけならぬなといへるわたり少しことたらぬ心地す。右のいひしらぬ光りと、ことありけにハ見えて又させることなけれは勝負の墨付侍らす。

十五番
左勝　　　　　　　　　　日野中宮大進
てりそめし神代の秋もへたてなき影あふけとや月晴る空

右　　　　　　　　　　　　　　徳大寺大納言

来てミれハふりぬる里ハ澄月の影はかりこそかハらさりけれ

人しれぬ故郷まてたつねゆきて月見侍らむより神代の秋にかハらぬ光をあふかむは今少し心高く侍るへきにや。

十六番

左勝　　　　　　　　　　　　　多斗丸

夕な〳〵なかめすてゝも影すめる月にうらミむ秋の空かは

右　　　　　　　　　　　　　　儀重朝臣

天のはらくまなくすめる月影ハ八百万代の末もくもらし

月にうらミむ秋の空かハなと昔よりいかてよミのこし侍りけん。一唱三嘆し侍りぬ。八百よろつ代の末もくもらしいへるもけたかく侍るへけれと、左の月にハ心もすミまさり侍りけり。

十七番

左　　　　　　　　　　　　　　茂賢

ミてる夜におもひそ出る天乙女こゝゑすミのほる月のうきはし

右勝　　　　　　　　　　　　　信誠

よしや身の老となるともいたつらにねられん物か秋のよの月

左の歌ハ霓裳羽衣曲のおこりを思はれたるへし。本文にハ楽声嘈雑と侍れと、此歌とりては乙女かうたへる様にもや侍らむ。初五文字も今少しおもふへくや。右の歌ハねてあかすらん。人さへもうきといふふることにつもれは人の老となる物といへる金玉とりましへ月のひかりもいと艶なり。依為勝。

十八番

左勝　　女房通子

あかなくに槙の戸口をあけをきてよな〳〵月の影をいれまし

右　　広幡大《一二中》納言経豊卿歟

千里まてかくやあらんとしのはるゝくまなき月にむかふ夜ことハ

左の槙の戸口に明石の月もおもひ出られ侍り。右の歌させる難もなけれと槙の戸口けしきはかりまさり侍らむかし。

十九番

左勝　　行敬

心から秋の夕を月にまちつきに哀をいとふわりなさ

右　　大宮大夫

山松のあらしの木の間いつるよりよもにさやけき秋の夜の月

左ハ月にあはれをかこつとこそいはまほしけれ。右はさせる科も見え侍らねと左のうたの深く思ひ入られたるさまにハ及ふましくこそ。

二十番

左持　宣由朝臣

雲のうへに光りかハせるやとなれハつきもくもらていく世すむへき

右　女房憲子

あふきつゝ猶いく千五百秋津すの月に契りも久かたの空

左の光かはせるや今少し言よせあらましかハと思ひ給ふるハいかゝ。右末の句そ、これも猶思ひた《（ママ）》く侍れと祝の心とり／＼に捨かたく侍りて、いつれを何れとも申かたし。

二十一番　雪

左　滋野井中将

かけあれし軒端の松の声たえてしつかにつもる庭のしら雪

右勝　富小路正三位

尋こしふかきこゝろの跡ミする雪こそ人のミをつくしなれ

左の雪ハ世にふりしさまなるへし。かけの字ハかせとありけんを執筆のたかへたるにやともみゆ。右の雪こそ人のミをつくしとつゝけたるさまめつらしく心もおかしく侍り。さうなき勝にて侍りなむ。

二十二番

左勝　　　　　　　　　　　　　　宣由朝臣
さえ〳〵し夜はのあらしも埋れて雪にしつまる明ほの丶山
右　　　　　　　　　　　　　　信誠
としふかくふりつむ雪に道たえてあまり淋しき冬の山里
左右の山の雪ともに艶にハ侍るを、右ハとしの字ひとつなくてもやとミえ侍る。歌合のならひ、毛を吹事に侍れは、これをきすにて右はまけ侍るへし。

二十三番
左　　　　　　　　　　　　　　日野中宮大進
跡つけてとへかし人を松の戸もあけゆく庭に雪そつもれる
右勝　　　　　　　　　　　　　綾小路中納言
吹誘ふほともあらしにちりひちのやまとつもれる庭の白雪
左ハことなる事も侍らぬうへにも文字そ落のをも見え侍らす。右ハ嵐にちりひちなと少しふるまひたるさまにも侍り。まさるとや申侍らん。

二十四番
左持　　　　　　　　　　　　　　広幡大納言
聞馴し木の葉のしくれ跡たえて庭にちりなき今朝のしら雪

右　　　　　　　　　　　観月
遠近の山ハけちめも埋れてくもまにはるゝミねのしら雪
左右思はしからぬ所侍り。おとりまさりのけちめもうつもれてなむ。

二十五番

左勝　　　　　　　　日野前大納言
ふるまゝに軒はの竹ハ末ふしてミさりし山そ雪にまちかき
右　　　　　　　　　儀重朝臣
たつねくる友もあらハと庭の面に朝ふる雪をはらハてやミむ
友をまちけむ庭の雪のふりたるよりハ見さりし山を雪にミたらむハ少しめつらしく侍らん。

二十六番

左持　　　　　　　　晃演
かすかにもたつる朝けの煙のミ其いろミするゆきの山もと
右　　　　　　　　　広幡中納言
松風ハおさまる雪のふかき夜にきこえて寒き下折のこゑ
左の其色見するといひ、右のおさまる雪のといへる、ともにさゝへて聞え侍れハ同科とす。

二十七番
左勝　多斗丸
木のもとにうつミかねたる嵐かとき丶しハ松の下折の声
右　徳大寺大納言
ほのかなる日影ハ空に見えなからまたふりやまぬ今朝のしら雪
右の歌、さる気色ハある事なれと雪を賞する心持あさけれハ左の雪折の声いよ〳〵高くきこゆ。

二十八番
左持　行敬
ふミわけてとハ、や今朝の初ミゆきつもれる庭に跡ハとふとも
右　女房憲子
豊なる年のしるしを年々にかさねあけつ丶雪やミすらむ
左ハ誰宿をしもとはんとおもひけるにや。心のあとさたかならす。右ハ盈尺則呈瑞於豊年といへる本文の心ハたしかなれと下の句と丶こほり侍り。なそらえて同ししなとす。

二十九番
左持　女房通子
身にそしむ幾重降つむ庭の雪いろなきもの丶のあかぬなかめハ

右　　　　　　　　　　　　　大宮大夫

きのふまてそれとあかれし通路もたとるハかりにつもるしら雪

左の歌、詠ハの詞ふるくより先達の庶幾せさる事にて侍り。身にしむといへるもおもハしからすや。右の歌させる難もミえ侍らねと勝の字を付るまてにハあらさる歟。

三十番

左　　　　　　　　　　　　　茂賢

降まゝに友まつ今朝の雪のかとつるの毛衣きてもとへかし

右勝　　　　　　　　　　　　幸胤

ふミわくる跡ハいかてかあらしさへうつもれはてし雪の山里

左の歌、王恭を友人にとりてちからあるに似たれと、艶にも侍らす。すへて歌は故事本文を引用る事、手からとする事にも侍らすと先達いましめられたる事になむ。右の歌あらしの埋れしなとハことふりにたれと一首ハゆふに侍るへし。依て勝と定申侍りけり。

抑大和歌ハあかれる世にすらそのさましれる人すくなかめるを、まいて末か末の世となりて、御書所のすのこにものほらさるのミか、小倉山の麓をたにたとりしらぬ身にして、いかてか人の歌のよしあしをわかち侍らむ。されハ歌合の判者とならん事ハ、いよ〳〵かたき事にてちかき世となりてハ雲の上にもたえてさるさまのこと聞えさめり。むかし基俊・俊頼なといへる世にきこえたる人々すらこれをいなめり。しかるに、此三十番をたはふれにもおとりまさりしるしはへることあふきては、住吉・玉津嶋の冥監もおそろしく、ふしてハ菽麦もわきまへさる身のほとをはつといへともミねの椎柴しゐての仰なれハしもの真葛葉かへさい申かたくてなん。基とし・俊頼の両判のうたあはせを見侍るにも勝たるハまけ負たるハ勝たるもすくなからす。そハ判者の心のひき〳〵なれハ、いつれとも言かたし。五条三品禅門の判し給へるうたの負たるも撰集にハいりて勝たるかいらさるも侍る。されハ負たりとてふつくむましく、かちたりともミつからおもふましき事に侍り。たゝ一時の興にてひとわたり見過され侍らん迄の事にもやとて未得已得未証已証のつミを忘れ痴狗のつちくれをくひ、犁牛の尾を愛するか如くをろかなるこゝろをミしかき筆にまかせてしるし侍るハかへす〳〵もそらおそろしくなむ。

作者目録

作者目録

一番　広幡大納言　　二番　日野前大納言
　　　綾小路中納言　　　　徳大寺大納言
三番　滋野井中将　　四番　日野中宮大進
　　　生嶋兵部権少輔　　　富小路正三位
五番　多斗丸　　　　六番　大蔵少輔定(ママ)由朝臣
　　　広幡中納言　　　　　安芸守幸胤
七番　岸本伊勢守茂賢　八番　青木左兵衛少将行敬
　　　尼観月　　　　　　　広幡中納言源経豊卿

九番
通子
憲子

十一番
日野前大納言
綾小路中納言

十三番
晃演
幸胤

十五番
日野中宮大進
徳大寺大納言

十七番
茂賢
信誠

十九番
少将行敬
大宮大夫

廿一番
慈野井
富小路

廿三番
日野中宮
綾小路

廿五番
日野前大納言
儀重朝臣

十番
大宮大夫良季
晃演清浄院

十二番
広幡大納言
富小路正三位

十四番
滋野井中将
観月

十六番
多斗丸
儀重朝臣

十八番
女房通子
広幡中納言

二十番
宣由朝臣
女房憲子

廿二番
宣由朝臣
信成（ママ）

廿四番
広幡
観月

廿六番
晃演
広幡

廿七番　多斗丸　　　　　　廿八番　行敬
　　　　徳大寺大納言　　　　　　憲子
廿九番　女房通子　　　　　三十番　義賢（ママ）
　　　　大宮大夫　　　　　　　　幸胤
　　　　　歌合連衆
　　　　判者　大愚慈延

奥書
右歌合享和三年八月十二日夜写畢。走卒也。不及授。原本烏丸家司書写而所贈成嶋氏云々。頗好書也。　楓窓。

右歌合自楓窓主人借得而走卒写之。

　享和三癸亥年葉月既望。　杏花園。

享和四甲子年正月廿一日校合畢。　田勤。

文化元年七月二日、以田勤本書写畢。六番右歌脱。其余仮字用格写誤雖有之不改之。昨日以好本可校合者也。　立入信友。

第十三章　「大愚歌合」以後の日野資矩

はじめに

本書第三部第十二章「享和二年『大愚歌合』一件」（以下、第十二章と呼ぶ）の中で、享和二年（一八〇二）冬に催された大愚慈延判堂上地下三十番歌合を取り上げ、堂上歌壇内部に、地下歌人と積極的に接しようとする富小路貞直や日野資愛などの古学派堂上歌人の層と、冷泉為泰や飛鳥井雅威などの伝統的和歌の家の人々で堂上歌人と地下歌人とを切り離そうとする保守的堂上派の層があるとの見通しをつけた。この時に使用した資料は主に大愚歌合の諸本とそれに付随していた文書類、また同時代歌人の随筆類であり、歌合に出詠した当事者の資料には及ばなかった。本章では、大愚歌合事件のその後を当事者の立場からもう一度捉え直すことによって前章の見通しを補強し、新たに近世後期堂上歌壇における「和歌の家」の問題について言及したい。

一　大愚歌合事件とは

はじめに、大愚歌合事件のあらましを述べておく。享和二年（一八〇二）冬（宮内庁書陵部所蔵松岡文庫本『歌合』によれば十一月）、京都において、堂上家広幡大納言前秀《さきひで》が主催して、堂上歌人と地下歌人から月・雪・花の三題で三十番分の歌を集め歌合を行った。判者は地下歌人大愚慈延。歌合の内容は写本で流布し、堂上歌人と地下歌人が対戦し、地下歌人が判をしたということで京都のみならず江戸でも話題になった。伝統的和歌の家の冷泉為泰《ためやす》や飛鳥井雅威《まさたけ》はこの歌合を取り立てて問題視し、享和三年四月、出詠していた堂上歌人には厳しい処分が下った。

《大愚歌合出詠者／処分内容等》

日野　資矩（前大納言）／光格天皇の勅点→勅点差し止め。
広幡　前秀（大納言）／閑院宮家門弟→御会人数差し除き、閑院宮家破門。
○徳大寺公迪（大納言）／芝山家門弟→御会人数差し除き、芝山家破門。
○綾小路俊資（中納言）／烏丸家門弟→御会人数差し除き、烏丸家破門。
広幡　経豊（中納言）／閑院宮家門弟、妻は日野資矩の娘淑子→御会人数差し除き、閑院宮家破門。
○富小路貞直（正三位）／飛鳥井家門弟→御会人数差し除き、飛鳥井家破門。
滋野井公敬（中将）／芝山家門弟→内々御会人数差し除き、芝山家破門。
○日野　資愛（中宮大進）／閑院宮家門弟、日野資矩三男→御会人数差し除き、閑院宮家破門。

大宮　良季（大宮大夫）／正親町家門弟、実は日野資矩四男、資愛は同腹の兄→内々御会人数差し除き、正親町家破門。
○清浄院晃演／園殿舎兄。
広幡　忠壽／広幡家二男。
生嶋　宣由（大蔵少輔）／冷泉家門弟→冷泉家破門。
生嶋　儀重（権少輔）／広幡家諸大夫。
岸本　茂賢（伊勢守）／広幡家諸大夫。
青木　行敬（左衛門尉、左兵衛少尉）／賀茂季鷹、香川景樹門弟。
千葉　幸胤（安芸守）
初川　信誠／禁裏御所御膳番。
老尼　観月／大愚同居。
女房　通子
女房　憲子
判者　大愚慈延／冷泉家門弟→冷泉家破門。

注目すべきなのは、出詠者の中に、歌合が催された前年の享和元年四月五日から五月二十九日にかけて上京した本居宣長の古典講釈を聴いた者がいるということである。中には富小路貞直《さだなお》、日野資愛《すけなる》のように自ら宣長の旅宿に出向いて熱心に講釈を聴いた者もいた（「享和元年上京日記」「玉のなつぎ」）。宣長の講釈を聴いた歌人には○を付している）。大愚歌合事件の背景として堂上家の中に宣長の講義を熱心に聴くほどの古学志向のグループが勃興していたことが考えられるが、この表を見るとさらに、出詠者には、主催者の広幡家関係者に加えて、日野家の関係者が多いことが知られる。冷泉為村《ためむら》・為泰父子の門人であった森山孝盛は、その著『蜑の焼藻の記』（『日本随筆大成』第二期二十二巻）の中で、冷泉家と日野資矩《すけつね》の父資枝《すけき》が門人を競り合ったことを記しており、(1)伝統的和歌の家である冷泉家と、宮廷歌会で主要な位置を占めるようになってきた日野家の関係が大愚歌合事件に発展する契機の一つになっていたことが考えられる。本稿では、当事者の日野資矩の自筆文書、書簡の控え等を通して、大愚歌合の催しの実際を、資矩の立場に即して再検討してみたい。

二　日野資矩の視点による大愚歌合の経緯

ここで使用する日野資矩自筆『当今御点　寛政八年到享和三年』（国立国会図書館所蔵）は、資矩の詠草集である。光格天皇の勅点を初めて受けた寛政八年（一七九六）八月二十一日から、大愚歌合一件につき籠居を命ぜられる享和三年（一八〇三）三月一日までの各歌会に提出された勅点詠草が収められている。年次順に配列されていることから資矩の和歌鍛練の過程が知られ、また光格天皇の添削が知られる箇所もある貴重な資料であるが、享和三年二月二十七日の閑院宮会始で唐突に詠草記録は途切れている。このことは、大愚歌合事件の処罰が資矩当人も予測だにしなかった突然のものであったことを物語っている。末尾に付された文書は大愚歌合一件についての資矩の覚書であるが、歌合の処分の次第が当事者ならではの視点から描かれ、他の資料からでは分からなかった歌合の経緯や入り組んだ人間関係が詳細に綴られている。この覚書を通して当事者の立場から歌合の実際をたどってみる。

> 享和三年四月八日被停　勅点了。是日、頭弁資董朝臣来臨。可伝仰公事、云々。資矩三月一日已来、有子細、以内大臣殿命、称所労篭居（中略）。（資董）朝臣曰。自今、被止和哥勅点者、六條前中納言有庸傳仰之、云々。恐怖奉之、且其子細不被仰下哉否、問之。（資董）朝臣曰。於子細者無仰。只被止之由、可仰之旨、前黄門（六條有庸）仰之、云々。恐懼謹奉之由、申之了。〔小時又同（資董）朝臣来臨。自今、被除和哥御会詠進之人数之由、仰之了。中山前大納言忠尹奉之、云々〕（〔　〕内は割書き。（　）内は盛田注。以下同じ）

享和三年（一八〇三）四月八日、三月一日以来内大臣近衛基前《もとさき》の命により病気と称して籠居していた日野資矩のもとに、烏丸頭弁資董《すけきよ》がやって来て、六条前中納言有庸《ありつね》からの伝言として、これより光格天皇の勅点を止められることを告知される。資矩はその理由を問うが、六条有庸の言には勅点を止める理由は示されていなかったという。ただただ茫然としていた資矩のもとに、再び烏丸資董がやってきて、今度は中山前大納言忠尹《ただただ》の言として、和歌御会詠進の人数から除かれる旨を伝えられる。一日の内に光格天皇からの勅点の差し止めと、宮廷歌会からの追放を宣告され、宮廷歌人としての将来を完全に閉ざされてしまったことになる。資矩の心境は如何なるものであったろうか。資矩は処罰に到る経緯をふり返る。

> 今日之事、尤有子細。去年（享和二年）十二月、広幡大納言（前秀）於私宅、催如哥合之事〔尤哥合之由、不称呼。只請人々詠哥、不顕名、合之也〕。此間、使息中納言（広幡前秀の男、経豊中納言）請愚詠〔花月雪等之愚詠、各一首所望、云々〕。問其子細候処、以此三題、請人々詠哥、不顕名、書之、為一巻、可請僧大愚〔元山僧。有

故下山。好和哥、近事、教導地下輩〕批判。尤各不注名、偏可為女房之分、云々。予不克左右、諸之。等閑歴日数候間、所傳聞。頗及弘、於爰廻愚案。予為　勅点之身、後難尤可恐。但以女房詠之由、堅固不顕名。如此之義、當時妙法院宮毎度有此事、〔以門主（真仁法親王）称方広大王。故戸澤芦《ママ》庵（小沢蘆庵）所判之哥合写、則所所持也〕、不可有子細歟。但為勅点身出自詠之条、於心底有憚。仍令隠者寂翁（石塚寂翁）〔家君（日野資枝）御門人也〕代作、称愚妾資愛母、所詠之由、遣之了。

資矩の視点で語られた大愚歌合が催されるまでの経緯である。享和二年（一八〇二）十二月、広幡前秀の私宅において歌合のような催しが行われた。歌合と称するほどの催しではなく、ただ人々から歌を集め、無記名で歌を合せるという催しであった。資矩は前秀の長男である経豊《つねとよ》から花、月、雪の題でそれぞれ一首ずつ歌を請われた。資矩が経豊にその子細を問うと、この三題で人々から歌を請い、それぞれ無記名にして歌を写し一巻とする。それを、下山して最近地下歌人を教導している僧侶の歌人大愚慈延に判をさせるという。実名を顕さず、また女房として歌を提出するという条件をきき、あまり深く考えずこれを引き受けた。ところが、しばらくしてこの催しが広く世間で噂になっていることを知る。ここで初めて自分が光格天皇より勅点を受けている身分であることを顧みる。しかし、自分の提出した歌は女房が詠んだ歌ということになるはずだし、もとより詠者の名は顕さないとの約束である。それに、このような歌合であれば、光格天皇の兄である妙法院宮真仁《しんにん》法親王も毎度催していることである。その証拠として私も故小沢蘆庵が判者をつとめた歌合の写本を所持している。だから今回の歌合に歌を提出しても問題はないであろう。しかし、私は勅点を受けている身。自分の詠草を提出するのはやはり憚りがある。そこで、亡父日野資枝の門人であった石塚寂翁に代作をさせ、私の妾である資愛の母が詠んだことにして歌を提出した。

何か不都合な事が起こったときのことを考えて用意周到に提出された三首の代作が、資矩の歌人生命を絶つことになろうとは、この時思いもしなかったであろう。

其後無音之処、大愚今批判了、云々。彼写等、予未見之所、伝聞富小路三位貞直〔同以女房由、詠之〕為勝、云々。其他事等閑、敢不聞之。〔於予者、依所望只遣哥而已。敢不拘心頭之故、強不及尋問者也〕。然而頃日所伝聞、彼詠哥等、称哥合、各顕実名、注一巻、所々今流布云々〔是誰人之所為哉。若大愚所行歟。但於大愚も堅固秘蔵之事。権大納言（広幡前秀）の示合之処、不可披露之由、所諾、云々。如何〕。此間、定可及異乱之条、相存候処、果二月三十日、被招近衛殿、被尋問曰。

その後、沙汰がなかったのだが、大愚の判が終ったとの噂を聞く。その写し等を見ないうちに、私と同じく女房として歌を提出した富小路貞直卿が勝ったとの噂を伝え聞いた。その他の事は気にもとめず、敢えてこの催しのことを聞かずにいた。ところがこのごろ、皆の提出した歌を歌合と称し、それぞれの実名を記し、注解して一巻とし、世間に流布しているということを聞く。これは大変なことになるぞと思っていたところ、果たして二月三十日に近衛殿に召され尋問を受けることになった。

ここまでが当事者資矩の視点から語られた大愚歌合の経緯である。第十二章まででは知られず、資矩の覚書から知られる新たな情報も多い。大愚歌合は、十一月ではなく十二月に行われていた。資矩は広幡前秀の息男の経豊から歌を請われ、あまり深く考えずに歌を遣わすことを承諾してしまう。しかし、自分が天皇より勅点を受けている身であることに思い当たり、亡父資枝の門人であった寂翁に歌を代作させ、妾資愛の母の名で歌を遣わす。もとより、絶対に実名は出さないということであるし、歌を集めて合せ、地下歌人に判をさせるという前例としては、光格天皇の兄妙法院宮真仁法親王がたびたびなさっている歌合がある。現に私は真仁法親王が主催し小沢蘆庵が判をした歌合の写本を所持している。真仁法親王がなさっていて問題にならないのだから、まさか自分達の催しのみが問題視されることはないであろう。慎重に考えた上での歌の提出であったことが知られる。ここまで慎重にしなければならないのであれば、最初から歌の提出を断ればよかったのではないかと考える向きもあろう。ところが、資矩には広幡経豊の申し出を断れない理由があった。資矩の愛娘淑子が経豊の妻として嫁いでいたからである（宮内庁書陵部所蔵『日野家一門之事備忘草』）。経豊は資矩にとっての娘婿、前秀は娘の義理の父ということになる。愛娘の父前秀の催しに対する申し出を無下には断れなかったのである。歌を詠出している日野資愛（資矩三男）、大宮良季（資矩四男）は淑子と同腹で母は親子である。資矩の大愚歌合の出詠者に広幡家と日野家の関係者が多いのは、主催者の前秀が親戚筋である日野家と広幡家を中心に歌を集めたからであろう。大愚歌合はもとは、広幡家と日野家のごく内々の歌合という主旨で行われようとしたものであったのが世間に広まってしまい、今回のような事件に発展したのではないだろうか。

三　当時の歌合に対する認識と大愚歌合の処分の次第

ここで、一旦資矩の覚書から離れて、当時の歌合に対する認識を探ってみよう。

①明和六年（一七六九）二月「和歌教訓百五十余箇条（仮題）」

（国立歴史民俗博物館所蔵『和歌教訓　有栖川宮　付和歌懐紙書様』の内）

一　哥合之事甚以不可然事にて、歌合は此道の名人を撰み、左右につがひ、已達博学弘才の人に判を乞、哥の勝劣をわかつ。詠出するも判するにも心得習ひ有事也。是はいづれも秀哥の事にて、当世此道の名人まれなるうへ、其哥を判する人尚以稀成べし。況初しん同士ケ様之真似をいたし候ことも誠に雑談全なき事、稽古にも成まじく候。

②享和三年（一八〇三）頃か。「葛蹊より西村出羽守のもとへ〔割註〕此時西村江戸ニ在」

歌合ハ元来近世争ひニ成候故、御制禁之事（下略）

（日本随筆大成『織錦舎随筆』所載）

③享和三年（一八〇三）六月「被仰渡之写」

（歌合は）先王之御制禁之事（下略）

（天理図書館所蔵『堂上地下雪月花歌合』、宮内庁書陵部所蔵松岡文庫『歌合』に付載）

①は、有栖川宮職仁親王の門人石田常春に対する和歌教訓の一部である。常春は、有栖川宮歌道門人録（宮内庁書陵部所蔵マイクロフィルム『入木門人帖〔寛延二～明和六　有栖川宮〕』）によれば、明和五年（一七六八）三月十三日、三宅舎人の口入れによって職仁親王に入門した「常州鹿嶋郡大貫村郷士　石田祐吉常春」とある。大愚歌合が催された享和二年（一八〇二）より時期は遡るが、和歌宗匠であった職仁親王が地下門人に対する教訓の中で、歌合は「甚以不可然事」と禁止していたことが知られる。また②は、大愚歌合事件が世間で注目されていた享和三年（一八〇三）頃の

書簡と思われる。京都の伴蒿蹊が江戸在住の西村正邦に遣わした書簡であるが、ここにも歌合は争いの原因となるので禁止されていると記されている。③は、関白鷹司政熙が大愚歌合に参加した堂上家の和歌の宗匠に処罰内容とその理由を言い渡した文書の写し（詳細は第十二章参照）であるが、ここにも、歌合は「先王之御制禁之事」とはっきり記されている。これらによれば当時公的には歌合は禁止されていたということになる。

いかに内々の歌合であろうと、資矩が万全の態勢をとって注意深く歌を提出したのは、公的には歌合が禁止されているという認識があったからなのではないだろうか。覚書の中で資矩が「如此之義、當時妙法院宮毎度有此事、〔以門主（真仁法親王）称方広大王。故戸《（ママ）》沢芦庵（小沢蘆庵）所判之哥合写、則所所持也〕、不可有子細歟。」と述べ、妙法院宮真仁法親王は今回の歌合のような催しを毎度行っているが何のお咎めもない、よって自分の出詠する歌合に関してもお咎めがあるはずはないとわざわざ具体的な前例を挙げているのも、一般的には禁止されている歌合に出詠するという後ろめたさが資矩の中にあったからであろう。当時の歌合に対する認識を確認した上で、もう一度先の資矩の覚書に戻る。

近衛殿に召された資矩は、以下のような尋問を受けるのであった。

今度於広幡家、催哥合、令僧大愚為判者、各顕其名之間、無所凝《（ママ）》。然而於哥合之子細者、就哥道、可有沙汰歟。今日所被尋問者、自関白（鷹司政熙）被伝仰云。此巻中有予名、又有称忠壽之者〔忠壽為秀逸、判詞甚賞美〳〵〕。此忠壽則権大納言（広幡前秀）末子。先年、依予商董、為隆前卿（油小路隆前）養子入家、既蒙叙爵、申請元服事了。然而及元服迎日出奔之人也。其時権大納言（広幡前秀）時宜不快之事、並ニ依此事、自内府（内大臣近衛基前）、厳重被誡之条、予克所知也。如此不法之人物、加此人数、尤奇怪之到。於権大納言（広幡前秀）所存者所被尋也。

先於予令来会之所意如何。逐一可申云々。

「広幡家において歌合を催し、大愚に判をさせ、実名を顕した事に関しては、別に沙汰があろう。関白鷹司政熙が言うには、この歌合の中に資矩と忠壽と称する者の名があると。忠壽は広幡前秀の末子で先年油小路家に養子に入り既に爵位を授けられていたのに元服の日に出奔した男。近衛基前様からも厳重に誡められていたことを知りながら、なぜ資矩は忠壽と同じ歌会に出たのか」と。ここでは、禁止されていた歌合に関する尋問は一切なされていない。この問いに対して資矩は、

予申云。所被尋下之條々、雖恐怖承。是存外之事也。元来今度哥合之事、尤非称哥合〔子細如初述之〕。於予者、只遣哥而已。無来会之儀。尤於忠壽者、出奔已来、雖一度不面会、於居所も不存知之旨述之。又申云、右詠哥事、於予者、憚　勅点、以代作、称女房資愛母、所詠由、遣了。非予自詠。此事可聞置給由、申之。則依命、俄取遣家内寂翁代作之詠草〔三題各三首詠之。寂翁自筆〕進覧了。内大臣殿一々被諾了。

「この度の催しは歌合と称すべきものではなく、私はただ歌を遣わしただけです。歌合には出席しておりません。広幡忠壽に関しては、彼が油小路家より出奔して以後は一度も会っておらず、居所も知りません」と答え、さらに加えて、「私が遣わした歌は勅点を憚って代作をさせ、女房資愛の母が詠んだということにして提出したものであり、私の歌ではない」という事情を申し上げる。すると、内大臣近衛基前の命令によって証拠となる寂翁自筆の詠草を提出することとなり、それを取りに遣わして進覧する。内大臣も資矩の言と証拠品とに一々承諾する。

ここまでの尋問とそれに対する資矩の受け答えの経緯を見ると、理屈の上では資矩に非はありそうにない。今回の尋問では触れられていない歌道上における問題に関しても、歌合には出席せず、遣わした歌は代作で実名を隠し、その証拠品まで提出している。ところが、尋問はさらに厳しいものとなった。

三月四日、再被招寄以彼両卿（広橋伊光《これみつ》・平松時章《ときあき》両卿）被示云。忠壽之事、於居所も不知之条々、弥無相違歟、云々。出奔已後、不面会之条無相違条、以実事明白注進了。又以寂翁代作、称愚妾（資愛の母）之所詠遣候事、憚　勅点、如此拘心頭之上者、不及代作、可辞遁事也。若不得遁之、子細有之歟、云々。於此条者於今尤無可謝申様、全後悔、於哥道重科無所述。但最初所望等之義、甚軽事、且堅固密事不顕名之時宜、如此可露顕様、存外之間、誠彼家親昵無比類〔黄門（広幡経豊）室則予女（淑子）也〕之間、無何心出之。万一有沙汰時、真実之処、固代作上者　勅点恐怖之微意、心底安之条而已令思慮了。如今度時宜成行之上者、左右無申条、恐懼之外無他候由、注申之。又云、然上は権大納言（広幡前秀）並大愚、不存代作之由之義也。此事如何。於此事は、後日及露顕者、厳密可謝言之条、兼而所存之由、申入了。其後更進退事尋申候処、弥以所労、不可出頭之由、示給了。然而今日、及此御沙汰者也。

三月四日、資矩は再び近衛殿に呼び出されて、広橋伊光・平松時章から尋問を受ける。広幡忠壽の居所を知らないと答えたことへの確認をされ、寂翁の代作を妾（資愛の母）の詠草ということにして遣わしたことについて、天皇の勅点を受ける身であるということを恐れつつしんでのことであれば、寂翁に代作などさせず最初から歌を提出しなければよかったではないか、何か断れない理由があったのかと問われる。資矩は歌道における重科をおかしたことを本当に後悔していることを述べ、広幡経豊へ自分の娘淑子が嫁ぎ、親戚関係にあったことから経豊の申し出を断れなかったことを述べた。更に尋問は続き、主催者の広幡前秀、判者大愚は資矩の歌が代作であったことを知らなかったことが示され、資矩が二人に事実を話さなかった理由などを問われる。資矩は、後日本当のことが知られれば謝るつもりだったことを述べるが、尋問を通してかなり苦しい立場に追い込まれている様子が知られる。その後、資矩が今後の進退のことを尋ねると、病気と称して宮廷には出頭しないように言われるのである。そして、四月八日、以下のような命が下る。

最初其人数等不及尋問軽率承諾、勅点相憚令代作欺親族、且哥合之事承知之上は仮令雖凡下之老僧〔是大愚之事也〕、相掠候所意、不可然。況如此雖巧計、他国流布之一巻、名字顕然。則代作無益。不敬、不実、謀計、全備。如此不直之計、可叶此道歟、云々。〔委曲在日記〕。又一紙。於忠壽事者、申条相立候間、不被及沙汰、云々。弥可籠居示給了。

最初に歌合の出詠者に関して尋ねもせず軽率に承諾したこと、勅点を憚って代作をさせ親族を欺いたこと、歌合であることを承知の上は、たとえ相手が地下の老僧（大愚）であったとはいえ、これをごまかしたこと、他国に広く流布した歌合一巻は、出詠者の名が記されており、代作でも意味のないこと、これらは「不敬、不実、謀計」全てを備えている。資矩の行いは歌道に適わない。忠壽の件に関しては無実ということがわかり沙汰に及ばなかったが、資矩に対してはいよいよ籠居しておくように示される。そして、最終的に示された処罰は以下のようなものであった。

十日、此人数之輩、各自師及破門、云々。〔尹宮（閑院宮美仁親王）門人（広幡）前秀・経豊等卿及（日野）資愛、烏丸前大納言（光祖）門人（綾小路）俊資卿・（大宮）良季、（飛鳥井）民部卿（雅威）門人（富小路）貞直卿、芝山前中納言（持豊）門人（徳大寺）公迪卿・（滋野井）公敬朝臣等也〕各今度哥合詠出、判者大愚之条、軽哥道之間、及破門、云々。（中略）然而於権大納言（広幡前秀）者、被止御会人数、被破門、只籠居而已也。偏如予。（徳大寺）公迪卿已下、各破門之日、被除禁中御会人数了。有時義、私暫称所労不出頭、云々。然者権大納言（広幡前秀）、予等籠居〔息（経豊）卿、資愛等従之也〕、於公迪卿已下亦籠居、雖可有長短軽重畢竟同科也。

四月十日、歌合に出詠した堂上歌人はそれぞれ歌の師より破門される。広幡前秀・経豊父子、日野資愛は閑院宮美仁親王より、綾小路俊資、大宮良季は烏丸光祖より、富小路貞直は飛鳥井雅威より、徳大寺公迪、滋野井公敬は芝山持豊よりである。理由は、大愚判の歌合に出詠し歌道を軽んじたためという。出詠者は同じ罪により歌の師匠より破門され、宮廷歌会から追放され、籠居したことが知られる。

四　「和歌の家」としての日野家と資矩

和歌宗匠であった亡父資枝を継ぐべく、御所伝受の保持者である光格天皇からじきじきに和歌の指導を受け、ゆくゆくは天皇から御所伝受を相伝されて宗匠になることを視野に入れて歌道に邁進していた資矩であったが、娘の縁で詠出したたった三首の歌が彼の人生を狂わせてしまう。突然の宮廷歌会からの追放に為す術もなく、それからひたすら歌書の書写(2)に打ち込むが、光格天皇の勅点を受けることも宮廷歌会への復活ももはやかなわぬ夢であった。小宮山楓軒『懐宝日札』の文化八年（一八一一）の項（『随筆百花苑』本による）には「今ノ日野殿ハ考索家、和歌ハ関白殿ヨリ禁ゼラル」と記されている。事件から約八年後の資矩の姿である。資矩は、思いもかけず大愚歌合事件に巻き込まれ、完全に宮廷歌人としての夢を絶たれてしまうのであった。資矩の亡き父資枝は有栖川宮職仁親王、閑院宮典仁親王、光格天皇より伝受を受けた和歌宗匠として、名実ともに堂上歌壇をリードした歌人であったが、その資枝を継ぐべく並々成らぬ努力を重ねてきたであろう資矩の心中はいかなるものであったろうか。冷泉家と並ぶ人気を誇っていた和歌の家としての日野家は、ここに没落してしまう。堂上歌壇の第一線から離脱してしまった資矩がその後歌人としてどのような半生を送ったのか、『歌道再入門ノ儀ニ付キ難波備前守宛日野資矩嘆願書』（宮内庁書陵部所蔵）より探ってみたい。

この資矩自筆書簡の控えは、文政四年（一八二一）九月十日、資矩六十六歳の時に、一条家の諸大夫であった難波備前守愛敬に宛てて書かれたものである。難波備前守は当時の関白であった一条忠良《ただよし》に仕えていることから、難波備前守を通じて、一条忠良に歌道再入門を願ったのであろう。以下何箇所かを抜き出して資矩の当時の心境をたどってみる。

今年資矩及六十六歳、近頃漸々老衰仕候得者、命壽難計候。何卒再入于宗匠家之門和歌詠出相叶候身分と相成終身候得者、誠ニ生前之面目、対先祖孝も相立、誠以難有存候。

六十六歳になり日々衰えてくる自分の身体を感じるにつけ、命があとどれだけもつものかわからない。大愚歌合事件により和歌宗匠としての道を絶たれた資矩が願ったのは、生きている内に宗匠家の門に入り再び宮廷歌会に和歌を詠出できる身分となることであった。そうすれば日野家の先祖に対する孝も立つ。資矩自身、今さら宗匠家に入門したところで歌人としてはどうなるものでもないことはわかっていたはずである。ではなぜ死期も視野に入ってきた六十六歳になって、資矩は和歌宗匠である一条忠良への再入門にこだわったのだろうか。

於家者、近代弘資・資茂父子連続歌道灌頂、其後亡父資枝以烏丸故光栄公之実子、早遂歌道傳受繁栄仕、忝蒙伊勢物語勅伝、誠以朝恩奉仰候。然処資矩、光栄公之実孫として和歌詠出さへ不相叶身分と相成、此侭可到黄泉候義、実以深歎入存候。依之、此度甚以奉恐入候得共、発此大願候。

江戸時代になって日野家は、弘資・資茂父子が連続して歌道灌頂を受け、その後は烏丸光栄公の実子で、日野家に養子として入った亡父資枝が早くに歌道伝受を受け、日野家は和歌の家として繁栄した。父資枝が相伝された伊勢物語伝受は光格天皇の勅伝であり、父は誠に天皇をうやまっていた。ところが私は、光栄公の実孫であるにもかかわらず、宮廷歌会に和歌詠出さえかなわない身分となってしまった。このまま死んでしまうのは実に嘆かわしいことであるので、恐れ多いことではあるが再入門を願い出たというのである。

この嘆願書から見えてくるのは、桜町天皇の歌道師範として宮廷歌壇に並々ならぬ影響を与えた烏丸光栄の実孫であり、かつ歌道宗匠家である日野家の当主としておおきな責任を感じながら、和歌宗匠を目指していた資矩の姿である。

文化十一年（一八一四）七月に成立した興田吉従『諸家家業記』（『改定史籍集覧』本による）には、数代の当主が連続して和歌の宗匠をつとめる上冷泉家、飛鳥井家、烏丸家、中院家、三条西家であっても、家として和歌を家業とすることはなく、ただ和歌に堪能な人物には、伝統の家（和歌宗匠）より御所伝受があって和歌宗匠となれるという。したがって、和歌宗匠は時代によって異なり、先代が和歌宗匠であったからといって次の当主も自動的に宗匠になれるわけではないという。宗匠の資格は家に与えられるものではなく、能力のある個人に与えられるものなのである。続けて吉従は、

当時宗匠と申候家々者、閑院弾正尹美仁親王、有栖川一品龍淵親王、冷泉入道前大納言等覚、冷泉前大納言為章卿、久世前大納言通根卿、芝山前中納言持豊卿、風早前中納言実秋卿、外山前宰相光実卿、已上六家、当時之宗匠家に候。芝山・外山両家者当代に至初て宗匠に被相成候事に候。此余、武者小路・清水谷・正親町・日野・水無瀬等之家々宗匠に被相成候近例も有之なから、当時其沙汰無之候。

と記す。当時の日野すなわち、資枝の跡を継いだ資矩には和歌宗匠の沙汰がなかったことが知られる。先に述べたように、資矩は、大愚歌合で処罰されるまでは、当時の伝受保持者であった光格天皇より和歌の勅点を受けている。そのまま習練すれば、おそらく亡くなった父資枝に続き、光格天皇より伝受を受け、宗匠となることも可能であったろう。和歌の宗匠を幾人も出した日野家の当主として、また烏丸光栄の血の繋がった孫として、彼が帯びていた使命感の強さは、文政四年（一八二一）の書簡からも想像される。六十六歳になり、死を目前にした資矩が嘆願書を一条忠良に書いたのは「和歌の家」としての再興の希望を次の世代につなぐための家意識に尽きるといってよいのではないだろうか。宮廷歌会への出詠資格は、資矩の代に取り戻しておきたいものだったにちがいない。

ま と め

以上、大愚歌合に出詠した日野資矩の立場から事件後の動きを見てきた。大愚歌合事件を当事者資矩の視点からもう一度捉え直すことによって、堂上歌人の歌の家、和歌宗匠家としての家の意識の問題が浮上してきたと考える。伝統的「和歌の家」の当主であったとしても世襲で和歌宗匠になれるわけではない。当世の和歌宗匠に入門し鍛練した結果として伝受を受けなければ和歌宗匠にはなれなかった。日野家の和歌の伝統を引き継ぐべく、当時の伝受保持者であった光格天皇に付き勅点を受けていた資矩の将来は順風満帆に見えたことであろう。資矩もそのことをよく自覚し和歌鍛練にいそしんでいた。ところが、思いがけなく大愚歌合事件に巻き込まれ、和歌宗匠としての道を完全に絶たれてしまうのである。資矩に残された使命は「和歌の家」としての日野家を復興することであった。自分と同じく宮廷歌会から追放された息子資愛の前途を閉ざさないためにも、自分がこの世を去る前に和歌宗匠家に歌道再入門を果たし、資愛の宗匠家への歌道再入門の道を開いておく必要があったのである。

注

（1）岡本聡「『鳥虫あはせ』をめぐって」（『近世文芸』第六十七号、一九九八年一月）にも冷泉家と日野家の対立について触れられている。

（2）本書第三部第十四章「日野資矩の習練と挫折」を参照のこと。

第十四章　日野資矩の習練と挫折

はじめに

第三部第十三章「『大愚歌合』以後の日野資矩」において、大愚歌合に出詠した日野資矩《すけつね》の視点から大愚歌合事件(1)の全容を見直し、新たに近世後期堂上歌人の歌の家、和歌宗匠家としての家意識についての問題提起をした。本章ではさらに、光格天皇添削資矩詠草を資矩自らが編集した『当今御点　寛政八年到享和三年』（写本一冊、国立国会図書館所蔵）をたどることによって、大愚歌合以前まで勅点の栄に浴して活躍した資矩や、大愚歌合事件に巻き込まれた後の資矩の姿を描く。この資矩の事例を通して、当時歌壇で人気を二分していた冷泉家と日野家のことや、光格天皇を中心とする宮廷歌壇の構造などを明らかにしたい。

一　「和歌の家」としての日野家と資矩

光格天皇の時代に、資枝から資矩へと代替りした日野家は、堂上歌壇においてどのような位置にあったのだろうか。

興田吉従の記した「和歌の家」（『諸家家業記』）によれば、文化十一年（一八一四）当時の堂上歌壇における「和歌の家」には、上冷泉家、飛鳥井家、烏丸家、中院家、三条西家の五家があったという。上冷泉家は、父子代々天皇から許されての箱伝受で歌道が相伝されてきた。下冷泉家は、上冷泉家から伝受を受け、地下歌人の添削までは許されるが、上冷泉家の箱伝受を受けることはなかった。上冷泉家歴代の箱伝受は、上冷泉家のみにゆるされたものであり、上冷泉家が特別な存在であったことが知られる。飛鳥井家は、和歌を家業として相伝してきた。上冷泉・飛鳥井家は、他家とは別格で、宮廷歌会の出題も両家から出されるほどの存在だった。三条西家は実隆《さねたか》より、烏丸家は光広《みつひろ》より、中院家は通村《みちむら》より、和歌が家業のようになってきている。中院家は、通茂の時に歌道に精を出して励み、三百石加増になっているという。ただし、数代宗匠を勤めている家でも、和歌を家業としているということはなく、ただ和歌に堪能の人には、伝統の家（歌道宗匠家）から歌道相伝があって、宗匠家となるのであって、たとえ、一代家業としても、御所伝受（手仁遠波伝受）を相伝されなければ、歌道宗匠とは言いがたい。したがって、歌道宗匠家とは、時代によって違う。現在、歌道宗匠家の者は、閑院弾正尹美仁《はるひと》親王、有栖川一品龍淵（織仁《おりひと》）親王、冷泉入道前大納言等覚（為泰《ためやす》）、冷泉前大納言為章卿、久世前大納言通根《みちね》卿、芝山前中納言持豊《もちとよ》卿、風早前中納言実秋卿、外山前宰相光実卿である。芝山持豊卿、外山光実卿は、現代になって初めて歌道宗匠となった。その他、武者小路家、清水谷家、正親町家、日野家、水無瀬家など、歌道宗匠になった例もあるが、現在では沙汰はないという。

上冷泉家、飛鳥井家、三条西家、烏丸家、中院家は、代々和歌を家業のごとくしているが、家を継ぐ者が、御所伝受保持者より伝受を相伝されなければ、歌道宗匠とはなれないというのである。その恰好の例として、文化十一年（一八一四）当時の和歌宗匠八名の中に、飛鳥井雅光（当時三十三歳）が入っていないことが挙げられる。吉従の文章によれば、飛鳥井家は冷泉家とともに代々別格視されてきたが、歴史のある飛鳥井家の当主でも、伝受を受けなければ歌道宗匠となることはできなかったという(2)。

吉従によれば、日野家は、過去に歌道宗匠になったこともあるが、現在では、その沙汰はないという。「和歌の家」としての日野家の歴史に関しては、資矩自身の言も残る。吉従が言うところの「宗匠に被相成候近例」を資矩の『歌道再入門ノ儀ニ付キ難波備前守宛日野資矩嘆願書』（宮内庁書陵部所蔵）から探ってみる。

於家（日野家）者、近代弘資・資茂父子連続歌道灌頂、其後亡父資枝以烏丸故光栄公之実子、早遂歌道傳受繁栄仕、忝蒙伊勢物語勅傳、誠以朝恩奉仰候。

日野家においては、弘資（貞享四年没、七十一歳）が後水尾院から、またその子資茂（貞享四年没、三十八歳）は中院通茂から、連続して和歌灌頂の伝受を受け、その後は資矩の父資枝（享和元年没、六十五歳）が歌道伝受を、特に伊勢物語に関しては光格天皇の勅伝を受けたという。資枝の伝受の時期に関しては、「古今傳授血脈」（横井金男『古今伝授の史的研究』）に以下のように記されている。

日野資枝卿

明和四年正月九日　天仁遠波伝授　職仁親王被授　于時権中納言三十一歳

天明三年三月廿七日　三部抄伝授　典仁親王被授　于時前権中納言四十七歳

寛政十年九月二十日　伊勢物語伝授　上皇御在位中伝給　于時従一位六十二歳

古今伝受(3)には、第一段階の天仁遠波伝受、第二段階の三部抄伝受、第三段階の伊勢物語伝受、第四段階の古今集伝受、第五段階の一事伝受があり、一事伝受を以って和歌灌頂となしたという（『古今伝授の史的研究』）が、資枝はその第一段階の「天仁遠波伝授」を三十一歳の時に有栖川宮職仁親王から、第二段階の「三部抄伝授」を四十七歳の時に閑院宮典仁親王から、第三段階の「伊勢物語伝授」を六十二歳の時に光格天皇から受けていたことが知られる。弘資・資茂父子から少し間はあくものの、日野家に養子として入った烏丸光栄の実子資枝が御所伝受を相伝されることによって「和歌の家」としての日野家復興の兆しが見えていた。

資矩はそのような日野資枝の長男として宝暦六年（一七五六）八月二十二日に生まれる。母は広橋兼胤の女。十一人の弟と五人の妹があった（宮内庁書陵部所蔵『日野家一門之事備忘草』、『公卿補任』）。日野家を継ぐ者として期待されていた資矩が初めて歌を詠んだのは明和元年（一七六四）、九歳の時である。資枝は、資矩の初めての詠草を喜び、次のような歌を詠んでいる。

明和元年
資矩はじめて和哥詠出せし日みな〳〵哥よみ侍に
寄道祝
いはけなきやまとことのはいく千世とさかへむ道をみするうれしさ
（国立国会図書館所蔵『先考御詠』）

資矩が初めて歌を詠んだ日、他の人々も祝福の歌を詠んだが、資枝も「寄道祝」（歌道に寄せる祝）という題で詠み、資矩のあどけない詠草の中に、これから繁栄してゆくであろう歌道に携わる者の将来性を見出して喜んでいる。資枝の、歌人としての資矩に対する期待のほどがうかがえる歌である。その後資矩は父の期待に応えて歌の道に邁進し、寛政八年（一七九六）八月、四十一歳の時に、ゆるされて光格天皇の勅点を受けるに至る。これは、光格天皇に入門して光格歌壇の一員になったことを意味し、順調にゆけば、御所伝受を受ける前段階となる。

二　光格天皇歌壇と資矩の和歌修練

資矩が初めて光格天皇の勅点を受けたのは寛政八年（一七九六）八月二十一日である。みずから勅点を受けた詠草を編集した『当今御点　寛政八年到享和三年』（前出。以下『当今御点』）の巻頭には以下のように記されている。

寛政八年　　　　　　　権大納言資矩

八月

廿一日　　詠歌初賜御点。

去十八日、不慮蒙此　仰〔鷲尾《わしのお》前大納言（隆建《たかたけ》）伝　仰、広橋前大納言（伊光《これみつ》、五十二歳）、（高松）公祐《きんさち》（二十三歳）等同蒙此仰。詠哥先覧尹宮（閑院宮美仁《はるひと》親王）、次可（光格天皇に）奏覧之旨被仰下者也〕。

八月十八日、資矩は光格天皇より勅点の仰せを受ける。思いがけなくも喜ばしい仰せの伝達者は鷲尾《わしのお》前大納言隆健《たかたけ》であった。資矩はこの時四十一歳。資矩と共に勅点を受けることになった宮廷歌人に広橋伊光《これみつ》（五十二歳）、高松公祐《きんさち》（二十三歳）等がおり、宮廷歌人の中の幾人かが選ばれて、同時に光格天皇の歌道教育が始まったことが知られる。この時光格天皇は二十六歳。既に寛政五年（一七九三）十二月七日（二十三歳の時）に御所伝受の第一段階である天仁遠波伝受を後桜町上皇より相伝されている。

光格天皇の勅点に到るまでの具体的な手順は、まず閑院宮美仁《はるひと》親王に詠草を見せ、清書して、その後光格天皇に御覧に入れるというものであった。美仁親王は実は光格天皇より十四歳年長の実兄にあたる。天明三年（一七八三）五月二十四日（二十七歳の時）に父閑院宮典仁《すけひと》親王より御所伝受の第一段階である天仁遠波伝受を、寛政五年（一七九三）十一月十九日（三十七歳の時）に第二段階の三部抄伝受を後桜町天皇より相伝されている。また『当今御点』の中に「寛政九年／甑月／十一月廿二日／水無瀬宮御法楽／已下尹宮依故障家君為御下見」（年／題／月日／歌会／資矩の言）また「寛政十年／初春／正月十日／詠草始／尹宮下見如元。八日被出仕。於御法楽ハ猶覧家君」という記述があることから、美仁親王の事情により資矩詠草の下見ができない時には、資矩の父資枝が代行して詠草の下見をしていたことが知られる。

巻頭には続けて

詠草〔椙原《すぎはら》二枚重八折、以美濃紙為上嚢〔竪詠草如常也〕〕。椙原、禁中当座御会所被用之紙也。已後、平日此定也〕。

誓状〔檀紙一枚八折、以美濃紙為上嚢。檀紙寸法無定様、大略如懐紙〕。

已上相具参　内以小童献之。詠草即被下　勅点、誓状被留御前了。

とある。資矩は八月二十一日に詠草と誓状をもって禁中に参内し、小童をなかだちとして天皇に奉り、その場で詠草に光格天皇からの勅点を賜り、資矩の記した誓状は光格天皇が受けとったことが知られる。入門する時の手続きが具体的に知られる貴重な記述と言えよう。ちなみに入門する時の詠草は、杉原紙に書き、杉原紙をもう一枚重ねて二枚として八つに折り、それを美濃紙で包んで上包みとした竪詠草だったことが知られる。禁中の当座歌会では、当時、杉原紙が使用されていたようだ。誓状は、檀紙一枚に書いて、八つに折り、詠草と同じように美濃紙を上包みとしたことが知られる。では、資矩が初めて勅点を受けた詠草と、光格天皇に提出した誓状の内容はどのようなものであったのだろうか。

〈詠草〉

寄道祝　わが君が御代のさかへも末ながくめぐみをあふぐ言のはのみち
　　　言のはの道のさかへを君がよの千よにやちよとあふぐ行末

〈誓状〉

誓状如左

詠歌辱被下　御点候上蒙仰候條々慎守候而謾不可口外候。尤此道永遂習練深可染心候。猶違背者可蒙大小神祇殊両神御罰候。畏而所献誓状如件。

右よろしく御ひろう　匆々

寛政八年八月廿一日　　資矩

勾当内侍どのへ

（いずれも『当今御点』による）

「寄道祝」（歌道に寄せる祝）という題で、光格天皇の御代と歌道が末長く続くこと、教えを受ける門人として、光格天皇と歌道とをうやまうことが詠み込まれている。誓状の内容に関しては、本書第一部第二章を参照していただきたいが、桜町天皇の代から変わることなく、同じ誓状が提出されていたことが知られる。

ここで『当今御点』より具体的に資矩の和歌習練の過程を見てゆこう。まず、勅点を許された寛政八年（一七九六）、資矩は光格天皇の勅題により二十四首の和歌を提出している。以下に、前後に記された資矩の言と、十二題二十四首の内、各題につき合点のある和歌を一首ずつ挙げる。

寛政八年
以宸翰賜御題　　　　　　　　　　　　権大納言資矩

霞
さほ姫の春のよそひの初しほにかすみの色やまづにほふらむ

若草
かねてより下もえけらしのべの雪のとくればやがて青むわか草

花
むすぼふれまちし心の下紐もとけてぞけさはめづる初花

郭公
いをもねぬさとやいく里ほとゝぎす鳴一声をまつことにして

五月雨
絶ず落るのきのいと水くりかへしなが〱しくも《ふれる》五月雨ぞふる
納涼
たれもみなとひきてすゞむ山かげのかもの河かぜ夏としぞ《も》なき
秋野
とひ来つる花のしぐれぞたぐひなき千くさのつゆに虫も声して
月
秋津州の秋にちぎりも久堅のそら行月ぞよゝにくもらぬ
紅葉
立田姫わくる心の色みせてかへではゝその枝かはすかげ
千鳥
さよ深《更》く《て》月の《は》いりぬる磯千鳥しばなく声や友まどふらん
氷
みぎはのみみしうすらひのとぢそひて御池によするさゞ波もなし
雪
ほど近くむかへん春も豊なる年のしるしを雪やみすらん
組題詠出加点了。
目出幾久しくと祝入候。

如此詠草之おくに被加　宸筆者也。

光格天皇の出題した組題は、『増補　和歌組題集』を出典とする四季十二題の基本的なものである。入門したての資矩に、自ら題を選んで宸筆で出題した組題十二首は、この詠出が修練過程の特別なものであったことをうかがわせる。ほとんどは、添削のないまま合格歌となっているが、二首には添削が施された上で合点が付されている。詠草の奥には、光格天皇の宸筆で「組題詠出加点了。目出幾久しくと祝入候」と記されていたことが知られる。「幾久しくと祝入候」とは、光格天皇が添削を施した後によく使う成句ではあるが、ここでは、門人資矩が和歌の習練を積み、ゆくゆくは御所伝受の保持者になることを期待しての祝いの言葉であったと考えられる。

翌寛政九年（一七九七）には、光格天皇が主催した着到百首が行われている。光格天皇からの出題は四月十五日から七月二十七日の約百日間に及び、その間資矩は御所に出向いて、勅題一題につき二首ずつ詠進し、うち一首に添削・勅点を受けるという日々を過ごしていた。七月二十七日の「寄国祝言」を最後として着到百首を成就するのであるが、その間、資矩は着到百首のみにかかっていたわけではなく、宮廷歌会へは通常通り詠進している。ここで、着到百首を詠進していた寛政九年四月十五日から七月二十七日の間に資矩が詠進していた宮廷歌会とその題を抜き出してみよう。

日付	歌会名	歌題
四月十八日	院御月次	首夏山、帰路
廿六日	内々御当座	初聞郭公

同　御内会　新竹、久恋
廿八日　御当座　池亀
五月　三日　同右　山家
五日　同右　池菖蒲
六日　同右　泉
十二日　同右　盧橘風
十六日　同右　山花
十八日　仙洞御月次　五月蟬、夏夜恋
廿四日　御月次　池朝菖蒲、寄郭公恋、旅人渡橋
廿五日　院聖廟御法楽　虫
廿六日　御内会　簷盧橘、田家水
廿九日　内々御当座　池上蓮
三十日　御当座　夏香
六月　三日　内々御当座　羇中舟
十八日　仙洞御月次　扇、海
十九日　三十首御当座　谷樵父
廿四日　御月次　人づて、むま
廿五日　聖廟御法楽　網代

廿六日　御内会　蟬声秋近、寄埋木恋
廿九日　内々御当座　六月祓
七月　七日　七夕御会　七夕植物
　八日　内々御当座　松年久
十一日　御当座　関
十八日　仙洞御月次　秋花色々、通心恋
廿四日　御月次　女郎花、遠鹿、名所瀧
廿五日　仙洞聖廟御法楽　薄似袖
廿六日　御内会　荻風、海辺

光格天皇歌壇における資矩の和歌習練の様子が推しはかられる。資矩は、着到百首とは別に月に四回〜十一回にも及ぶ禁中・仙洞の歌会に詠進していた。資矩と同じ時期に光格天皇より勅点を許された広橋伊光、高松公祐も資矩と同じ和歌訓練を積んでいたと考えられる。光格天皇が資矩に施した添削や稽古回数を見る限り、当時光格天皇を中心とする歌壇の活動は極めて盛んであったと思われる。『当今御点』の中には寛政十二年（一八〇〇）五月のこととして「当月、御月次不被触。是自去年冬被定了。御人数多候而雖御点之輩、一年ニ一ケ度所被除也」（今月〈五月〉は、禁中の月次御会の知らせがなかった。これは、去年の冬より決められたことなのだが、御会に詠進する歌人の人数が多すぎるので、光格天皇の門人として添削を受ける特別な身であっても、一年に一回は御会の詠進を除外されるのである）という記事もあり、光格天皇を中心とする寛政期の宮廷歌会が、後水尾院・霊元院歌壇に匹敵するほどの盛会を見せていたことが推測されるのである。

次に、光格天皇の添削を具体的に見てみよう。

寛政九年　籬荻　　八月廿五日　　院聖廟御法楽

生そひてまがきのもとにみしも今末こす荻のしげるいくむら

生そふる籬わきても庭面に音をへだてぬ荻のうら風

右伺候所、召　御前有被仰下旨、可改作之由蒙仰了。

改作

〽こと草のつゆもみだれて朝な夕なまがきの荻にそよぐ秋かぜ

秋深み今やまがきの荻のかぜみにしむこゑのいとゞそひ行

寛政十年　去雁遥　　六月二十五日　院聖廟御法楽

立そふる霞のへだて末とをきくも路ほのかにむかふ雁がね

〽隔そふかすみぞつらき雁《行》がねの翅もきえてとをき行え《雲路》を

一首之上者能分り候へども

雁が音の句

此句ニ而ハ無詮候まゝ如斯削改候也。

右御切紙宸筆被添下不及返上之由被仰下了。

寛政九年（一七九七）八月二十五日の仙洞の聖廟御法楽に提出するための詠草二首については、通常であるならば小童を通じて、光格天皇から添削・合点を受けた詠草を受け取るが、この時は天皇の前に呼ばれ、直接指導を受けた後、歌を改作して提出するよう言われたという。指導を受けて資矩が改作した詠草二首は、格段によくなっているが、添削だけではよくならない場合、光格天皇は直接門人を召して口頭で指導していたことが知られる。寛政十年（一七九八）六月二十五日の仙洞の聖廟御法楽詠進歌の例を見てみよう。光格天皇は、二首のうち、みどころのある奥の歌（二首目）に、言いたいことはよくわかるが、三句目の「雁がねの」ということばでは、どうしようもないので、「行《ゆく》雁《かり》の」と改めて合格点をあたえている。この光格天皇の批言を記した切紙は、通常は返却していたのであろう。今回は返す必要はないということで、資矩に下賜されている。光格天皇の資矩の詠草のレベルに応じた細やかな指導方法が知られる。

資矩は、光格天皇に入門したのち、通常の宮廷歌会詠進のための個別指導、勅題（十二題）による個別の添削指導（寛政八年）、着到百首の添削指導（寛政九年四月十五日から七月二十五日の間）を受けながら修練を続けたが、享和三年（一八〇三）、大愚歌合事件に巻き込まれ宮廷歌会を追放され、光格天皇からも破門されてしまう。資矩と同じ時期に光格天皇に入門した高松公祐が、文政四年（一八二一）五月二日、光格上皇より天仁遠波伝受を受けていることは、資矩が宮廷歌会から追放されずに和歌習練を続けた時の資矩の姿を髣髴とさせる。おそらく資矩の和歌習練の先には御所伝受への道が開かれており、また御所伝受を受けた後には和歌宗匠の道が開かれていたであろう。先に挙げた文化十一年（一八一四）七月成立『諸家家業記』の文末に「武者小路、清水谷、正親町、日野、水無瀬等之家々宗匠に被相成候近例も有之なから、当時其沙汰無之候」と記されていたごとく、文化十一年に資矩は和歌宗匠としての資格を有していなかった。これは、ひとえに享和三年（一八〇三）、資矩が大愚歌合事件に巻き込まれて宮廷歌人としての道を絶たれてしまったためであり、そうでなければ、『当今御点』の光格天皇の指導ぶりからもわかるように、父資枝の跡を継ぎ、和歌宗匠となる道は十分に開かれていたと思われる。

三　資矩の挫折とその後

『当今御点』の詠草は享和三年（一八〇三）二月二十七日の尹宮（閑院宮美仁親王）会始の記録で途絶える。これは、享和二年（一八〇二）十二月に行われた大愚歌合に出詠したことが原因で、享和三年三月に籠居を命ぜられたためである。大愚歌合事件については、本書第三部第十二章～第十三章で詳しく述べたが、当時の背景として、歌道宗匠家としての冷泉家と日野家の関係について把握しておく必要がある。[4]

寛政の頃の記事として、冷泉為村・為泰父子の門人森山孝盛『蜑の焼藻の記』（新版『日本随筆大成』所収本による）に、

又其頃日野大納言資枝卿和歌添削勅免ありて。家流繁栄するを、□□□《ママ》〈民部卿〉入道為村卿六十六ケ国に門人ありしとなり。□□《ママ》羨れて頻に門下に追従ありて、添削も又不滞。褒詞多く加へて、人の思ひ付ことを第一にして、弟子を求め尋られけり。（中略）為泰卿、父入道殿よりは、一際引しめて、花やか成ことは夢々なくて、実意丁寧を尽されければ、褒詞とても少く、事毎に念を入られける。添削も滞りがちなりしなり。宮部義正（孫八と云、松平右京大夫藩中）、横瀬侍従貞臣（駿河守高家）、内藤甲州正範（元石野広通が取立、冷泉家門人）を始、年久

しき冷門のやから多く日野家へ移りて、剰へ宮部は為泰卿より此道の勘当状を被送破門せられけり。花に染心の者は、次第〳〵に色みへてうつろひけり。其頃日野と冷門のあらそひ、世の中にも云しろひて、等閑ならず申あへりしに付て（下略）

という記事がある。冷泉為村亡き後の冷泉家の宗匠為泰と天皇から「和歌添削勅免」のあった日野資枝との間に、歌道門人の獲得争いがあったというのである。孝盛の記述を信じるならば、冷泉為泰のもとから日野資枝のもとへ門人が移ってゆくことを為泰は心安くは思っていなかったであろう。

その頃、資矩は、父資枝の跡を継ぐべく習練を積んでいた。光格天皇の勅点を許され、日々歌学の修養を積み、和歌宗匠への道を邁進していた。ところが享和元年（一八〇一）十月、資矩がまだ天仁遠波伝受を受けぬ内に資枝はこの世を去ってしまう。日野家は資矩が次期宗匠としての資格を持つことを待つ状態にあった。このような状況で行われたのが大愚歌合であった。この事件で、資矩および息男資愛が宮廷歌会から追放されたことにより、日野家は完全に宮廷歌会から抹殺されてしまう。冷泉為泰がこの処罰を積極的に推し進めようとしたのは(5)、日野家の躍進ぶりを内心快く思っていなかった可能性もある。

処罰された後の資矩がその後どのような歌人生活を送ったのか、いくつかの資料から見てみる。

国立国会図書館所蔵『歌書雑記』（一冊）は宮廷歌会追放後の資矩の書写本である。今ここに書写されている歌書の奥書を初めから順に抜き出してみる。

○『読歌次第』

奥書「享和三年九月十五日書写了。正二位藤原資矩。異字不審等尤多。只如本写取了。後日以善本可改直」。

○『東野州拾唾』『拾遺愚草内』
奥書「右享和三年九月廿一日書写了。正二位藤原資矩」。
○『蔵玉和歌集〔草木異名並月之名〕』
奥書「享和三年十月一日書写了。正二位資矩」。
○『和歌指南』『十躰抄』
奥書「享和三年十月六日暁燈下書了。正二位資矩」。
○『和歌秘書』
奥書「享和三年十月九日書写了。正二位資矩」。
○『栄雅和哥式』
奥書「享和三年十月十三日天曙書了。正二位資矩」。
○『更科之記』（上・下）
奥書「享和三年十一月四日書了。正二位資矩」。

処罰を受けた享和三年（一八〇三）四月以降、九月十五日から十一月四日にかけて、立て続けに歌書の筆写に打ち込んでいる。宮廷歌会から追放されてからも、ひとり歌学に打ち込む資矩の姿が髣髴とする。また同じく国立国会図書館所蔵『先考御詠』は、資矩が、亡父資枝の和歌を、百首歌（巻一）、公宴御会（巻二）、家御会（巻三）、賀算（巻四）、絵讃（巻五）、法楽（巻六）、追纂（巻七）、物之銘（巻八）、贈答（巻九）、雑歌（巻十、巻十一）、御門人会（巻十二）の各巻に分け、各巻とも詠出年代順に編纂したものである。全十二巻にも及ぶ膨大な父資枝の詠草を全て自ら編纂書写している。その『先考御詠』（巻一）の中の資枝と或女房との和歌の贈答の後に、資矩の以下のような記述がある。

或女房といへるは卜山入道なり。勅勘の人といへども年序をもへけるうへ、哥道のことのみにおゐては女房の分としてひそかにしめし合せらるべきよし、故大女院〔青綺門院〕の内令にまかせられ御哥どもみせられ了。卜山勅勘の後、まことに東西をうしなはるゝのところ、此仰によりて、もはら御けいこありしとなり。終に道の伝受をかさねられけるも、ひとへに此仰ありて御習練をつまれし高恩、卜山入道の教等ともに片時も御忘却なきよし常々仰られし者也。（下略）

文化四年春染之　　　　資矩

卜山《ぼくざん》入道とは烏丸光胤のこと。神道・儒学を竹内式部に学び、宝暦八年（一七五八）宝暦事件に連座して止官・永蟄居の処分を受け、同十年（一七六〇）に落飾を命ぜられ卜山と号していた。資矩の言により、永蟄居の身の上であったが、青綺門院の内令により歌道に励み「道の伝受（御所伝受）をかさね」たことが知られる。「古今伝授血脈」（『古今伝授の史的研究』）によれば、光胤は第一段階の天仁遠波伝受（桜町天皇より）、第二段階の三部抄伝受（有栖川宮職仁親王より）、第三段階の伊勢物語伝受（職仁親王より）を受けた段階で勅勘を被った。ところが安永七年（一七七八）六月二十五日に勅勘をゆるされて出仕、七月八日には参洞し後桜町院よりあらためて天仁遠波伝受の切紙を授けられて、歌道門弟への添削を許され、かつ勅点を賜ることをゆるされた。同二十四日には、旧来のごとく職仁親王より三部抄伝受・伊勢物語伝受を相伝され、更に翌八年（一七七九）三月二十日には後桜町院より古今伝受を相伝されている。

資矩は生前の父資枝より、「（卜山入道が）終に道の伝受をかさねられけるもひとへに此仰ありて御習練をつまれし高恩、卜山入道の教等ともに片時も御忘却なきよし」と常々言われていたと記している。勅勘をゆるされて終に古今伝受を受けるにいたる光胤の歌人としての挫折と復帰は、資矩自身の人生と重なって見えたのではないだろうか。宮廷歌会から追放されて四年後の春、資矩の歌人としての復帰に賭ける思いがうかがわれる注記である。

それから更に四年後の文化八年（一八一一）、小宮山楓軒が日野資矩について記した以下のような記事がある。

今ノ日野殿ハ考索家、和歌ハ関白殿ヨリ禁ゼラル。大愚ハ岡崎ノモノナリ。

（小宮山楓軒『懐宝日札』文化八年の項、『随筆百花苑』本による）

資矩の思いとは裏腹に、世間では既に、歌人としてではなく、関白より和歌を禁じられた考索家として日野資矩を見る者もいたことが知られる。

四　資矩の歌道再入門の嘆願と宮廷歌会への復活

文政四年（一八二一）九月十日、六十六歳になった資矩は自分の余生長からざるを思い、一条家の諸大夫であった難波備前守愛敬に一通の書簡を出す。愛敬は当時の関白一条忠良に仕えていた。忠良は光格院より御所伝受のうちの天仁遠波伝受、三部抄伝受、伊勢物語伝受を相伝されており、当時の和歌宗匠であった。宮廷歌会から追放されて十八年目の秋、資矩は愛敬を通じて歌道宗匠の忠良への再入門を願おうとしたのである(6)。

資矩のたっての願いは、この歌道再入門を願う書簡から三年後の文政七年（一八二四）九月にかなえられる。次にあげるのは宮内庁書陵部所蔵『鷹司政通日記』六の文政七年の項である。

（九月）一日

一　享和年中依歌道事、（日野）資矩・資愛〔其外只今現存ニテハ、（広幡）経豊公・（綾小路）俊資・（富小路）貞直・（富小路）貞随[7]・（大宮）良季等卿、自師家各破門了〕各心得違御咎有之、資矩卿御点被止、尚又両卿共和歌被為停止了。近来段々嘆願、殊更昨今年別而御免被願、並被前非悔、依之以格別思召、且多年歎願、事に先代灌頂之人も有之、旁今日被免、後来深被慎様、今日被免上者、資矩卿如旧御点賜、和歌御人数被加、下見は可為前関白（一条忠良）。尚又資愛卿元（閑院宮）美仁親王雖弟子、当時薨去、閑院家幼年（閑院宮愛仁親王、七歳）旁是又前関白（一条忠良）可為入門被仰下、且又御請之上、点者人々可申渡御沙た也。則院伝（下冷泉）為訓卿申渡了。深々畏御請之由、後刻〔子刻過〕入来被示了（下略）

文政四年（一八二一）九月に記された先の嘆願書から三年間、資矩がいかに熱心に歌道宗匠家への再入門を願っていたかがうかがわれる。資矩は旧来のごとく光格院から添削を受け、宮廷歌会の人数に加えられ、光格院に詠草を見せる前の下見は和歌宗匠である一条忠良に、またその子資愛も一条忠良に入門することが許された。資愛は処罰を受けた時に閑院宮美仁親王の門人であったが、美仁親王は既にこの世をさり、さらにその王子である孝仁《たつひと》親王もこの年の二月八日に三十二歳の若さで亡くなったばかりであった。孝仁親王の王子の愛仁《なるひと》親王はまだ七歳、門人をとるには資格もなく、あまりにも幼なすぎたため、結果として光格院より御所伝受のうちの古今伝受まで相伝され、さらにこの月末には同院より御所伝受の最終段階の一事伝受を相伝される一条忠良に再入門することになったのであった。

日野家を継ぐ資愛の和歌宗匠としての可能性を再びつくった資矩は、文政十年（一八二七）に落飾、法名を祐寂とする。そしてその三年後の天保元年（一八三〇）、七十五歳でこの世を去るのであった。

おわりに

以上、父資枝によって再興された「和歌の家」日野家を継ぐべく、歌道に邁進した資矩の習練の日々と大愚歌合事件による処罰後の失意の日々、そして嘆願による宮廷歌会復活までの流れを見てきた。資矩の歌道再入門への執念はひとえに日野家の和歌宗匠家としての復活を念頭においたものであり、近世後期堂上歌壇における宮廷歌人の家格意識を如実に示したものといえよう。

当時の堂上歌壇は、御所伝受の保持者である光格天皇を頂点に、冷泉家・飛鳥井家という伝統的和歌の家の宗匠と、日野家のような新興の宗匠家とが、多くの堂上歌人および堂上派地下歌人を門人として指導していた。光格天皇の実兄である妙法院宮真仁法親王は、大愚歌合事件で処罰された日野家の人々、富小路貞直などの古学派堂上歌人と交遊し、新興の宗匠家の人々が伝統的家の人々よりも歌壇史的に大きな影響力を持ち始めたのがこの時期だった(8)。

日野家の人々は、宣長の古学に興味を示していた。伝統的和歌の家を重んじる光格天皇もまた、一方で宣長著書を閲覧するなど古学に関心が深かった。光格天皇の実兄である古学好きの妙法院宮真仁法親王と、大愚歌合事件の時に冷泉為泰の申し出にあまり耳をかそうとしなかった、やはり光格天皇の実兄である閑院宮美仁親王など、閑院宮典仁親王の王子であった三兄弟の嗜好は時代のゆるやかな変容の様相を示すのである。

注

（1）本書第三部第十二章「享和二年『大愚歌合』一件」。
（2）飛鳥井雅光はこの後、文政二年（一八一九）十月十七日に光格院より御所伝受の第一段階である天仁遠波伝受を、文政十二年（一八二九）九月二十七日には同じく光格院より第二段階である三部抄伝受を受けている（横井金男『古今伝授の史的研究』臨川書店、一九八〇年）。
（3）ここでいう「古今伝受」は、五段階の伝受すべてを含んだ「御所伝受」のこと。
（4）門人をめぐる冷泉為泰と日野資枝の関係については、久保田啓一『近世冷泉派歌壇の研究』（翰林書房、二〇〇三年）、岡本聡「『鳥虫あはせ』をめぐって」（『近世文芸』第六十七号、一九九八年一月）に詳細な言及がある。
（5）本書第三部第十二章・第十三章を参照のこと。
（6）本書第三部第十三章を参照のこと。
（7）大愚歌合が催された時、富小路貞随は二十歳である。資矩がそうしたようにあるいは女房として出詠していたか。
（8）本書第三部第十二章・第十三章・第十五章を参照のこと。

第十五章　富小路貞直と転換期歌壇

一　富小路貞直

富小路貞直《さだなお》は、(1)宝暦十一年（一七六一）十二月二十四日、父伏原宣條《ふしはらのぶえだ》と母柳原光綱卿女の末子として京に生まれた（『公卿補任』）。宣條は、垂加神道を説く竹内式部の学説にのっとった『日本書紀』の進講を受けた桃園天皇の侍読を勤めた儒者である。桃園天皇の『日本書紀』の受講が、後に宝暦事件の原因となった。『公卿補任』によれば、安永二年（一七七三）、十三歳で従五位下に叙せられた貞直は、同三年（一七七四）十四歳で元服、昇殿をゆるされ、寛政十一年（一七九九）には正三位に叙せられ、天保八年（一八三七）八月三日、七十七歳でその生涯を終えている。菩提寺は、京都市左京区浄土寺真如町真如堂内松林院。御住職の御教示によると、貞直の法名は、満假《ケ》賢《ゲン》院殿泰量慈思大居士。天保八年（丁酉）歳八月三日歿で、正三位。また、富小路正三位殿の父という。「正三位殿」とは、貞直よりも十年早く、文政十年（一八二七）七月十六日に没した息男貞随のことである。貞直には、家督を継いだ貞随の他にも、後桜町院の勅によって権中納言大原重尹《しげのぶ》の養子となった二男の重成、光格院の女房となった女子、醍醐寺住侶護智院権僧正となった三男の演隆、持明院基政室となった女子という五人の子がいる（『富小路家譜』）。貞直はのちに光格院に仕えていた娘を通じて、平田篤胤の『古史成文』・『古史徴』・『霊の真柱』等の抄写本を院に献上し、光格院の命によって『古史成文』の序文を宣命体で書いている。また、勉亭主人如泥、如泥斎主人と号して上方俳書に多くの序文を寄せているほか、教訓書『拾遺十訓抄』（文政十年序）や読本『絵本楠公記』（享和元年刊、寛政十一年冬序）、注釈書『百人一首峯梯』（文化三年序）等々にも序文を寄せている。家集に『正二位貞直卿詠草』（天理大学附属天理図書館所蔵）、和文集に『蘭渓余香集』（香川大学附属図書館神原文庫所蔵）がある。歌は飛鳥井門で、宮廷歌会に初めてその歌がみえるのが天明五年（一七八五）正月十八日の仙洞和歌御会始である。「若葉契遐年」の題で「ねの日せし松のみならでおなじ野のわかなに千世をちぎりてぞつむ」と詠んでいる（山口大学附属図書館棲息堂文庫所蔵『天明五年和歌御会始』）。

寛政年間の貞直は、光格天皇主催の内裏御会よりは後桜町院主催の仙洞御会の方に多く出詠している。貞直の実父伏原宣條が後桜町院の弟にあたる桃園天皇の侍読を勤めていたことは既に述べたが、貞直の女兄弟も後桜町院に仕えており、貞直も光格天皇歌壇ではなく後桜町歌壇の一員として初めは歌の研鑽を積んでいた。寛政九年（一七九七）になると、貞直は飛鳥井家の歌会に出座するようになるが、これはこの頃、飛鳥井雅威《まさたけ》門に入ったためと考えられる。雅威は享和の初めから、仙洞御会において題者や奉行を勤めた歌人である。貞直は、光格天皇の文化圏ではなく、後桜町院の文化圏の中で熱心に歌の技巧を磨いていたことが知られるのである。

寛政の終わり頃から、貞直は地下歌人の古学にも興味を示し、江戸の加藤千蔭の『万葉集略解』を読んで、千蔭に歌の添削を依頼し、伊勢の本居宣長の講釈を熱心に聴いて、古風の長歌を詠んだ。堂上歌人でありながら、堂上歌学に飽き足りず、地下古学に傾倒した貞直と時代の様相をみてゆきたい。

二　貞直と本居宣長

堂上歌学や既成の神道思想が根強い京都にあって、伊勢の本居宣長が独自の古学を普及することは難しいことであったが、(2)享和元年（一八〇一）、宣長生涯最後の上京の折には、大納言中山忠尹《ただただ》から召されて、十数人の堂上家達を相手に『延喜式祝詞』等を講釈した（『享和元年上京日記』）。天明の大火以降の復古に対する光格天皇の志向や、公卿達の関心が多分に影響していると考えられる。公卿達の中には古学だけではなく、宣長の歌学を積極的に取り入れようとした堂上家も現れる。富小路貞直・錦小路頼理《よりただ》・日野資愛《すけなる》等である。彼らは、自邸に宣長を招くのではなく、みずから宣長の宿に赴き、他の宣長の地下門弟達とともに『万葉集』や『源氏物語』の講釈を聴講し、歌を詠み交わしている。中でも特に熱心だったのは貞直と資愛である。資愛は、父日野資矩の書写した『伊勢物語』に、宣長説を書き入れた『伊勢物語』を遺しており、(3)貞直は宣長から『源氏物語玉の小櫛』を借り、宣長が伊勢に帰る際には、古風の長歌を詠んでそのはなむけとしており、堂上歌人の中では、図抜けて熱心に宣長の古学・歌学に興味を抱いた人物であった。冷泉家・飛鳥井家に代表される伝統的歌の家が権威を持ち続けていたこの時代に、貞直のように積極的に地下の古学を取り入れようとする歌人が出現した事は、視点を変えれば、堂上家が中世以来の伝統を守っていた近世前中期時代から、新たな歌学が芽生える時代に向かって少しずつ変化しつつあった時期と言えるのではないだろうか。だとするならば、そのことを象徴する事件が、堂上歌人と地下歌人が一堂に出詠し、地下歌人の慈延が判をした「大愚歌合」事件であり、その歌合に深く関わっていたのが、貞直や資愛なのである。(4)

ところで、貞直の人柄を表す次のような逸話がある（句読点、引用符等盛田。以下同じ）。

四條のやどりにて、富小路三位の殿の「べんしよ《便所》はいづくぞ」と、とひ給へるを、源氏とき〻ひがめて、師のかうぜちせらる〻巻をとはせ給ふと心得て、「若紫の巻になむ侍る」と申ければ、「こよなかりけるいらへかな、厠にもさるみやびたる名ありや」などの（た脱）まひて、其むしろにおはしましける殿たち笑ひあひ給へば、おのれもえたへでほ〻ゑみぬ、さてのちによみて奉る

龍麻呂

北山は若紫のゆかりあればちかききふねの川やとふらん

御返し　富小路殿

いすゞ川やそせをとへば我忍ぶ和歌紫と聞がうれしさ

（安田広治『京みやげ』）

「四條のやどり」は享和元年（一八〇一）上京時の宣長の旅宿。宣長の門人石塚龍麿との機転のきいた当意即妙のやり取りから、貞直の柔軟で、ユーモアに富んだ性格が伺える。堂上と地下をつなぐ位置に身を置いた貞直の軽やかさは、俳諧や読本など、さまざまな俗文学にも関わっていた貞直の志向と一致する。

　では、貞直は宣長から具体的に何を学び取り、どのような影響を受けていたのだろうか。宣長の『享和元年上京日記』によれば、貞直は、宣長の『万葉集』『大祓詞』『出雲神賀』の講釈を熱心に聴講している。また、『玉の名つぎ』[5]には、次のような貞直の歌がある。

富小路新三位殿の、はじめて宣長が四條のやどりをとぶらひにおはしましてよみ給へる

山城のとはにかづきて伊勢の海の玉のひかりに我もあはばや

初めて宣長のもとを訪れた時の貞直の心情が詠まれた歌である。挨拶の意を差し引いても、堂上歌人でありながら、宣長の古学を真剣な気持ちで学ぼうとする志が見てとれる。

この歌に違うことなく、貞直は、四条舍で行われた宣長の『万葉集』の講釈を一度も休むことなく聴講し（『玉のなつぎ』）、『大祓詞』『出雲神賀』を所望して宣長に講釈させ（『享和元年上京日記』）、『源氏物語玉の小櫛』を宣長から借りて読み、『玉あられ』を献上されて非常に喜んでいる（安田広治『都日記』）。同じく『都日記』には、享和元年（一八〇一）四月二十七日の夜、『古語拾遺』の講釈を聴く予定であった貞直が、朝から風邪の症状が重いため回復したら聴きに行くと使者に伝言したという記事がある。貞直が宣長から古学・歌学を深く学んだことは、同年六月八日、宣長が京を立ち伊勢に帰る時に、貞直が古風の長歌を詠んだことからも歴然とする。使者を遣わして別れの挨拶とする堂上家が多い中、貞直は自ら宣長の宿りを訪れて別れの長歌を披露している（傍線盛田。以下同じ）。

夕づけて富小路殿わかれをしみにおはしましてよみておくり給へる、送三本居大人帰二伊勢国一作歌一首並短歌

神風の　いせの国なる　松坂の　まつかひありて　うちひさす　都にのぼり　草枕　たびやどりして　ならの葉の　名におふみやの　古言の　よろづの言葉　朝よひに　ときかたらふと　梓弓　おとにきゝつゝ　さす竹の　大みや人も　しつたまき　いやしき人も　あけくれば　日のくるゝまで　夕されば　夜のあくるきはみ　しゝしもの　ひざをりふせて　玉かづら　たゆる事なく　われも又　をしへをうけて　つがの木の　いやつぎ〳〵に

いそのかみ　ふるの中道　ふみ見れば　あやにたふとし　わけ見れば　あやにかしこみ　はしきやし　まなびのおやと　大船の　おもひたのみて　たびまねく　いゆきとひしに　あら玉の　月もへずして　朝鳥の　朝たちゆけば　いはむすべ　せむすべしらに　なく子なす　したひうらぶれ　玉ぼこの　道に立出て　ふる里の　二見の浦の　二度も　さきくいまして　かにかくに　のぼりきませと　菅の根の　ねもごろにのる　けふのわかれ路

反歌

天つ水あふぎてぞまつ玉くしげ二見の浦の名をもたのみて

とかゝせ給へるを見給ひて、かくめでたき古代のふりを、本末露のみだれなく、いとよくものし給へる事と、師もいたくめでたび、おのれらも見奉おどろきつゝ、くりかへしまきかへしずしあへり、かくておのれらにさへ、絵所の某にかゝせ給へりしめずらかなる御絵を給へる、うれしくなむおもひ給へらるゝ（下略）　（『都日記』）

この貞直の長歌については、斎藤彦麿が随筆『神代餘波《かみよのなごり》』の中で次のように述べている。

享和元年、師翁宣長大人、京にのぼり、四條の旅宿にて講釈せられしに、公卿・殿上人あまた入来聴聞し給へる中に、わきて富小路新三位貞直卿、深く学び給へるにや。師翁国にかへらるゝ、時の御はなむけの御詠、京家に稀なる古調の長歌也。『四條舎ノ記』にあれば、爰には略けり。今の山城平安の京以来、堂上方にはこれ始てなり。

「古調の長歌」は、『玉勝間』の「長歌の詞のつゞき五七なると七五なるとの事」によれば、五七調の長歌を指す。

宣長の講釈を聴いた貞直が、堂上歌人としてはめずらしい（彦麿の言を借りれば「山城平安の京以来、堂上方にはこれ始て」という）五七調の長歌を詠んだことは、学問としてだけではなく、作品を作る上でも貞直が宣長の影響を受けたということになるだろう。

このように、貞直は宣長の古学に深い興味と理解とを示して作品化した。古風の長歌を詠みこなす堂上歌人が、享和元年（一八〇一）の京都歌壇に出現したのは、宣長の京都での講釈の成果の一端であり、また古学派堂上歌人貞直の力量が顕在化する機が熟していたともいえるだろう。

三　貞直と加藤千蔭

加藤千蔭は、和歌・書等をよくし、晩年には村田春海と並んで江戸歌壇の指導者として君臨した歌人である。(6)父枝直の職を継ぎ江戸町奉行所の与力として仕官していたが、天明八年（一七八八）に致仕し、翌寛政元年（一七八九）の幕政改革に際して在職中の勤め方宜しからずという理由で二百石のうちの五十石減俸の上、百日の閉門を命ぜられた（関根正直「加藤千蔭と其の時勢」『からすかご』六合館、一九二七年所収）。その閉門中に万葉集の注釈を思い立ち、寛政三年（一七九一）二月十日筆を起して同八年（一七九六）八月十七日に『万葉集略解』の稿が成ったが、その後色々と手を加え、寛政十二年（一八〇〇）正月十日に稿了している。(7)松浦静山の『甲子夜話』巻六には、貞直と千蔭の歌の贈答の逸話が記されている。

堂上と地下との贈答に、見るべきほどの歌は多く聞《きか》ず。十年前にも有しや、富小路三位貞直卿より、加藤千蔭へ

給はりし消息の裏に、

蔭あふぐ心のはてはなきぞとはくまなくみらむ武蔵の、月

とありし時、千蔭の返しに、

むさし野ゝを草が上も雲井よりもらさぬ月の影あふぐ哉

これ等は京紳にも恥ざる咏なるべし。

千蔭の歌が高い評価を受けていたことを示すとともに、千蔭と貞直との関係も示している。京の堂上歌人の貞直は、江戸の地下歌人の千蔭を尊重し、千蔭は堂上歌人の貞直に一目置いている。実は貞直は寛政の末に、江戸歌壇にも通じていた賀茂季鷹を仲介に千蔭の『万葉集略解』を手に入れ、熱心に読んでいた形跡がある。

過つるさ月の廿二日（享和元年五月二十二日）の御書、検校保己一が文庫に住る土橋行教がもとへ下し給へるを、行教久しくやみ侍りつとて、此月廿三日（同年八月二十三日）になむもて来り侍るを、先つゝしみてひらき見奉りぬ。さきに万葉略解十一の巻まで季鷹して奉れる、御覧ぜさせ給へりとてかしこきおほせごとゞもかしこまりうけ給り侍る。もとより彼書、千蔭等がみじかきざえにしてとき明めむはおふけなきわざなるを、しひてものし侍れば、たらはぬ事のみにて侍れど、たゞ御ぬりごめのかたへにだにおかせ給はゞ千蔭がほいかなひ侍らんとて奉りつるを、ふかくめでさせ給へるは、いとも〳〵かたじけなきわざにこそ侍れ。十二より十六の巻まで又たゞしをへ侍れば猶奉るべし。十三・十四・十六の巻などことにときがたき事どもあまた侍りて、いと〳〵いまだしき事には侍れど、猶後のかうがへをまたむためにおどろかしおき侍るのみなり(8)。

（『富小路貞直卿御詠歌並千蔭呈書』。以下『千蔭呈書』と略す）

貞直が『万葉集略解』巻十一までを読んで深く賞賛していたことが知られるが、同様のことが、千蔭宛貞直書簡（清水浜臣『泊洦筆話』所収）からも知られる。(9) 千蔭宛貞直書簡で貞直は、まだ会ったことのない千蔭に、季鷹を仲介に思いがけず『万葉集略解』を手にして長年の疑問を解くことができたことやそのよろこびを記し、山積している『万葉集』解読に関する疑問を質問するので、うちとけて教えてくれるよう願っている。貞直が千蔭の著書『万葉集略解』を読むことによって、古学に通じた千蔭に深い信頼を寄せていたことが知られるのである。

また、先述したように貞直は、享和元年（一八〇一）の宣長上京中に熱心に宣長の講釈を聴いたが、これと同じ時期に千蔭にも書簡で歌の添削を依頼している。貞直がこの時期に江戸の千蔭に添削を願い出たのは、宣長の講釈で地下の古学に深く傾倒した貞直が、宣長と同門の千蔭の歌学にも興味を抱いたからにちがいない。

いせ人宣長都へまうのぼり侍りて、ふるき書・物語などよみとき侍りて、やんごとなき御わたりへもめされ、旅のやどりまでしのびに訪はせ給へるよしは、たよりにつけてき、わたり侍りて、千蔭おなじまなびの事にし侍れば、いとも〳〵よろこび侍りぬ。「千蔭もいかでまうのぼりてよ」など仰せ給ふなんかしこみうけ給り侍る。さらずとも都へまうのぼり侍らまくおもひわたりつることは、わか、りしよりのねぎごとに侍しを、とにかくにか、づらふ事のみ侍るほどに、や、とし高くなりもて行侍りて、かしこき山河をこえぬべき利心もなくなり侍れば、たゞいたづらに年月をすぐい侍りぬ。

（『千蔭呈書』。三五五頁図版参照）

貞直は、宣長の京での講釈も終りに近づいた享和元年（一八〇一）五月二十二日、江戸の加藤千蔭に書簡を認めた。この時に二十数首の歌の添削も願い出ている。千蔭の返書を読むと、同じ真淵門の宣長が、京の旅宿で古代の書物・物語の講釈をし、堂上家へ召され、また堂上家みずからがお忍びで宣長のもとへ通っていたことをすでに知っており、貞直から京に来てほしいと強く慫慂されていたことが知られる。貞直が宣長の講釈を聴いて、『万葉集略解』の解読によってその実力を認めていた、宣長と同門の千蔭に、歌の添削を願い出たこと、また京に強く慫慂したことは、自然な流れであろう。ただし、堂上歌壇全体を見渡した時に、伝統的和歌の家である飛鳥井家の門人でありながら、地下歌人の講釈にみずから出向き、添削を請い、古風の長歌を詠む貞直の姿は、異端者そのものであった。既存の堂上歌学に行き詰りを感じていた貞直の、清新な歌風を求める行為は、伝統を保持する堂上家にとっては危険なものだった。

宣長への御おくりこたへの御歌、其外くさ〴〵みせさせ給ひて、「千蔭がおもふ心をかくさはず申奉れ」とのおほせごとかしこまりうけ給り侍る。（中略）さてのり長はふるき書どもを見わたし侍りて古へわきがたかりし事どもをときあきらめ、後の世に歌に文にあやまり来れる事をたゞせるは、わが師かもの真淵につゞきてはまたふたりとも侍らぬを、いかなる事にか歌の事は一つの門をたて侍りて、古風・近体などよみわけ侍りて、古風とおもへるは上つ代のしらべよからぬをもとり、近体とてはいたくくだれる世のさまをもとりて、よきほどの所を取れるは、まれになんきこえ侍る。こは千蔭うべなひ侍らざる所也。千蔭はたゞ古風にまれ近体にまれしらべよき歌を師として、さておのが思ふ心のままをいひいでん事をなむ心とはし侍る。さてこそよくもわろくもおのが歌といふ物には侍るめれ。古風・近体など殊更に似せんとかまへてよむは、たゞ物をたゞ似するのみにておのが物といふべくも侍らずや。（中略）御歌のさまはいと〳〵おほどかにみやびにしてくだれる世の事せきさまはいさ、かも侍らず。こは常に千蔭がねぎおもふ所になん侍る。

貞直が千蔭に見せた歌は、宣長に贈った歌をはじめとして、親交の深かった地下俳諧師や歌人の士卵・季鷹・慈延・資愛、また驚くべきことに歌の師である堂上歌人飛鳥井雅威が主催した月次歌会に提出されたものもある。(10) 飛鳥井家の月次歌会に提出されたものは、当然のことながら、雅威から添削され、合点を付された歌である。同じ歌を地下歌人の千蔭に添削させることによって、既存の堂上歌学と地下古学に通じた歌人の読みの違いを確認したい、という思いがあったのだろうか。飛鳥井家にとっては、あってはならぬことである。

また、さらに注目すべきは、千蔭が歌人としての宣長を批判していることである。「古風」「近体」と詠みわけ、歌風を似せようとしているが、「しらべ」が悪く、宣長独自の歌になりえていないことを鋭く批判する。それに対して貞直の歌風は、のびのびと洗練されていて、千蔭の理想だという。千蔭は、身分の違う貞直に対してもへつらいのない凛然とした態度で歌の添削を行っている。貞直と千蔭の間には、志を同じくする歌人としての確かな信頼関係があったことが知られるのである。

千蔭は、貞直から自作の和歌の直筆を請われてもいる。

貞直卿より季鷹県主へ消息に、おのれ（千蔭）がよみ歌のうち二首ことにめでたまへるよしにて、みづから書きてまゐらせよとありければ、書きてまゐらすとて

むさし野や花かずならぬうけらさへつまるる世にも逢ひにけるかな

（『うけらが花初編』）

貞直が賞美していたこの「むさし野や……」の歌が、千蔭の家集『うけらが花』の命名の契機となっているのだが、まさに『うけらが花』が出版されようとしていた頃、貞直は大愚歌合に出詠していたことから飛鳥井家を破門され、宮廷歌会の構成員からはずされるという処罰を受けてしまう。(11) 大愚歌合は、堂上歌人が地下歌人と同列に歌を合わせ、地下歌人大愚が判をした歌合である。千蔭は出版されて世に出回ることになる『うけらが花初編』に自分が掲載した貞直の名を削るか否かについて悩む。地下歌人である自らの家集に貞直の名が掲載されることで、貞直により一層の迷惑がかかることを恐れてである。しかし、当の貞直は遠慮なく自分の名を載せて出版するようにと答えている。(12) 飛鳥井家から破門された後でも千蔭との交遊を隠さなかった貞直の行動は、地下歌人の古学・歌学を積極的に取り入れていこうとしていた破門以前の態度と一貫しており、ここからも、千蔭に対する深い信頼がうかがえるのである。

大愚歌合の処罰を受けた後、千蔭にむけて貞直が詠んだのは次の三首である。

　富小路三位貞直卿より、賀茂季鷹がもとへ贈られたる書状　享和三年五月

　　おもほえず教のおやにすてられてなくなくまどふのみ芝《(ママ)》の露

　　何事もふるきにかへる中にしもひとりつれなき和歌のうらなみ

　　いせの海の清きなぎさにいまよりはわが玉とする玉やひろはん

　此三首破門のせつの詠歌之趣、千蔭主へ御申遣し頼入候。和歌の浦なみまでは、長閑社中の遺風と御申遣し頼入候。

（村田春海『織錦舎随筆』）

一首目は、歌師飛鳥井雅威に破門された心情を詠んだもの。突然の処罰にとまどうさま、混乱してどうしてよいかわからない心情が真に迫ってくる。二首目は、光格天皇を中心とした復古運動の隆盛を念頭においたもので、何事も好古・復古ブームであるのに、和歌の道だけは、依然として堂上家の中でも飛鳥井家・冷泉家などの保守的な歌人が力を持ち、古学に対して冷淡だという貞直の無念さがにじみ出ている歌。ここまでは「長閑社中《のどけし》」（堂上歌人）としての心情を詠んだものという。三首目は、飛鳥井家から破門になり、宮廷歌会から追放された以上は、歌人としては、自分の信じる古学に邁進してゆくという貞直の心情と意気込みを示す歌。「いせの海の清きなぎさ」は、宣長に代表される地下の古学を指している。この三首を、季鷹を仲介に千蔭に贈り、古学に本腰を入れるという意気込みを示していたことが知られる。京の堂上歌人貞直と江戸の地下歌人千蔭との交遊は、たびたび名前のあがる賀茂季鷹の介在によって、より深くなっていったと考えられる。堂上歌人と深いつながりを持ち、江戸の地下古学に通じていた季鷹の存在によって、堂上歌人と地下歌人、京の歌人と江戸の歌人との間に通路が開かれ、古学が貞直のような堂上歌人へと吸収されてゆくきっかけとなっていたことが知られる。

四　貞直と妙法院宮グループと光格天皇

妙法院宮真仁法親王が、地下の第一級の芸文家達を召してサロンを形成していたことについては、宗政五十緒氏の「真仁法親王をめぐる藝文家たち」（『日本近世文苑の研究』）、飯倉洋一氏の「妙法院宮サロン」（論集近世文学5『共同研究　秋成とその時代』）等に詳しい。江戸の千蔭も、寛政十年（一七九八）（関根正直『からすかご』）、妙法院宮真仁法親王から歌を請われて詠んでいる（『うけらが花』）が、この歌は、妙法院宮を仲介に光格天皇に献上されている。[13]妙法院宮は、この後の文化二年（一八〇五）、江戸に下向するが、その折にも千蔭は厚遇されており（村田春海『織錦舎随筆』、『真仁親王関東御参向之記』等）、妙法院宮と千蔭とは古学を通してかなり近しい関係にあり、その歌は光格天皇に献上されるほどであった。本居宣長の『古事記伝』も同じく妙法院宮を仲介に光格天皇に天覧されたことを考えると、妙法院宮を中心とする古学文化圏のその先に、光格天皇の存在があったのではないだろうか。その妙法院宮サロンに貞直も出入りしていることが『正二《（ママ）》位貞直卿詠草』所収歌の詞書から知られる。

　　妙門御当座
　　　夏日
弾琴のいとも心のすゞしきは南のかぜのふきかほる空

　　妙法院宮当座
　　　閑庭橘
子規やどかる比は世の人のとはぬもよしや庭の立ばな

この家集に収められている歌群は寛政六年（一七九四）から享和二年（一八〇二）のものであり、妙法院宮とは真仁法親王のことである。当座歌会で貞直と真仁法親王は顔をあわせ、歌を詠んでいたこととなり、真仁法親王が近しく召していた上田秋成や賀茂季鷹、小沢蘆庵等々の地下古学派の歌人達と同様の親交が想定される。

妙法院宮は停滞している堂上歌学に地下歌人の間で流行っている古学を取り込もうとしていた。「これ（歌道）も又ふるきにかへせ諸人の心をたねの敷島の道」（『稿本六帖詠藻』巻八）と詠んだ妙法院宮は季鷹から「此宮は古風を好ませ給ひければ」と見られていた（『雲錦翁家集』巻二）。復古学に興味をもっていた光格天皇と地下の古学を積極的にとり入れようとしていた妙法院宮は、閑院宮典仁親王を父とする兄弟であった。

出自を同じくする光格天皇と妙法院宮は、旧派の堂上家もしくは堂上歌学のみに拘泥せず、地下の復古活動や古学に興味を持ち、それを積極的にとりいれようとしていた形跡があるのである。

五　貞直と平田篤胤

文政六年（一八二三）、平田篤胤は、生涯に一度の上京を果たした。その主な目的は自著を禁中に献上することであった。篤胤は『古史成文』・『古史徴』・『古史系図』等を携えて上京したが、幸運にもその献上が叶った。篤胤の禁中への自著献上の願いが強くても、禁中と篤胤の仲介役になる堂上家がいなくては、なかなか叶う願いではない。その人物こそ貞直であった。文政六年（一八二三）九月一三日、篤胤は、門人山崎篤利に次のような書簡を出している。

段々に、京中の学者も帰伏いたし、殊に雲上には御評判よろしく、禁庭（仁孝天皇）には、公家衆富小路（貞直）様に御逢被成候ては、我等事を御ほめ、御尋被成由に御座候、富小路様とは、『真はしら』序文を、被遊被下候御公家様に御座候、是人は度々参上いたし、いつも殊の外の御馳走にて、難有き事可申様なき事共に御座候、其外御公家様方にも、あまた御目に懸り、御懇命を蒙り、夫々御執持にて、禁裡様、仙洞様（光格上皇）、両方へ書物のこらず献上になり、御ほうびの勅命の御書付も頂戴いたし、古史成文の序文は、富小路へ被仰付、言語同断のありがたき御序文なし下され候。

（渡辺金造『平田篤胤研究』書簡篇）

貞直は篤胤と近しい関係にあった。貞直がどういう経緯で篤胤と知り合ったのかは、はっきりしないが、貞直は篤胤の『霊の真柱』（文化九年成立、翌十年上木）の序文を宣命体で記しており、文政六年（一八二三）以前から貞直と篤胤との交遊があったとも考えられる。

篤胤の著書献上の経緯については、『大壑君御一代略記』文政六年の記事に、

即、製本ノ用意モ整ヒ、予テ富小路治部卿（貞直）殿ノ御内奏ニ依テ、古史成文、同徴、開題記、神代御系図、霊能真柱、古史伝抄写、数巻取揃ヘ、九月朔日、ヲリシモ天恩日ノ吉日ナレバトテ、治部卿（貞直）殿マデ差上ラレ、同卿（貞直）ヨリ先、仙洞御所ヘ伝ヘ献リ給ヘルニ、殊ニ感サセ給ヘル由、マタ、六人部節香父子、ムネト計ラヒテ、禁裏御所ヘハ、御局冷泉殿ヨリ、長橋局ト申ス御方マデ、板本残ラズ差上ラレ、ソレ悉ク御披露アラセラレタルニ、厚ク感聞エサセ給ヘル由、即、冷泉殿ヨリ御書ヲ賜ハリ、金銀綵色ノ御短冊、二百枚下シ賜ヘリ。富小路ヨリハ、其由、御序文ニ記シ賜ハレリ。

（『国学者伝記集成』所収文による）

とある。これによれば、文政六年九月一日、貞直は篤胤から『古史成文』『古史徴』『開題記』『神代御系図』『霊の真柱』『古史伝』の抄写等を受け取り、その献上書は、貞直から光格院に献上されたという。貞直が篤胤の著述書献上に積極的だったことはこれまでの資料からもよく窺えるが、それではなぜ、貞直が篤胤の著書を光格院に献上する程

の近しい関係にあったのだろうか。このことについて、服部中庸が、藤垣内（本居大平）に出した書簡につぎのようにある。

平田著述、古史成文、同微、玉の御柱、等仙洞御所へは富小路殿より小侍従君御献上、禁裡御所へは大宮御所一ノ御局より御献上相成、則仙洞御所御感由は富小路殿より平田へ直に書被成下、禁裡御所之方は冷泉君より御同所女中名前ニて六人部右衛門へ御文被下候。右等の義も跡より写し差上可申候　　（山田孝雄『平田篤胤』）

篤胤の著述書は、貞直から「小侍従君」に献上されているが、この「小侍従君」こそ貞直の実の娘明子《てるこ》である。『篤胤自筆履歴書項目覚』（天保十二年以降、篤胤が佐竹藩役所に提出したもの。渡辺金造『平田篤胤研究』所収）の文政六年（一八二三）の項に「一　貞直卿ハ仙洞御侍読カツ御舅の事」とあり、貞直は光格院の侍読を勤め、かつ院の舅でもあったことが知られるのである。

貞直の娘の明子（小侍従）は当時光格院の侍姫として仕え、治宮《まさ》・欽宮《はや》・勝宮《かつ》という光格院三人の子の生母でもあった。貞直の家集『正二《ママ》位貞直卿詠草』にも実の孫である欽宮との対面を詠んだ一首がある。

先に挙げた服部中庸から本居大平への書簡に「仙洞御所御感由は富小路殿より平田へ直に御書被成下」とあったが、篤胤の著述を御覧になった光格院の感想は、明子・貞直を通じて篤胤に伝えられている。

過日は御入来得寛談欣幸不過之候。弥客中御無恙、珍重ニ御座候。然ば足下著述之書籍、全部内々仙洞え令献上候所、述作之趣意　御感不浅之旨小侍従より申越候。右書札可及一覧候得共、何分御所方之御儀他聞相憚候間、

下官より内々如此候。先々被遂素懐候儀、珍重存候。尚委曲之儀、近日期面謦艸畧不盡

九月十五日

貞直

平田先醒

（山田孝雄『平田篤胤』）

文政六年（一八二三）九月十五日、貞直から篤胤に出された右の書簡によれば篤胤の著述書は、すべて内々に仙洞へ献上され、光格院の感想は、貞直の娘小侍従から貞直へ、貞直から篤胤に伝わっていることが知られるのである。貞直は、この叡覧の後、上意によって『古史成文』の序文を宣命体で書いているが、賀茂真淵以来の古学の流れを説き、古学の祖を真淵と位置付け、その志を継いだ宣長が地下門人だけではなく堂上家にさえもその学説を広めたことを称え、更に二人の志を継いだ篤胤が、真淵・宣長の両人が力を入れていた和歌・和文等の文雅の遊びをものともせずにただ一筋に古学を追求したことを高く評価している。山田孝雄氏は貞直の「古史序」のこの部分が「後世国学四大人の称の生すべき源となれるなり」（『平田篤胤』）と言っているが、注目すべきは、貞直が近世後期の地下国学者達の古学の流れを把握して位置付け、それを宣命体で表現していたことであり、これは貞直が、文政六年までに深く古学を学んで咀嚼していたことを立証するものである。

宣長は光格天皇の兄の妙法院宮真仁法親王を通じて光格天皇に『古事記伝』を献上した。篤胤は光格院の侍読であり舅でもある貞直を通して光格院に『古史成文』等を献上した。篤胤はまた光格院の養子、上野宮舜仁法親王を通じて光格院に『大扶桑国考』を献上している。つまり、光格天皇（院）に古学書の献上がある時には、光格天皇（院）の身内の者を通して内々になされていることが知られるのである。

六　貞直と俳諧

ところで、貞直のその後の活動としてもうひとつ忘れてならないのが俳諧活動である。貞直の俳諧活動については、母利司朗氏が「近世堂上俳諧攷――平松時量の俳事――」（『近世堂上和歌論集』明治書院、一九八九年）の中で「当代俳壇における芭蕉神格化の風潮をふまえ、その神輿をかつぐ如泥（富小路貞直。その他、文政六年刊『俳諧四方のむつみ』にも序を寄せる）がごとき俳壇とのかかわりかたは、あくまでも堂上内の遊興としての姿勢をくずすことのなかった時量や公通のそれとは、まさしく異質のものであったというほかはあるまい」と記している。貞直が書いた俳書の序文は、管見にはいったものだけでも、

・寛政十二年（一八〇〇）三月　『景遊勝覧阿都満珂比』の序文（天理大学附属天理図書館綿屋文庫所蔵）。
・享和三年（一八〇三）四月二十五日　『わかば集』の序文（同右）。
・同年　四月　『青於集』の序文（同右）。
・文化五年（一八〇八）閏六月　『身滌集』の序文（同右）。
・文化八年（一八一一）九月二十四日　『好事出門壽』の序文（同右）。
・文化九年（一八一二）六月　『万家人名録』の序文（中野三敏先生所蔵）。
・同年　七月　『俳諧寂栞』の序文（天理大学附属天理図書館綿屋文庫所蔵）。
・文政六年（一八二三）三月二十八日　『四方のむつみ』の序文（国立国会図書館所蔵）。

がある。貞直の俳諧活動の姿勢は、母利氏が指摘しているように、堂上家の遊興を超えていたことがこの序文群から窺われる。享和三年（一八〇三）以降すなわち飛鳥井家を破門になってから後のものが大部分であることから見ても、大愚歌合事件での処罰が貞直を俳諧に向かわせるひとつの大きな契機となったのではないだろうか。

おわりに――『天保会記鈔本』・『賢歌愚評』

巻頭が後水尾院、巻軸が光格天皇の歌で締めくくられる近世名家百人の歌を集めた「百人一首」（弘化二年奥書、『天保会記鈔本』〈名古屋叢書三編第十三巻〉所収）に、富小路貞直の歌が掲載され、まさに江戸時代を代表する歌人のひとりとして、貞直に一定の評価があったことが知られる。ちなみに同書巻軸の光格天皇の歌は、

御諱兼仁　院帝

豊なる世の春しめて三十あまり　九重の花をあかずみし哉

で、光格天皇が譲位する際の歌で、天皇として三十年間、御所の花を飽きることなく見てきた、という歌で、それだけ充実した天皇としての日々を送ってきたという感慨を述べた歌である。光格天皇の代表歌と言ってもよいだろう。

この「百人一首」の巻末識語には、

此百人一首は、近比松平楽翁越中守少将定信水野忠成出羽守侍従台命を蒙り、内勅叡慮下し給はりて、富小路貞直卿をはじめ奉り、地下にては本居大平、香川景樹に仰ごとありて撰集なりし秘書なり。高貴尊位のうちに卑賤なるもの、交り、恐れある事、敷島の倭歌の道の徳ありがたし〳〵

とある。ここに貞直の名があることは注目される。いくつかの手続きをとって考証しなければならない記事とはいえ、時代を反映した記述として無視はできない。この「百人一首」には、天皇・将軍から貞直・宣長・さらには遊女吉野の名までも見え、堂上から地下にわたって、その身分に関わらずに選ばれた百首[14]と考えられる。この百首を選ぶ編纂意識が、幕末に存在したことは、記憶にとどめておいてよいだろう。

注意したいのは、松平定信と水野忠成から命ぜられた選者として地下の本居大平・香川景樹とともに堂上の貞直の名があることである。堂上と地下の協力でこの企画が行われたこととなっている。これはこの時代の歌壇の様相を推し量るのに示唆的である。

定信の歌に清水浜臣が評をした『賢歌愚評』を見てみよう。ここには、貞直と定信をつなぐ手がかりがある。

【定信歌】のどけしな雲なき空の夕まぐれかすみにたづの声ぞ聞ゆる

【浜臣評】一首のうへゆたかにうけ給はり侍る也。そも〳〵かみおろしの句に「のどけしな」とよみ侍る事、めでたき詞ながら、近世の歌人、ともすれば春のことぐさにまづつみいづる言葉にして、いと耳なれ侍り。富小路貞直卿などは、長閑社中とてきらはせ給ふよしつたへ承りはべり。すべてかくいひなれたる詞は、古今集の「べらなり」などの詞にひとしく、あながちによむまじき詞と制すべきにははべらねど、常にいひならへんは口をし

く侍るべし。是らは御歌のうへに中事には侍らず。ことのついでに今の世の歌人の事を申侍なり。（中略）【定信】
「のどけしな」もとよりきらひ候へども、いろ〳〵はじめの句におきかへ候へども「のどけしな」のかたつきづきしく候歟(15)。

貞直が、春の歌における初句の「のどけしな」を、形骸化した歌の表現として評価していなかったことが知られ、また、そのような表現を思考を停止して使用する歌人達を「長閑社中《のどけししゃちゅう》」として嫌っていたことが知られる。「長閑社中」とは堂上歌人を指す。貞直が当時の堂上歌学や和歌、硬直した堂上歌壇に飽き足らない思いを抱き、独自の主張を持った堂上歌人であったことがわかるのである。堂上歌壇の中から貞直のような歌人が出現したことは、中世以来の伝統的歌学では、現実に即した表現ができなくなっていた堂上歌壇の状況を示し、その破綻の象徴が世紀の変わり目の一八〇〇年代初頭の大愚歌合事件なのである。

注

（1）富小路貞直のご子孫、富小路禎子氏の御教示によれば、富小路家は明治になって京都から東京に移り、明治以前に没した先祖の墓は基本的に京都市左京区浄土寺真如町の真如堂で、菩提寺は真如堂内松林院とのことである。貞直の墓は探索したが未見。江戸期の資料については、禎子氏のご親戚である日野純男氏の御教示により、貞直の自筆資料が発見された。天理大学附属天理図書館に伝わる唯一の家集『正二《（ママ）》位貞直卿詠草』や香川大学神原文庫に伝わる文集『蘭渓餘香集』には収載されていない和文和歌資料等である。今後の紹介を期したい。なお禎子氏は歌人。二〇〇二年に御逝去された。貞直については、本書第三部第十五章付をも参照のこと。

（2）中村一基「鈴門の形成と展開」（『本居宣長と鈴屋社中』錦正社、一九八四年所収）。

（3）『鉄心斎文庫所蔵　伊勢物語図録』第七集に一部図版あり。現在鉄心斎文庫に所蔵。山本登朗氏の御教示による。
（4）本書第三部第十二章「享和二年『大愚歌合』一件」を参照のこと。
（5）村田平樹著。宣長の享和元年（一八〇一）上京の際に堂上家と宣長が贈答した和歌などを集録したもの。その題から門人名簿と取られる向きもある（『本居宣長全集』別巻三による）。
（6）鈴木淳『橘千蔭の研究』（ぺりかん社、二〇〇六年）。
（7）『万葉集略解』の奥書による。詳細については、堀野理香「『万葉集略解』の宣長説」（『成城国文学』第十号、一九九四年三月）を参照のこと。
（8）本章付「『富小路貞直卿御詠歌並千蔭呈書』について」に全文を翻字している。
（9）本書付「『富小路貞直卿御詠歌並千蔭呈書』について」を参照のこと。
（10）同右。
（11）本書第三部第十二章を参照のこと。
（12）本章付「『富小路貞直卿御詠歌並千蔭呈書』について」を参照のこと。
（13）寛政十年四月九日付加藤千蔭宛本居宣長書簡。『本居宣長全集』第十七巻所収。
（14）百人を掲載順に挙げれば、後水尾天皇、近衛信尋、徳川秀忠、天海、里村昌叱、細川忠興、石川丈山、烏丸光広、徳川家光、東福門院、沢庵、中院通茂、保科正之、東本願寺宣如、三宅亡羊、松永貞徳、小堀政一、武者小路実陰、霊元天皇、妙法院宮堯然法親王、桂昌院、佐川田昌俊、北村季吟、荷田春満、徳川光圀、元政、契沖、千宗旦、池田光政、松花堂昭乗、金森宗和、近衛家熙、浅野長矩、岡本宣就、荷田在満、大石良雄、冷泉為村、賀茂真淵、賤女、澄月、橋本経亮、小堀政尹、荷田蒼生子、佐野紹由、西本願寺寂如、上田秋成、井上通女、山中道隠、梨木祐之、千原叟、吉野女、九条尚実、冷泉為泰、加藤宇万伎、芝山持豊、似雲、小沢蘆庵、大橋女、伴蒿蹊、千啐啄斎、荒木田久老、中山愛親、本居宣長、梶女、梨木祐為、村田春海、日野資枝、加藤枝直、涌蓮、富士谷成章、有賀長伯、西本願寺法如、加藤千蔭、僧慈延、有栖川宮織仁親王、外山光実、望月長好、松平治郷、平間長親、後桜町天皇、荷田御風、庭田重嗣、松平定信、島津重豪、水野忠成、本居大平、藤井高尚、徳川家斉、徳川家慶、富小路貞直、冷泉為則、田中大秀、香川景樹、高松公祐、市岡猛彦、徳川斉昭、村田春門、飛鳥井雅光、一条忠良、光格院。

（15）　宇野祐三「浜臣評楽翁公諷詠」（『こころの華』第二巻第四号～十号、一八九九年四月～十月）に翻刻があるが、架蔵写本によって誤植を改め、私に句読点を付した。

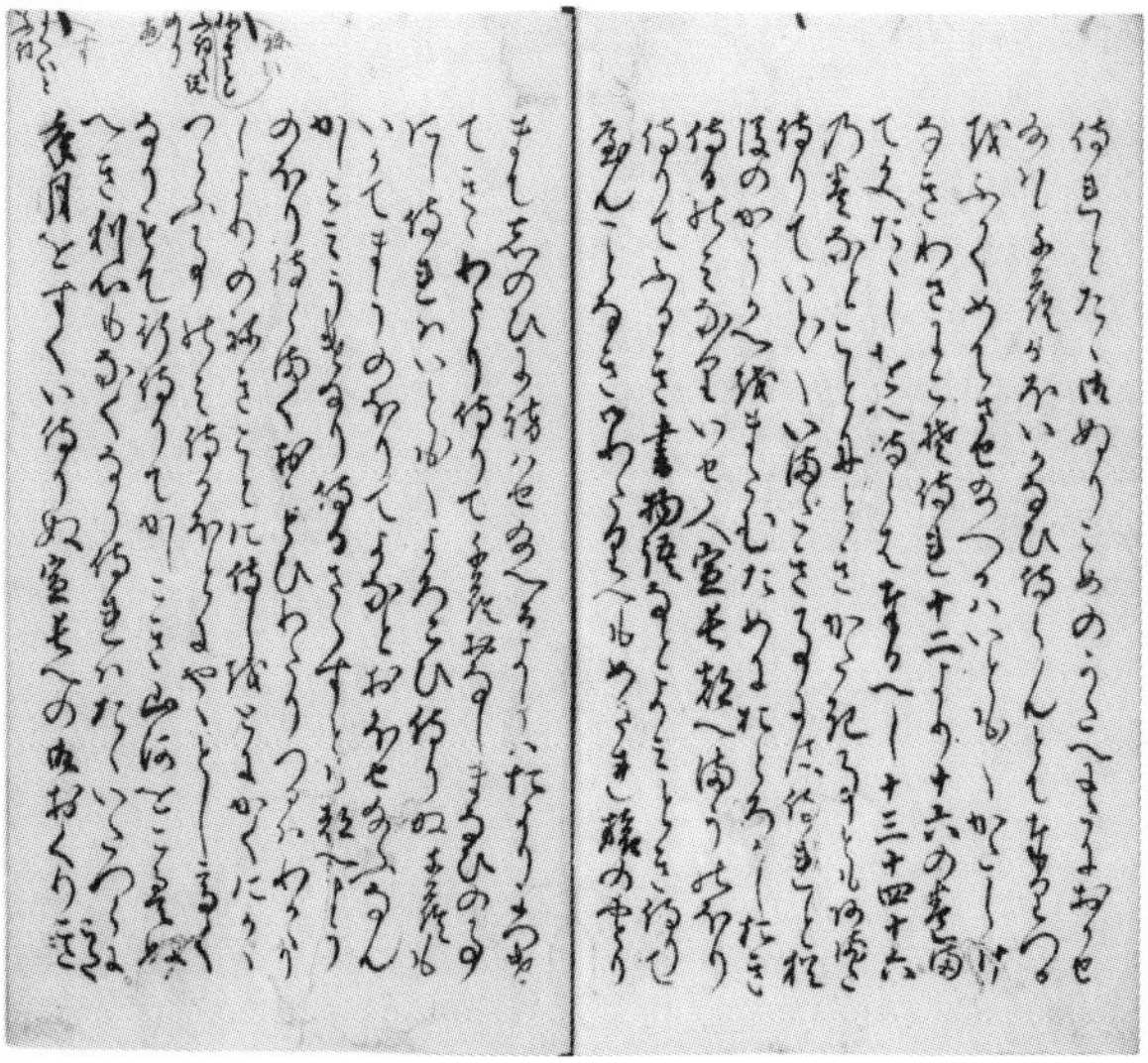

静嘉堂文庫所蔵『富小路貞直卿御詠歌並千蔭呈書』

付　『富小路貞直卿御詠歌並千蔭呈書』について

一　はじめに

ここで紹介するのは、静嘉堂文庫所蔵『富小路貞直卿御詠歌並千蔭呈書』一冊である。本書は堂上歌人富小路貞直の詠草十一首に加藤千蔭が添削と批評を施した「享和元年八月富小路三位殿より消息にて加筆をこひ給へるまヽに書てまゐらせける案」（以下「添削」と称する）と、貞直あてに出した千蔭の書簡「富小路三位卿へ答たてまつる文」（以下「書簡」と称する）の二つから成る。実際には「添削」は「書簡」と同時に貞直へ呈上されたと思われる。「添削」および「書簡」は、享和元年（一八〇一）五月二十二日、京都の貞直が江戸の千蔭に宛てて出した書簡に対する返書に相当する。貞直の書簡は未見であるが、「書簡」からおおよそ以下のような内容であったことが推測される。

一、自作の詠草二十六首の添削の依頼。
二、賀茂季鷹を通じて『万葉集略解』巻十一までを譲り受けたことへの謝礼。
三、上京した宣長が堂上家を相手に講釈をしている様子の報告と千蔭への上京の慫慂。

以上のような内容の書簡を、貞直は塙保己一門人稲山行教に託したが、行教の病の為、書簡は約三ヶ月間行教のもとに留まったままであった。この書簡が千蔭の許に届いたのは、同年八月二十三日。千蔭は同二十八日に貞直への返書を書いた。この返書の内容は、おおよそ次の通り（一が「添削」に、二～四が「書簡」に相当）。

一、貞直の詠草に対する添削と批評。
二、『万葉集略解』の巻十一までに引き続いて、巻十二から巻十六までを「ただしをへて」送る約束。
三、歌人本居宣長に対する非難。
四、貞直の和歌に対する総評。

当時堂上歌人が地下歌人に添削批評を乞うという事だけでも異例であるが、貞直が千蔭に添削を願い出た詠草の中には、貞直が教えを受けていた飛鳥井家の月次歌会での詠草、寛政十三年（一八〇一）正月十八日和歌御会始に出詠するために詠まれていたと思われる詠草、また当時上京していた宣長に教えを請う旨の詠草もあり、それを地下の千蔭に添削させていることは当時の堂上と地下の関係を考えると驚きに値する。

また千蔭は、賀茂真淵を継いで古典研究に莫大な業績を残し、『万葉集略解』の成立過程においても数々の助言を受けた宣長の学問的才能を認めつつも、古風・近体と歌体をわけて詠んだ歌人としての宣長に対しては痛烈な批判を下し、詠歌の心構えに関する自説を展開している。同じ真淵門下ではあるが、歌人としての方針は異なっているという事を、千蔭の口から明言している資料として、「書簡」は特筆すべき資料である。

なお、「添削」の詠草は、土卵、慈延、日野資愛、賀茂季鷹など当時京都文壇で活躍していた人物との贈答歌が多く、貞直の当時の文壇での交遊の広さを物語っている。

以上述べたところから、『富小路貞直卿御詠歌並千蔭呈書』は非常に興味深い資料であり、近世後期歌壇研究に資するものであると思われるのでここに翻字し、合わせて簡略な注を施した。

本書については、佐佐木信綱『増訂日本歌学史』（博文館、一九〇一年）に『答富小路貞直卿書』として言及されており、また福井久蔵『大日本歌書綜覧』（不二書房、一九二六年）には『富小路貞直卿詠歌』『奉富小路三位書』が立項され簡単な解題が施されている。

なお、関根正直「加藤千蔭とその時勢」（『からすかご』所収）には「彼の富小路三位貞直卿は、かねてより千蔭が歌道に秀でたるを知られ、はた其の風を慕はれて、わが詠歌を添削すべく、又歌調の意見を聞かまほしき由をも申しおこされて、しば〳〵文通もせし間がらにして、堂上公卿が地下の歌人の門弟となられしは之を始めとす」と述べているが、おそらくその根拠はこの資料にあるのだと思われる。

二　富小路貞直と加藤千蔭について

書簡の宛先人である富小路貞直については、本書第三部第十五章を参照していただきたいが、従来ほとんど研究がなされていなかった。貞直は堂上歌人でありながら地下歌人や国学者、また俳人等とも深い関わりを持っていた非常に興味深い人物である。宝暦十一年（一七六二）十二月二十四日、父正二位伏原宣條と母従一位柳原光綱卿の女の末子として京に生まれ（『公卿補任』、東京大学史料編纂所所蔵『富小路家譜』）、富小路良直の養子となって家督を継ぎ位官は正三位治部卿にのぼった。天保八年（一八三七）八月三日、七十七歳で没している。飛鳥井家の歌会や宮廷歌会に熱心に出詠する一方で、当時京都の雅文壇に大きな影響を持ち、有力地下歌人を集めて歌会を行っていた妙法院宮真仁法親王のもとに出入りし、また、享和元年（一八〇一）宣長の上京の折にはその宿に通って『万葉集』『源氏物語』等の講釈を聴き、宣長が京を去るときに、堂上歌人らしからぬ古風の長歌を詠んで地下歌人を驚かせたこと（斎藤彦麿『神代餘波』、『燕石十種』第三巻）、また宣長の上京中に書簡を出して千蔭の上京を慫慂したことは前に述べた。享和二年（一八〇二）に行われた大愚歌合に参加していたことから飛鳥井家を破門になり、宮廷歌会への出詠も禁止される（本書第二部第十二章参照）が、以後も和歌を詠んでいたことは貞直の家集『正二《（ママ）》位貞直卿詠草』（天理大学附属天理図書館所蔵）からうかがわれる。堂上歌人でありながら地下の歌学を積極的に取り入れようとした古学派堂上歌人のうちのひとりで、古学への造詣も深い。

貞直の千蔭との関係は、和歌添削の他に、千蔭の家集『うけらが花』を巡る逸話がある（関根正直『からすかご』）。千蔭の家集『うけらが花』（享和二年刊）の書名は、千蔭が貞直に贈った歌がもととなって命名されている。巨勢利和が撰した『うけらが花』の序文には次のようにある。

（前略）そもそも此集の名（うけらが花）は、さきつとし（寛政十二年）みやこのやむごとなきわたり（京都の富小路貞直）より、うし（加藤千蔭）のよみおかれたるうたなむまゐらせよと有りしに、えりてまゐらせられつる時、花数ならぬうけらさへつまるる世にあひぬるよし（『うけらが花』新編国歌大観番号一五二二）をよみ出でられしより、みづからうけらがはなと名をおほせられたるなりけり（下略）。（（　）内、盛田注）

ところで、享和二年（一八〇二）の冬に、堂上歌人広幡前秀主催、地下歌人慈延判の堂上・地下双方が出詠した歌合が行われ、それが堂上家の間で問題になり、出席していた堂上歌人達のほとんどが処罰されるという事件が起る。これに参加していた貞直も歌の師匠である飛鳥井雅威から破門され、宮廷歌会のメンバーからはずされてしまう。破門を受けた直後、貞直が心情を吐露した賀茂季鷹への書簡が村田春海『織錦舎随筆』に収められている。その書簡に対する春海のコメントが、千蔭と貞直の関係を示すものでもあるのでここで引用する。

富小路三位貞直卿より、賀茂季鷹がもとへ贈られたる書状　享和三年五月

　おもほえず教のおやにすてられてなくなくまどふの《マヽ》み芝の露
　何事もふるきにかへる中にしもひとりつれなき和歌のうらなみ
　いせの海の清きなきさにいまよりはわが玉とする玉やひろはん

此三首破門のせつの詠歌之趣、千蔭主へ御申遣し頼入候。和歌の浦なみまでは、長閑社中の遺風と御申遣し頼入候。

家集上木珍重貞直名を出され候事大慶と可申候趣意に候間、必々無遠慮御書載出板頼入候也。

貞直

季たかぬし
　玉案下

長閑社中とは、堂上風の歌人をさしていふ。長閑しなどいふ事を常におほくよめば也。家集上木とは千蔭家集に、富小路の御名を載たりしを、かの破門のさわぎありしかば、いかが家集中に富小路の御名あるを除くべきかとて、

季鷹方まで千蔭より問合たれば、夫を富小路殿へ申たりと見えて、此御答ある也。

貞直がこの書簡の中で、『うけらが花』出版について述べていることは注目に値する。村田春海の言にもあるように、千蔭は自分の家集『うけらが花』に、貞直と自分の贈答歌を載せて出版した（初編は享和二年十二月刊行）。しかし、貞直も出詠していた、享和二年（一八〇二）冬に行われた大愚歌合が、地下歌人判でしかも堂上・地下が同等に出詠した歌合であったため、堂上歌人の間で大変な物議を醸し、出詠していた堂上歌人達が皆処罰されるという事件にまで発展する。この事件の噂は、堂上歌人の間だけではなく、江戸の地下歌人達にまで広がる。その事件の詳細を小沢蘆庵の門人小野勝義の書簡によって知った千蔭は（『織錦舎随筆』日本随筆大成　第一期5）、地下歌人である自分の家集に、貞直の歌と名を挙げた形で出版してしまったという事が、貞直の立場を今よりももっと不都合にするのではないかと心配したのである。それで、自分と貞直の橋渡し役である季鷹に、貞直の名を自分の家集『うけらが花』から省くべきかどうかということを相談したのである。ところが、季鷹と貞直は大変気心の知れた間柄であったようで、その相談ごとをそのまま貞直に伝えたらしい。貞直はその相談に答える形で、「貞直名を出され候事大慶と可申候趣意に候間、必々無遠慮御書載出版頼入候也」と、遠慮なく載せるように言ったのである。

また貞直は季鷹を通じて『万葉集略解』を千蔭から送られているが、この点については注（11）を参照されたい。

三　諸本と来歴

本書と同内容の書簡が岩手県立図書館に『富小路貞直翁添削並消息』（『富小路殿へ歌加筆並消息』）として所蔵されて

いる。これは『村田春海本居大平問答』に付されたものである。

静嘉堂文庫本は巻末に「右一冊借山本正邦主蔵本課宗像京之進書写以納不忍文庫。享和三十一十一夜一校畢。」と本文とは別筆で奥書があり、さらに裏表紙見返しに「此書は屋代先生の所蔵せられし處なるが今年はからすも東京の市にて購ひ得たればむしはみなどつくろひつゞりて庫中にをさめぬ。明治十五年十一月【川上文庫】（朱印）」と記されている。これらによれば、本書は屋代弘賢が山本正邦所蔵本を借りて、宗像京之進をして書写させ不忍文庫に納めたものが、明治十五年（一八八二）に市場に出て、川上氏が購ったものである。「川上文庫」の印影は平野喜久代編『蔵書印集成』（東京大学出版会、一九七四年）に載るものと等しく、それによって川上は川上広樹ということが知られる。

屋代弘賢と不忍文庫については言うまでもない。山本正邦は文政年間成立『詩仙堂募集和歌』（『甲子夜話』巻八十二所収）に和歌を寄せた人物か。注記に「西丸小十人頭　山本原八郎」とあるが未詳。宗像京之進も未詳。屋代弘賢門人に宗像恕輔という人物がいる（『名家伝記資料集成』）が、あるいは関係があるか。川上広樹は本姓中村氏。号春山。足利藩戸田氏に仕え、維新後は藩の大参事を務めた学者。明治二十八年十二月二日没、五十七歳（『東京掃苔録』）。のちにこれが松井簡治の手に渡り（蔵書印）、昭和十一年に一括して静嘉堂文庫に収められた。

岩手県立図書館本は、奥書に「文政癸未年十二月三日校合了。同十二月廿四日再校了。文政八乙酉年三月廿又七日校合了。」とあり、全て奥羽盛岡の南部家の士黒川盛隆の筆である。よって盛隆が三度にわたって対校したことがわかる。盛隆については「巖手県郷土叢話」に以下のようにある。

盛隆ハ、盛岡ノ人、壮年江戸ニ之キ、加藤千蔭、村田春海、塙保己一等ノ門ニ入リ国学ヲ修メ、郷ニ帰リ門生ヲ教フ、業ヲ受クル者多ク、藩ノ国学此ニ於イテ盛ナリ、文化元年江戸ヨリ京都ニ之キ、帰リテ用人トナル、十四年八月、御即位ニ際シ、使者トナリ、黒川玄蕃ト号シ上京ス、藩主薨シ、嗣子幼ナリ、盛隆讒ニ遇ヒ其官ヲ免セラル、文政四年ナリ、封内ノ古跡ヲ調査セルモノ、旧跡遺聞アリ、藩梅内祐訓ニ命ジテ編輯セシメ、盛隆ヲシテ之ヲ補助セシム、而シテ僻地徴ス可キノ古書ナシ、先阪牛助丁ヲシテ千蔭春海等ニ就イテ材料ヲ求メシメ、三輪秀壽ノ玄孫秀福ト相謀リテ篇ヲ成ス、盛隆ノ力多シト雖避ケテ名ヲ列セサリキト云フ、著ス所盛隆歌集及随筆アリ、盛隆学ニ篤シ、嘗テ京都ニ赴ク、途上三洲宝蔵寺ノ東照宮ニ詣テ、梅花ノ一両輪開ケル小枝ヲ折リテ歌ヲ詠ス、曰ク「言の葉の花さき匂ふ世に逢はゞ身の成出てん事を思はじ」と蓋古学ヲ唱ヘンコトヲ祈レルナリ、文政十二年十二月没ス、年六十二

以上の二本の内、ここでは、書写年次が早い静嘉堂文庫本（享和三年十一月十一日夜一校畢）を本文に使い、岩手県立図書館本（文政六年十二月三日校了）で本文の異同を示す。

四　翻　字

（一）書　誌

○所　在　静嘉堂文庫（写本一冊／請求番号　五二二―二―二二四五一）。
○書　型　半紙本。縦二〇糎、横一三・三糎。

○表　紙　共表紙。左肩に「富小路貞直卿御詠歌並千蔭呈書」と直書。なお茶色縦刷毛目模様の鞘表紙があり、その左肩の子持枠題簽に「富小路貞直卿御詠歌並千蔭呈書」とあり。

○内　題　「享和元年八月富小路三位殿より消息にて加筆をこひ給へるまゝに書てまゐらせける案」。

○丁　数　本文八丁。

○奥　書　「右一冊借山本正邦主蔵本課宗像京之進書写。以納不忍文庫。享和三十一十一夜一校畢」（八丁裏）。「此書は屋代先生の所蔵せられし処なるが今年はからすも東京の市にて購ひ得たればむしはみなどつくろひつゞりて庫中にをさめぬ。明治十五年十一月（朱筆）【川上文庫】（朱印）」（裏表紙見返し）

○蔵書印　【静嘉堂蔵書】【松井蔵書】【不忍文庫】（全て朱陽印。一丁オにあり）／【川上文庫】（朱陽方印。表紙、裏表紙見返しの二箇所にあり）

（二）凡　例

一、漢字は原則として通行の字体に統一し、旧字体・異体字の類は現行の表記に改めた。

一、ひらがなは通行の字体に統一し、「ニ」「ハ」「ミ」はひらがなに改めた。

一、踊字は原本通りとした。

一、かなづかいは元のままとし、濁点は補わなかった。

一、「添削」は、歌題・詞書、改行して和歌二行書、改行して千蔭の批評と続くが、わかりやすくする為に、四字下げて歌題・詞書、改行して和歌一行書、改行して二字下げて千蔭の批評という形式で翻字した。

一、本文中の見せ消ち・補入の類は忠実に再現した。
一、虫損のため判読不能の箇所は□で示した。
一、丁移りは、」（二丁オ）のごとく示した。
一、岩手県立図書館本によりその異同を示した。
一、注記には（1）のごとく番号を付した。

（三）本　文

享和元年八月、富小路三位殿より消息にて加筆をこひ給へるまゝに書てまゐらせける案。《〔岩〕富小路殿哥加筆並消息。享和元年八月廿三日来、同晦日御答まゐらす。》

春山成興　　　　貞直

唐人の夢や有明の月まちて梅さく山に旅ねしち《て》しか（1）

夢や在明と侍るは羅浮《〔岩〕かの羅浮の》の美人の事に侍へ《ゝ》けれと、ゆめや有明とは《〔岩〕夢や在とは》つゝき難くや侍らむ。いにしへの美人のいまもありやといふ意にて在とよませ給へるにやともおほえ侍れと詞たらすや。さほとまては《〔岩〕までには》」（二丁オ）きゝとりかたくなん。夢はたゝ見るとのみいひなれたれは、夢やみ山の月まちてとして末を梅さく陰にたひねしてしかなと侍るへくや。

同し日敦光の左近将監（2）の山荘をとひて

えもいはぬ色にいつしかなりにけりすみれ《〔岩〕すゝな》花さく春の山里
すゝな《みれ》咲ころの山里の春の色《〔岩〕春色》のえならぬけしき見る計には侍れと、いさゝか一二の御句事たらぬやうにや侍らん」（二丁ウ）

甲斐権守《〔岩〕御はし書》(3)さくらの枝を云々聞えし返し
きこえしきこゆるとは人に対してはいへと、人よりわれへむかひていふ事をみつから聞えとは申かたし。こは宣長か玉霰にもはやく申侍りき。(4)けにも物語の詞の例みなしかり。

吐屑庵(5)にて尋花といふ事を
心あてに枝折しあとを分みれはみ山も花に道は有けり
申《〔岩〕御哥》むね侍らす。さてこは事のついてに申侍る。」（二丁オ）栞を後世枝折とかき侍れと音訓つらねいふへくも侍らす。しをりは標《シメ》折ならんと先師真淵は申侍りき。

本居宣長かたひの屋とりをとふらひて
開木代《ママ》のとはにかつきて伊勢の海の玉の光にわれもあえはや(6)
消《アエ》はやといふ詞いかゝ侍らん。あえなんとあらまほしき詞なり。

嶺照射」（二丁ウ）

ともしさすそなたの木の間雲消てほりけ《か》みえすくみねの松原

木のまと侍るも松原の木の間には侍らすや。さは其松の木の間の雲の消て、ともしの火かけの見えすくといへることわりさたかならすや侍らん。これはそなたのみねの雲消てほかけみえすく松のむら立なと侍らはおなしほとの事なからことわりきこえ侍るへくや。

中宮権大進(7)の花あやめをたうひて
言のはの露のなさけもかけてみよ」（三丁オ）これもよとのゝ草の名なれや

とありし返し
〔岩〕是や此よとのゝあやめうつしこし物いふ花とこゝろ引るれ
これやこのよとのゝあやめうへしこそ物いふ花とこゝろひかるな

四の御句うけ給はりえ侍らす。

嶺雲
こゝろなきこゝろも見えて夕日かけたかねを出る雲のひとむら

〔岩〕夕日影云云
夕日かけたかね云ゝとはつゝきかたくや侍らん。夕日さすなと侍るへくや。」（三丁ウ）

これかれとふらひし日五月雨の哥よみ侍りしに、いへのあれわたりけるをなけきてとゝのへてふる《か》ましものをさみたれて軒のあやめをもるかわひしさ

御初句猶侍るへくや。こゝろしてなと侍らん。〔岩〕なとも侍らんか

里梅

枝たかみをらぬ《れ》花〔岩〕を《》も家つとゝ袂にしむる里の梅かゝ

一わたり御哥はきこえ侍れと里といへる」（四丁オ）せんもきこえ侍らすや。野にも山にもふれぬへくや侍らん。

飛鳥井中納言(8)の家の月次に柳桜〔岩〕柳桜交枝交か□枝といふ事を

立ならふ袖も色そふ鞠の庭の柳桜の春のゆふはえ

〔岩〕御家かくには御家からにことにおもしろく承りぬ(9)

右のほか十五首の御哥いさゝかも申旨侍らす

〔岩〕橘千蔭謹申す橘千蔭申す」（四丁ウ）

富小路三位貞直卿へ〔岩〕答まゐる答たてまつる文

過つるさ月〔岩〕さ月の廿二日の御書、検校保己一か文座《庫》〔岩〕文屋にに住る大《土》〔岩〕土橋行教橋行教(10)かもとへ下し給へるを、行教久しくやみ侍りつとて、此月廿三日になむもて来り侍るを先《ゝ》つゝしみてひ《ゝ》らき見奉りぬ。さきに萬葉略解十一の巻まで季鷹して奉れる〔岩〕奉れる(11)を御覧させ給へりとてかしこきおほせこと《こ》ゝもかしきまりうけ給り侍る。もとより彼書、千蔭等かみしかきさえにしてとき明めむはおふけなきわさなるをしひ《ゝ》てものし侍れはたらはぬ事のみにて」（五丁オ）侍れとたゝ御ぬりこめのかたへにたにおかせ給はゝ千蔭かほいかなひ侍らんとて奉りつるをふかくめてさせ給へるはいとも〳〵かたしけなきわさにこそ侍れ。十二より十六の巻まで〔岩〕又文たゝしをへ〔岩〕侍れは猶奉るへし侍らは奉るへし。十三・十四・十六の巻なと、ことにときかたき事ともあまた侍りて、いと〳〵いまだき事《〔岩〕いまたしき事》には侍れと猶後のかうかへをまたむためにおとろかしおき侍るのみなり。いせ人宣長都へまうのほり侍りてふるき書・物語なとよみとき侍りてやんことなき御わたりへもめされ旅のやとり《〔岩〕やとりまても》」（五丁ウ）ましのひに訪はせ給へるよし[12]はたよりにつけてき、わたり侍りて、千蔭おなしまなひの事にし侍れはいとも〳〵よろこひ《〔岩〕よろこほひ》侍りぬ。千蔭もいかてまうのほりてよなとおほせ給ふなんかしこみうけ給り侍る。さらすとも都へまうのほり侍らまくおもひわたりつる《〔岩〕わたりつる事》はわか、りしよりのねきことに侍しを、とにかくに《〔岩〕かくかくに》か、つらふ事のみ侍るほとに、や、とし高くなりもて行侍りてかしこき山河をこえぬへき《〔岩〕こえぬへきと心も》利心もなくなり侍れは、た、いたつらに年月《〔岩〕ひ》をすくい侍りぬ。宣長への御おくりこと《た》」（六丁オ）への御哥、其外くさ〳〵[13]みせさせ《〔岩〕「させ」ナシ》給ひて千蔭かおもふ心をかくさはす申奉れとのおほせことかしこまりうけ給り侍る。大かた世の人のさかわれはわれなりとてあたし人のことはき、もいれぬならひにてことに《〔岩〕「ことに」ナシ》やんことなきわたりにては、かすにもあらぬもの、あけつろひなと、とはせ給ふ事はひたふるになき事なるを若《〔岩〕君》よにことなる御こ、ろおきてにてかくねもころにのたまひおこせ給ふをた、かしこしとてもたし侍らんは中《〔岩〕中》〳〵《に》御心にそむき《〔岩〕そむき奉る》なるへき」（六丁ウ）事なれは、いとも〳〵かしこけれと、千蔭かおもふ心をなんつはらにしるして奉る。しかはあれと罪さり所なくなむ。さてのり長はふるき書ともを見わたし侍りて古しへわきかたかりし事ともをときあきらめ、後の世に哥に文にあやまり来れる事をたゞせるは、わか師かもの真淵につ、きてはまたふたりとも侍らぬをいかなる事にか哥の事は一つの竹《〔岩〕門》《体か》をたて侍りて古風・近体なとよみわけ侍りて、[14]古風とおもへるは上つ代のしらへよからぬをもとり、近体とてはいたく」（七丁オ）くたれる世のさまをもとりてよきほとの所をとれるはまれになんきこえ侍る。こは千蔭うべなひ侍らさる所也。千蔭はた、古風にも《〔岩〕「も」ナシ》《衍か》まれ近体にまれしらへよき哥を師として、さておのか思ふ心のま、をいひいてん事をなむ心とはし侍る。さてこそよくもわろくもおのか哥といふものには侍るめれ。古風近体なと殊更に似せんとかまへてよむはた、物をた、似するのみにておのか物といふへくも侍らすや。[15]こはめつらしけなきあけつろひとやきこしめし給ふらんとはおもひ給へ」（七丁ウ）らるゝものから宣長とおなしこと《〔岩〕門に》にまなへるからに哥の事も同しこゝろそとおほしくませ給ふらんとてことわきて申奉る也。かく申奉るはいとも〳〵なめけなるわさには侍れといはてたゝにやとおもひおこして申奉る。御哥のさまはいと〳〵おほとかにみやひにしてくたれる世の事せきさまはいさゝかも侍らす。こは常に千蔭かねきおもふ所になん侍る。くさ〳〵のたまひおこせ給ふ事とも心にしみて玉のをのかきりわするへくも侍らす。かしこまり聞奉らんは筆かきりありてなむ。猶申奉り《〔岩〕奉ら》」（八丁オ）まほしき事も侍れと山の井のあさらかなるこゝろのうちはくみしらせ給ふへき事なれは、さのみはとかく《〔岩〕とてらか》なむ。よくとりてきこえ上させ給へ。あなかしこ。

八月廿八日　　　　　　　　　　橘千蔭

御かたへまてこたへ奉る

右一冊借山本正邦主蔵本課宗像京之進書写。以納不忍文庫。享和三十一十一夜一校畢。」（八丁ウ）

此書は屋代先生の所蔵せられし処なるが今年はからすも東京の市にて購ひ得たればむしはみなどつくろひつゞりて庫中にをさめぬ。

明治十五年十一月　朱印【川上文庫】

注

（1）この歌は、富小路貞直の家集『正二《(ママ)》位貞直卿詠草』（天理大学附属天理図書館所蔵）によれば、以下のように記されている。

寛政十一正月十八日洞中御会始
春山成興
〽むら消の雪もゆたかに匂ふ也みやこのふしのかすむはつ春
唐人の夢や有明の月まちて梅咲山にたひねしてしか

合点が付されている方の歌は、『公宴御会和歌』（宮内庁書陵部所蔵。寛政三年から文化十年にかけて仙洞で催された御会の記録）の寛政十三年（一八〇一）正月十八日和歌御会始に出詠されているが、ここで貞直が千蔭に歌の添削を受けているのは、仙洞御会に出詠されていない「唐人の……」の方の歌である。

なお『公宴御会和歌』によれば寛政十一年（一七九九）の洞中御会始の題は、「霞遠山衣」であり、家集中の「寛政十一年」は寛政十三年の誤りであると思われる。

（2）　富敦光。号土卯、俳諧三昧堂、狼狽窟。本姓下毛野氏。近衛府の随身。従五位下に至る。東山に狼狽窟を営み、寛政から文化にかけて京都で活躍した。「連々呼」という雑俳の一体をあみ出し、当時如泥と号して上方俳書に序を寄せていた貞直についで名の売れた存在だった。役者との交際を好み、役者の門人も多い。宝暦九年（一七五九）五月二十六日生、文政二年（一八一九）九月十七日歿、享年六十一。［参考文献］中野三敏「東山狼狽窟主人土卯――化政期一京紳の風流生活――」（神保五弥編『江戸文学研究』新典社、一九九三年）。

（3）　賀茂季鷹。本姓山本。号雲錦亭、生山。上賀茂神社の神官。堂上派地下歌人。狂歌、書等も能くする。初め有栖川宮職仁親王のもとで学び、江戸に遊学して後、荷田御風に就く。この遊学中、三島自寛、加藤千蔭、村田春海等と交遊。寛政五年（一七九三）、養父季栄の死により帰京。当時京都の雅文壇に大きな影響力を持っていた妙法院宮真仁法親王主催の歌会に出席し、また地下でありながら近衛家の歌会にも出詠している（『雲錦翁家集』）。富小路貞直とは親交が深く、貞直邸で催された当座歌会（『正二《ママ》位貞直卿詠草』）や、連歌の会（『雲錦翁家集』）などに参加し、贈答歌も多い。江戸の千蔭と京の貞直の仲介をしたのも季鷹である。

季鷹は、土岐武治「賀茂季鷹の生涯と学統」（『花園大学研究紀要』第二号、一九七一年三月）によれば、天明六年（一七八六）十二月十九日甲斐権守に任ぜられ、文化二年（一八〇五）四月七日安房守に任ぜられるまで甲斐権守を名乗っている（山本家の口宣案）という。貞直の書簡が出されたのが享和元年（一八〇一）五月二十二日であることから、甲斐権守は季鷹である。

季鷹は、宝暦四年（一七五四）二月六日生、天保十二年（一八四一）十月九日歿、享年八十八（『賀茂氏物系図』）。

〔参考文献〕拙稿「賀茂季鷹の生いたちと諸大夫時代」（『語文研究』第八十六・八十七号、九州大学国語国文学会、一九九九年六月）、高橋貞一「賀茂季鷹の没年齢とその蔵書」（『京都市立西京高等学校研究紀要・人文科学』第四号、一九五四年十一月）、丸山季夫『国学史上の人々』（丸山季夫遺稿集刊行会編、一九七九年）等。

（4）　本居宣長の『玉あられ』（寛政四年刊）文の部に以下のようにある。

きこゆ

人に物申すを、聞ゆといふことあり、そはもと、我より上なる人に申すことなる故に、たとひ同輩どちの間にても、いふ方よりあなたを敬ふ語に用る詞也、昔の物語などにいと多し、見て知べし、又たゞ詞の下に附ていふ事も有、たとへば繼きこゆ待きこゆなどのごとし、こは繼奉る待奉るの軽きにて、俗言に繼申す待申すなど、申すといふことを付ていふと同じ、これもあなたを敬ひたる詞也、然るに近きころの人の文共を見るに、我方へ人のいひおこせたることを某が許よりしか〳〵きこえければ、などかくは、いみしきひがこと也、さやうに人の我にいふを、聞ゆといひては、みづから己をうやまふ也、いとをかし（下略）

（『本居宣長全集』第五巻）

（5）　慈延。字は大愚。吐屑庵は別号。天台僧。俗姓塚田氏。儒学者塚田大峯の弟。澄月、小沢蘆庵、伴蒿蹊と共に平安和歌四天王と称される。冷泉為村門であったが、享和二年（一八〇二）十一月、広幡前秀主催で堂上と地下が出詠した三十番歌合の判者をつとめたことが原因で冷泉家を破門される。この経緯については、本書第三部第十二章「享和二年『大愚歌合』一件」参照。

なお、貞直や季鷹がそうであったように、当時京の雅文壇に大きな影響力を持ち有力地下歌人を集めて歌会を開いていた妙法院宮真仁法親王のもとにも出入りしていた（『錦西随筆』東京都立中央図書館加賀文庫所蔵、稿本『六帖詠草』〈新日吉神社蘆庵文庫所蔵〉春七などによる）。また、貞直が吐屑庵に出入りしていたことは、『正二《（ママ）》位貞直卿詠草』に「寛政八三十八吐屑庵神影供和歌」と詞書があること等からわかる。寛延元年（一七四八）生、文化二年（一八〇五）七月八日歿、享年五十八。

（6）「宣長かたひのやとり」とは、京都四条通東洞院西へ入町南側、枡屋五郎兵衛借座敷。享和元年（一八〇一）三月晦日から六月九日まで滞在し、『源氏物語』『万葉集』『大祓詞』等を講釈する。地下門人だけではなく、堂上諸家もここで講釈を聴いた。

宣長の『享和元年上京日記』によれば、貞直が初めて宣長のもとを訪れたのは五月二日であり、その時に詠んだと思われる本文中の歌は、村田平樹著『玉のなつぎ』には以下のように収録されている。

富小路新三位殿の、はしめて宣長か四條のやとりをとふらひにおはしましてよみ給へる

山城のとはにかつきて伊勢の海の玉のひかりに我もあははや

（『本居宣長全集』別巻三）

（7）日野資愛。号南洞、儀洞。天明二年（一七八二）十月二十五日、三歳で従五位下に叙され、寛政四年（一七九二）十二月二十四日、十三歳で元服、昇殿をゆるされる。中宮権大進に任ぜられたのは寛政十一年（一七九九）三月十六日二十歳の時で、この書簡の出される二年ほど前である。

貞直が千蔭に書簡を出した享和元年（一八〇一）五月二十二日は、本居宣長が上京し四条の旅宿で講釈をしている最中で

あったが、資愛も貞直と同じく堂上でありながら宣長のもとに通い『万葉集』「大祓詞」「出雲神賀」等の講釈を聴いている。

日野家は資愛の祖父である資枝の時代、歌道宗匠の家で、父資矩とともに宮廷歌会に出詠していたが、享和二年（一八〇二）の大愚歌合に出詠していたことから、父子ともに勅点を差止められ宮廷歌会に出詠することも禁じられる（本書第三部第十二章「享和二年『大愚歌合』一件」参照）。小宮山楓軒の『懐宝日札』文化八年（一八一一）の項にも「今ノ日野殿ハ考索家、和歌ハ関白殿ヨリ禁ゼラル」（『随筆百花苑』第三巻）とあり、以後は宮廷歌会には出詠していない。

貞直とは、先に述べた享和元年（一八〇一）の宣長の講釈、享和二年（一八〇二）の大愚歌合等行動を共にしていることが多いが、『正二《（ママ）》位貞直卿詠草』、『蘭渓餘香集』（香川大学神原文庫所蔵）にみえる歌や文の贈答等からも親密な交遊ぶりがうかがわれる。安永九年（一七八〇）十一月二十二日生、弘化三年（一八四六）三月二日歿、享年六十七。

（8）飛鳥井雅威。雅重卿の男として宝暦八年（一七五八）十二月十六日生、文化七年（一八一〇）七月二十七日歿、享年五十三（『公卿補任』）。

（9）飛鳥井家は代々和歌・蹴鞠・書道の家である。それ故に「御家からにことにおもしろく承りぬ」という千蔭の評があると思われる。

貞直は飛鳥井家の門人で、月次・当座歌会に出詠していたが、大愚歌合に参加したことから、享和三年（一八〇三）飛鳥井家を破門される。

（10）稲山行教か。小宮山楓軒『懐宝日札』（『随筆百花苑』第三巻）の文化八年（一八一一）の項に「○塙塾生稲山権四郎ハ、辻橋民部丞ト云ヒシモノナリ。二度迄退ケラレシモノナリ。死後ニ名モアラハレ、病氣ニテ位記返上ト云フ、筆記アリト云フ」とある。

稲山行教は、稲山平蔵。名を権四郎、平三と称す。平氏。塙保己一の門人で、伏見宮家に秘蔵されていた『日本後紀』の残欠本第五・八・十二・十三・十四・十七・二十・二十一・二十二・二十四の計十巻を見出し、同家の雑掌に取り入って写し取る。『日本後紀』は応仁・文明の戦乱の頃に散逸し、その後久しく世に顕れていなかったが、行教の働きにより塙本として寛政十一年（一七九九）、享和二年（一八〇二）に二回にわたって刊行された。文化二年（一八〇五）六月二日歿（斎

藤政雄「塙保己一並びに門人の和歌」『温故叢誌』第四十八号、一九九四年、森銑三「物語塙保己一」『森銑三著作集』第七巻、中央公論社、一九七一年)。

「稲山行教遺稿」と表紙に墨書された『公卿補任年月部類』全十二冊が内閣文庫に所蔵されている。

(11) 貞直が賀茂季鷹を仲介にして『万葉集略解』を手に入れていたことは、清水浜臣の『泊洦筆話』に所引の貞直の書簡からもわかる。

一　芳宜園のあるじ万葉集略解を述作せられて、板にゑられしを、かねての心しりなりければ、富小路〔割註〕貞直卿。」のみもとにまゐらせけるに、其かへしあり。

未レ接セ二芝眉一ニ、傾葵無シレ已ム。鴻便附寄候。秋冷之節、起居清勝候哉。令二承知一度候。抑万葉集略解之大作、渇望之趣季鷹申達有レ之候哉。不ルニレ料ラ預リ二恵投一ニ領頂感愧之至ニ候。蛍雪之窓、日々解キ二年来之凝滞一ヲ、欣幸不レ過ギレ之ニ、速ニ可二申謝一ス候処、海紅花不レ能二其義一、遅久之罪可シ下令二高恕一給フ上。此一幅聊賀下与二珠玉一競レ光之徳栄タ上候趣意ニ而伴函候。於二笑留一者可レ為二素懐一候。尚書余可レ在二此後一、草々馳二禿筆一候也。

八月十三日　　　　貞直

追而不審之事如クニ丘山一候間、追々可レ及二質問一、無二隔心一垂示之義祈望候。

閑《か》夏《げ》安《あ》布《ふ》愚《ぐ》古《こ》々《ゝ》魯《ろ》廼《の》半《は》天《て》自《し》南《な》記《き》美《み》爾《に》波《は》宮《く》馬《ま》難《な》空《く》民《み》依《え》牟《む》無《む》左《さ》四《し》能《の》々《ゝ》闘《つ》其《き》」万々為道自重専一に候也。(下略)

(日本随筆大成第一期7)

また、この書簡の古風の和歌に対する千蔭の返歌が『うけらが花』にあるので引いておく。

富小路貞直卿おのれがあらはせる万葉集略解をえまほしとのたまへるよしを、季鷹あがた主よりきけるままにまゐらせければ、よろこはせ給ひて御消息のはしに、陰あふぐ心のはてもなきぞとはくまなくみえむむさしのの月、と書きて給へりければ、御返しに

むさしののを草がうへも雲井よりもらさぬ月の影あふぐかな

(『うけらが花』巻六　雑歌)

(12)　晩年宣長は寛政二年（一七九〇）、寛政五年（一七九三）、寛政六年（一七九四）、享和元年（一八〇一）と四回に渡って上京しているが、ここは享和元年宣長最後の上京の折のことを指す。三月二十八日に伊勢松坂を立ち六月十二日に帰着した約二ヶ月半に及ぶ在京で、地下門人だけではなく、堂上家をも相手にして『源氏物語』『万葉集』『古語拾遺』等々を講釈した。

「さ月廿二日の」貞直の千蔭宛書簡は、宣長在京中に書かれたものであり、宣長が堂上家に歓待されている様子を千蔭に詳しく書き送ったものとみられる。

宣長が中山大納言忠尹卿から召され、狩衣烏帽子姿の花山院愛徳卿、園基理卿、東園基仲朝臣、中山忠頼卿等を前に『延喜式』祝詞巻を講釈したこと、また芝山殿、園殿、日野殿等へ参謁したこと。また逆に、前出の貞直、資愛をはじめとして倉橋泰行朝臣、外山光実卿、錦小路頼理卿等、宣長の宿を訪れて講釈を聴いた堂上家もいたことなどは宣長の『享和元年上京日記』（『本居宣長全集』第十六巻）に記されている。

(13)　享和元年（一八〇一）五月二十二日の千蔭宛書簡の中で、貞直が千蔭に批点を願った二十六首の歌を指す。内、本書簡で千蔭が添削を施しているのは、前出の十一首である。

(14)　宣長は、「閑院宮へ愚老歌短冊、古風近調十二枚献ス」（『享和元年上京日記』）とあるように和歌を古風と近調のふたつにわけて詠み、また、寛政十年（一七九八）十一月に巻一「春・夏」巻二「秋・冬」巻三「恋・雑」が初編として、寛政十一年（一七九九）十二月に巻四「古風」巻五「長歌」が第二編として出版された『鈴屋集』も初編は近調歌として、第二編は古風として編纂されている。

(15)　小沢蘆庵門下四天王の一人小野勝義の「其師（賀茂真淵）の教と、みづから（千蔭）の歌とハ、異なるやうに思ハるゝハ、いかなる事にか」という問に対して千蔭が答えた『答小野勝義書』（『日本歌学大系』第八巻所収）には次のようにある。

近き頃、古風を好むといふともがらのうちには、古風近体などわけてよむものあり。こはたゞ人の口まねをするにて、おのが心をよみ出づるにはあらず。歌の道のよこばしれるものにして、おのれがとらざる所なり。おのれが心にうかべる事の、其心のまゝなる事をなだらかによみえたる時は、人にみせてほこらむとにもあらず。唯よろこばしくて、をりからえまほしく思ふ物の、思はずめの前にあらはれ出でたる心地せらるゝも、あやしき物ぞかし。

自己の精神のおのづからの発露としての歌を詠むのではなく、「古風・近体」と称してその「歌体」すなわち表現的特徴を模倣して詠む者への批判であるが、本稿の書簡とあわせてみると、宣長に対する批判であると思われる。『答小野勝義書』は、『国書総目録』などによれば原本未詳。成立年も未詳（『日本古典文学大辞典』）である。なお、京都大学文学部所蔵『歌書雑記』（編者未詳）に「詠歌教諭之詞」の題で抜書きされている文章はまさしく『答小野勝義書』に他ならない。その文末には「寛政十二年長月　千蔭」と記されている。これは本書簡の年次に近く、『答小野勝義書』の成立もこの日付でよいのではないかと思う。

以上のことを考え合わせると、この頃の千蔭が、歌人としての宣長に対して批判的であったことがわかる。

第十六章　賀茂季鷹の能宣歌誤写説
——文化十年石清水臨時祭再興逸事——

はじめに

天保十二年（一八四二）十月のはじめ、病床に就いた賀茂季鷹は、枕元にいる親族や門人たちに、常日頃のように滑稽なことを言いながら、九日、皆に看取られつつ安らかに眠るようにこの世を旅立ったという。江戸と京都を往還し、その教養と人柄とで京都文壇に確固たる地位を築いた季鷹の生涯を簡潔に記しているのは、季鷹の弟子賀茂直兄の墓碑銘である。その碑文には、先に挙げた季鷹の臨終の場面や、歌人、書家、蔵書家としての季鷹像が実に生き生きと描かれているが、なかに以下のような気になる記事がある。

文化十年、石清水臨時祭再興の御時、諷《うた》はしむべき能宣朝臣の歌、錯乱《みだれ》たるを、上卿広橋従一位胤定卿より仰事承て、熟《つらつら》考へ、上聞し給へる。「善く歌道発明に堪ふ。賞して普く世間に告げ子孫に伝ふべし」と云々、感状を賜ひ……(1)。

文化十年（一八一三）三月十五日、ながらく途絶えていた石清水臨時祭が光格天皇の強い意向によって約三百八十年ぶりに再興された。石清水臨時祭は、天慶五年（九四二）、平将門・藤原純友の乱の平定の御礼としてはじまったが、永享四年（一四三二）戦乱のため中絶。以来ながらく途絶えたままになっていた。光格天皇は朝廷儀礼に関してさまざまな再興、復古を果したが、国家の危難にさいして天皇と国家の安泰を祈ることからはじまった神事とされる石清水臨時祭の再興には特に強い関心があったという。(2)

その臨時祭にうたわれる大中臣能宣の歌について、季鷹は、広橋胤定《たねさだ》卿より問い合わせを受け、念を入れてじっくりと考えて返答したところ、「歌道発明に堪ふ」として感状を賜ったというのである。直兄の記した墓碑文からは、宮中において重要な儀式であった石清水の臨時祭に、季鷹の学説が並々ならぬ功績を挙げたということが知られ、また朝廷の立場からすれば、宮中においての伝来のみではなく、地下国学者の学説をもひろく取り入れて、より古に近いかたちでの臨時祭の再興を行おうとしていたことが知られる。朝廷の儀式の再興に、古学に秀でた地下歌人の説をも取り入れる光格天皇の時代の特質がうかがわれる話である。

ところで、ここで気になるのは、大中臣能宣の錯乱した歌とはいずれの歌を指すのかということである。また季鷹の功績をたたえて、感状を賜うほどであった説とは如何なるものだったのだろうか。

一　光格天皇の問いと季鷹の返答

先にあげた疑問を解く鍵を握る資料が、茶梅亭文庫に所蔵されている。季鷹自筆の折り紙一枚である。急いで記された文章には、ところどころに見せ消ちや訂正の跡が残されており、公表することを意識して記された和文の下書き

といった風情である。以下に全文を掲げる。(3)

①廣橋胤定卿御うけ給はりとて、珎清縣主を御使にて、東遊哥、古謌を用ひ給はんや。はた、さらによませ給はんや。おほやけよりの御尋とて、とはせ給ひければ、古哥を用ひ給はん事と心得侍るよしをかしこみて申奉る。

②次でに我神山の敏行朝臣の哥は申むね侍らず。

③「―仕へまつらん」と三十六人家集且清輔朝臣の袋草子など板本にて世におこなはるゝは、四句「流を」と有。「ながれを」にては、一首の意いかにぞや、心得がたきやうにひそかにおぼえ侍りて考侍るに、古、片假名にて謌を書し事、物語には狭衣に始て見え、古筆には常に見及び、既に季鷹が蔵書に古今集の下、全部を片假名にて、清輔朝臣の真蹟なるを持侍る如く、珍らしからぬ事なれば、此哥「流テ千世に」と書しを、哥の意ふかくたどらぬ人、「テ」「ヲ」の字形相似たれば、「ながれを」とあやまりしまゝに板にはほりしなるべし。「ながれて」は貫之朝臣の「行末遠く仕へまつらん」とよまれし如く、ながらへて千世までも仕へ奉らんの意とおぼえ侍れば、あはれ、能宣朝臣の家集、はた袋草子の古写本を得て正さまほしく年比思ひ渡りし事に侍れば、御蔵書をはじめ、古本を御覧じくらべさせ給はらん事をねぎ奉りしかば、藤浪どのゝ能宣集には、季鷹が考ふる如く「ながれて」と侍るを御覧じて、感じ思召すとて御感状を賜はりし也。

④其後飛鳥井殿・綾小路殿の三十六人家集を見侍しに、夫にも我考の如く「ながれて」と有。弥悦限なく社。あなかしこ〳〵。

内容は、①宮中からの石清水臨時祭の東遊歌に関する問いと季鷹の返答。②賀茂社臨時祭の敏行歌の本文について。

③能宣歌に対する季鷹の誤写説と宮中よりの感状。④後日談。の四つにおおきくわけられる。まず①をみてみよう。
石清水臨時祭の儀式における東遊歌には古歌を用いるのか、それとも新たに歌を詠み出だすのかという「おほやけよりの御尋」を承った広橋胤定は、弥清県主を使者として季鷹のもとに遣わす。広橋胤定は、明和七年（一七七〇）生れの四十四歳で、この時、石清水臨時祭の伝奏に任じられていた（『公卿補任』）。伝奏は、朝廷におかれた役職で、天皇に近侍し、天皇に意見を奏上したり、また天皇の意思を伝達する役職にあたる。先に、光格天皇が石清水臨時祭の再興に並々ならぬ熱意をもっていたことを述べたが、胤定の役職と、光格天皇の意向を考えれば、胤定が承ったという「おほやけよりの御尋」とは、光格天皇からのお尋ねと考えて問題はないであろう。また、弥清県主は、宝暦八年（一七五八）生れの当時五十六歳。賀茂県主であったことから、上賀茂神社に仕官していた季鷹とは近しい間柄にあり、使者として選ばれたのだと考えられる。(4)

東遊歌《あずまあそびうた》は、上代の歌謡で、東国風の舞にともなう風俗歌曲である。一歌、二歌、駿河舞、求子歌《もとめごうた》、片降《かたおろし》よりなり、主に神事に用いられる。近世中絶していたが、元禄七年（一六九四）賀茂祭再興の際に辻家伝来の古譜によって復元され、石清水臨時祭の再興された文化十年（一八一三）にはさらに諸本をもって改訂されたのだという。内容は、一歌、二歌で舞人が舞台に登場し、駿河舞を舞い、いったん舞台を降りる。右袖を抜いてふたたび舞台に登場した舞人は、求子歌で舞い、片降で退場するという流れになる。求子にはそれぞれの神社の神歌をうたうことになっており、(5)石清水臨時祭の再興において問題になったのもこの求子歌のことである。

むかし、臨時祭が行われていたときと同じ古歌をうたうのか、それとも、新たに歌を詠出せねばならないのか。儀式を再興する際には重要な問題となる。光格天皇の発した問いが、伝奏の広橋胤定、使者の弥清県主を介して季鷹に伝えられたというのである。季鷹は、古歌を用いるという回答をし、さらに付け加えて求子歌に関する自説を展開する（②③）。

二　能宣歌の本文誤写説と後日談

「我神山の敏行朝臣の歌」つまり、季鷹の仕える上賀茂神社の臨時祭[6]で求子歌としてうたわれる敏行朝臣の歌「ちはやぶる賀茂の社の姫小松よろづ世ふとも色はかはらじ」（『古今和歌集』東歌）に関しては何も申し上げることはない（②）として、季鷹が言及したのは、石清水臨時祭の際にうたわれたという大中臣能宣の歌であった。以下、該当歌を能宣歌と称し、本文を貞享二年版『袋草紙』より引用する。但し、傍点は盛田が付した。

而シテ能宣カ集ニ、冷泉院ノ御時、始メテ石清水臨時ノ祭行ナヒ給ニ、可キレ唱フ之歌奉リレ之ヲ侍シニ、
君かよにみなそこすめるいはしみつなかれをちよにつかへまつらん

季鷹が不審に思ったのは、能宣歌の第四句「なかれを」についてであった。助詞が「を」であっては、一首の意味が通らない。

三十六人家集且清輔朝臣の袋草子など板本にて世におこなはる、は、四句「流を」と有。「ながれを」にては、一首の意いかにぞや、心得がたきやうにひそかにおぼえ侍りて考侍る。

季鷹の疑問を引き出すきっかけになったのは、当時広く流布していた正保版『歌仙家集』および貞享二年版『袋草紙』所収の能宣歌だったことが予測される。ところが正保版『歌仙家集』中の『能宣集』には該当歌が掲載されておらず(7)、直接のきっかけになったのは貞享二年版『袋草紙』所収歌の本文であろうと思われる。藤岡忠美「袋草紙の諸本と版本」（藤岡忠美・芦田耕一・西村加代子・中村康夫著『袋草紙考証　雑談篇』和泉書院、一九九一年）によれば、版本は貞享二年二月版行の一種に限られており、季鷹の疑問の契機が貞享二年版に拠っていることはほぼ間違いない。

ところで、季鷹が疑問をもった能宣歌の第四句の異同に関しては、現在も明快な答が得られていないようである。『袋草紙考証　雑談篇』によれば、「底本〔貞享二年版本〕をはじめ多くの諸本は第四句の「ながれて」を「なかれを」とするが意不通。能宣集にも「ながれて」とあるので、（一）〔神宮文庫蔵藍表紙一冊本〕（類）〔続群書類従本〕（系）〔日本歌学大系本〕により改める」（〔　〕内、盛田注）として、本文を「ながれて」に改めている。季鷹は、この問題に対してどのような回答を示したのだろうか。

古、片假名にて謌を書し事、物語には狭衣に始て見え、古筆には常に見及び、既に季鷹が蔵書に古今集の下、全部を片假名にて、清輔朝臣の真蹟なるを持侍る如く、珍らしからぬ事なれば、此哥「流テ千世に」と書しを、哥の意ふかくたどらぬ人、「テ」「ヲ」の字形相似たれば、「ながれを」とあやまりしまゝに板にはほりしなるべし。

和歌を片仮名で表記することは、物語においては狭衣物語をはじめとして古筆のものに常に見られ、当時季鷹が所持していた清輔自筆の『古今集』下巻も(8)、すべて片仮名で表記されている。したがって『袋草紙』の作者である清輔の時代に、和歌が片仮名で表記されることは珍しいことではなかったとの認識から、『袋草紙』の能宣歌も片仮名書きで、第四句が「流テ千世ニ」と表記されていたのが、和歌の意味を深く考えることのできない人が、「テ」と「ヲ」の字形が似ていることから、「流ヲ」と誤写し、その本文で刊行されるにいたったのであろうと誤写説を展開するのである。

続けて季鷹は、第四句が「流れて」であれば、能宣歌と同じく石清水臨時祭の求子歌とされている貫之朝臣の「松も生ひまたも苔むす石清水ゆく末とほくつかへまつらん」と同様に「ながらへて千世までも仕へ奉らん」の意となり、歌意からしても、こちらの本文の方がよいと述べる。そして、長年『能宣集』あるいは『袋草紙』の古写本によって、能宣歌の本文を訂正したいと思っていたとして、依頼者の広橋胤定の蔵書をはじめとして、『能宣集』や『袋草紙』の古写本と比較して確認してもらうよう願ったところ、祭主家であった藤浪家所蔵(9)の『能宣集』には、季鷹の説のごとく「ながれて」とあったという。それを御覧になって感心され、季鷹が御感状を賜ることになったというのである。以上が③の内容となる。

其後、季鷹は飛鳥井家、綾小路家の『三十六人家集』を見る機会にめぐまれた。現在、この能宣歌所収の本文は、西本願寺本系の本文にしかないので(10)、ここで季鷹が見た古本も、西本願寺本系の本文であったのだろう。いずれにも、自説のごとく第四句には「ながれて」とあり、「いよいよ悦び限りなくこそ」と述べている（④）。

三　季鷹の校勘癖

季鷹は、光格天皇からのお尋ねに、石清水臨時祭の東遊歌には新作ではなく古歌を用いるという回答とともに、長年不審に思ってきた能宣歌について、独自の誤写説を展開して本文を訂正した。古歌を用いるという回答のみではなく、長年積み重ねてきた季鷹の本文校勘癖の一端が、宮中の人々に感銘を与える契機となったのである。茶梅亭文庫所蔵の季鷹自筆懐紙の内容は、稀覯本を収集しては、ひろくその名を知られ、歌集、物語本文の校勘にいそしんだ国学者季鷹の本領を発揮したエピソードのひとつとして記憶されるべきものであるが、このような季鷹の校勘癖は、既に十四歳の頃の『詠歌大概』の書写・校合から始まっていた。

例えば旧蔵本『歌仙家集』（正保四年刊。十五巻十五冊）巻四には、左のような識語がある。

以猪苗代謙宜法眼蔵本令一校。且正仮名、聊加愚存終。寛政十一年正月十四日、貴布祢社に勤番中乃事也。

甲斐権守賀茂季鷹

江戸の遊学から京都に帰郷し、家を継いだ季鷹が、貴船社勤番中にその合間を縫って、親しかった猪苗代謙宜の所蔵本によって、本文の校合にいそしんでいたことが知られる。夜勤の間に、上賀茂社三手文庫の今井自閑校本などによって、古典籍を校合し続けていたことは、季鷹旧蔵典籍の季鷹識語から知られるが、どの本にも共通しているのは、まず本文を意識的に契沖仮名遣に改め、その後に自説を書き込む古学者季鷹の方針である。

また明和六年（一七六九）刊行の建部綾足『真字伊勢物語』に関しては

此本は綾太理校本といへど、所々私意をもて字を直せしと見ゆめれば、追て好本を得て見合すべし。先一わたり朱すみもて愚案をしるし付侍りぬ。

寛政八年正月九日　賀茂季鷹

と一読の後、綾足の本文に対して疑問を投げかけている。

石清水臨時祭に際しての宮中からの質問に対する季鷹の返答は、長い年月をかけて収集した蔵書や、その蔵書の校勘で培ってきた古学者としての見識に基づくものであったことが知られるのである。

おわりに

季鷹の学問は、上賀茂という恵まれた場所で育まれ、江戸遊学中における古学への接触・傾倒によって磨きをかけられ(11)、帰郷後、当時の京都文壇を包み込む復古的雰囲気のなかで花開いた。最後に季鷹の『雲錦翁家集』から、古学者として、また古風の歌人として位置づけられていた伴蒿蹊(12)との贈答歌を挙げることによって本稿を閉じる。

伴蒿蹊が深草ちかきわたりに住めるをとぶらひて

君とかくかたらふほどはふみならで昔の人に逢ふこゝちせり（季鷹）

といひしかばかへし

いにしへを我はしのぶを君こそはいにしへの人古の人（蒿蹊）

（（　）内は盛田注）

注

（1）小谷墓地に建つ季鷹墓石に刻まれた碑文は摩滅が激しく解読困難なため、原文は寺田貞次『京都名家墳墓録』（山本文華堂、一九二二年）に拠り、簗瀬一雄「一六　掃苔記（二）賀茂季鷹」（『近世和歌研究』加藤中道館、一九七八年）を参考にした。また、読みやすさを考慮して書き下し文にし、句読点、濁点、「　」、ルビを適宜補った。

（2）藤田覚『幕末の天皇』（講談社選書メチエ二六、一九九四年）。

（3）本文には季鷹の訂正後の文章を活かして翻刻した。また、読みやすさを考慮して句読点、「　」などを適宜施し、段落を分けた。また大内由紀夫「茶梅亭蔵　季鷹断簡集」（『混沌』第十八号、一九九四年十月）を参照した。

（4）「賀茂社家系図」（『神道大系　神社編八　賀茂』）による。

（5）『日本古典文学大辞典』第一巻「東遊歌」による。

（6）宇多天皇が神のお告げをうけ、寛平元年（八八九）から始められたという賀茂社臨時祭も、応仁の乱後に中絶したままであったが、文化十一年（一八一四）十一月に再興される。石清水臨時祭と同様、光格天皇の強い要望により再興されることになったという（『幕末の天皇』）。なお、季鷹が賀茂社臨時祭に際して詠出した和歌懐紙の写しが存在する。『雲錦翁家集』所収歌にはない詞書をもつので、左に掲げる。

　　久しう絶にし臨時祭を、ことしおこさせ給ふをまつりて　　賀茂季鷹

　そのかみにかへすぐ〳〵もかしこきは今日のまつりの山藍の袖

（谷川好一氏御所蔵和歌懐紙）

（7）現在のところ、『能宣集』の諸伝本には、1西本願寺所蔵三十六人集本能宣集とその系統、2正保版歌仙家集本能宣集の系統、3書陵部所蔵三十六人集本能宣集、4冷泉家時雨亭文庫所蔵能宣集の四種が確認される（増田繁夫『私家集注釈叢刊7　能宣集注釈』「解説」貴重本刊行会、一九九五年）が、該当歌が所収されるのは、1西本願寺所蔵三十六人集本能宣集とその系統本のみ。

（8）藤本孝一・万波寿子「山本家典籍目録――賀茂季鷹所持本――」『京都市歴史資料館　紀要』第二十一号、二〇〇七年三月）によれば、該本は、鎌倉期写本。

（9）本姓は大中臣。藤波家において当時祭主職にあったのは光忠。光忠は、寛政四年閏二月十九日生、弘化元年六月三十日没（『平成新修　旧華族家系大成』霞会館、一九九六年）。

（10）注（7）を参照。

（11）本書第二部第七章を参照のこと。

（12）真淵なきあとの県門継承に強い自負心を抱いていた村田春海が加藤千蔭に宛てた書簡（『好古類纂』第二編十一集所収）に以下のような一文がある。

実に世上に、古風々々とてよみ侍る蘆庵・蒿蹊・季鷹等が類、又富士谷などの古によりて歌をよまんとするは、皆県居翁を見ならひたる也。

内容から、小沢蘆庵が存命中で、季鷹が江戸から京都に帰郷した寛政期後半頃に記された書簡であることが知られる。県門の継承という難しい問題に直面していた村田春海の高揚した雰囲気が伝わってくる文面で、額面通りに受け取ることはできないが、光格天皇の実兄妙法院宮真仁法親王を中心とした復古グループの蘆庵や蒿蹊や季鷹が古風の歌人として位置づけられていたことは確かである。

初出一覧

序論　「近世中後期堂上歌壇の形勢——歌道宗匠家と富小路貞直・千種有功——」『国語と国文学』第八十八巻第五号（東京大学国語国文学会、二〇一一年五月）

第一部　堂上雅文壇論

第一章　「御所伝授の危機と再構築」（福田安典・姜錫元・飯倉洋一・海野圭介・尾崎千佳・川崎剛志・川端咲子・近衛典子・佐藤明浩・近本謙介・盛田帝子「【報告】韓日学術フォーラム「日本文学、その可能性」」『愛媛大学教育学部紀要　第Ⅱ部　人文・社会科学』第三十六巻第二号、二〇〇四年二月）

第二章　「近世天皇と和歌——歌道入門制度の確立と「寄道祝」歌——」兼築信行・田渕句美子編『和歌を歴史から読む』（笠間書院、二〇〇二年十月）

第三章　「光格天皇論——その文化的側面」三浦雅士編『大航海』第四十五号（新書館、二〇〇三年一月）

第四章　「光格天皇とその周辺」『文学』第二巻第五号（岩波書店、二〇〇一年九月）

第五章　「光格天皇と宮廷歌会——寛政期を例に——」『雅俗』第九号（雅俗の会、二〇〇二年一月）

第二部　地下雅文壇論

第六章　「少年期在京時代の賀茂季鷹——初期詠草とその周辺」『雅俗』第八号（雅俗の会、二〇〇〇年一月）
第七章　「江戸和学史への一視点——荷田御風と賀茂季鷹——」『雅俗』第五号（雅俗の会、一九九八年一月）
第八章　「安永天明期江戸歌壇の一側面——「角田川扇合」を手掛かりとして——」『雅俗』第四号（雅俗の会、一九九七年一月）
　付　新稿
第九章　「江戸和学者たちの源氏物語和歌——『春秋のあらそひ』『角田川扇合』を中心に——」小嶋菜温子・渡部泰明編『源氏物語と和歌』（青簡舎、二〇〇八年十二月）
第十章　「源氏物語の江戸的享受——堀田正敦主催『詠源氏物語和歌』」鈴木健一編『源氏物語の変奏曲——江戸の調べ』（三弥井書店、二〇〇八年九月）
第十一章　「賀茂季鷹と雲錦亭」『日本古典文学会々報』第一三六号（財団法人日本古典文学会、二〇〇四年七月）

第三部　転換期の雅文壇——堂上地下交渉論——

第十二章　「享和期京都歌壇の一側面——大愚歌合一件を通して——」『近世文芸』第六十二号（日本近世文学会、一九九五年六月）
　付　新稿
第十三章　「日野資矩と大愚歌合」『鈴屋学会報』第十六号（鈴屋学会、一九九九年十二月）
第十四章　「近世後期堂上歌人の修練と挫折——日野資矩の場合——」『雅俗』第七号（雅俗の会、二〇〇〇年一月）
第十五章　「富小路貞直と転換期歌壇——松平定信論への視座として——」『文学』第七巻第一号（岩波書店、二〇〇六年一

月）

付　「富小路貞直宛加藤千蔭書簡――『富小路貞直卿御詠歌並千蔭呈書』」『語文研究』第八十号（九州大学国語国文学会、一九九五年十二月）

第十六章「賀茂季鷹の能宣歌誤写説――文化十年石清水臨時祭再興逸事――」『国文学論叢』第九号（京都大学大学院文学研究科国語学国文学研究室、二〇〇二年十一月）

あとがき

本書は、近世中期から後期にかけての雅文壇、とくに京都を中心とする歌壇の動きに着目した論文を集成したものである。堂上、地下、および双方の交渉という三つの柱を立て、三部構成とした。第一部は「堂上雅文壇論」と題し、桜町天皇の御所伝受の再構築から光格天皇歌壇の確立まで、従来ほとんど知られていない近世中後期堂上歌壇における歌会・添削・歌壇形成の実際を調査し、新たな事実を提示した。第二部は「地下雅文壇論」と題し、近世中後期の地下雅文壇を代表する歌人・国学者である賀茂季鷹に焦点をあて、季鷹の学術・文芸交流の一端を明らかにした。堂上と地下、京都と江戸を往来する文人としての季鷹とその周辺を探ることで、近世中後期雅文壇の活況を浮かび上がらせようと試みたものである。第三部は「転換期の雅文壇――堂上地下交渉論――」と題し、堂上歌人の影響力に翳りが見えはじめ、代わって地下歌人が台頭する寛政～享和期を転換期と捉え、それを象徴するかのように起こった享和二年「大愚歌合」事件と、それに関わった堂上歌人富小路貞直、日野資矩・資愛の動きに注目した論を中心に集めた。全体として、未熟なところは否めないが、従来、研究の手薄な近世中期から後期にかけての堂上雅文壇と、堂上雅文壇と関わりをもちつつ展開する地下雅文壇の様相を、少しでも解明することができていれば幸いである。

思えば私の研究は、恩師中野三敏先生・今西祐一郎先生をはじめとする諸先生や諸先輩方、そして学会・研究会で知遇を得た方々から受けたご学恩と、ご縁としかいいようのない人々との出会い、そして資料との遭遇がなければありえなかった。

九州大学の学部生時代、近現代短歌と近世和歌とのギャップに興味を持った。そんな折、中野先生から宗政五十緒先生の『江戸時代の和歌と歌人』（同朋舎）を教えていただき、賀茂季鷹の和歌に魅力を感じた。それが季鷹との出会いであった。また島津忠夫先生編の『和歌史』（和泉書院）で、近世和歌史における堂上から地下へという流れを知った。さらに、そのころ九州大学の講師でいらっしゃったロバート・キャンベル先生から『近世堂上和歌論集』（明治書院）を示され、この本によって江戸時代の和歌の中心が堂上であることを学んだ。

またこれも大学院に入る前だが、九州大学における島津忠夫先生、福岡大学における故井上宗雄先生の集中講義を聞かせていただく幸運に恵まれた。井上宗雄先生からは有栖川宮家のマイクロフィルムの存在、閲覧の仕方を細やかに教えていただいたが、その後もお会いするたびに、またお手紙で多くのことを学ばせていただいた。松野陽一先生のご学恩も忘れられない。韓国ソウルで調査をご一緒させていただいた折に、「君の研究の方向はそれでいい」とおっしゃって下さったことが、どれだけ励ましになったか知れない。

大学院進学後、季鷹旧蔵書（季鷹文庫）の整理のお手伝いをさせていただいたことは、私の研究にとって画期的な意味があった。この文庫の全貌を知ることで、季鷹の文業を感覚的に把握できたからである。もちろんそれ以前から季鷹および季鷹の旧蔵書に関しては、文通を通じて上賀茂神社の藤木正直氏、季鷹の後裔であられた故山本彰利氏よりご丁寧なご教示を賜っていた。現在にいたるまで山本家の皆さまにはご厚誼を忝くしている。また季鷹の狂歌については中野眞作先生に数々のご教示をいただき、また季鷹の江戸での活動については、鈴木淳先生に多くを学ばせていただいた。

さて、季鷹の歌壇史的・文壇史的位置づけは、従来の国学史・和歌史研究からは見えてこなかった。というよりも近世後期における雅文壇の動向を把握する先行研究があまりにも乏しかったのである。そこで、近世後期、京都の雅文壇の中心であったに違いない光格天皇とその周辺を知らなければならないと思った。そこから先の見えない資料の探索・調査・収集・解読が始まった。

光格歌壇に関わる膨大な資料群を前に、しばし呆然としたが、私を導いてくれたのは、上野洋三先生・大谷俊太先生・小高道子先生・鈴木健一先生らの、急速に展開しつつあった近世前期の天皇を中心とする堂上歌壇・歌学の研究であった。また度々閲覧に伺った陽明文庫の名和修先生からはご懇切なご指導ご助言を賜り、宮内庁書陵部図書課の方々には閲覧の度に様々なご教示を受けた。資料閲覧に関しては、鉄心斎文庫の芦澤美佐子様、京都市歴史資料館の宇野日出生様、社団法人尚友倶楽部の日野純男様などお世話になった方は数知れない。

雅俗の会・近世和歌輪読会・近世和歌研究会、陽明文庫研究会、蘆庵文庫研究会など参加させていただいた研究会で多くの刺激とご教示を受けたこと、日本近世文学会・和歌文学会・鈴屋学会などの学会を通じて多くの方々と知りあうことが出来たことも、私の研究にとって大切な宝物になった。すべての出会いに感謝を捧げたい。

さて、今日、近世和歌研究は、急速な進展を見せている。近年の成果を、単行本を中心に挙げてみても、堂上歌壇では上野洋三『元禄和歌史の基礎構築』（岩波書店）、鈴木健一『近世堂上歌壇の研究　増訂版』（汲古書院）、大谷俊太『和歌史の「近世」　道理と余情』（ぺりかん社）、高梨素子『後水尾院初期歌壇の歌人の研究』（おうふう）、久保田啓一『近世冷泉派歌壇の研究』（翰林書房）があり、地下歌壇では、日下幸男『近世古今伝授史の研究　地下篇』（新典社）、松野陽一『東都武家雅文壇考』（臨川書店）、神作研一『近世和歌史の研究』（角川学芸出版）がある。個別の歌人の研究としては、鈴木淳『橘千蔭の研究』（ぺりかん社）、田中康二『村田春海の研究』（汲古書院）、西田正宏『松永貞徳と門流の学芸の研究』（汲古書院）、岡本聡『木下長嘯子研究』（おうふう）らがあり、歌論研究としては揖斐高『江戸詩歌論』（汲古書院）を逸することが出来ない。

堂上と地下の双方に目配りをしなければならなかった私の研究は、これらの研究書に大いに助けられた。そして、拙著がそれらの研究書に受けた恩恵の万分の一でもお返しできているとすればこれに勝る喜びはない。今後も、堂上から地下へと勢力が転換する時代の雅文壇の状況を明らかにしていく研究を進めたいが、近年小沢蘆庵と非蔵人の歌壇史的研究に成果を挙げている加藤弓枝氏の一連のご論考や、十八世紀の地下和学者の研究である一戸渉『上田秋成の時代〈上方和学研究〉』（ぺりかん社）など、私の後輩にあたる方々の研究も大いに刺激になっている。これからも人と本との出会いを大切に、一歩一歩研究を進めてゆきたいと思う。

最後に、出版社を紹介してくださり、書名も与えてくださった鈴木健一先生、本書の推薦文を書いて下さった中野三敏先生、何度も躓いて立ち止まろうとする私を激励し、伴走してくださった汲古書院の編集者、飯塚美和子さんに心から感謝申し上げて、筆をおきたい。

平成二十五年七月

盛田帝子

著者略歴

盛田　帝子（もりた　ていこ）

1968年　宮崎県生まれ。

九州大学大学院文学研究科博士後期課程修了。博士（文学）。

日本学術振興会特別研究員（ＰＤ）を経て、現在大手前大学総合文化学部准教授。

論文に、「賀茂季鷹の生いたちと諸大夫時代」（『語文研究』第86・87号、1999年）、「陽明文庫所蔵近衛家久添削宗武歌について」（『中世近世和歌文芸論集』思文閣出版、2008年）、「御所伝受と詠歌添削の実態──高松宮家伝来禁裏本『灌頂三十首』について──」（『禁裏本と古典学』塙書房、2009年）など。

近世雅文壇の研究
──光格天皇と賀茂季鷹を中心に──

平成二十五年十月一日　発行

著　者　盛　田　帝　子
発行者　石　坂　叡　志
整版印刷　富士リプロ㈱

発行所　汲　古　書　院
〒102-0072 東京都千代田区飯田橋二-五-四
電　話　〇三（三二六五）九七六四
ＦＡＸ　〇三（三二二二）一八四五

ISBN978-4-7629-3608-1　C3092

KYUKO-SHOIN, Co., Ltd. Tokyo.

索　　引

人名索引

あ行

か行

さ行

た行

な行

は行

ま行

や行

ら行

わ行

書名索引

あ行

か行

さ行

た行

や行

ら行

わ行